ACTES NOIRS
série dirigée par Manuel Tricoteaux

Ouvrage publié sous la direction
de Nelly Bernard

LES SURVIVANTES

DU MÊME AUTEUR

ROMANS NOIRS

AUX MALHEURS DES DAMES, éditions Parigramme, 2009.
À L'OMBRE DES HUMAINS, éditions Atelier In8, 2008.
L'APPEL DU BARGE, "Le Poulpe", éditions Baleine, 2007.
LA STRATÉGIE DU FOU, Folio, 2008.
N'OUBLIE PAS, Folio, 2007.
PORTÉES DISPARUES, Folio, 2006.
POUR TOUTES LES FOIS, Folio, 2005.

DOCUMENTS

VIVRE LE RÊVE, ACCÉDER AU RÊVE LUCIDE, éditions La Martinière, 2008.
BELLE-MÈRE, BELLE-FILLE, UN MARIAGE À TROIS, éditions L'Archipel, 2005.

ISBN 978-2-7427-8788-3

LALIE WALKER

Les Survivantes

roman

ACTES SUD

A Francis Mizio,

Pour tout ce que tu es, tout ce qui nous rapproche, et qui est précieux.

La compréhension est un pouvoir terrifiant, parfois même un véritable assassinat de l'âme.

CARL GUSTAV JUNG

1

Les bras le long du corps, Anne fixait l'étagère sur laquelle reposaient deux boîtes. Rectangulaires et plates.

Papa n'aurait jamais dû laisser ça, lâcha-t-elle mal à l'aise.

Immobile. Fébrile.

Jamais ! répéta-t-elle.

Aimantée. Hypnotisée.

Elle s'approcha. Caressa le bois du couvercle, rugueux sous les doigts, se saisit d'une boîte et la serra fermement entre ses mains. Les yeux à demi fermés, elle enfila un étroit couloir en tenant religieusement l'objet. Comme on porterait un présent de valeur. Une offrande. Le corridor s'élargissait à peine quand Anne se retrouva en face d'une porte. Elle tourna la tête et contempla le mur. S'étonna de la couleur de la peinture, semblable à celle du canal en bas de chez elle. Par une fenêtre, elle entraperçut la masse sombre et touffue des arbres le long de la rive, et frissonna. Le souffle du vent lui parvenait, sans couvrir celui de sa respiration. Rauque et lourde.

La boîte dans une main, l'autre sur la poignée, Anne inspira et entra.

Assise sur un lit, une femme âgée articulait d'inaudibles paroles, sa bouche ridée se fendant graduellement sur une ombre de sourire. D'un geste raide, quasi douloureux, Anne souleva le couvercle et, soudain, il y eut tant d'incompréhension dans le regard de la septuagénaire qu'elle vacilla.

Puis il n'y eut plus rien.

Main moite et gorge sèche, Anne retourna alors l'arme contre sa tempe. Ferma les yeux et appuya. Une fois. Sentit son cœur battre furieusement. Deux fois. Les muscles de ses jambes se grippèrent sous l'effet de la tension. La peur lui brouillait l'esprit et opacifiait son sang. Elle bloqua sa respiration et appuya une troisième, quatrième et cinquième fois, avant de baisser lentement son bras. Elle expira encore bien plus lentement, tant elle craignait de s'étouffer. D'effroi et de désarroi.

Enrayée, s'entendit-elle penser.

Consternée. Affolée.

L'arme de papa s'est enrayée !

Anne jeta le pistolet par la fenêtre, sans lâcher du regard la boîte en bois qui se fondait dans la moquette sable. Imperceptiblement, au bout du pied maternel, une pantoufle bleue se balançait. Un rictus lui déforma la bouche, et Anne dut lutter pour conserver les yeux ouverts. Hagarde, elle suivit la courbe émaciée du mollet. Remonta le long du corps en enregistrant le moindre détail. La peau autrefois lisse et porcelaine, mais depuis longtemps flétrie, et l'azur morne de la chemise de nuit lui flanquèrent la nausée. Elle s'arrêta au niveau de la tache sur la poitrine. Rouge du sang du matricide.

Délaissant enfin le pied de la morte, la pantoufle tomba à terre.

A reculons, Anne quitta la chambre et resta longuement adossée contre la porte. Ses paupières s'alourdirent et se fermèrent, puis se scellèrent. La peur devint liquide. Se transforma en terreur.

Bon Dieu, papa, mais qu'est-ce qui n'a pas fonctionné ? hurla-t-elle, les yeux clos.

Son cri n'en finissait pas de résonner à ses oreilles, et Anne Boher se réveilla. Eperdue et couverte de sueur. Elle s'assit, porta une main vers son cœur, et se rallongea avec l'idée brumeuse qu'elle devait retrouver le dossier 242.

Un œil en direction du store lui apprit qu'il faisait jour et que le soleil brillait déjà haut dans le ciel. Un autre, à son réveil, lui confirma qu'elle était en retard. Moulue, elle se redressa. Songea à cette mise à mort onirique qui revenait de plus en plus régulièrement. Se précisait au fil des nuits. Anne se traîna jusque sous la douche, où elle se prépara mentalement à affronter une journée identique à la précédente. Longue et laborieuse.

Après avoir salué sa mère, elle fit le point avec l'infirmière à domicile, qui n'était pas dans un bon jour si Anne en jugeait par sa mine renfrognée. Troublée, elle mit en route la cafetière et ouvrit le réfrigérateur. En sortit un yaourt et un litre de lait qui lui échappèrent des mains lorsque lui revint un fragment de son rêve. Anne suivit le sillon laiteux qui s'écoulait sur les tomettes, et releva la tête. Sur l'étagère de la cuisine, répliques parfaites, deux boîtes en bois semblaient la narguer.

Tu le savais... tu as toujours su que c'étaient les mêmes.

Flageolante, Anne Boher était incapable de se détourner des rayonnages qui couraient le long du mur. Tendue, elle hésitait à s'en approcher. Pour ouvrir les boîtes. Vérifier, toucher et voir pour le croire. Voir, et s'assurer que tout cela n'était pas réel, mais appartenait bien au monde obscur des délires nocturnes. Elle fit un pas en avant, et ressentit soudain une vive tension oculaire. Se frotta les yeux, et s'arracha enfin à sa contemplation.

Juste un mauvais... juste un cauchemar de plus...

Les dégâts nettoyés, pensive, Anne prit le temps de boire un bol d'arabica noyé de lait. Avant de se précipiter dehors, où elle s'énerva sur la porte de son garage, taguée à outrance et brûlante sous le soleil.

Tout te résiste, bon sang, tout ! Même une...

Elle se souvint alors qu'elle avait été contrainte, la veille au soir, de se garer de l'autre côté du canal de l'Ill, la serrure de son garage étant endommagée.

Un peu avant dix heures, Anne Boher roulait dans un Strasbourg saturé de soleil. Inquiète de cette vague de chaleur, qui serait décisive pour la gestion de son travail dans les heures à venir, elle écouta les informations. "... records de température battus au cours des trois derniers jours. La faute en reviendrait à l'anticyclone des Açores. Le gouvernement a mis en place une cellule de crise, Météo France ne prévoyant aucune baisse. Allons voir maintenant la température du côté de la Bourse..."

Bande de crétins !

Exaspérée, Anne Boher coupa la radio.

La canicule de 2003 apparaissait d'ores et déjà bien pâle au regard de celle qui sévissait. Si le mercure ne redescendait pas rapidement, les dommages et leurs conséquences seraient encore plus importants qu'à l'époque. Les conditions matérielles et financières du milieu hospitalier s'étaient depuis fortement détériorées, et le personnel était chaque jour plus éreinté.

D'un geste mécanique, elle se massa les tempes.

Tu es bonne pour une migraine carabinée !

Anne cligna des yeux, regarda autour d'elle ; cligna à nouveau des yeux, anxieuse et déstabilisée par un flot désordonné de pensées et d'émotions. Par le sentiment tenace qu'il régnait une atmosphère de veille de drame. Si tout paraissait normal, elle avait l'impression que rien ne l'était. Une angoisse aiguë et mal définie l'incitait à rebrousser chemin. A se nicher au fond de son lit. A s'enfermer dans une bulle pour ignorer les fracas du monde. Avec l'espoir de tenir et de résister encore, malgré cette sensation atroce qui lui venait de la chair et du ventre, et menaçait de la balayer. Quand et comment cette petite folie insidieuse s'était-elle logée en elle ?

C'était l'hiver dernier… souviens-toi, quand tu as… l'hiver dernier ou bien un peu avant… après ?

Anne n'aurait su le préciser, elle qui avait sans doute toujours vécu en équilibre au bord de cet abîme. En bordure de cette frontière où oscillaient stable et instable, tangible et intangible. Une perception trouble du monde, et d'elle-même, qui s'ancrait chaque jour plus profondément. S'abreuvait du moindre événement, de la plus infime distorsion.

Tu dois te calmer, te ressaisir, te… tu dois…

Pont Saint-Nicolas, Anne jeta un œil au canal à moitié asséché. Elle releva la tête et engloba du regard les immeubles à colombages, aux fenêtres et balconnets fleuris. A travers les brumes de chaleur, tremblotantes, la douceur et l'opulence habituelles de Strasbourg perduraient. Le soleil embrasait le bitume et le fer des balustrades, la tôle des voitures et les tables des terrasses, vidait les rues de la présence des promeneurs. Mais Strasbourg demeurait ce qu'elle avait toujours été. Les rayons meurtriers s'écrasaient contre les stores ou les volets tirés, derrière lesquels filtraient le bruit des ventilateurs et les voix des animateurs de radio ou de télévision. Un chuchotis de fin du monde. Inamovible, la ville demeurait calme et propre. Ordonnée.

Ses concitoyens s'évertuaient à maintenir une illusoire perfection, un effet de lisse, malgré les amoncellements de feuilles carbonisées qui jonchaient rues et trottoirs. Malgré les traces de chaussures dans le macadam, telle l'empreinte de migrants fantomatiques à la recherche d'un ailleurs incertain.

Bon sang, Anne, tu divagues... tu dois te reprendre, tu dois...

Un hélicoptère survola le centre-ville où les rares piétons luisaient de transpiration et de malaise ; où l'air âpre brûlait poumons et peau. En ce matin de fin juin, tout concourait à renforcer Anne Boher dans l'idée qu'elle traversait une ville sur le point d'exploser.

— Un temps propice à la guerre, lâcha-t-elle à voix basse.

Merde, Anne, quel combat mènes-tu pour décrypter ainsi le monde ?!

La gorge serrée, elle eut d'abord, fugitivement, puis de plus en plus fortement, la certitude que la chaleur accentuait sa morosité. Les bienfaits du soleil ne lui profitaient guère plus qu'aux passants qui peinaient à se déplacer dans les rues blanchies par les rayons.

Par la vitre ouverte de sa voiture s'engouffraient odeurs déplaisantes et nuées de mouches. Anne eut un geste de la main pour chasser un indescriptible insecte.

Et ça, bon Dieu, c'est quoi ?!

Vert-de-gris, l'insecte informe traversa l'habitacle et disparut. Elle s'essuya les mains sur les cuisses, tendit l'oreille. Strasbourg bourdonnait d'étranges rumeurs. Anne aurait juré entendre la pierre des immeubles et les pavés des ruelles se dilater. Craquer sous l'ardeur de ce rayonnement solaire insolite. Elle s'épongea la nuque, souffla dans l'échancrure de sa robe. Se sentit alourdie et poisseuse, dans un état aussi inquiétant qu'indéfinissable.

A l'approche d'un feu, Anne Boher ralentit et enveloppa d'un regard un couple qui économisait ses forces. Gonflés, rougis ou brûlés, en sueur et lestés d'une sévère surcharge pondérale, ces corps lui évoquèrent des mammifères en voie de perdition. En attente de s'échouer sur quelque rive, pour récupérer ou agoniser. Une tache jaune entra soudain dans son champ de vision. Anne se crispa au volant. Elle venait d'identifier un citoyen volontaire à son brassard, distinction qu'arboraient depuis peu ces nouveaux militants de l'ordre.

— Preuve qu'ils ne craignent plus de s'afficher ouvertement, maugréa-t-elle.

Le temps de traverser, l'homme ne la lâcha pas des yeux. Grisonnant et âgé d'une bonne soixantaine, il paraissait libre de son temps et financièrement aisé.

Anne l'imagina en quête d'un désordre à rectifier, d'un visage à mémoriser ou d'une action à verbaliser. Le mépris altéra ses traits aux pommettes hautes et piquées de taches de rousseur, à la peau blanche et légèrement hâlée. Boher était révulsée par cette attitude qui remettait la délation au goût du jour, déguisée en service public. Le gouvernement pouvait dormir tranquille, des bénévoles zélés patrouillaient.

Pourquoi crois-tu qu'ils font ça ?

— Comment savoir ? gémit-elle.

Chaque fois qu'Anne en croisait un, elle se sentait étrangement coupable, de tout et de rien, à en avoir la chair de poule. Et si, pour l'instant, ils étaient peu nombreux, avec la nomination du nouveau ministre de l'Intérieur, ce phénomène allait gagner en épaisseur. Demain, d'autres volontaires viendraient gonfler les rangs. Après-demain, chacun découvrirait les vertus de l'autocensure et surveillerait son voisin. Les uns pour en référer à la police ; les autres, pour éviter d'être dénoncés.

Une bouffée compacte d'air chaud pénétra dans sa voiture, toujours à l'arrêt. Elle se mit à transpirer abondamment, et s'énerva contre la chaleur, les gens, et le gouvernement qui restait si vague quant à ses intentions sur ce renfort de bonnes volontés.

Que faire contre… tous ces… toutes…

Cachée derrière ses lunettes de soleil, Anne rendit son regard à l'homme. Lequel, buste en avant et mâchoires fermées, paraissait ignorer que l'Etat finissait toujours par se séparer de ses seconds couteaux. Inéluctablement et sans sourciller, au nom d'une raison qui ne servait que rarement l'intérêt général.

Perdue dans ses pensées, Boher démarra, manqua de renverser un piéton et freina brutalement. Plus de peur que de mal.

— Pour cette fois-ci, se plaignit-elle.

Mais la prochaine fois, Anne, auras-tu encore assez de réflexes ? Jusqu'à quel point es-tu...

Dans son rétroviseur, elle croisa le reflet du citoyen volontaire qui s'était arrêté. Son coup de frein avait retenti à la manière d'un appel, et déjà l'homme s'approchait de son véhicule. Les nerfs à vif, Anne dégagea sans demander son reste.

La pression qu'elle subissait dans sa vie personnelle et professionnelle, la moiteur étouffante qui rendait les gens irascibles et le marasme économique, tout lui pesait. Au point que Boher commençait sérieusement à craindre de perdre le contrôle d'elle-même. De donner aux faits les plus banals une coloration dénuée de bon sens et d'objectivité. Comme un enfant que le noir terroriserait et qui, les yeux dilatés par la peur, verrait hurler des bouches hideuses depuis le fond de son placard, Anne Boher glissait dans l'irrationnel. Elle dut ralentir à nouveau à l'approche d'un passage piéton.

Le feu passa au vert. Impatient, un automobiliste klaxonna et Anne redémarra. Avec l'envie de mordre ou de griffer, consciente qu'une telle attitude ne lui ressemblait pas. Si son esprit analysait et canalisait encore rationnellement chaque donnée, se fissurant, la partie la plus fragile de sa personnalité émettait des signaux d'alerte. Ce qu'elle percevait par intermittence, mais refusait d'admettre, inconsciente que cette ambivalence participait pleinement à son malaise.

Anne se rendit enfin compte qu'elle respirait avec difficulté, et s'obligea au calme. Mais à peine eut-elle levé les yeux que son exaspération reprit le dessus. Les Strasbourgeois étaient immuables dans leur volonté de tailler au cordeau fleurs et plantes qui ornaient les façades. Maladivement vertes ou parfois calcinées, mais indéfectiblement droites dans leurs pots.

Que rien ne dépasse ! Surtout, surtout, bon sang, mais surtout que rien ne transpire !

Que rien ne déroge à cette rigueur absurde qui finissait par lui taper sur le système. A nouveau, Anne cligna plusieurs fois des paupières, et se sentit nauséeuse. Proche de l'étourdissement. Moment où elle franchit le pont Kennedy, et s'aperçut que tout était loin d'être parfait.

Et ça, c'est quoi ? Bon Dieu de…

Dégradée, une statue représentait un pelleteur dont les jambes et les pieds semblaient avoir été badigeonnés d'une épaisse couche de peinture bleue, avant d'être incendiés. Le bas du corps boursouflé et craquelé, noirci, le colosse de pierre donnait l'impression d'émerger d'un enfer de flammes et de fumée.

Ça ressemble à… une mue chimique.

Comme une lèpre pierreuse qui aurait franchi les portes de l'Histoire et du Temps, puis de la ville, et attaquerait chaque organisme jusqu'au corps inerte des statues. Alors, se dit Anne, le peuple dans son entier desquamerait. Pèlerait strate après strate. Hébété et stupéfait, chacun regarderait tomber au sol les couches de discours, de morale, de contraintes et de luttes quotidiennes. Sous nos yeux effarés, incapables de se détourner de nos plaies à vif ; devant nos bouches ouvertes sur un cri impossible à expulser.

Tu délires, Anne ! Mais pourquoi personne n'en parle, aussi ? Peut-être à cause de cette musique…

Harcelées par les habitants, radios et presse locales avaient fini par s'emparer d'une véritable curiosité. Chaque jour, près des écluses, des bribes de *La Traviata* fusaient dans l'air. Sans que personne parvienne à en trouver la source, car cela ne durait que quelques secondes.

La vague de chaleur ralentissait gestes, marche et souffle, rendait tout plus difficile, épuisant et vain. D'une manière inattendue, quasi surnaturelle, lorsque retentissait la puissance de l'opéra de Verdi, chacun se sentait un bref regain de vitalité. Cette énigme musicale agitait l'imagination des Strasbourgeois, les exhortant à maintenir l'atmosphère agréable et cossue, traditionnelle, de leur ville.

Un réflexe, se dit-elle. Un pur réflexe grégaire face… mais face à qui ou… Anne, bon sang !

Un corps étranger ?

L'idée la perturba.

Bien qu'irritée, elle comprenait cette tentative qui visait à empêcher le changement d'advenir. Afin que le passé l'emporte sur le présent, qui s'entêtait à tout gâcher. La vie des gens et ce à quoi ils avaient consacré les dernières décennies ; ce à quoi ils prédestinaient leurs enfants. Leurs espoirs, malgré les déceptions qui s'étaient accumulées ; leur optimisme, malgré la peur qui s'infiltrait dans le moindre interstice de chair, d'esprit ou de pierre, et les rongeait inexorablement. Accrochés à leurs acquis, ils refusaient de quitter ce qui était familier et rassurant, sorte de pérennité qui leur glissait pourtant entre les doigts. En un mouvement incoercible que personne ne parvenait à maîtriser ou à endiguer.

— Cette ville, cette façon de vivre, n'est qu'un mirage, pesta Boher. Un arrêt dans le temps. Comme s'il se préparait quelque chose qui dépasse l'entendement… et nous pousse hors de nos limites.

Nous ? Ou bien seulement toi, Anne ? Seulement toi…

Ce constat d'une cécité collective, d'une illusion portée à bout de bras par l'ensemble de la société, ne datait pas d'hier et avait, en quelques années, pris une ampleur démesurée. Son humeur et son moral y étaient sans doute pour beaucoup, mais il y avait aussi la réalité quotidienne.

Celle qu'Anne Boher déchiffrait et expérimentait à travers sa profession. Laquelle lui confirmait que cet univers, où chaque matin elle s'éveillait les yeux marbrés de rêves impitoyables, convulsait dangereusement. Un monde épileptique peuplé d'humains qui s'engluaient dans la toile d'un système arachnéen. Aussi invisible qu'immense. Les uns conscients du processus, mais impuissants ; les autres pataugeant d'un bout à l'autre de cette nasse visqueuse.

Et toi, Anne, dans quelle toile poisseuse t'es-tu pris les pieds ?

Exténuée, Boher s'ébouriffa les cheveux, sentit ses paupières se contracter, et la fatigue peser lourdement dans son corps.

Elle s'engouffra dans le parking souterrain de l'hôpital, se gara à la va-vite et courut vers l'ascenseur.

De ses ongles courts, nerveuse, Anne tapotait le mur quand elle ressentit un picotement au niveau des cervicales, qui se transmua en engourdissement. Prise de vertige, un doigt sur le bouton d'appel, elle cligna des yeux, puis tourna la tête, croyant avoir aperçu quelqu'un se faufiler entre les voitures. Personne ne se manifesta, ce qui ne la tranquillisa nullement. Les ombres du parking prenaient des allures inquiétantes. Nébuleuses et extravagantes.

Tiens bon... respire... tiens...

Le bruit de l'ascenseur lui arracha un cri de surprise. La porte s'ouvrit sur deux brancardiers qui la saluèrent machinalement. Sans leur accorder d'attention, Boher se rua à l'intérieur et souffla enfin. Son sentiment de sécurité ne dura que le temps d'atteindre le rez-de-chaussée. Là, ses paupières se fermèrent d'un coup. En dépit de ses efforts, elle fut dans l'impossibilité d'ouvrir les yeux.

Au septième étage, lorsque les portes coulissèrent, ce fut à la manière d'une aveugle qu'Anne Boher gagna le couloir et appela à l'aide. D'une voix assourdie par la peur.

*

— Blépharospasme, diagnostiqua Alain Kerenski.

Anne avait la tête baissée.

— Tu connais ? fit-il, doucement.

— Mal, je t'avoue. Mes patients se plaignent rarement de ce type de pathologie.

Il eut un sourire, que Boher ne vit pas, occupée qu'elle était à contempler ses élégantes sandales en cuir. D'un orange austère.

— C'est ta première crise ou...

Elle repensa à ce cauchemar récurrent où, arme à la main, elle tirait à bout portant sur sa mère. Frémit, mais ne dit rien. Kerenski considérait sans doute les rêves comme des fantaisies du cerveau, sans relation avec la vie réelle. A la différence d'Anne qui y attachait peut-être trop d'importance. Et comment aurait-il pu en aller autrement quand, dormant et rêvant, elle sentait brusquement se fermer ses yeux et que, plus tard, parfaitement éveillée et enfermée dans un ascenseur, elle revivait la même perception ?

Précisément la même.

— Oui. C'est grave ? voulut-elle savoir.

En se doutant déjà de la réponse.

— Le symptôme de la forme bénigne se manifeste par des contractions répétées et involontaires des muscles, ce qui entraîne une fermeture des paupières incontrôlée.

Il fit une pause, durant laquelle Boher se maîtrisa pour ne pas lui hurler dessus. Lors d'une première consultation, un médecin annonçait rarement à un malade la gravité de sa situation.

— Toi, tu as une fermeture immédiate et totale, conclut-il.

Anne se mordit la lèvre inférieure, et retint une remarque cinglante.

— Syndrome de Meige ? hasarda-t-elle.

— Bonne mémoire, docteur Boher. Tu te souviens de quoi exactement ?

— D'une maladie neurologique qui entre dans le cadre des dystonies faciales. Plus fréquente chez les femmes que chez les hommes, enfin je crois, et qui apparaît en général autour de la soixantaine. Alain... je n'ai pas encore quarante ans !

— Tu as toujours été en avance...

Connard !

Anne lui aurait volontiers flanqué une gifle et fait ravaler son humour à deux balles. Une spécialité entre confrères qui l'insupportait.

Mais qu'est-ce que tu as ? Que t'arrive-t-il ?!

Boher inspira profondément, heureuse de la discipline qu'elle avait choisie, laquelle lui évitait de se comporter comme Kerenski.

— On fait quoi maintenant ? articula-t-elle péniblement.

— Prépare-toi à subir une batterie d'analyses et d'examens. Au stade actuel, l'injection de toxine botulique va te soulager. Pour combien de temps, je l'ignore. Sache qu'il y aura d'autres injections et, si ça ne suffisait pas, il faudrait alors envisager une opération.

Percer l'abcès. Retirer le pus. Noir. Toxique.

Se mêlèrent à la tirade de mots un bruissement de feuilles et le craquement des branches dans le vent.

Enfoncer la lame jusqu'au cœur. Eradiquer. Cautériser la plaie ou mourir.

L'image d'une peau découpée au scalpel se fondit dans la masse aqueuse et grise d'un étang, mélancolique et obscure.

Elle le sait, et tu le feras.

— Anne… Ça va ?

Devant ses yeux grands ouverts, Boher vit les feuilles d'un arbre irréel se transformer en papillons, et suivit leur vol – tache rouge se reflétant sur le gris d'un lac. Elle sursauta quand, pierre après pierre, se dressa un mur couvert de papillons géants. En sang. Un clou noir et brillant enfoncé dans leur fragile crâne. Le froissement des ailes déchirées lui évoqua la plainte d'une vie qui s'achève. S'échappe d'entre les lèvres cyanosées d'un mourant.

— Anne ? Tu m'écoutes toujours ?

Boher eut la sensation d'avoir rêvé éveillée, puis d'être ramenée brutalement à la réalité. Un choc thermique. Une sensation de chaud puis de froid qui la fit trembler et transpirer, et l'empêcha momentanément de répondre. La bouche sèche, elle hocha la tête.

Soucieux, Kerenski lui proposa un verre d'eau.

— Merci. Ça vient d'où, Alain ? s'enquit Boher.

Troublée par les pensées et les images qui venaient de lui traverser l'esprit, à la seule évocation d'une intervention chirurgicale.

Anne connaissait sa peur absurde des piqûres, mais n'aurait jamais imaginé qu'elle eût pris une telle ampleur. Une phobie développée dans l'enfance, dont elle ne se vantait pas, et encore moins auprès de ses confrères. Le ridicule ne tuait peut-être pas, mais provoquait parfois de sérieux dégâts.

Kerenski haussa les épaules.

— Pour les cas bénins, le stress est souvent évoqué. Et, si je puis me permettre, tu présentes tous les signes d'une tension particulièrement inquiétante.

Boher ne parvenait toujours pas à le regarder. En face de ses collègues, elle éprouvait une gêne, une pudeur à dévoiler ses faiblesses corporelles.

— Merde, lâcha-t-elle, d'une voix cassée.

— Tu pourrais en profiter pour te mettre en congé, suggéra-t-il.

Anne releva alors la tête, n'en croyant pas ses oreilles.

— Tu plaisantes ? Ce n'est franchement pas le moment.

— Je m'attendais à ta réponse, mais, très chère consœur, ne prends pas ça à la légère. Ton assistant peut toujours venir à ton aide en cas de crise, et tes patients ne risquent pas grand-chose, seulement, je ne sais pas, moi, imagine que ça t'arrive au volant…

Il n'avait pas terminé sa phrase que l'imagination d'Anne Boher s'était déployée. Sanguinolente et catastrophiste.

2

La beauté, finalement, c'est quoi ? s'interrogeait Lou Werfel.

En suivant les doigts qui valsaient dans ses cheveux. Etreignaient les mèches blondies par la coloration.

Le mouvement se fit plus présent, le geste plus appuyé. Une invitation à s'immerger dans un univers sensoriel dont Lou ignorait pratiquement tout. Tumulte et ravissement et, à fleur de peau, le sentiment qu'elle était à la frontière indéfinie de sa féminitude. Irrévélée.

Lou se laissa bercer par l'impression d'être enfin belle dans le regard de l'autre. Mais Sandro ne la voyait pas. Pas vraiment. Il demeurait concentré sur la texture. Elle leva les yeux, chercha les siens et, ne les trouvant pas, se cogna à ses mains. A ce va-et-vient voluptueux, entre danse et sculpture, destiné à faire émerger la beauté d'une matière encore brute et informe.

Des mains faites pour créer. Pour aimer.

Qu'elle imagina s'emparer de son corps et lui redonner vie, jusqu'à la jouissance. Un désir dont la soudaine violence la heurta. Lui coupa le souffle. A lui en faire baisser les yeux ; puis les relever.

Soucieux. A l'affût des autres.

De ces soupirantes et jacassantes qui, impudiques, s'admiraient et se laissaient envoûter par d'autres doigts, aussi habiles que sensuels.

La beauté ? se répéta Lou, dépitée. Un meurtre déguisé en sélection naturelle ! rugit-elle.

Triste, elle observait une tache dans le miroir. Monstrueuse.

Mon reflet.

Ne vit plus alors que ce monstre en elle qui tentait de déborder des contours de la glace, désireux de s'échapper pour réincorporer l'unique corps capable de soutenir sa disgrâce.

Le mien.

Lou le savait. A peine posés, les regards se détournaient d'elle, repartaient vers un ailleurs que Werfel imaginait paradisiaque. Tandis que la mémoire du miroir, elle, conserverait son souvenir. Obscène. Difforme.

Laid à pleurer.

Lou se sentit mourir. S'écraser à l'intérieur de cette chair qui, bien que sienne, n'en était pas moins perçue comme étrangère. Elle battit des cils, et s'écarta de la surface polie où s'étaient contemplées tant d'autres femmes.

Blessée, Lou Werfel fut submergée par le besoin de leur refaire le portrait de la pointe d'un couteau. Tout aussi impérieuse fut son envie de les effacer une à une et, si possible, d'en profiter pour leur dérober ce qu'elle ne possédait pas.

Même pas en rêve, Lou !

Elle intercepta l'image d'un jeune homme assis sur le siège d'à côté, docilement radieux sous les doigts experts d'une brune coiffeuse. Avenante et rieuse.

Libre dans son corps.

La jalousie lui assécha la bouche.

Pourquoi n'avait-elle pas reçu, en guise de cadeau de bienvenue au monde, une jolie silhouette dotée d'un visage rayonnant ? De qui avait-elle hérité cette lourdeur, et ce ridicule faciès poupin qui ne seyait pas à une femme de son âge ? Qui la faisait régresser aux premières loges de sa maudite vie de fille, et la renvoyait dans les jupes soyeuses de sa mère. Laquelle n'avait cessé de lui vanter la générosité des fées-marraines. A se demander ce que fabriquaient ces garces à l'heure de sa naissance ! Sans doute avaient-elles eu mieux à faire ce jour-là. Avec une plus belle qu'elle.

Qui croire, après ça ?

Et qu'elle soit brillante, et bien plus que la somme des cerveaux féminins et masculins réunis en ce lieu, ne lui remontait guère le moral. Lou savait que les hommes ne s'affolaient jamais autant que pour le galbe d'une jambe, rêvant d'en atteindre le sommet ; ou pour une poitrine tendue par le désir.

Des mots cruels lui vinrent à l'esprit. S'épanchèrent jusqu'aux commissures de ses lèvres, telle une plaie qui suppurerait serpents et crapauds, prêts à surgir pour répandre venin et bave.

Lou ravala fureur et désespoir, et nettoya son regard de tout ressentiment. De cette douleur qui lui donnait parfois jusqu'à l'envie de tuer. Ou d'en finir avec l'existence. D'un œil soudain timide, Werfel essaya d'attirer l'attention de Sandro, toujours concentré sur la masse mouvante de ses cheveux.

Souples, les doigts faisaient voltiger les boucles, coiffaient et décoiffaient, taillaient ou ciselaient. Avec cette charnalité qui donnait aux femmes l'illusion qu'il était tombé amoureux. Trônant sur leurs sièges, reines-chrysalides, toutes interprétaient les gestes et les paroles de Sandro à l'aune de leur nécessaire désir de se révéler belles d'un jour.

Comme elles, Lou se méprit sur les intentions de Sandro, et se laissa porter par cette caresse qui paraissait ne jamais finir. Se laissa transporter au gré des humeurs de son être-corps bouleversé. Perdue dans les brumes d'un rêve, elle se projeta blottie et nue entre les bras de Sandro. A l'orée d'une révélation.

D'un index court et fin, Lou Werfel essuya discrètement une larme. Accrocha une blonde dans le miroir et sentit la honte l'envahir. Qu'est-ce que cette intruse avait bien pu saisir de ce bonheur, fugace et clandestin, qui l'agitait encore quelques secondes auparavant ?

Voleuse...

Lou sentit à nouveau la jalousie la mordre.

Fouineuse...

Revint alors la pulsion assassine.

Ne peut-elle donc attendre son tour !

Car viendrait le temps où les mains de Sandro courtiseraient les fines pointes décolorées par le soleil.

Indécise, Lou harponna son reflet dans la glace. S'engouffra jusqu'au plus lointain de ses bruns iris où elle se noya dans un tourbillon noir. Un face-à-face qui remua souvenirs et visions.

Soudain, de l'autre côté du tain, un défilé de mortes-vivantes se mit à mugir et à griffer la surface. A s'en briser les ongles.

Faudrait-il donc toutes les tuer ? se demanda Lou, amère.

Comme cette brune…

Qui la dévisageait, lèvres et joues béantes. Les yeux vitreux de détresse. Le décolleté rougi et balafré.

Comme cette rousse…

Qui tendait ses mains, autrefois longues et fines, aux phalanges depuis déchiquetées. Et qui, éventrée d'un flanc à l'autre, luttait pour empêcher le sang de maculer ses minces cuisses.

Cheveux, membres et visages en désordre, ensanglantée, une horde se rua à l'assaut du miroir. Aussi haineuses que désarmées, du fond de leur mortelle prison, vociférant, des bouches se pressèrent contre la froidure du verre. Qui se fissura sous le poids de l'attaque. Menaça d'éclater.

Entre ivresse et épouvante, paupières mi-closes, Lou Werfel se raidit. Inspira lentement. Souffla discrètement. La cohorte de monstres imaginaires recula. Se fondit dans le tain du miroir.

Tendue, Lou se risqua à entrer en contact avec Sandro dont les doigts, distants maintenant, époussetaient les cheveux épars sur ses épaules. Un geste à la limite du sec. Du rejet.

Réduite à l'état capillaire.

Puis Lou se vit dans la glace, et se sentit brutalement rapetisser.

Qui se donnait la peine de songer, en la regardant, au combat qu'elle menait chaque jour ? Personne puisque, précisément, en la regardant, l'on se détournait instantanément d'elle.

Lou Werfel se leva, et mémorisa chaque détail du visage de la blonde. Chaque attitude. Malgré sa détresse, elle était profondément émue par sa beauté. Au point de vouloir lui ressembler.

Devant la vitrine du salon de coiffure, les sens en éveil, Lou resta un moment sur le trottoir. A humer l'air. A capter le moindre mouvement dans cette étrange immobilité urbaine, où le soleil écrasait humains, animaux, plantes et humeurs.

Derrière ses lunettes, Lou scrutait les gens nauséeux de chaleur en train de franchir les grilles de l'hôpital. Sans parvenir à oublier la blonde que Sandro allait rendre encore plus belle qu'elle ne l'était déjà.

Elle se passa une main dans les cheveux, où la sueur s'agrippait à sa nouvelle coupe. Dans quelques minutes, ce qui était beau deviendrait lourd et moite de transpiration. Informe. Werfel étouffa un sanglot et ressentit, comme toujours quand la souffrance s'amplifiait, le besoin aigu de se défouler. De se venger, et de faire mal à quelqu'un. A n'importe qui, pourvu que recule et disparaisse cette tristesse qui menaçait de la faire plier.

Une douleur enracinée du jour où Lou avait été exclue du groupe, à cause de son physique. Puis, avec la même violence, en raison de son esprit plus vif que celui des autres. Rejet du corps, et bleu à l'âme ; rejet de l'esprit, et honte de sa propre chair. Des dénégations déclinées à l'infini que pourtant rien ne justifiait, ou peut-être la peur, l'ignorance ou la bêtise humaine face à la différence. A se demander, ce qu'elle avait fait durant des années, si le monstre en elle ne réveillait pas chez les autres une terreur enfouie. La conscience que l'éclat du teint et la fraîcheur d'une peau ne tenaient qu'au fil capricieux des aléas de la vie.

Pourquoi personne n'a-t-il été au bout de ce jeu de massacre en me tuant ? se désespéra Lou Werfel.

Avec l'envie de se laisser tomber sur le macadam brûlant, front collé au sol, et de se recroqueviller sur ce chagrin lancinant. Intolérable. Afin que sortent de son corps disgracieux larmes et regrets. Afin que la douleur ne s'attaque pas aux digues érigées laborieusement pendant plus de trente ans.

Lou soupira, mais admit que ce drame, comparé à la misère du monde, était d'une banalité à pleurer. Et, pour avoir mille fois sangloté, Lou en savait quelque chose, elle qui n'arrivait toujours pas à se frayer un chemin dans la jungle des humains. Ces derniers ne voyant en elle que laideur et imperfection.

A croire que je les offense !

Fragment de terre détaché du continent, Lou Werfel s'était toujours sentie dériver en périphérie de la société. Invariablement refoulée, elle ne trouvait aucun port pour l'accueillir. Telle une femme-île en perdition au milieu de l'océan de la vie, Lou naviguait inlassablement sur la mer des sentiments et des désirs. Sans toucher nul rivage. Toujours mise en échec par la réaction d'un ou d'une qui, implacablement, la tenait loin des berges de ce bonheur auquel Lou aspirait, et estimait avoir droit. Comme tout le monde. Bien qu'on lui ait dit et redit que, justement, elle n'était pas comme tout le monde.

Lou gémit si fort qu'une passante sursauta.

Mue par cette impulsion qui l'incitait parfois à jouer avec les nerfs des autres, Werfel lui jeta un regard méprisant et décida de la suivre. Pour contenir cette urgence à obtenir réparation, à ne plus ressentir cette oppression qui lui broyait la poitrine. Pour apaiser sa tension, et se nourrir de la peur qu'elle susciterait, et qui pousserait l'inconnue à accélérer le pas. L'esprit en déroute, et les muscles saturés par l'adrénaline.

Elle se mit à serrer de plus en plus la femme qui montra rapidement des signes d'inquiétude. Lou la voyait prendre sur elle pour ne pas se retourner, et masquer son malaise. Mais son pas résonnait trop haut et trop fort dans les rues pavées. Lorsque l'inconnue trouva enfin le courage de regarder sa suiveuse, elle eut l'air désorientée. Visible, sa répulsion modifia les contours de son visage, brûlant Lou plus durement que les rayons ne lui cuisaient nuque et épaules.

Gênée, la femme détourna la tête et traversa le quartier de la Petite France, bulle de tranquillité et de douceur au cœur de la ville. Essuya la sueur sur son visage et son cou à l'aide d'un kleenex, qu'elle jeta dans une poubelle. Werfel ne put s'empêcher de ricaner. Elle ne connaissait personne d'aussi respectueusement obéissant qu'un Strasbourgeois. Même quand la peur le paralysait.

Mais, se dit-elle, qu'est-ce que je connais du monde ?

En dehors de cet horrible et nauséabond village du Cher où elle était simultanément née et morte. Où il n'y avait aucun avenir, pas même un fil d'espoir, pour une fille au physique ingrat et à l'intelligence précoce. Aiguisée.

Werfel réprima une bouffée de désespoir. La souris qui trottinait devant elle ne l'amusait plus. Lou n'avait de toute façon nullement l'intention de lui faire du mal. Elle se propulsa, brassa et fendit l'air sec de la pointe de son île, décidée à ne toucher terre qu'en se fracassant contre le corps de la brune en panique. Qu'elle dépassa sans même la frôler.

Dans ces moments-là, quand l'impression de se perdre devenait atroce, Lou Werfel distillait ce qu'elle connaissait le mieux : le dégoût, le rejet et la peur. Un sourire douloureux lui chiffonna le visage. Que faire pour que les autres vous acceptent sans conditions préalables ?

Qui être ?!

En sueur, Lou observa l'inconnue. Paria qu'elle était en train de se demander si son imagination ne lui avait pas joué des tours. Tout paraissait si paisible sous le ciel d'un bleu limpide. Mais le soleil étonnamment chaud provoquait des effets secondaires inattendus chez les humains. Particulièrement chez cette brune courtement vêtue, et qui transpirait à grosses gouttes en regardant s'éloigner Werfel.

Soudain, *La Traviata* jaillit dans l'atmosphère gorgée de chaleur.

Libiamo ne' lieti calici,
Che la bellezza infiora ;
E la fuggevol ora
*S'inebrii a voluttà**.

Les rares passants s'arrêtèrent et, tournant la tête, fouillèrent les rues de leurs yeux épuisés par la luminosité. Personne ne parvint à identifier d'où provenait la musique, qui disparut aussi vite qu'elle avait claqué dans l'air brûlant. Irrespirable.

Lou fut alors distraite par deux employés de la ville, armés de paniers en osier qui contenaient brumisateurs et notices explicatives sur la canicule. Ce qui l'agaça prodigieusement, elle qui se préparait à affronter les conséquences de cette fournaise dans un hôpital au bord de l'asphyxie. De la désespérance.

Perplexe, Werfel se dirigea vers *Yza Belle*, dont la propriétaire lui fichait un cafard monstrueux avec ses manières de femme bien dans son corps, bien dans sa tête. Mais Lou ne pouvait s'empêcher d'y passer, même si elle n'y entrait que rarement, préférant aller s'asseoir sur un banc

* Goûtons au calice de liesse, / Qui parsème de fleurs la beauté ; / Et que l'heure éphémère / S'enivre de volupté.

situé juste en face. D'où elle pouvait librement observer Enzo Marquèz.

Il y mangeait si souvent que Werfel l'avait soupçonné un temps de vouloir séduire Yza. Risque à considérer à la mesure de la carrure de Phil, à même de dissuader quiconque de courtiser sa femme, ou de semer la zizanie en ce haut lieu de la convivialité strasbourgeoise. La moitié de l'hôpital y avait son rond de serviette, et Lou s'était promis d'avoir également le sien. De pouvoir entrer, sans entendre mourir les conversations lorsqu'elle traversait la salle, toujours comble. Sans provoquer le rejet, ni voir les têtes se baisser ou les regards se détourner.

A travers la vitre, elle reconnut un citoyen volontaire, croisé plusieurs fois à l'hôpital en compagnie de sa supérieure, Ingrid Hensberger.

— Salut Phil.

Le mari d'Yza fumait sur le pas de la porte.

— Comment tu vas, Lou ? Hé, bien ta coupe, Yza va adorer !

— Merci… la vache, Phil, je meurs avec cette chaleur…

— Comme tout le monde.

Werfel eut une bouffée de reconnaissance envers Phil qui faisait partie de ces rares personnes à lui témoigner de la sympathie. Sans grimacer de dégoût.

— Tu sais qui déjeune chez toi ?

Phil tourna légèrement la tête, survola sa clientèle et revint vers Werfel.

— Le type, là, avec le débardeur blanc et bleu… un citoyen volontaire.

— T'es sûre ?

— Affirmatif. Un copain de Hensberger.

— Merde, le con ! lâcha Phil, rouge de colère.

Dix secondes plus tard, l'homme était expulsé. Il hurla et menaça, sans oser aller jusqu'à l'affrontement physique.

— Chez moi, on ne balance pas, point barre, gueula Phil.

L'homme détala, et Lou s'éloigna, en décrétant que c'était un signe.

Aujourd'hui, elle modifierait la trajectoire de sa vie ; demain, elle irait à la conquête du monde. Et d'Enzo Marquèz qui concentrait en lui la somme de ses rêves – fantasmes, voyages, désirs. Tout ce qui encourageait Lou Werfel à se lever encore chaque matin, en espérant que la chance finirait par tourner.

Werfel pénétra dans l'enceinte de l'hôpital et croisa une collègue, les cheveux décoiffés et les yeux rougis de fatigue. Du moins le crut-elle, avant que cette dernière ne lui avoue avoir pleuré.

— Tu comprends, Lou, là, c'est trop, on craque, gémit-elle. Hensberger est complètement folle. Elle nous engueule pour un oui ou pour un non et…

— Ça, Laeticia, c'est franchement pas nouveau.

— Sauf que là on est à bout. La climatisation est encore tombée en panne au troisième, il a fallu déplacer les malades et… merde, Lou, on a perdu le vieux monsieur diabétique, tu sais…

— Kerchens… Richard Kerchens.

— C'est ça, je… le pauvre, il est mort déshydraté… Merde, c'est dégueulasse, ça n'aurait jamais dû arriver ! Quelqu'un aurait dû lui donner de l'eau… beaucoup plus d'eau, et beaucoup plus souvent… Pourquoi on ne fait rien ? Pourquoi ça recommence ? Fait chier, Lou, fait vraiment chier !

Werfel lui mit une main sur l'épaule. La sentit prête à fondre en larmes et se préparait déjà à la consoler, quand arrivèrent deux ambulances suivies des pompiers.

— Va falloir tenir, ma jolie, regarde.

Laeticia se tassa sur elle-même en apercevant infirmiers et sapeurs rivés aux brancards. Lou s'approcha et saisit une bribe de conversation. Un soldat du feu suggérait de préparer les lances à eau afin de rafraîchir les premiers camions destinés à être transformés en frigos.

Pour pallier le brusque surplus de décès, et le manque de places en chambre froide, précisa-t-il du haut de ses vingt ans, sombre et déterminé à la fois.

3

Le front moite malgré la fraîcheur de la pièce, Anne Boher tenait un scalpel. Qu'elle posa entre les seins de la jolie brune étendue sur la table.

Presque négligemment, le temps d'une seconde ou deux, elle fit monter et descendre la pointe de la lame puis, d'un geste assuré, Anne entailla la chair. Avec précaution et sans s'émouvoir, concentrée, elle découpa le corps. Ne sursauta pas à la vue des viscères ; du cœur arrêté depuis déjà de nombreuses heures.

Mais, lorsqu'elle écarta les jambes, Boher eut un léger mouvement de recul. Avant de s'approcher plus près.

— Hum… quelqu'un a du souci à se faire, murmura Anne.

— Plus elle, en tout cas, répliqua une voix d'homme, énergique. Au vu de l'état hémorragique, écorchement *post mortem*, non ?

Boher approuva d'un grognement.

Enzo Marquèz fit deux pas en arrière et se plaça aux pieds de la victime. Sous la lumière froide des lampes scialytiques, jambes et bras écartés, thorax ouvert et cheveux noirs épars conféraient à cette mort une dimension quasi fantastique.

— Viol masqué en crime, conclut-il.

Anne posa un regard charbonneux sur son assistant, et hocha la tête. Eprouva le besoin de se toucher les paupières qui la démangeaient. S'en abstint. Non seulement elle portait des gants, mais ils étaient couverts de sang et de matières organiques.

— Envisageable… Pour autant, Enzo, ne nous emballons pas. Que pouvait-on lui reprocher pour lui infliger ça ? chuchota-t-elle.

— D'être vivante, rétorqua Marquèz, en lui tendant un instrument.

— Hum... je ne vois pas de traces de viol vaginal, uniquement anal.

Anne explora délicatement les chairs, puis entreprit d'inciser profondément dans les muscles des cuisses, à la recherche d'hématomes ou de lésions sous-cutanées. De son côté, Enzo achevait une série de clichés. Il reposa l'appareil, et parcourut les premières radios de la victime.

— Ou son assassin pèse cent cinquante kilos, ou il lui a sauté dessus à pieds joints, lâcha-t-il.

— Garde la première hypothèse, suggéra Anne.

— Je n'en jurerais pas, docteur Boher. Ce type est un sauvage, tu ne crois pas ?

Anne observa les clichés, puis Enzo, et approuva silencieusement avant de détourner la tête. Pour échapper à l'acuité de son regard bleu, singulièrement clair.

D'origine argentine par son père et italienne par sa mère, jusqu'à l'âge de quatre ans Enzo Marquèz avait vécu du côté de Perpignan, où ses grands-parents s'étaient établis après avoir fui l'Espagne franquiste. Au début des années quatre-vingt-dix, après une longue période de chômage, son père avait accepté un poste de tailleur de pierre à la mairie de Strasbourg. Ville qu'Enzo n'aimait pas. Cela dit, vu qu'il n'en aimait aucune, exception faite de New York où il avait passé les meilleurs moments de sa vie, ici ou ailleurs, ça ne changeait rien.

Comme les vivants l'emmerdaient au plus haut point, à trente-quatre ans, Marquèz s'était définitivement tourné vers les morts qui, eux, le fascinaient. Travailler avec Anne Boher était une chance dont il se félicitait, et se vantait, chaque jour. En particulier depuis deux ans, époque où Boher avait solidement assis sa réputation de légiste, en résolvant une affaire criminelle d'envergure. Insolite et complexe. Une sale affaire de meurtres commis sur douze jeunes femmes handicapées, dont dix retrouvées en morceaux.

L'état des victimes démembrées avait nécessité une longue et minutieuse reconstitution de chaque squelette. Au préalable découpé, puis disséminé sous terre. Les deux dernières avaient été retrouvées entières dans le Rhin. L'autopsie avait révélé une difformité défiant l'imagination, et l'enquête n'était jamais parvenue à déterminer pourquoi ces femmes avaient échappé au scénario du meurtrier. Ces corps, meurtris et dégradés par leur séjour dans l'eau, comportaient d'infimes particules de matières. Du sable, de la terre et de la vase qui ne provenaient pourtant pas du Rhin.

A force d'obstination, Anne Boher avait réussi là où ses confrères plus chevronnés avaient renoncé ou échoué. Nuit et jour, elle avait cherché avec une pugnacité qui en avait surpris plus d'un, et fini par trouver ce qui, dans la mort, reliait les défuntes. A jamais non identifiées, car rien n'avait permis de les nommer ni de retrouver leur famille. Ce fut toutefois grâce à ce lien que la police put circonscrire ses recherches autour du lac de Blauelsand, où furent exhumés les squelettes et appréhendé un suspect.

A ce stade de l'enquête, Anne Boher avait été secondée par Laure Bellanger, une psychologue pour qui ils s'étaient tous deux pris d'amitié. Une intervention qui ne retirait rien aux compétences de la plus jeune femme légiste de France et, aux yeux d'Enzo, la meilleure. Quant au malade à l'origine de ce carnage, deux ans plus tard, Marquèz ne savait toujours qu'en penser.

Né non loin de la frontière franco-allemande, de type caucasien et atteint d'une forme de délire animiste, l'assassin avait vécu dans une cabane dans les bois. Reclus. Loin du monde des humains. Loin de ce qui participait à une certaine notion de la civilisation – émotion, langage, identité, conscience.

Au cours de son arrestation, et de son incarcération, personne n'avait réussi à lui tirer un mot. Pas même son prénom. Policiers, magistrats et psychiatres s'étaient heurtés à un mur que rien n'avait entamé. Débile et mutique, l'homme était demeuré aussi anonyme que ses victimes. Tous en avaient conclu à la folie, de celle qui terrorise et fascine, interroge mais fait fuir. Sauf Laure Bellanger qui s'était enthousiasmée pour le cas avec la même rigueur que la très circonspecte Anne Boher. La fougue et la passion en plus.

Une bouffée de fierté fit se redresser Enzo dont les yeux se vissèrent aux mains de Boher. Au mouvement attentionné des doigts autour de la matière désormais inerte ; puis remontèrent le long du bras jusqu'au cou, fin et couvert d'épais cheveux roux maintenus par une protection en papier.

Là, il retint un soupir.

Anne Boher ne se préoccupait pas assez de son apparence, et encore moins sur son lieu de travail. A trente-neuf ans, elle en paraissait parfois dix de moins, en raison d'expressions enfantines qui faisaient fondre Marquèz ; d'autres jours, elle en affichait dix de plus, sans qu'il comprenne pourquoi. Car, depuis quelques mois, cinq pour être précis, ce qu'il était, Enzo était convaincu que quelque chose de grave tourmentait Anne Boher.

Plus mélancolique que de coutume, son regard était par moments presque somnambulique, et la distance qu'elle mettait habituellement entre elle et les autres avait augmenté. Parfois, Boher donnait l'impression de suffoquer, et avait des réactions incompatibles avec le caractère d'un légiste. Comme lui demander, alors qu'ils étaient en train de préparer un corps, de déplacer sa voiture du parking souterrain à celui de l'extérieur, situé près de l'entrée principale. Une exigence derrière laquelle filtrait une anxiété perceptible. Enfin, Anne Boher parlait de plus en plus souvent à voix basse.

Et de moins en moins, remarqua-t-il.

En refermant un tube de sécrétions vaginales destiné au labo. Avant de s'attaquer à la découpe de la boîte crânienne.

Marquèz avait appris à tendre l'oreille, et à faire aussi peu de bruit que possible. Ce qui en soi ne représentait pas une prouesse, car ils n'étaient guère nombreux à se bousculer à l'institut médicolégal. Il regrettait seulement qu'Anne ne parle plus que pour évoquer le strict minimum, et toujours à propos du travail. Or ce n'étaient pas les morts qui risquaient de perturber l'ambiance froide et silencieuse de la morgue. Les proches, de temps en temps, avec leurs cris de désespoir et leurs larmes impossibles à contenir. Aussi Enzo se sentait-il parfois un peu isolé.

Huit mois plus tôt, Anne Boher s'était débarrassée de sa volubile deuxième assistante. Intelligente, mais trop sûre d'elle, Sophie Mangin avait affiché un degré zéro de psychologie envers Boher. Marquèz n'avait pas oublié les nombreuses fois où, au début avec courtoisie avant de laisser éclater une colère cinglante, métallique, Anne l'avait définitivement remise à sa place. Que cette dernière n'avait cessé de quitter pour occuper celle de sa supérieure, ce qu'aucun médecin ne pouvait tolérer.

Il râla contre la lenteur de l'administration à remplacer Mangin, et jeta un regard en biais à sa patronne. Le manque de personnel était un réel problème, et la décision de Boher ne rendait service à personne. Encore moins aux familles qui, depuis, attendaient bien trop longtemps avant de reprendre possession d'un proche.

Sans rien laisser transparaître, Enzo soupira.

D'un regret prématuré de ne plus travailler seul auprès d'Anne Boher, mais également de soulagement. Dans la matinée, elle lui avait appris qu'une nouvelle recrue occuperait le poste en septembre. Une satisfaction mitigée, car c'était maintenant qu'il aurait fallu y pourvoir. A eux deux, ils ne parviendraient jamais à gérer l'afflux de corps que les prévisions météorologiques laissaient envisager.

Une fois achevé l'enregistrement des données sur la jeune femme violée et assassinée, accusant la fatigue, Marquèz ressentit le besoin d'une pause, mais il allait devoir encore patienter. C'était à lui qu'incombait la transmission des dossiers des trois derniers jours.

Un "incident de voyageur" avait entraîné une intervention judiciaire et médicolégale, pour vérifier qu'il n'y ait pas eu tentative de meurtre. Une performance, quand on savait à quoi ressemblait un corps percuté par un train. Quant à la jolie brune retrouvée près de la passerelle Ducrot, elle alimenterait sous peu la rubrique des faits divers.

D'ici à quelques heures, ça grouillerait de flics et de journalistes, et la pression serait à nouveau sur Anne Boher, laquelle paraissait bien lointaine. Inaccessible. Spectrale même par instants, ou emplie d'une fureur qui, brusquement, solidifiait sa démarche et ses gestes.

Mais, au-delà de la mort de la brunette, ce qui déchaînerait les médias, ce serait la poupée rousse trouvée au courrier du matin. Mieux emballée qu'une momie. Une fois qu'il eut retiré les bandages entourant son corps plastifié, Enzo avait découvert une inscription au feutre rouge. SON DÉMON sur la cuisse droite et, sur celle de gauche, EST LUCIFER. Comme Boher était à ce moment-là au quatrième étage avec Alain Kerenski, Marquèz avait attendu son retour pour prendre une décision.

Il songea alors à ce blépharospasme qui affectait Anne, probablement annonciateur d'un dysfonctionnement neurologique, et serra les mâchoires. A peine sortie de sa consultation, sans doute sous le coup de l'émotion, Anne, qui maintenait généralement une solide délimitation entre vie privée et professionnelle, s'était confiée à lui.

Aussi, quand Enzo avait parlé d'expédier la poupée au labo, sa réaction l'avait pris au dépourvu. Boher avait soudain affiché une distance et un désintérêt qui n'avaient nullement empêché Enzo de percevoir son inquiétude. Confirmée par le malaise qui avait plané entre eux pendant l'heure suivante. L'arrivée de la jolie brune avait dissipé la tension, les obligeant à se concentrer sur un être humain. Mais, depuis, la morgue demeurait imprégnée de la présence de cette créature artificielle.

Un peu avant dix-sept heures, Anne retira sa blouse et annonça qu'elle faisait un rapide saut chez elle.

Enzo suspendit son geste. L'observa, et la sentit à bout d'avoir accumulé trop d'heures et trop de gardes. Que lui dire pour l'obliger à décompresser, sans la froisser ? L'inviter à boire un verre chez *Yza Belle* ?

Marquèz secoua la tête.

Boher n'allait jamais dans ce genre d'endroit où il faisait bon siroter du pinot ou de la bière, en dégustant fondue et tarte. Quant à Yza, avec ses chapeaux baroques et son franc-parler, ses éclats de rire généreux et sa bonne humeur contagieuse, elle ferait sans doute fuir la très réservée Anne Boher.

Ce qui l'amena à penser à ce mystère qui mettait la ville en émoi, chacun y allant de sa théorie, Yza en tête de liste avec son imagination fantasque. *La Traviata* surgissait de nulle part, pour s'évanouir aussitôt, en laissant derrière elle un vide presque surnaturel. Les Strasbourgeois s'enflammaient chaque jour un peu plus pour le sujet et les médias locaux, qui s'étaient tardivement emparés du phénomène, en avaient depuis fait un jeu pour l'été.

Ils sont passés de l'inexplicable au ludique, se dit Enzo, le nez dans un dossier concernant un homme retrouvé suicidé dans son bureau.

Les conséquences des ravages socioéconomiques se répercutaient désormais chez les actifs qui, à bout, en venaient à se supprimer. Nombre d'entre eux sur leur lieu de travail. Un problème auquel Boher et lui étaient de plus en plus confrontés.

Marquèz regarda l'heure et se sentit nerveux.

Il devait se rendre au dernier sous-sol, qui lui fichait une peur irrationnelle. Pour une raison encore indéterminée, Boher lui avait instamment demandé de rechercher de vieux dossiers. Avec une insistance presque dérangeante à propos du 242, une indexation inhabituelle pour les affaires qui émanaient de l'institut médicolégal.

*

Couloir après couloir, Enzo dépassa plusieurs portes closes et austères, dont la dernière couche de peinture, une pellicule humide et jaunâtre, remontait à cinquante ans. Les murs exhalaient des effluves de pourriture et de produits chimiques qui lui soulevèrent le cœur. Une odeur aussi forte qu'inoubliable, et capable de débrider l'imagination d'un caillou. L'anxiété le gagna et Marquèz accéléra.

Au moment d'atteindre la remise attribuée au personnel de l'institut médicolégal, il entendit un bruit. S'arrêta. Tendit l'oreille. Ne perçut plus dès lors que les battements impétueux de son cœur. Enzo secoua la tête, se traita d'idiot et poursuivit son chemin. S'arrêta à nouveau, transpirant d'inquiétude.

— Merde… j'ai pas rêvé !

C'était bien un gémissement qui lui parvenait par intermittence. L'angoisse lui assécha la bouche. Il se passa la langue sur les lèvres, s'essuya le front, puis les mains sur sa blouse. Aux aguets.

Qu'y avait-il dans ces caves où plus personne ne pénétrait ?

Tout ici prêtait à imaginer pléthore de monstres et d'actes abjects. Sans compter qu'il circulait d'anciennes rumeurs sur les sous-sols de l'hôpital, à propos d'expériences réalisées sur des enfants nés malformés. Enzo ferma son esprit, et la porte qu'il venait d'ouvrir sur une myriade d'horreurs, et se concentra sur sa respiration.

Imbécile ! se dit-il, ce n'est sans doute qu'un chat ou…

— Putain, un rat !

Il décida que les dossiers attendraient et rebroussa chemin, pressé de quitter les lieux.

Sous le regard amusé de Werfel. Abritée dans un renfoncement, elle attendit le départ de Marquèz pour continuer son exploration des souterrains. Une activité à laquelle Lou se livrait ces derniers jours, en prenant sur son temps de pause. Au moins, ici, elle respirait mieux et accordait un répit salutaire à son corps éprouvé par la chaleur.

Lou progressait entre les murs, odorants d'humus et de putréfaction, fascinée par ces tunnels qui filaient au loin. Elle traversa passages, voûtes et salles, dont elle ne voyait toujours pas la fin. Combien de kilomètres de galeries avait-elle ainsi déjà parcourus ?

En dépit de ses recherches sur Internet, Werfel n'avait rien trouvé. Rien ne filtrait à ce sujet. Même silence inexplicable concernant ces inavouables expériences sur des fœtus avortés ou malformés. A intervalles réguliers, la rumeur jaillissait, revigorée par sa mise en sommeil. Remontait depuis les entrailles de l'hôpital, se faufilait jusqu'aux salles et couloirs et alimentait les conversations comme les imaginaires.

Du bout des doigts, Lou frôla une paroi, consciente qu'il lui faudrait bientôt quitter les lieux. Elle avait déjà visité de nombreuses pièces, dont la plupart contenaient du matériel médical obsolète – vieux brancards rouillés, tables ou chaises bonnes pour la casse, instruments préhistoriques. Des armoires métalliques aussi et qui, au nom d'une raison administrative absurde, servaient encore d'archives à certains services.

C'était dans l'une d'elles que Lou Werfel se préparait à fouiller.

4

Saisie par l'air incandescent, Anne observa le ciel bleu cobalt, puis le parc jaunissant. Le quadrillage des allées, lignes grisâtres qui réunissaient entre eux des bâtiments en béton du début des années soixante-dix. Le crissement des graviers lui fit tourner la tête. Boher vit passer une femme, oreille soudée à son téléphone, et qui se plaignait de ce début d'été caniculaire.

— Toujours une bonne raison de geindre, lâcha Anne à voix basse. Alors qu'ils ont la vie devant eux.

Ainsi que l'avait remarqué Enzo, Boher parlait de plus en plus bas, mais, surtout, de plus en plus souvent seule. Ce qu'il ignorait encore.

Blépharospasme.

Le mot se déplaçait dans son esprit à la manière d'un parasite qui remonterait le long d'une veine et perforerait le derme. S'y abreuverait sans relâche, en ne laissant derrière lui qu'une piqûre irritante.

Anne, qui se repassait en boucle les propos échangés avec Kerenski, n'en revenait pas de son diagnostic, et de la lourdeur des examens à venir. Elle se tendit intérieurement. Combien de prises de sang faudrait-il pour déterminer à quel stade d'évolution en était son dysfonctionnement neurologique ? Et, une fois effectuées les analyses, qu'allait-on lui trouver qui expliquerait ce…

Blépharospasme.

Le mot virevoltait sous les cheveux roux, humides de transpiration. Boher se sentait piégée. Alain Kerenski connaissait le manque d'entrain des médecins à prendre soin d'eux, aussi l'avait-il prévenue qu'il ne la laisserait pas se défiler.

Il était capital qu'elle se fasse soigner. Le plus tôt possible, avait-il insisté.

Anne grimaça.

— Mais qu'en sait-il, Kerenski ? Que sait-il donc de ce qui est encore important pour toi !?

Boher croisa Jérôme Horn qu'elle détestait, et qui le lui rendait bien. Pourtant, elle se sentit obligée de l'écouter lui rabâcher ce qu'elle-même ne pouvait ignorer. Après la grave détérioration de la situation de l'hôpital, Horn s'en prit au plan canicule puis cracha sur les directives, inutiles et contradictoires. Il acheva sa diatribe en persiflant sur la distribution de brumisateurs par les bénévoles de la mairie.

Anne n'écoutait pratiquement rien des propos de Horn, chirurgien ambitieux et malheureusement pour lui moins talentueux que d'autres.

Toujours aussi retors !

Pour une raison demeurée obscure, Jérôme Horn lui avait mis des bâtons dans les roues lors de l'affaire du fou de Blauelsand, quand bien même leurs disciplines respectives ne se concurrençaient pas. Depuis, la tension était vive entre le chirurgien peu scrupuleux et le service médicolégal, Anne Boher le jugeant prétentieux et incompétent. Ce qu'elle avait fini par lui dire, en public, un jour où il l'avait énervée au point de la mettre dans une colère typiquement "bohérienne", que personne n'aimait voir éclater.

Tu crois que ça lui arracherait la bouche de prendre de tes nouvelles ?

Au nom de quoi supportait-elle ce type, si pénible avec sa façon de médire en permanence et de rejeter responsabilité et culpabilité sur tous ? Rares étaient ceux à s'intéresser à l'équipe médicolégale, la plupart négligeant l'essor pris en ce domaine. Lorsque la presse avait titré sur les capacités du docteur Boher, reconnues depuis comme exceptionnelles, une partie de ses confrères avait brusquement découvert son existence. L'autre avait appris à se méfier d'elle.

Son démon est Lucifer.

Anne frissonna.

Le visage de la poupée rousse s'imposa à son esprit.

Pourquoi ses paupières ne se fermaient-elles jamais sur la laideur du monde ? Et, quand elle croyait enfin pouvoir se détendre, ce n'était que pour mieux les ouvrir sur d'autres horreurs. Sur ce cauchemar qui la hantait depuis l'enquête sur l'assassinat des jeunes handicapées. *La boutique des monstres*, avait-elle intitulé ce rêve qui, parfois, se mélangeait ou se superposait à un autre. Celui où Anne abattait sa mère.

Elle avait toujours beaucoup rêvé, s'en souvenait aisément et notait tout depuis son adolescence. Boher avait ainsi rempli quantité de cahiers, qu'elle n'ouvrait jamais mais conservait précieusement, incapable de se séparer de cette partie d'elle-même.

Un fragment de chair onirique... tu vas attendre longtemps pour téléphoner à Laure ?

Boher en eut assez d'écouter Horn pérorer, et mit un terme à son monologue. Avec une moue dédaigneuse, ce dernier gagna rapidement le hall de l'hôpital, en quête d'une nouvelle proie.

De loin, Anne aperçut un homme contre le capot de sa voiture, trop chaudement vêtu pour la saison. Un franc sourire aux lèvres, Branko se redressa et s'approcha en claudiquant.

— Je m'chauffais les fesses, docteur.

Il s'essuya les mains sur sa chemise, plus sale que sa peau, en tendit une à Anne qui la serra amicalement. Sans se préoccuper des regards en biais de deux infirmières qui traversaient le parking.

— Bonjour Branko, comment ça va aujourd'hui ?

Anne s'épongea la nuque et le front. Sentit peser les rayons du soleil sur sa poitrine, et se demanda comment il faisait pour supporter son épais manteau en laine.

— Bien, bien, docteur.

— Et ta jambe, avec ce temps ?

— Oh ben, vous savez...

Anne hocha la tête, et lui offrit une cigarette.

Pendant vingt-sept ans, Branko avait été carreleur. Il en avait gardé des genoux calleux aux articulations usées, et perdu la moitié de sa main gauche sous une lame. Dès lors, plus question d'exercer son métier qu'il avait aimé malgré la fatigue inhérente à sa profession. Et encore moins de prétendre à autre chose qu'une misérable allocation pour handicap professionnel.

Combien de temps crois-tu qu'il va tenir ? Et toi, Anne, hein ? Et toi tu vas...

Boher ignorait de quelle manière Branko conservait la tête hors de l'eau, et même où il vivait. Ce qu'elle savait tenait finalement en peu de mots.

Un jour qu'il était en soins intensifs, après un coma éthylique, un interne lui avait parlé de sa passion pour la photo. Une activité trop onéreuse pour Branko, mais ce fut l'occasion de donner un autre sens à son existence. Depuis, il couvrait murs et trottoirs de la ville de ses visions aussi colorées que poétiques. Régulièrement, Branko finissait au poste de police où, régulièrement, Boher venait l'en sortir.

Ça durait depuis six ans. Entre le médecin légiste et l'ancien ouvrier s'était tissé un lien évoquant sinon de l'amitié, du moins de l'affection respectueuse. Une relation qui consistait essentiellement à prendre des nouvelles et, parfois, à soigner Branko qui vieillissait mal et perdait la tête. Surtout depuis qu'il avait développé une obsession pour les mouches.

— Vous avez une petite mine, docteur, non ?

— La chaleur... ça complique tout.

Branko écarquilla ses yeux légèrement vitreux, peu convaincu.

— Disons que la vie n'est pas simple en ce moment, admit-elle. Dis-moi, c'est toi qui as repeint la porte de mon garage ?

Il eut l'air subitement bouleversé.

— Ne craignez rien, docteur, vous vous souvenez, je suis le gardien des mouches, hein ? Alors, je veille sur vous. Et sur votre voiture. Elles sont venues tout à l'heure, elles voletaient un peu partout, pour dérober les pensées des autres. Ah ça, aujourd'hui, avec tous ces cadavres, elles ne sont pas venues pour rien ! Vous savez bien ce qu'elles font, ces voleuses d'âme, vous qui travaillez avec les morts. Mais elles s'approchent pas de vous, docteur, ça, pouvez m'faire confiance... J'ai l'œil.

Soucieuse, Anne se força à sourire.

Branko se frotta les avant-bras, et parut momentanément absent. Puis, dans un effort qui lui rida le visage, il hocha la tête.

— C'est votre mère, hein ? Forcément, ça s'aggrave.

Etonnée, Anne acquiesça. Elle n'avait pourtant pas souvenir d'avoir évoqué l'état d'Emmi Boher avec Branko. Mais c'était toutefois dans l'ordre du possible, car, étrangement, elle éprouvait moins de difficulté à se confier à lui qu'à ses proches.

Mais quand… et que sait-il au juste ?

Anne sollicita sa mémoire pour retrouver leurs dernières conversations, et sentit poindre un mal de crâne. De son sac, elle sortit deux aspirines et une bouteille d'eau. Branko allait s'enquérir de sa santé, quand il aperçut le chef de la sécurité débouler du hall d'entrée.

Débordé par le plan canicule, Dominique Waltter avait autre chose en tête que d'appliquer le règlement qui stipulait son droit à expulser Branko. Option de toute façon impossible, tant qu'il serait le protégé du docteur Boher. D'un pas vif, Waltter s'éloigna, non sans se demander ce qu'Anne Boher fichait avec cet ivrogne. Lequel le défiait chaque jour en pénétrant frauduleusement dans l'enceinte de l'hôpital.

Contrarié, Waltter monta les escaliers qui menaient au service de stomatologie, et se jura de chasser définitivement ce clochard puant. Quoi qu'en dise ou en pense Anne Boher. Et le président Simonov qui, lui aussi, paraissait s'être pris d'affection pour ce qui n'était aux yeux de Waltter que de la vermine.

Anne dit au revoir au vieux carreleur, s'inquiéta de savoir s'il avait les moyens de subvenir à ses besoins, puis s'installa au volant de sa voiture. Où elle prit le temps d'observer ses yeux dans la glace du pare-soleil, en tapotant délicatement ses paupières du bout de son majeur. Avant de contrôler les rétroviseurs extérieurs. A gauche. A droite. Derrière. D'une main nerveuse, elle écarta de son front une mèche rousse collée par la sueur, et poursuivit l'examen de ses paupières.

Blépharospasme…

— Ça va te rendre folle…

Un appel sur son portable interrompit le cours de ses pensées.

Attentive, elle écouta les mots assénés par une voix froide et autoritaire, et raccrocha la peur au ventre. Désorientée, Boher se saisit de son courrier qui traînait sur le siège passager – de nombreuses publicités vantant un monde dont elle n'avait que faire, des factures et deux lettres. Ainsi qu'une épaisse enveloppe. Ce qu'elle y trouva la laissa perplexe.

— Merde… mais ça veut dire quoi ?

Sa voix résonna dans l'habitacle surchauffé.

Anne détestait la climatisation et, d'une main, elle actionna l'ouverture des vitres ; de l'autre, elle tenait une petite poupée en plastique aux longs cheveux roux. A qui on avait pris soin de prélever les yeux.

Elle releva la tête, et aperçut Branko qui lui souriait, sa main atrophiée en l'air pour un dernier salut. Anne le suivit dans son rétroviseur, hésita à intervenir en voyant Dominique Waltter lui tomber dessus et gesticuler furieusement. Puis elle se demanda s'il était envisageable que Branko soit l'auteur de ces envois douteux.

— Non, non, non. Anne, tu perds vraiment la tête… Quelle raison aurait-il de faire une chose aussi… En même temps, on ne l'appelle pas Branko pour rien… Et puis il sait pour maman…

Indécise, Boher jeta la poupée sur le siège, et démarra. Vérifia à nouveau ses rétroviseurs. Durant une microseconde, elle crut voir se profiler l'ombre d'une poupée et fit une embardée. Heurta un plot en béton, et jura plus pour expulser sa tension que par intérêt pour la carrosserie.

— Et maintenant, Anne, que vas-tu faire ? marmonna-t-elle, en regardant la route.

Elle… Tu n'en sais rien, c'est bien ça le pire !

Les envois de poupées atteignaient leur objectif. Aussi cartésienne et logique qu'elle soit, Anne Boher tanguait intérieurement. Ne se comportait plus avec la distance requise. Quelque chose – souvenir ou idée – affleura à son esprit, et se désagrégea aussitôt dans la masse de ses pensées morcelées.

Au début, Anne avait tenté d'identifier la provenance des jouets. Une entreprise aussi titanesque que vaine, puisque chaque magasin en France en vendait quantité à l'année.

Des saletés de poupées que n'importe qui peut acheter… Tu en as vu en vitrine… tu as même…

Un bruissement d'ailes de papillon la fit se tendre. Elle se concentra sur la route et tenta de réguler sa respiration. Se débattit avec une mouche, jura puis se calma.

Anne avait également effectué une recherche d'empreintes, et uniquement identifié les siennes. En conclusion, elle ne possédait qu'un indice : son expéditeur se donnait la peine d'enfiler des gants.

Si ce n'étaient que de vulgaires poupées aux cheveux roux, toutes étaient souillées d'inscriptions et de sang. Toutes étaient mutilées.

*

Un quart d'heure plus tard, quai des Bateliers, Anne Boher effectuait le plus invraisemblable des créneaux. Avant de regarder dans le rétroviseur, une fois, deux fois, puis de descendre.

Elle allait claquer la portière, quand l'angoisse la cloua sur place. Anne fixait le rideau du rez-de-chaussée du pavillon où elle vivait, de l'autre côté du quai. Une des rares villas situées en plein centre de Strasbourg. Bâtie au-dessus du canal de l'Ill, elle évoquait un paquebot en pierres de taille.

Incrédule, Boher se frotta les yeux.

— Tu as dû rêver…

Le rideau se souleva à nouveau. Son cœur loupa un battement et repartit brutalement. Douloureusement.

Anne aurait voulu avoir la force de courir et de traverser la passerelle ; la force d'enfoncer la porte et d'arrêter le temps. D'arrêter ce que son imagination lui laissait entrevoir comme drame à venir. De tout arrêter. Mais ses jambes ne la portaient plus. Le souffle court, elle n'eut d'autre solution que de s'agripper à la portière. Pour ne pas tomber. Ne pas couler. Ne pas hurler sous la pression de cette angoisse qui l'étranglait.

Les yeux rivés au bleu du rideau, Anne était pétrifiée. Avait-il jamais bougé ?

Elle… tu… tu perds la tête… Tu ne cesses de divaguer ! Reprends-toi…

— Le vent, peut-être… Mais bon sang, il n'y a pas un souffle d'air ! Alors quoi ? Le ventilateur, oui, ça doit être le…

Son murmure se perdit dans le brouhaha que fit un groupe de jeunes en passant sur le trottoir. Brève turbulence qu'une citoyenne volontaire s'empressa immédiatement d'annihiler, à grand renfort de sentences sur le nouvel ordre public.

Des miettes de discours moralisateur parvinrent aux oreilles bourdonnantes d'Anne. Sa vue se brouilla. Les vapeurs de chaleur modifiaient le paysage, étiraient et déformaient toute chose. Dilataient matière et temps. Les antennes sur les toits se muèrent en silhouettes menaçantes, et le vrombissement d'ailes de papillon lui écorcha les tympans.

Incapable du moindre geste la seconde précédente, Anne se propulsa comme si soudain sa vie en dépendait. Elle mit un temps fou à trouver ses clés au fond de son sac, et encore plus à ouvrir tant sa main tremblait. Fiévreuse, Boher se précipita vers la seule chambre qui donnait à la fois sur le canal et sur un jardin imparfaitement entretenu. L'unique pièce à avoir des tentures en tissu depuis qu'elle avait installé des stores électriques aux autres fenêtres.

En face de la porte, tremblante, Anne prit le temps de rajuster sa mise, une robe fleurie qui lui collait à la peau. Alors qu'elle soufflait à l'intérieur de l'encolure de sa robe, elle réalisa que son rythme cardiaque était beaucoup trop élevé, et inspira profondément. Plusieurs fois de suite. Enfin, du bout des doigts, Anne se recoiffa et essuya ses larmes, tandis que son estomac se faisait acide.

Blépharospasme…

— N'y pense plus, par pitié, tu dois cesser d'y penser !

Puis elle frappa doucement et entra, en priant que son malaise ne soit pas perceptible.

Ce qui l'attendait dans la pièce, relativement fraîche grâce aux rideaux fermés et au ventilateur qui tournait en continu depuis que le thermomètre flirtait avec les 45 degrés, lui souleva le cœur. Non de dégoût, mais d'une révolte mêlée d'un chagrin dont Anne savait déjà ne jamais se remettre.

Les yeux grands ouverts, dans l'incapacité de bouger ou de parler, sa mère gisait sur son lit de misère depuis des semaines, qui s'étaient implacablement transformées en mois. Chacun plus long que le précédent.

Cinq mois… et un jour.

Sans compter l'année passée à observer la maladie dévaster l'organisme d'Emmi Boher.

Anne s'approcha avec précaution, effleura avec une extrême douceur la main de sa génitrice et s'assit à ses côtés. Pas sur le lit, car le moindre impact provoquait des douleurs épouvantables que la morphine n'estompait plus que partiellement.

— Maman ? chuchota-t-elle. Ça va ?

Péniblement, Emmi Boher baissa ses paupières, et les releva.

Techniquement, Anne savait ce que lui coûtait cet infime geste.

Mais que sais-tu, s'insurgea-t-elle, de la douleur d'un corps qui aurait déjà dû depuis longtemps servir d'engrais, si la médecine ne s'était acharnée ? Qu'en sais-tu, toi qui n'as pour patients que des morts ?

Percer l'abcès. Retirer le pus. Noir. Toxique. Enfoncer la lame jusqu'au cœur. Tenir bon. Eradiquer. Cautériser la plaie ou mourir.

Assaillie par les mêmes pensées qui lui étaient venues durant sa consultation avec Kerenski, Anne fit de son mieux pour les ignorer. Elle regarda sa mère, et se sentit physiquement et émotionnellement coupée en deux. Sectionnée. Comme si une brèche ouverte en elle séparait la droite de la gauche, la vie de la mort. La folie de la raison, le bien du mal. Une fêlure qui advenait chaque fois qu'elle mesurait l'état d'Emmi Boher.

Un écartèlement…

D'un côté, Anne en voulait à la terre entière, et même à Dieu en qui elle ne croyait pourtant pas, mais, surtout, elle en voulait à ses confrères. A leur implacable volonté de garder coûte que coûte un individu en vie.

Mort-vivant, plutôt…

D'un autre, elle leur était reconnaissante de leurs efforts pour adoucir les ravages de cette maladie orpheline, aussi incomprise qu'incurable. Anne examina sa mère, et fut une fois encore surprise par sa relative bonne mine. Pourtant, la logique du processus de destruction du système neurovégétatif aurait dû entraîner une perte plus notable de vitalité et de tonicité des tissus.

D'où maman tire-t-elle cette énergie ? Et pourquoi trouve-t-elle… trouves-tu ça anormal, Anne, pourquoi ?!

Boher en était venue à envisager la possibilité que l'organisme d'Emmi produise une sorte d'antidote naturel, capable de combattre partiellement les attaques subies par son métabolisme. Eventualité qui troublait le médecin – au point d'avoir demandé un nouveau bilan –, mais rassurait la femme. Car, même si ce n'était qu'un fol espoir, jusqu'au bout, Anne Boher voulait rester du côté de la vie. Il existait de nombreux cas de rémission, spectaculaire ou incompréhensible, qui défiaient les lois du vivant comme du corps médical.

Alors pourquoi pas toi, maman, pourquoi pas ?

Anne était anéantie à l'idée d'être la dernière survivante de sa famille. Un fracas intérieur que rien n'apaisait et qui, au contraire, s'amplifiait depuis des mois.

Durant l'enquête sur le fou de Blauelsand, elle en avait discuté avec Laure Bellanger, pour tâter le terrain. L'air de rien. L'air de celle qui ne serait pas concernée. Habilement, Laure avait soulevé la question d'une grossesse ou d'une adoption. Une solution qu'Anne refusait, pour des raisons qui lui échappaient, tant son rejet de la maternité l'avait toujours profondément perturbée. Des mois de souffrance plus tard, l'idée d'un enfant ne lui traversait même plus l'esprit.

Nullement dupe, Laure Bellanger avait tacitement accepté de se plier aux règles d'Anne, et répondu à ses interrogations. Des réponses qui avaient renforcé la peur. Et l'impossibilité d'accepter cette situation où Anne Boher deviendrait prochainement le réceptacle unique de l'histoire de sa famille. Un héritage immatériel, mais d'un poids démesuré, qui laissait Anne exsangue. A l'abandon, et dans une solitude sans nom. Sans fin, et porteuse d'une culpabilité chaque jour plus vaste.

La dernière de la lignée.

Le seul fait d'y penser lui glaçait le sang, et elle frôlait alors d'un peu plus près cette zone encore inconnue hier. Ce lieu où l'esprit vacillait ; où des papillons ensanglantés accomplissaient leur ultime vol, avant d'expirer sous la pointe d'un clou. Une crucifixion sombre et cruelle comme une nuit d'hiver interminable.

Anne sentit la détresse faire place à une colère écrasante, et inspira profondément. Lentement.

— Il fait de plus en plus chaud…

L'invalidité et le supplice endurés par sa mère la rendaient plus mutique qu'elle ne l'était ordinairement. Finissaient par lui faire prononcer des paroles sans consistance. Si Anne appréciait les longues conversations autour des sujets qui la passionnaient, elle détestait gaspiller temps et salive à raconter tout et n'importe quoi. Pourtant, certains jours, et plus encore depuis ce jour terrible où Emmi Boher ne s'était plus levée, elle enviait aux autres cette légèreté qui lui faisait défaut.

Anne aurait également aimé s'épancher auprès de celle qui l'avait mise au monde. Qui avait pris soin d'elle quand son père était mort dans un accident du travail. Silencieusement, Anne avait colmaté ses blessures de petite fille, et grandi avec la sensation d'avoir perdu la moitié de son corps. Une ablation du côté droit. Du moins était-ce l'impression qu'Anne conservait des rares fois où elle nommait son père. Son prénom résonnait dans le vide, et ses appels se perdaient dans le grand nulle part. Sa peine d'enfant n'avait trouvé d'autre refuge que les replis les plus profonds de sa chair.

Par moments, Anne sentait s'ouvrir une plaie que rien ne cautérisait. Un sillon douloureux, où absence et présence s'entremêlaient dans un maelström de souvenirs réels ou imaginaires, le passé se confondant avec le présent. L'ombre de ce père absent courait sous sa peau, se mêlait à son sang. Une impression éphémère et simultanément persistante. D'une force inouïe.

Aujourd'hui, Anne se préparait à perdre la seconde moitié de son corps, sans aucune certitude d'y survivre. Ni de pouvoir et, surtout, de vouloir y survivre. De sorte qu'un choix funeste se poserait bientôt à elle. Décision à laquelle Anne tentait de penser le moins souvent. Pour fuir le chagrin, elle s'abrutissait de travail autant que le lui permettaient ses limites quotidiennes.

Anne s'en voulait également de ne pas parvenir à puiser en elle l'énergie de profiter pleinement des derniers moments. D'échanger sentiments et souvenirs, n'importe quel état d'âme, avec sa mère, et se sentait plus sèche qu'une source tarie.

Et comment pourrais-tu évoquer ces cauchemars… cette épouvante…

Tout avait basculé le jour où Anne avait accepté de formuler la plus terrible des promesses qu'une fille puisse faire à sa mère. La condition physique d'Emmi et ce pacte qu'elles avaient passé l'empêchaient désormais de s'exprimer librement. D'être elle-même. L'emprisonnaient mieux qu'un boulet au pied d'un bagnard. Auprès de la seule personne qu'elle avait inconditionnellement adorée, Anne était incapable du dialogue le plus simple. Quant à prendre sa mère entre ses bras, ça lui aurait brisé les os qu'elle avait plus fragiles que du cristal.

Mutique et amputée, voilà où elle... tu en es réduite.

Anne songeait que la maladie n'avait pas uniquement métamorphosé sa mère, qu'elle-même vivait emmurée. Une situation qui lui interdisait à la fois la parole et le geste. En silence, presque honteusement, elle éprouvait, et parfois avec une violence déroutante, le besoin de dire à sa mère à quel point l'entendre gémir était une torture. Car c'était bien un supplice que d'être soi-même médecin et de ne pouvoir soulager ses proches.

A quoi elle... tu sers au bout du compte ? A rien...

Ce flot de contradictions se ponctuait toujours par un jugement à l'emporte-pièce, Anne se reprochant son égoïsme et sa faiblesse. Sa mère était dévorée par une effroyable maladie et elle, son dernier rempart entre la vie et la mort, regrettait de ne pouvoir se plaindre de sa propre détresse.

La culpabilité la submergea, reprit son long et persévérant travail de sape.

Bon sang, mais quand donc tout cela finira-t-il ?

Soudain, Anne n'aspirait plus qu'à mettre un terme définitif à cette douleur qui lui lacérait l'esprit et le corps. Le temps ne cicatrisait pas tout, loin s'en fallait. Certaines épreuves laissaient des béances que rien ne refermait. Et surtout pas le temps qui passait.

Elle soupira. Se revit à l'hôpital, en blouse, en train de tailler dans la chair des victimes. Froidement détachée. Là, Anne s'effaçait pour laisser au docteur Boher le soin de trouver les gestes. Parfois même les mots qui n'atténuaient certes pas le chagrin des parents, mais permettaient de comprendre, voire de justifier l'injustifiable. Pourquoi n'y parvenait-elle pas avec sa mère ?

Blépharospasme.

Elle déplaça le ventilateur, apprécia le contact de l'air sur sa peau, et se racla la gorge.

— Tu sais quoi, maman ? reprit-elle, la voix éraillée. J'ai cru qu'il y avait quelqu'un… à cause du rideau, précisa-t-elle.

Emmi la fixait, incapable de dire qu'elle ignorait de quoi sa fille parlait.

Devant le ventilateur, Anne s'ébouriffa les cheveux.

— En arrivant, j'ai vu… Enfin, depuis la rue, j'ai cru voir le rideau bouger, et alors…

Les larmes lui vinrent aux yeux, qu'elle refoula rageusement, avant de s'écarter et de se tourner vers sa mère.

— Durant une seconde, j'ai pensé que c'était toi… tu comprends, j'ai cru que tu étais debout !

Anne eut un rire. Bref et fêlé par l'émotion.

— Si seulement, maman, oh mon Dieu, si seulement tu ne m'avais pas fait jurer de…

Boher réprima une envie de hurler, et se rua hors de la chambre. Remonta le couloir qui menait à la cuisine où elle se servit un verre d'eau. Avant de s'enfiler une rasade d'armagnac. Elle grimaça quand l'alcool lui brûla l'œsophage, mais se resservit.

— Merde, souffla-t-elle, là, t'en peux plus… Vraiment plus !

Les doigts tremblants, Anne alluma une cigarette et aspira profondément la fumée. Elle avait repris de plus belle, mais ne fumait que seule. Une attitude qui n'avait rien à voir avec cette loi qui transformait les fumeurs en parias. C'était uniquement pour la liberté que lui procurait le geste, et qu'elle ne s'autorisait que dans la solitude.

Anne repensa à la manière dont elle s'était enfuie de la chambre maternelle. Hocha longuement la tête, n'en revenant pas de s'être révélée aussi stupide et lâche. Tout simplement au bout du rouleau. Elle songea alors à contacter Laure Bellanger.

Pensive, Boher tendit la main vers le téléphone. S'immobilisa. Les idées les plus invraisemblables lui venant, Anne se perdit dans un remous de raisonnements désordonnés. Paralysants. Elle sortit brutalement de sa torpeur quand la sonnerie retentit dans le silence de la cuisine.

— Allo ?… Allo ? Qui est…

Anne écarta une seconde le récepteur, glacée de n'entendre qu'un sifflement.

— Allo ! Si vous ne parlez pas, je vais…
— Ne raccrochez pas, docteur Boher. Ne commettez pas cette erreur.
La sueur lui coula dans le dos. Anne se laissa tomber sur une chaise.
— Qui êtes-vous ? murmura-t-elle. Que me voulez-vous ?
— Vous rencontrer.
Le cœur d'Anne battait à tout rompre.
— Pourquoi ?
— Mauvaise question, docteur Boher. La bonne question, c'est : quand ?
Anne attendit, mais seul le bruit sinistre d'un souffle lui parvenait.
— Quand, alors ?
— Ce soir, vingt et une heures, place Kléber. Le banc à côté de la statue.
Anne eut une brève vision de la statue du pelleteur, aux pieds bleuis et brûlés, et frémit.
— Je vous reconnaîtrai comment ?
Un ricanement lui perça le tympan.
— N'ayez crainte, moi, je vous connais, docteur Boher. Ne l'oubliez jamais. Je vous connais si bien que je sais ce que vous vous apprêtez à faire à votre mère.
En reposant le téléphone, Anne était blême et l'angoisse lui écrasait le plexus. Incapable d'émettre une pensée cohérente, se tenant le ventre, elle alluma une cigarette. Avant d'éclater en sanglots.
Une fois calmée, Boher chercha comment modifier cette situation qu'elle imaginait avoir en partie créée.
C'est forcément de ta faute, Anne, forcément…
Elle eut à nouveau l'impression ténue que quelque chose – idée, pensée, solution – tentait en vain de se frayer un chemin dans ce bouillonnement qu'était son esprit. Mais Anne Boher n'était plus que l'ombre d'elle-même. Une ombre qui s'affinait de jour en jour, pâlissait et menaçait de s'évanouir.
Qui, bon Dieu !? Lucifer ? Elle devient…
— Elle… ?
Qui ?
— Qui sait ce que tu prends soin de taire et de cacher ?! jura-t-elle. Qui se mêle du plus intime de ta vie, avec la

ferme intention d'y semer la terreur ? de te pousser au-delà…

La fureur remplaça l'angoisse. Boher se leva d'un bond et se réfugia à l'étage, ressentit le besoin de prendre une douche. De se rafraîchir, et de se laver de toute chose.

— Faut réagir, Anne, dit-elle à son reflet dans la glace. Faut que ça cesse. T'entends ?

Sa propre voix la fit sursauter. Lui arracha un pauvre sourire.

— Et dire que l'on te respecte pour ta force de caractère, ta concision et ta rigueur. Bon sang, tu es pitoyable !

Anne se déshabilla et pénétra dans la salle de bains. Ecarta le rideau et poussa un cri.

Dans le bac à douche, bras en croix et jambes désarticulées, assise sur la bonde d'évacuation, se tenait une poupée rousse. Sourire imputrescible.

Percer l'abcès. Noir. Enfoncer la lame. Eradiquer. Cautériser la plaie ou mourir. Elle le sait, et tu le feras.

— Elle… ?

Anne se prit la tête entre les mains, puis se boucha les oreilles. Pour se couper du monde et du vent qui s'engouffrait par rafales sous son crâne. De la douleur qui sourdait, tandis que son corps était parcouru de frissons et de spasmes.

Une fois remise, dégoûtée, Boher jeta la poupée à la poubelle, et se promit d'avoir une sérieuse conversation avec Michèle Langet, l'infirmière. Elle n'eut pas plus de temps pour s'interroger sur la manière dont ces monstres plastifiés franchissaient la porte de sa maison, ni pour s'effondrer, son bipeur la réclamait. Un autre suicide, lui apprit-on d'une voix éraillée par la fatigue et l'abattement.

Au volant, Anne Boher se réfugia dans le seul endroit où son esprit reprenait de la consistance : son travail. Elle se concentra sur le taux de suicides en flagrante augmentation. Son inquiétude était d'autant plus vive que les instances publiques minimisaient toujours le problème.

Anne sentit poindre la migraine, mais poursuivit sa réflexion sur les problèmes cardiovasculaires qui touchaient de nombreuses femmes, pourtant réputées plus résistantes que les hommes. Une mortalité précoce, imputable à la dégradation des conditions morales, professionnelles et matérielles. L'instinct de survie des femmes donnait des signes de faiblesse alarmants, et rien de l'avis d'Anne Boher, et de certains de ses confrères, n'était plus préoccupant. Quant aux hommes, lorsqu'ils ne se blessaient pas grièvement, ils mouraient d'un excès de stress ou se suicidaient sur leur lieu de travail.

Le cancer social, se dit-elle en évitant de justesse un chien qui traversait la chaussée. Langue pendante.

Sans en avoir pleinement conscience, Anne ne cessait de scruter ses rétroviseurs. Ne cessait de penser et de repenser à ce rendez-vous qu'on lui avait fixé dans la soirée, et qui résonnait comme un défi mortel.

Qui ?

Un ruban d'idées fixes et obsédantes lui entourait le crâne. La dévorait mieux que la rouille qui s'attaquait aux grilles de l'hôpital, qu'elle franchit en manquant d'emboutir sa voiture.

Qui peut savoir ?

Sa tension grimpa dangereusement et ses paupières menacèrent de se fermer. Le cœur cognant dur dans sa poitrine, Anne lutta pour garder les yeux ouverts.

Lou Werfel surgit à ce moment du sous-sol et la vit passer, le regard halluciné. Tant par pudeur que pour éviter d'avoir à justifier sa présence en ce lieu, Lou recula et se cacha. Boher n'entraperçut qu'une silhouette mouvante sur sa gauche, gémit de désespoir, puis courut aussi vite qu'elle le pouvait.

5

Lessivé, Franck Albertini venait d'arriver à la fondation Bellanger, nichée en plein cœur du Pays basque, où il n'avait pas mis les pieds depuis plus de deux ans.

Debout sur la terrasse, il contemplait le parc. Stupéfait. Envoûté par ce qu'il voyait surgir des entrailles de la terre, et que la végétation tentait de recouvrir. Une horde d'hommes et de femmes avançait dans le soleil, dont l'éclat commençait à peine à faiblir. Sous les rayons orangés, les corps sculptés luisaient d'une vie que l'artiste avait réussi à instiller à la matière. Franck eut le sentiment de contempler un peuple en provenance d'un temps immémorial, en train de marcher pour venir à sa rencontre. C'était à la fois intense et apaisant.

Albertini retint un soupir, et ferma les yeux.

Derrière ses paupières closes, à l'instar d'une photographie surexposée, il vit se dissoudre cette tribu issue d'un âge antédiluvien. Qui laissa place à un entrepôt gris et sinistre. Lentement, Franck se tourna, mais demeura appuyé contre la balustrade en pierre. A la seule idée de prononcer ces mots qui n'avaient encore jamais franchi ses lèvres, sa bouche s'asséchait et la tension gagnait son corps. Constat que fit Laure Bellanger en notant sa respiration hachée, et ses cuisses qui se contractaient involontairement sous le tissu de son jean. Laure estima qu'il avait dû perdre une dizaine de kilos depuis la dernière fois où elle l'avait vu, et redoubla d'attention. Allait-il craquer ? Et quand ?

— C'est toujours la même chose, fit Albertini d'une voix grave. L'endroit est immense et il y fait un froid mortel. Je vois Debords qui marche… comme dans un ralenti. Je la vois se tourner et se retourner… à l'affût. Je la sais, non, je la sens inquiète, vraiment très inquiète. Et j'ai mal. Ça me fait physiquement mal, Laure. Et plus je la regarde se débattre, plus j'ai mal. Je m'aperçois soudain qu'il y a plein d'enfants autour d'elle. Jeanne avance et les repousse en douceur, et elle s'éloigne un peu plus. Je veux la rejoindre, mais je me perds dans un dédale où le moindre effort réclame… un putain d'effort, Laure.

Franck fit une courte pause pour allumer une cigarette, qu'il fuma en gardant les yeux fermés. D'un geste las, il rabattit en arrière ses cheveux bruns, légèrement grisonnants aux tempes, et reprit.

— C'est une sensation, l'effort je veux dire, qui s'amplifie au fur et à mesure que Debords s'éloigne, comme happée par cette nuée d'enfants… Ils sont pieds nus et ils marchent avec lenteur et application, les jambes tordues, et les yeux… Merde, Laure, ce regard qu'ils ont ! J'ai jamais vu ça. Ils marchent sur des écrous géants posés sur le sol, qui tournent sur eux-mêmes. En grinçant. En leur tailladant la peau, alors ils se serrent contre elle et… Il fait de plus en plus froid. Tout me donne un sentiment d'horreur. C'est un froid qui vient de la terre, des gestes, des visages, des respirations… de Jeanne qui n'arrive pas à traverser ce fichu entrepôt, qui se transforme d'un coup en grotte… Là, les enfants l'encerclent. Ils veulent l'agripper, mais ils glissent. Sans crier, sans pleurer. Dans un silence à devenir fou, Laure. Les uns après les autres, ils dérapent sur une flaque de sang et tombent, bouche grande ouverte et bras tendus. Terrifiant de silence… Puis je vois Debords basculer en arrière, et disparaître brusquement à travers une paroi.

Il ouvrit enfin les yeux et alluma une autre cigarette.

— Chaque fois, je me réveille en hurlant “Jeanne”. Ça finit par me rendre dingue.

— Franck, qu'est-ce que vous attendez de moi ?

Albertini la scruta de ses yeux bruns, cernés.

Que ça s'arrête !

— Je n'en peux plus de faire ce putain de rêve… Et je n'en peux plus de ne pas savoir pourquoi elle a disparu, et où elle est.

D'un doigt, Laure coinça une mèche de cheveux noirs derrière son oreille. Un fin sourire illumina ses iris verts.

— Je suis psy, Albertini, ni flic ni devin.

Bellanger servit un vin frais et léger, jeta un regard vers le parc où, ces derniers jours, un soleil corrosif avait cuit pelouse, fleurs et arbres. Elle lui tendit un verre, et admit ne l'avoir encore jamais vu à ce point épuisé. Sa mémoire la ramena en arrière, et Laure retrouva intacte l'impression qu'elle avait eue lors de leur première rencontre. Force, assurance, volonté. Puissance du corps et de l'esprit, du sentiment qui l'attachait déjà à l'époque à Jeanne Debords. Commissaire obsédé par l'assassinat de ses parents qui traquait un tueur en série de l'envergure d'un *mass murder*. Une affaire à laquelle Bellanger avait participé, avec un mélange de fascination et de révolte.

Elle coula un regard à Albertini qui scrutait le liquide rouge dans son verre.

— Laure, pourquoi je rêve d'enfants ? fit-il d'une voix rauque. Jeanne… elle n'en a pas eu que je sache, et moi non plus d'ailleurs. Et puis…

Il s'arrêta, riva son regard à celui de Bellanger.

— Quoi donc, Franck ?

— Ces gamins, ils ne sont pas normaux. Ils sont déformés… je n'ai pas d'autres mots. Difformes, horribles, et pourtant profondément émouvants. Avec quelque chose dans les yeux, une sorte de halo… merde, je n'ai jamais vu ça chez personne… Personne, Laure.

Beaucoup plus intriguée qu'elle ne le laissa paraître, Bellanger se rassit, alluma une blonde, et joua silencieusement avec une bague en argent massif sertie d'une pierre verte. Tandis que Franck la dévisageait, elle prit son temps pour réfléchir à son récit. Un rêve déterminant, Laure n'en doutait pas, elle qui se passionnait pour l'univers du rêve. Ces derniers mois, ses travaux, peu orthodoxes aux yeux de certains psychanalystes, progressaient vers des horizons enthousiasmants.

Depuis le décès de ses parents et de son frère cadet, elle avait quitté Caen en compagnie de sa sœur et ouvert sa fondation. Secondée par deux autres psychologues, Laure y accueillait des chercheurs et des groupes de rêveurs, mais aussi de grands schizophrènes. Auprès de Jeanne Debords, Bellanger avait attrapé le virus des enquêtes et continuait à collaborer à des affaires qu'elle choisissait avec soin. Comme à Strasbourg, dans l'affaire du fou de Blauelsand.

Malgré le recul, Laure ne comprenait toujours pas pourquoi l'assassin, un débile profond jugé inapte en tout, sauf à démembrer et à enterrer des cadavres, avait jeté deux femmes dans l'étang de Blauelsand. Retrouvées l'une après l'autre flottant sur le Rhin, et qui, en raison de leur difformité, avaient profondément choqué les imaginaires. Même celui d'Anne Boher.

Ou surtout celui de Boher, se dit-elle, réalisant qu'elle n'avait aucune nouvelle de la légiste strasbourgeoise.

L'autopsie avait permis à Anne Boher de trouver le chaînon manquant, des résidus de matières issues du lac de Blauelsand. Les enquêteurs avaient alors organisé une immense battue dans la région, et découvert un cimetière enfoui dans une forêt. Un antre secret où le meurtrier avait érigé de nombreux totems. Un lieu de culte et de rituels délirants, invisible aux promeneurs derrière l'épaisseur des feuillages et des troncs. Derrière la noirceur fantasmagorique de la forêt où, durant l'enquête, personne n'avait été à son aise. En chacun demeurait la souvenance de contes sanglants et de combats sauvages, de lieux oubliés du monde des humains. La forêt les avait tous éprouvés, alors qu'au milieu des arbres, pieds nus dans la terre de son domaine, le fou de Blauelsand rayonnait.

A sa manière, c'est un survivant, admit-elle, non sans faire le lien entre cet assassin hors norme et sa conversation de l'époque avec Anne Boher à propos du syndrome du survivant.

La culpabilité dévastait celui qui survivait, alors que les autres n'étaient plus. Cette même culpabilité qui débordait des propos de Boher lorsqu'elle évoquait la mort prochaine de sa mère. Un ravage déjà à l'œuvre chez la légiste, et qui n'avait pas donné de signe de faiblesse ces derniers temps. Preuve en était sans doute son long silence.

Bellanger se promit de lui téléphoner plus tard, et reporta son attention sur l'ex-capitaine de la Crim. Cette difformité dont il venait de lui parler aurait-elle un rapport avec cette ancienne enquête ?

Laure en frémit d'excitation. C'était précisément ce genre d'hypothèse qu'elle explorait à travers ses recherches – les recoupements d'informations venues de plusieurs rêveurs qui ne se connaissaient pas. Mais elle verrait plus tard, pour l'instant Albertini demeurait sa priorité.

— Je ne vais pas me lancer dans une analyse de ce rêve, Franck. Pas maintenant. Mais nous en reparlerons bientôt… car vous allez rester ici quelques jours, ordre de votre psy personnelle. Vous savez ce que je pense de vous, je veux dire, vous êtes plutôt bel homme, mais là, franchement, Albertini, vous avez une vraie sale gueule.

Franck parvint à sourire, et réalisa qu'il n'avait pas senti ses lèvres s'étirer ainsi depuis une éternité.

Il suivit le vol d'un papillon de nuit, puis engloba Laure d'un regard où se lisaient lassitude et intelligence. La trouva belle, étonnamment vivante. Albertini savait que Bellanger se fichait des conventions, des règlements comme de la bienséance. Il ne lui avait jamais connu d'engagements, elle qui ne laissait guère les hommes indifférents. La quarantaine, Bellanger resplendissait, irradiait d'un charisme inné, celui que confère un certain statut social.

Et une estime de soi sans nul doute en béton armé, se dit Franck, qui se sentait au stade avancé de loque.

Laure possédait cette détermination, et cette même énergie qui l'avait séduit chez Debords, à vivre sa vie selon ses désirs et sa propre morale. Chacune de ses attitudes, pensées ou paroles et chacun de ses actes revendiquaient cette volonté.

With or without you…

Franck jura intérieurement.

Pourquoi cet air, agaçant comme une écharde dans le pied, ne le quittait-il plus ? Qu'avait-il donc à fredonner ainsi des fragments de chansons qui grésillaient en boucle dans son esprit, et couvraient ses autres pensées ?

Without you or… et merde !

— Laure, je m'en fous de ce rêve, même si je veux que ça s'arrête. Ce que j'attends de vous, c'est que vous m'aidiez à faire le point, à rassembler les morceaux de ce foutu puzzle. Je… je ne peux plus continuer à vivre sans savoir, sans comprendre ce qui s'est passé. Sans la retrouver.

Une veinarde cette Debords, se dit Bellanger, en se demandant si elle apprécierait qu'un homme se préoccupe ainsi de son sort.

Son besoin insatiable de liberté la poussait plutôt à un célibat, certes actif sexuellement, mais qui se passait de projet commun. Comment aurait-elle pu se consacrer à un quotidien où l'autre aurait nécessairement et légitimement réclamé son dû ? Alors que ses patients et ses recherches accaparaient tout son temps, et qu'elle aimait vivre ainsi. Même si, parfois, quand elle croisait un homme de la trempe de Franck Albertini, elle sentait flancher ses convictions.

D'un geste de la main, Laure balaya ses pensées et se concentra.

— Franck, ça fait combien de temps qu'on se connaît, vous et moi ? Non, attendez… Durant des années, j'ai vu Debords enquêter sur de sales affaires. Je l'ai vue tomber, se relever et repartir. Je l'ai vue en lutte avec sa hiérarchie. Je l'ai connue saturée par un stress épouvantable qui aurait achevé n'importe qui d'autre. Je sais ce qu'elle a enduré, d'abord à Caen, puis à Paris et enfin au Pays basque… à traquer le pire des pervers. Je l'ai vue douter, hésiter et même se planter. Mais jamais, Albertini, jamais je ne l'ai vue renoncer.

Franck secoua la tête, cachant mal son irritation.

— Et alors ? Ça nous mène où ?

Laure pressentait que Jeanne Debords pouvait fort bien, une fois son but atteint, avoir baissé les bras, déposé les armes et pris la poudre d'escampette. Elle avait tenu longtemps sur le fil acéré de sa vie, tendue vers ce futur qui devait mettre un terme à dix ans de tourment. Il était dès lors plausible qu'elle ait finalement craqué psychologiquement et, pour la première fois de sa vie, renoncé. Le temps de digérer. De s'effondrer et, peut-être, de se reconstruire. Mais, de toutes ces considérations, Laure ne dit rien à Albertini.

— Eventuellement sur la piste de Debords, répondit-elle. Et si vous me racontiez ce qui s'est passé après qu'elle a découvert l'assassin de ses parents ?

Il soupira, bruyamment.

Ce n'était pas ce qu'il attendait. Bellanger était perspicace, et il avait plus d'une fois apprécié ses compétences. Mais, aujourd'hui, Albertini n'avait absolument pas envie de reparler du passé, et pas plus envie d'évoquer… Les souvenirs lui blanchirent brutalement le visage.

Qu'il avait tanné par des mois passés en plein air à chercher Jeanne, disparue un matin de juin. Un an auparavant. Une quête insensée qui le rendait fou. De chagrin et de douleur. D'impuissance et de rage. D'une colère indomptée qui pulsait avec la régularité d'un métronome, et lui flanquait la nausée.

With or without you…

Revinrent les images de Frédéric Parthenay et d'Irma Buget, les fidèles lieutenants de Debords, visage et corps ravagés. Puis le souvenir du feu qui approchait poussé par le vent. Menaçant. Qui n'en finissait plus de se rapprocher. Ce feu qui lui inspirait une peur panique, tandis que Jeanne courait dans les bourrasques. Courait vers les flammes.

Putain, Jeanne, mais t'es passée où ?

Combien de fois cette question lui avait martelé les tempes ?

Albertini se revit enfin à Hendaye, le jour où ils avaient cessé de combattre leur attirance. Le même jour où, du balcon de leur chambre, il l'avait vue basculer la tête la première dans la mer, tandis que résonnaient des coups de feu.

— Merde, je suis franchement au-dessous de tout, lâcha-t-il. Comment vont Irma et Frédéric ?

— Venez en juger par vous-même.

— Laure, je…

— Ne vous défilez pas, Franck.

— Dites-moi au moins s'ils…

Debout, vêtue d'un pantalon noir et d'un haut vert qui rehaussait celui de ses yeux, elle attendait, son regard rivé au sien. Consciente que la mémoire d'Albertini empruntait des détours sinueux, et pénibles.

— Ils vont mieux, Franck, bien mieux que je ne l'aurais parié au moment de leur arrivée. Même s'ils ne se remettront jamais complètement, surtout Frédéric. Venez, capitaine Albertini, allons les saluer, ça leur fera du bien… enfin, peut-être. Mais, à vous, sûrement.

— Attendez, Laure… Je… Je ne suis pas certain d'être prêt à les revoir. Pas aujourd'hui. J'ai… J'ai besoin de souffler, alors je vais accepter votre invitation, et rester quelques jours.

Satisfaite, Bellanger acquiesça d'un mouvement de tête, et ses yeux passèrent du bronze au vert clair.

La sœur de Laure traversa le couloir décoré par ses soins, salua Albertini aussi chaleureusement que possible, et repartit en glissant sur le dallage vénitien. Plus aérienne que ne l'aurait été une apparition. Franck la suivit un instant des yeux, et songea qu'il était inconcevable qu'une femme aussi belle, d'une beauté presque antique, et dotée d'un tel talent artistique, soit considérée comme folle.

Non, se reprit-il, se souvenant des propos de Bellanger. Eve n'est pas folle, mais psychotique.

— Dans ce cas-là, proposa Laure, je vous laisse vous installer et je retourne à mon travail. Dîner sur la terrasse dans une petite heure, ça vous va ?

— Je crois que j'ai vraiment besoin de décompresser, et de me changer, non ?

Laure esquissa un sourire. Qui le toucha, et le troubla.

— Vous êtes crasseux à faire peur. Remontez ce couloir, au bout, prenez l'escalier, c'est la première chambre. Faites comme chez vous, promenez-vous si vous n'arrivez pas à vous poser. Et retrouvons-nous ici tout à l'heure… Vous croyez y arriver ?

— Vous fichez pas de moi, Bellanger, je ne suis pas encore impotent.

De clairs, les yeux de Laure s'obscurcirent à nouveau.

— Alors, profitez-en pour rebrancher vos neurones, capitaine Albertini, et réfléchissez à cette question : comment, un an plus tard, pouvez-vous encore croire que Debords ait envie que vous la retrouviez ? lâcha-t-elle.

D'une voix douce qui ébranla douloureusement Franck.

6

Après un passage éreintant dans un hôpital au bord de l'implosion, place Kléber, Anne Boher attendait, assise sur un banc. A l'endroit indiqué par la voix téléphonique.

Que peux-tu faire d'autre ?

Elle hésitait encore à prévenir la police.

Et pour leur dire quoi ?

— Que quelqu'un te harcèle depuis plusieurs semaines, murmura-t-elle, avec l'intention évidente de t'acculer, pire, de te rendre folle ?!

Anne en était convaincue, même si elle ignorait ce qui lui valait ce traitement. Cet acharnement.

L'ignores-tu vraiment ? Peut-elle… peux-tu vraiment encore croire que tu ne sais pas pourquoi on en a après toi ?

Boher avait pris soin de cacher deux éléments à son entourage, alors la réponse devait forcément se trouver de ce côté. L'un ou l'autre, Anne était indécise.

Le premier relevait de sa vie privée – l'état de sa mère, et cette étrange vitalité qui, contre toute attente, ne décroissait pas.

Deux semaines plus tôt, avec l'aval du neurologue d'Emmi Boher, Anne avait fait le nécessaire pour obtenir un nouveau bilan. Comme Emmi était intransportable, l'infirmière Michèle Langet avait réalisé la plupart des prélèvements à domicile, et le tout avait été expédié au laboratoire. Depuis, Anne était sans nouvelles. Mais ce type d'analyses demandait du temps, et elle n'y voyait encore rien d'anormal.

Toutefois, se dit-elle, c'est à peu près à la même période que l'attitude de Langet a changé. Et que les poupées ont commencé à envahir la maison.

Se pourrait-il que…

— Mais quoi, Anne ? Quoi donc ?!? Que vas-tu imaginer ?

Michèle Langet n'était guère démonstrative, mais elle était entièrement dévouée à ses patients et Anne n'avait jamais eu à s'en plaindre. Langet déployait son savoir-faire pour adoucir le sort d'Emmi Boher, avec compassion et diligence. Lorsque sa mère était tombée malade, même le président Simonov s'en était ému. Les maladies orphelines demeuraient une énigme, et un défi pour le corps médical et la recherche.

Anne décida de s'accorder encore quelques jours avant de réclamer les résultats au labo, qui fonctionnait lui aussi avec une réduction draconienne d'effectif.

Le deuxième aspect était lié à l'enquête sur le fou de Blauelsand, qui laissait à Anne un goût amer d'inachevé. Elle avait longuement réfléchi au problème avant de trancher, et d'envisager la réouverture de l'enquête. Pour l'instant, en dehors d'Enzo, personne ne savait qu'elle recherchait le dossier 242. Et personne, même pas Marquèz, ne savait ce qu'il contenait et pourquoi Anne Boher en avait besoin. Alors, en quoi ces deux situations justifiaient-elles les attaques qu'elle subissait ? Et qui pouvait bien y accorder autant d'intérêt ?

Qui a-t-elle… as-tu offensé ou dérangé ?

La logique aurait voulu qu'Anne porte plainte pour harcèlement, mais elle ne se résolvait pas à cette extrémité. Sa principale difficulté résidait dans le silence dont elle avait entouré chaque événement. Au début, elle n'y avait attaché qu'une faible importance, puis les incidents s'étaient multipliés. Mise en porte-à-faux, Anne avait alors commencé à se comporter d'une manière inadéquate.

— Tu te débats seule, admit-elle. C'est ça ton problème, cette obstination à vouloir tout régler par toi-même !

Jour après jour, Anne s'égarait à travers les méandres de son esprit fiévreux. Glissait sur la pente verglacée du doute et de l'angoisse. Et, en cet instant, tandis que l'attente décuplait son anxiété, elle était dans l'incapacité à déterminer, avec précision, quand et comment cela avait commencé.

Car, se disait-elle, se raccrochant à cette idée comme une noyée à sa bouée, il y avait nécessairement eu un instant T. Un facteur déclencheur qui avait provoqué cette cascade de micro-accidents, et entraîné une suite de conséquences étranges et délirantes.

Malgré ses efforts pour résister, cette pression exercée contre elle la vidait de son énergie. De ses capacités réflexives et analytiques.

Au bout du compte, qu'as-tu de concret ?

Les poupées ne comportaient ni empreintes ni fibres suspectes, une vérification qui, le regrettait-elle, s'était passée de témoin. Quant à celle expédiée pour la première fois sur son lieu de travail, le labo n'avait pas encore eu le temps de s'y consacrer. La professionnelle qu'était Anne Boher percevait l'accélération d'un processus qui lui échappait, car elle était personnellement impliquée. Cernée, et acculée.

— Comme si c'était la fin, murmura-t-elle, en déglutissant difficilement. Mais la fin de quoi, Anne, merde !

La dernière de la lignée...

Nerveuse, Boher alluma une cigarette. Jeta des regards en biais autour d'elle, et aspira profondément la fumée.

— Et puis comment vas-tu t'y prendre, s'énerva-t-elle, pour expliquer à un fonctionnaire de police, tatillon ou obtus, ces impressions qui te transpercent mieux qu'une lame ?

Celles d'être suivie et épiée quotidiennement, et qui l'avaient conduite à vérifier son téléphone, et à fouiller de fond en comble sa maison à la recherche d'un micro. Inexistant. Enfin, malgré le système d'alarme, quelqu'un s'introduisait chez elle pour y déposer ces maudites poupées.

A moins que...

Anne frémit.

Elle craignait qu'on lui suggère, Kerenski par exemple, d'aller consulter un psy, autrement dit qu'on l'amène à admettre son surmenage. Rien d'anormal, s'entendrait-elle dire, entre la gestion de la morgue et les expertises pour le tribunal, l'aggravation de l'état de sa mère et ce blépharospasme qui lui compliquait brusquement la vie.

Evidemment qu'elle est... que tu es surmenée ! Pas besoin d'un psy pour le comprendre.

Soudain exténuée, Anne se jura, à peine rentrée chez elle, de contacter Laure Bellanger. Peut-être aurait-elle une idée.

Alors, fais-le, Anne... Bon sang, fais-le et vite !

Boher repoussait ce coup de fil, redoutant de paraître stupide aux yeux d'une femme qu'elle estimait et respectait. Et, plus elle remettait cet appel, plus il devenait difficile de décrocher le téléphone, devant lequel Anne restait parfois immobile de longues minutes. Figée et indécise. Elle aurait tant voulu lui parler de ses rêves. Mais n'allait-elle pas paraître cinglée ? hystérique ? De plus, rien ne l'assurait que Bellanger accepterait de franchir la frontière entre terrain professionnel et amical. Et si elle lui proposait de la diriger vers un confrère ?

Hors de question ! Elle doit se méfier, elle…

D'un regard tendu, Boher survola la place.

Eberluée, elle s'arrêta sur la statue de Kléber, dont les pieds cramés et peints en bleu évoquaient une peau brûlée, déchirée. Comme si la pierre rongée par la gangrène avait éclaté sous la pression d'un abcès monstrueux, en ne laissant que des lambeaux carbonisés.

C'est quand même insensé que personne n'en parle !

Ni à la radio ni à la télévision. Ni dans les couloirs de l'hôpital, où quantité de rumeurs circulaient pourtant régulièrement.

Il faut qu'elle… que tu en discutes avec Enzo… Lui doit savoir… Elle doit se méfier !

Anne tourna la tête en direction d'un banc où s'étaient assis quelques passants. Son agresseur était-il parmi eux ? Inquiète, elle observa chaque visage. Rien ne lui parut suspect chez ces gens abattus par la chaleur, et qui reprenaient des forces en se tenant à bonne distance d'une bande de sans-abri. Pourtant, ce soir, ces hommes n'étaient guère nombreux. Mais à cinq, plus une dizaine de chiens, ils produisaient l'effet d'une meute barbare que bourgeois et touristes évitaient.

Noirs de crasse, ils vociféraient et chahutaient comme des enfants prématurément vieillis et abîmés. De loin, Boher se concentra sur l'état de leurs corps. De leurs pieds qui les transportaient d'un bout à l'autre de la ville, trente ou cinquante fois par jour. Ces mêmes pieds calleux, écorchés et parfois pourrissants, qui les aidaient à tenir. A avancer, encore et toujours plus.

Il fut un temps où Boher s'était occupée des plus indigents. Ceux que la société refoulait à l'extérieur des villes, croyant naïvement que ce qui n'était plus visible disparaîtrait. Reniés et pestiférés, ils s'accrochaient et se déjouaient des décrets municipaux comme des bagarres ou de la maladie.

Boher eut subitement le sentiment aigu que sa propre vie avait filé, et qu'elle avait à peine eu le temps de se poser. Un œil à sa montre lui confirma que son mystérieux interlocuteur ne viendrait plus.

Ça pourrait aussi bien être une femme... Elle...

— Elle... ?

Anne se redressa en se massant les tempes, au moment où son portable sonnait. De sa voix synthétique, l'inconnu lui intima de rentrer chez elle, et lui promit de la contacter d'ici à un quart d'heure. Pas plus. Anne scruta la place, persuadée plus que jamais d'être sous surveillance.

Elle partit d'abord hésitante, chancelante presque, puis elle accéléra le pas avec l'impression d'être passée du statut d'individu à celui de marionnette.

Mais, à part obéir, que faire d'autre ?

Vingt minutes plus tard, vêtue d'une robe en lin d'un blanc cassé qui peinait à mettre en valeur son léger hâle, Anne tournait en rond dans sa chambre. Jetait des regards anxieux en direction du réveil.

21 h 45.

Le temps s'écoulait avec une lenteur insupportable. Distendu et moite. Dehors, la ville semblait sur le point de vomir ou d'accoucher d'on ne savait quel cauchemar. De quoi déchaîner les imaginaires et les citoyens volontaires qui, eux, songeait Boher, ne paraissaient guère affectés par la chaleur.

La haine de l'autre, ça doit servir à se blinder, tu ne crois pas ?

21 h 50.

Anne n'en pouvait plus d'attendre ce rendez-vous qui l'effrayait. Consciente qu'après, elle pénétrerait plus profondément cette couche de terreur qui conditionnait ses gestes et ses humeurs. Et sous laquelle, Boher en était intimement convaincue dorénavant, il y aurait encore plus de terreur et d'absurdité à endurer cette situation.

Indécise, Anne se laissa tomber au pied de son lit, et se repassa mentalement les paroles proférées par son mystérieux interlocuteur. Une sentence de mort où chaque mot claquait encore dans son esprit.

— Bon Dieu, comment vas-tu te sortir de ce bourbier ? s'écria-t-elle sous le coup de l'émotion.

Le regard chevillé au réveil.

22 heures.

Anne s'aperçut enfin que la lumière avait changé. Pour admirer les dernières lueurs du jour, elle se pencha à la fenêtre et inspira l'air chaud de cette fin de juin torride. Malgré la crainte qu'elle ressentait à l'idée de fermer les yeux, elle laissa ses paupières se baisser et huma les parfums qui montaient du jardin.

Tout peut être quelquefois si tranquille...

Un bruit à peine perceptible la fit sursauter.

Anne aperçut une ombre louvoyer entre celles des branches, et se redressa. Recula. Le corps raide et l'angoisse au ventre, elle retint son souffle. Sentit son cœur s'emballer. Inspira. Expira. S'approcha à nouveau de la fenêtre. Avait-elle rêvé ? Au prix d'un immense effort, Anne courba la tête vers l'extérieur. Rien. Personne. Prenant le risque de se montrer à un invisible rôdeur, elle fouilla le jardin d'un regard tendu. Tout était parfaitement et odieusement calme. Lourd d'un orage qui ne viendrait pas rafraîchir la nuit, mais rappellerait à chacun les bienfaits de la pluie.

Boher attendit un moment puis, d'un geste sec et sans grâce, elle décolla ses cheveux de son cou. S'épongea le front, couvert d'une sueur acide, et se dirigea vers la coiffeuse. Un joli meuble ancien acheté pour trois fois rien dans un vide-grenier.

22 h 15.

Assise en face de son miroir, d'un coup ses défenses l'abandonnèrent et Anne fondit en larmes.

— Mais qui ? gémit-elle. Qui peut savoir pour maman, et oser... Oh, bon Dieu, Anne, regarde-toi... mais regarde-toi donc, bon sang !

Ce qu'elle fit. Longuement. Désespérément.

Blépharospasme.

Le miroir lui renvoyait un visage amaigri, aux traits tirés par la fatigue. Aux yeux cernés. Même sa bouche, que les hommes trouvaient jolie, semblait avoir vieilli. Sa vue se brouilla, et Anne entraperçut le reflet de son jumeau de cire, similaire à ces poupées qui la hantaient. Avec une lenteur douloureuse, Boher posa une main sur ses joues, son nez, ses cheveux. Les larmes lui coulaient jusque dans le cou, tandis qu'elle s'auscultait. D'abord mollement, puis avec une agitation fiévreuse, jusqu'à ce que la rage la submerge. Pour s'éteindre dès qu'elle entendit frapper.

Les nerfs à vif, Anne tendit l'oreille.

A-t-elle bien entendu ?

Le souffle court, son mal de ventre s'amplifiant, Boher écoutait le silence du pavillon, à peine troublé par de lointains bruits extérieurs ou le bourdonnement des insectes. Les coups reprirent. Insistants. Jusqu'à masquer les battements erratiques de son cœur qui cognaient à ses tempes. Elle réussit enfin à trouver la force de se lever, s'approcha et ouvrit. Personne.

Une hallucination ? Merde, Anne !

Elle referma doucement la porte. S'y adossa. S'en écarta aussi vite que l'on retire sa main du feu, quand lui revint ce rêve où elle accomplissait le même geste contre celle de la chambre de sa mère.

— Tu perds la tête, gémit-elle. Tu vois des ombres et, maintenant, tu entends des voix... Deviendrais-tu folle à force de côtoyer les morts ?

Noir. Toxique. Eradiquer.

Ses oreilles se mirent à chuinter de mille battements d'ailes de papillon.

Percer l'abcès. Retirer le pus.

Chuintèrent du bruit des clous qu'une main invisible plantait dans le crâne délicat des lépidoptères colorés.

Enfoncer la lame jusqu'au cœur.

Chuintèrent du sang qui gouttait au sol, et s'évaporait en un léger crépitement sous la chaleur.

Cautériser la plaie ou mourir. Elle le sait, et tu le feras.

— Elle... ?

Les larmes lui montèrent à nouveau aux yeux. Brûlantes. Familières. Au bout d'un moment, Anne se surprit à fixer stupidement son radio-réveil.

22 h 40.

Elle soupira, attrapa son sac et vérifia son portable. Aucun message. Ni urgence ni drame qui requièrent sa présence à l'hôpital. Boher décida alors de s'allonger, considérant qu'elle avait, avant tout, besoin de repos. Une fois qu'elle aurait récupéré, les voix et les visions s'évanouiraient. Retourneraient d'où elles étaient venues.

De ce néant dont elle estimait qu'il était encore trop tôt pour prendre la mesure, mais qui se rapprochait néanmoins chaque jour. De ce néant où Anne aurait aimé s'étendre, et ne plus jamais émettre une seule pensée. Ni ressentir d'émotion ou de trouble. Là où s'achèverait cette route tortueuse sur laquelle elle dérapait et s'engluait. Souffrait. Trop. Et trop souvent.

C'est aussi simple que ça, songeait Boher, il faut laisser le corps sombrer dans un sommeil réparateur, et attendre le lendemain pour reconsidérer chaque chose. Lorsqu'elle serait requinquée, tout serait forcément différent. Les ombres inquiétantes s'estomperaient, les coups à la porte s'évanouiraient. Aucun rideau ne remuerait sous le souffle d'une force indéterminée.

Anne envoya valser ses sandales, retira sa robe et se glissa sous le drap. Depuis combien de temps n'avait-elle pas fait l'amour ?

Depuis que tu as envoyé Manu sur les roses, s'entendit-elle penser, nostalgique. Bientôt six mois.

Au moment de s'endormir, l'angoisse lui coupa le souffle. En position fœtale, les mâchoires serrées, Anne conservait les yeux ouverts, terrifiée à l'idée de les fermer.

Et si les muscles ne se relâchaient plus…

— Alors, tu serais condamnée à voir défiler indéfiniment les mêmes visions cauchemardesques qui peuplent tes nuits, murmura-t-elle. Les mêmes pensées obsessionnelles qui tempêtent sous ton crâne.

Elle… et tu finirais folle à lier.

Au bout d'une heure, Anne n'avait pas plus la force de pleurer que de combattre sa peur, et elle s'écroula dans la touffeur de sa chambre.

*

Emmi Boher ne dormait pas. Ne dormait plus depuis des mois.

Parfois, Emmi somnolait aux portes d'un mortel sommeil, dont elle réchappait sans trop savoir comment. Chaque heure s'additionnait à la suivante. Chaque nuit se consumait en attente du jour prochain.

Emmi Boher patientait.

Ce n'était ni une décision ni une volonté de sa part, mais une évidence acceptable. Malgré la maladie qui dévastait son organisme, celui-ci avait encore d'étonnantes ressources. Si Emmi aspirait à la mort pour échapper à l'agonie, tout au fond d'elle vivait encore la femme qu'elle avait été. Heureuse d'affronter une nouvelle journée, car Emmi avait vécu à la verticale de ses idées. Simples, et pourtant capables d'organiser soixante-huit ans d'une vie qu'elle ne regrettait pas.

Sa plus grande joie, elle l'avait ressentie lors du décès de son mari. Emmi n'en avait jamais rien dit à sa fille, ni à quiconque d'ailleurs, mais, ce jour-là, elle avait glorifié la mort, la vie et, en dernier, Dieu. Terminé l'entassement des bouteilles de vin qui rendaient son mari aigre et violent ; et les voisins curieux et distants. Fini de devoir supplier pour le moindre argent, pour nourrir leur fille et faire tourner la maison. Et la joie l'avait emplie, bien qu'Emmi ait dû en jouir dans la solitude de son âme comme de sa chambre.

Là où elle avait conçu sa fille, mais aussi appris à haïr et à craindre son mari, avant de psalmodier mille et un remerciements à la mort. Raison pour laquelle Emmi croyait devoir payer le prix fort, et rester cimentée dans ce lit d'excommuniée. Qui avait vu éclater sa peine, puis sa langueur de femme malade.

Mais cette joie, vieille de trente et une longues années, Emmi la portait toujours en elle. Intacte. Revigorante, et capable de chasser la mort qui s'infiltrait par tous les pores de sa peau. Avant même d'être fauchée, Emmi transpirait d'un parfum délétère. De l'immense difficulté à renoncer au corps ; à se savoir si proche du dernier portail.

Elle grimaça de douleur.

Emmi avait mal dans chacun de ses os, des plus solides aux plus fragiles. Mal dans la poitrine aussi. Mais bien pire était cette usure liée à l'immobilité qui ligotait son corps. Depuis des mois, Emmi ne percevait plus les limites de son enveloppe corporelle qui se fondait dans le matelas. Depuis des mois, peau et draps se mêlaient indistinctement.

Paradoxalement, elle éprouvait une vive démangeaison qui, par à-coups, la torturait, surtout au niveau des fesses. Anne lui avait expliqué que son cerveau adressait des messages contradictoires à son corps. Par moments, Emmi souffrait de ne plus rien ressentir ; à d'autres, elle était soumise à des tensions et des stimuli qui lui auraient arraché des cris de douleur. Si elle avait pu hurler. Et, si elle en avait effectivement eu l'occasion, alors Emmi Boher se serait appelée la Hurlante, tant elle souffrait.

Ses mains, autrefois habiles à coudre et à cuisiner, n'étaient plus qu'un amas d'os évoquant de très loin les serres d'un rapace. Quant aux escarres, elles lui donnaient envie de mordre, de gueuler, de griffer, de frapper, parfois même sa propre fille.

Elle respira doucement, et se calma.

Face à saint Pierre, se dit Emmi, j'aurais du mal à lui faire croire que je n'ai pas passé ma vie le cul vissé sur une chaise !

Fluctuante, la douleur diminua assez pour lui arracher un sourire. Intérieur, car Emmi n'était plus en mesure de mimer la joie ou la tristesse. Ni aucun autre sentiment. Or, songeait-elle, plis, replis et froissements de la peau symbolisaient la vie. La beauté n'était qu'une illusion, le fantasme d'une époque. C'était la vie qui importait. Et, qu'elle se manifeste sous forme de rides, de plissements ou de fossettes ensorcelantes, tout était bon s'il s'agissait d'une expression du vivant.

Je meurs d'envie...

De se tourner sur le côté. De coller son flanc contre le drap. De se redresser et de se lever, pour sentir la plante de ses pieds adhérer au sol. Sentir chacune de ses articulations, de la cheville au bassin jusqu'aux épaules, se mettre à grincer sous l'effort de la marche. Autant de mouvements qu'Emmi Boher rêvait d'effectuer pour être à nouveau dans la sensation du corps. Quelquefois, Emmi mourait également d'une envie irrépressible de quitter ce carcan de chair et de sang, dont elle n'avait plus le contrôle.

Tuer le temps...

C'était l'une des expressions qu'elle se plaisait à décliner. Et, pour tuer le temps, Emmi se récitait des pages entières de recettes. Elle aimait aussi revoir défiler dans son esprit certains paysages. La mer surtout. Bon Dieu, ce que l'air marin pouvait lui manquer ! Ainsi que le son des vagues gémissantes en lisière du sable.

Un bruit la détourna de ses pensées.

Un frottement sur le sol qui aurait pu être rassurant mais qui, à cette heure de la nuit, lui apparut étrange. Incongru. Il était trois heures dix, si elle en croyait l'horloge qu'Anne avait accrochée au mur.

Brutalement, sans niveau intermédiaire, l'inquiétude se transforma en terreur. Au bord de son lit se dressait une femme qui ressemblait à sa fille. Puis Emmi réalisa qu'Anne ne l'aurait jamais regardée avec cette voracité au fond des yeux.

Mais, après tout, peut-être méritait-elle d'être regardée avec tant de violence et de rejet. Peut-être bien. Si seulement Emmi avait eu la force de desceller les lèvres pour s'exprimer.

Parler…

Les mots lui manquaient autant que l'air frais et vivifiant de la mer !

La forme bougea, et sa terreur atteignit un sommet qu'Emmi Boher ignorait pouvoir franchir. Ce n'était pas Anne. Ce n'était pas l'odeur de sa fille adorée et bienveillante. Elle comprit alors ce que ressentait une bête sans défense, proie d'un danger imminent. Lorsque la forme se pencha au-dessus d'elle, son cœur rata un battement, puis un deuxième. Avant de repartir bien plus vite qu'il n'avait battu depuis des mois. La silhouette devint trouble, parut se dissoudre dans la pénombre. Fut remplacée par celle d'un homme au sourire féroce.

Puis il n'y eut plus rien.

Plus de présence. Plus d'odeur piquante comme du vinaigre. Juste la nuit et elle. Et son cœur qui tapait si fort dans sa poitrine qu'il lui semblait s'être réfugié sous son crâne.

Encore un moment d'absence, rien de plus.

Dans les brumes d'un monde obscur qui la rapprochait de la mort, Emmi Boher se dit qu'elle avait rêvé d'une forme malodorante. Poisseuse de haine et d'une fièvre assassine. Puisque rien de préjudiciable n'était advenu.

Une pointe fulgurante lui traversa la cuisse, la ramena à cette interminable souffrance de la chair. Emmi avait depuis longtemps acquis que la mort serait une délivrance. Une bénédiction, car mourir signifiait la fin de la douleur de l'esprit et du corps. Pour elle, mais aussi pour sa fille. Qui endurait, sans jamais rien dire, alors qu'Emmi aurait trouvé normal et plus sain qu'Anne s'épanche de son chagrin. Ensemble, même si la mère ne pouvait plus répondre à la fille, ni la prendre dans ses bras, elles auraient été enfin réunies. Et peut-être apaisées.

Emmi Boher fut submergée par une bouffée de tristesse.

Si elle comprenait que sa fille préfère se consacrer à sa carrière plutôt qu'au mariage, il en allait autrement à propos de la maternité. Pour Emmi, avoir eu un enfant avait été l'expérience la plus stupéfiante qui soit. Elle aurait tant voulu en mettre d'autres au monde, un garçon surtout. Pour briser la lignée maternelle où, durant quatre générations, chaque femme avait accouché d'une fille unique. De la lignée paternelle n'étaient nés que de nombreux enfants fragiles, et tous décédés. Ces derniers temps, Emmi pensait beaucoup à Anne, qui allait se retrouver avec un travail éreintant et morbide pour seul compagnon. Un constat de fin de vie désespérant pour une mère qui n'avait jamais bien compris le choix professionnel de sa fille.

Malade, inerte sur son lit, Emmi n'avait pas d'échappatoire, et ses pensées la martyrisaient parfois presque autant que son organisme défaillant. Comment fuir ce qui faisait d'elle un être humain encore vivant ? Lasse, elle se mit à l'écoute de ses sens, ne perçut rien d'inquiétant, et en déduisit qu'elle avait tout simplement rêvé. Comment pouvait-on ressentir une telle frayeur, à s'en décrocher le cœur et l'âme, pour quelque chose de purement imaginaire ?

Son état s'aggravait, mais ça la terrorisait moins que d'entendre sa fille pousser des hurlements épouvantables. Ou de l'entendre claquer porte et fenêtre, descendre et remonter les marches qui grinçaient. A n'importe quelle heure du jour ou de la nuit. Anne laissait sa mère dans une ignorance aussi perturbante que l'était son étrange comportement.

Déstabilisée, Emmi se réfugia dans le souvenir de son ancienne joie, là où courait encore la vie, pour y puiser calme et réconfort. Et repousser à demain cette mort qui venait de la frôler si dangereusement.

7

Vers quatre heures, en sueur, Anne Boher s'était réveillée en sursautant. Troublée. La chaleur n'était pas seule en cause, elle avait encore cauchemardé.

Coincée dans un tunnel, Anne était poursuivie par des monstres. Des squelettes aux os pourris, couverts de lambeaux de chair et de boursouflures, qui s'approchaient et tendaient les mains vers elle. Gémissants et plaintifs. Elle se figeait d'effroi puis repartait, épuisée de courir encore et encore. Sans fin. Les bronches en feu, les muscles tétanisés par l'effort. La peur. Bouger, détaler, cavaler, bondir, décamper et s'élancer dans n'importe quelle direction, mais fuir ce cortège de poupées malveillantes et de femmes bossues aux mains tordues. Aux visages d'une humanité pourtant si bouleversante qu'elle en avait pleuré dans son sommeil. Et, tandis qu'elle courait à perdre haleine, Anne voyait clignoter des chiffres phosphorescents sur les murs mouvants des ténèbres. Percevait des voix scander un lamento insupportable : *242. Crever l'abcès. 242. Eradiquer. 242. Hantise. 242. Perfidie. 242…*

Seule consolation au réveil, elle ouvrait et fermait les yeux sans aucun problème. Ce qui l'avait calmée, et rassurée sur son sort.

Remise de ses émotions, mollement, Anne se tourna sur le côté droit. Que penser des dernières volontés de sa mère ? Et comment vivre avec après ? Elle n'avait ni l'énergie ni le courage de répondre à ces questions, car *l'après* l'épouvantait. Anne se tourna brusquement sur l'autre côté. Songea à cette voix au téléphone, laquelle paraissait tout connaître de sa situation. D'hier et d'aujourd'hui. Elle qui n'en avait pourtant jamais parlé.

— En es-tu si certaine ? murmura Boher, dans le silence de sa chambre. Pourrais-tu jurer n'avoir jamais formulé d'objections ni eu de doutes, ni jamais contredit les faits pendant l'enquête ? Non, bien sûr que non. Et comment, deux ans plus tard, pourrais-tu prouver quoi que ce soit, si tu ne retrouves pas ce fichu dossier 242 ? Et puis comment affirmer ne pas redouter cette mort, tout en la désirant chaque jour un peu plus ? Pour être libre.

A qui peut-elle confier ce genre de choses ?

— Elle… ? Elle ? Mais qui…

Sous le drap, Anne se tendit, soudain mal à l'aise. Elle s'arc-bouta pour sonder l'obscurité de sa chambre, et dressa l'oreille. Aucun bruit. Aucun signe de présence. Elle se rallongea le cœur battant, avec une douleur lancinante qui lui meurtrissait le crâne.

Les bras sous la tête, elle passa en revue son maigre carnet d'adresses. Songea à contacter Alex Corbier, cet enquêteur du SRPJ avec qui elle travaillait depuis bientôt neuf ans. Serait-il à même de la conseiller ? Anne s'imagina en train de lui exposer son cas, et rougit de honte.

— Non, non, et non ! s'énerva-t-elle. Mais bon sang, Anne Boher, est-ce qu'en plus tu deviendrais idiote ? Comment pourrait-il te croire ? Et, même s'il y parvenait, que pourrait-il faire ? Tu n'as aucune preuve. Rien !

A nouveau, elle ressentit une violente tension dans tout le corps. Entrevit les ailes rougies de sang d'une myriade de papillons, cloués à un mur blanchi par le soleil et l'abandon.

Percer l'abcès.

Eut la perception d'un fracas mental et physique abyssal.

Tenir bon. Eradiquer.

Entendit les ailes bruire et se déchirer comme du papier de soie.

Cautériser la plaie ou mourir.

Et songea que ça devait être cela, le cri de l'âme à l'agonie.

— Elle le sait, et tu le feras…, lâcha Anne.

Dans un murmure d'effroi.

Paniquée, Boher se concentra immédiatement sur sa respiration, jusqu'à recouvrer son calme.

— Non, Anne, la seule personne à qui parler, c'est Laure.

Mais pour lui dire quoi ?

— Que tu as le sentiment de glisser dans la folie…

Peut-elle dire ça à une psy ?

— Elle… ?

Anne se boucha les oreilles, terrifiée par ses pensées. Puis elle songea à récupérer la poupée jetée à la poubelle, et renonça. En quoi serait-elle différente des précédentes ?

Toutes différentes, mais toutes les mêmes… sauf elle.

L'angoisse lui resserra la gorge. Anne se tourna sur le côté, et s'efforça de chasser ces idées et images déstabilisantes de son esprit. Son réveil indiquait quatre heures quarante-cinq. Elle soupira et décida de se lever. Descendit au rez-de-chaussée, en prenant soin de ne pas faire craquer les marches.

En bas, Anne jeta un coup d'œil en direction de la chambre de sa mère, hésita, et se dirigea vers la cuisine. Où elle hurla. Sur la table, au milieu des deux boîtes qui auraient dû se trouver sur l'étagère, trônait un postiche roux. Ensanglanté.

Encore sous le choc de sa découverte matinale, Anne avait pourtant trouvé la force d'accomplir les tâches pour lesquelles elle s'était engagée, reconnaissant que pareille attitude frôlait la pathologie.

Ne peut-elle donc pas se comporter normalement ?

Elle en avait ri de s'entendre penser ainsi, et ça lui avait fait un bien fou. Que voulait dire se comporter normalement pour un médecin légiste au bord de la crise de nerfs ?

Au moment où elle sortait pour vérifier la serrure de son garage, Michèle Langet arriva.

— Bonjour, docteur Boher.

— Comment allez-vous, Michèle ?

— Ma foi, docteur, avec cette chaleur… Et votre mère ?

Anne s'écarta pour laisser passer l'infirmière, et lui répondit qu'Emmi semblait plutôt bien supporter la température élevée.

— Je voulais vous demander…, fit Anne. Vous n'avez rien remarqué de particulier ?

— Comment ça ?

Etonnée par le ton de voix de Langet, Boher la dévisagea.

C'était une femme grande et fortement charpentée, adipeuse, aux yeux bleus, éteints. Irréprochable dans son travail, mais rarement enjouée. Et susceptible dès lors que l'on évoquait ses compétences et son aptitude à prendre soin de ses patients.

— Comme quoi, docteur Boher ? insista Michèle Langet. D'une voix irritée.

— Quelqu'un est-il venu… pour me voir ou bien ma mère ? Ou pour déposer un paquet ?

Langet arqua un sourcil, parut vexée, et laissa planer un silence gênant.

— Vous imaginez bien que je vous en aurais immédiatement parlé, docteur. Si vous avez terminé, je vais pouvoir m'occuper de Mme Boher.

Anne la regarda remonter le couloir menant à la chambre maternelle, contrariée à l'idée de s'être fait une ennemie.

*

En fin de matinée, Anne se rendit au tribunal pour une expertise complexe, que l'avocat de la défense réduisit en mascarade.

— Docteur Boher, au moment de votre autopsie, avez-vous pris le pouls de la victime ?

Soufflée, Anne se tourna vers le juge Cordeau, avant de répondre négativement.

— Dans ce cas, avez-vous au moins vérifié si elle respirait ?

— Excusez-moi…

— Veuillez répondre à ma question, docteur.

— Non, maître, je n'ai effectivement pas vérifié *à ce moment-là*.

— Ne pouvons-nous pas, dès lors, envisager qu'au début de l'autopsie, la victime ait été vivante ?

Sidérée, Anne se tourna à nouveau vers le juge qui, perplexe, se demandait lui aussi où la défense voulait en venir, et finit par interpeller rudement l'avocat. Quant au procureur Tardieu, il observait la scène en silence, se disant que la partie adverse travaillait pour lui.

Inébranlable, cette dernière expliqua doctement qu'il lui semblait adéquat de procéder à une expertise des faits, mais également des compétences. Avant de poursuivre.

— Ne vous offusquez pas, docteur, mais comment pouvez-vous en être certaine ?

— Oh… disons que c'est assez simple. Voyez-vous, *à ce moment-là* de l'autopsie, son cerveau était dans une balance, pour la pesée, maître.

Anne croisa le regard complice du procureur Tardieu.

La dizaine de personnes présentes dans la salle ne purent s'empêcher de rire. Au lieu de lâcher prise, l'avocat campa sur sa position. Anne sentit sa patience s'effriter, et répondit aux questions suivantes de façon acerbe.

— Je vous remercie, docteur, abdiqua ce dernier, stoïque. Maintenant, dites-nous ce qu'a donné le prélèvement de tissu vaginal.

— Uniquement des traces de sperme.

— Masculin ? s'enquit l'avocat.

Le plus sérieusement du monde.

— Peut-il en être autrement, maître ?

L'expertise s'acheva sur un fou rire général. Même le taciturne procureur Tardieu ne put cacher son effarement devant les propos de la défense, et se fendit d'un froid sourire.

*

Enzo dévisageait la femme qui se tenait devant lui, le regard marqué d'une fatigue irréversible, les joues creuses et la bouche agitée d'un tic nerveux.

— Madame Petri, vous êtes prête ? demanda-t-il très doucement.

Marquèz connaissait la difficulté qu'éprouvaient les gens à venir identifier le corps d'un proche. Isabelle Petri sans doute aussi bien que lui, elle qui y venait maintenant depuis des années. Afin de s'assurer que chaque jeune femme décédée n'était pas sa fille. Ou, plus précisément, dans l'espoir qu'il s'agisse enfin de sa fille disparue, dont elle ne parvenait pas à faire le deuil.

Isabelle hocha la tête et lui renvoya un regard vitreux, las d'une épreuve qui ne cessait de se répéter. De s'éterniser. La morgue était devenue son chemin de croix, la première étape d'une longue route qui la ramenait invariablement vers la chambre vide de sa fille.

Le corps raide, le souffle contenu, Isabelle vit Enzo Marquèz effectuer les mêmes gestes que deux ou six mois plus tôt. Ouvrir un frigo, tirer un corps depuis longtemps déserté par la vie, à la nudité recouverte d'un tissu. Qu'il souleva lentement pour révéler le visage de la femme violée et assassinée. Jetée comme un détritus près de la passerelle Ducrot.

Petri ne secoua pas la tête. Ne s'affaissa pas sur elle. Ne hurla pas de douleur. Le silence qui émanait de son corps amaigri par l'épreuve remua profondément Enzo.

Il n'aurait servi à rien qu'il lui dise que la jolie brune n'était pas sa fille. Que dire à cette mère qui ne dormait ni ne vivait plus, et qui ne pouvait faire autrement que de venir vérifier le contenu des frigos ? Pour voir de ses propres yeux chaque victime, qui aurait pu être la chair de sa chair. Et repartir, le cœur à vif d'un désespoir immense. D'un long cauchemar à travers lequel elle errait depuis maintenant quatre ans.

Tandis qu'Enzo regardait s'éloigner Isabelle Petri, Anne se dirigeait vers l'ascenseur, où elle tomba sur Ingrid Hensberger, la directrice des affaires médicales.

Agressive, cette dernière lui apprit qu'on l'attendait depuis un bon moment.

— Qui ça ? s'enquit Anne.

Tout en triant machinalement son courrier.

— Un flic, qu'est-ce que vous croyez !

Hensberger lui colla une pile de messages entre les mains.

— Faudrait voir à embaucher une standardiste à votre étage, non ? Entre nous, docteur, vous auriez mieux fait de vous trancher une main le jour où vous avez décidé de vous priver des services de la petite Mangin, conclut-elle durement.

Avant de filer droit sur une jeune infirmière, qui se fit sérieusement sermonner.

Estomaquée, Anne hésita à intervenir puis, comme si elle ne savait plus comment agir et réagir, décollant ses cheveux de sa nuque, elle se contenta d'observer Hensberger. Nauséeuse de fatigue et de chaleur. D'exaspération. Combien de temps encore devrait-elle ainsi subir les humeurs des uns et des autres ? Si Anne connaissait le sale caractère d'Ingrid, elle était franchement déconcertée par son attitude. Rien ne justifiait un tel écart de langage. Une telle brutalité.

Impuissante, Boher finit par hausser les épaules.

Qu'attendre d'une femme qui dédiait sa vie et son temps aux autres et qui, parallèlement, cautionnait la démarche insane des citoyens volontaires ?

Tout le monde se laisse aller, se dit Anne, sentant la déprime pointer le bout de son nez.

— Ah, docteur Boher, si je puis me permettre, l'interrompit un infirmier, nous manquons de place. Vous affichez déjà complet au septième !

— Je sais bien…

— Que faire ? s'enquit Pierre. Je veux dire, si la canicule se maintient, comment va-t-on gérer l'arrivée des corps ?

Anne soupira, lui répondit qu'elle n'en savait encore rien et comptait en référer rapidement à la direction, mais qu'il fallait s'attendre au pire.

— On est déjà sur les rotules, renchérit Pierre. Je me demande comment ça va finir…

Mal… Elle le sait !

— On tiendra le coup, non ? Comme toujours.

— Mauvaise tactique, rétorqua-t-il. Ça autorise les élus et les responsables à continuer cette politique de l'autruche. On les a très mal éduqués, si je puis me permettre.

— Vous pouvez, Pierre, d'autant que vous avez raison.

Il eut un vague sourire.

— Vous avez entendu les infos, le thermomètre ne baissera pas avant plusieurs jours. Cette fournaise va nous achever… Finalement, vous savez quoi, docteur Boher, entendre un peu d'opéra en se promenant dans les rues, c'est bien la seule bonne chose qui nous arrive en ce moment.

Anne fut à deux doigts de lui demander s'il était au courant pour la statue, et ce qu'il en pensait. Elle ouvrit la bouche, la referma immédiatement. Se sentit mal à l'aise sous le regard admiratif du jeune infirmier.

Troublée, Boher lui mit une main sur l'épaule et l'encouragea à tenir. Le regarda s'élancer en direction d'une aide-soignante qui peinait à porter un malade impotent.

Au fur et à mesure qu'elle traversait les couloirs, Anne salua ses collègues d'un léger mouvement de tête, puis gagna son bureau qu'elle trouva vide. Elle chercha Enzo Marquèz, et le dénicha dans la chambre mortuaire. Fidèle à lui-même, il profitait d'une brève accalmie pour perfectionner certaines techniques de thanatopraxie. L'embaumement le passionnait, ainsi que les différentes manières de maquiller les dommages provoqués par la mort. Marquèz attachait une importance extrême au fait d'humaniser un cadavre. Une forme de dignité conquise *post mortem*.

Dès qu'il l'entendit s'approcher, Enzo releva la tête.

Anne fut surprise par l'intensité de sa concentration, et de son regard. Du granit bleu et lumineux qui contrastait avec le noir de ses cheveux.

— Je t'interromps...

— Non, non... Tiens, j'ai un truc pour toi.

Il fouilla dans la poche de sa blouse, et en sortit une carte de visite.

— Ils se modernisent au SRPJ, fit-il en la lui tendant. Sympa, non ?

Le nom imprimé en petites lettres resserrées n'évoquait rien à Anne.

— Il voulait quoi, ce Vilmont ?

— La résolution du meurtre de la jolie brunette.

— Mais qu'est-ce qu'ils s'imaginent ? dit-elle, d'une voix enrouée. Qu'on est des voyants ?

Blépharospasme...

Enzo remarqua qu'elle pâlissait et, de l'index, lui indiqua un dossier.

— On progresse. Elle s'appelle Véronique Schmitt, graphiste dans une agence de communication, célibataire et mère d'une petite fille de trois ans, recueillie par les grands-parents. J'ai faxé les premières analyses aux intéressés.

Anne songea à cette enfant qui grandirait sans sa mère, et avala deux aspirines. Enfila une blouse, se saisit du dossier, et eut une pensée pour les parents de la victime qui, la veille au soir, avaient vu le visage de leur fille assassinée s'afficher sur l'écran de leur téléviseur. Elle retroussa ses manches, se demanda s'il ne serait pas adéquat de se mettre en relation avec la famille Schmitt. Pour apaiser ce sentiment de culpabilité, insidieux et tenace, douloureux même, à les imaginer prostrés et vieillissant d'un coup devant leur poste.

La dernière de la lignée...

Agacée, Anne tira trop fort sur un bouton de son chemisier qui se cassa. Elle resta un moment à le fixer entre ses doigts, sous le regard perplexe de Marquèz.

— Petri est passée, j'imagine...

— Et déjà repartie. A propos, pour la poupée, j'ai jeté un œil sur Internet, reprit-il. En bref, Lucifer est le démon de l'orgueil.

La suffisance punie de mort, se dit-elle.

Percer l'abcès... ou mourir. ASSEZ !

La connotation religieuse paraissait se confirmer, mais Boher savait ne devoir jamais tirer de conclusion hâtive en criminologie. Il existait des pervers pour qui la jouissance s'accomplissait non pas dans le meurtre, mais bien dans la possibilité de faire marner les enquêteurs. De les envoyer vers autant de directions que de fausses pistes, pour les épuiser et semer le doute.

Percer l'abcès... TAIS-TOI !

— Remarquable, jeta-t-elle d'une voix plus forte qu'à l'accoutumée.

Enzo arqua un sourcil, suivit son regard et comprit qu'elle parlait de son travail.

— J'aime assez cette technique de maquillage, reconnut-il. Ces produits sentent fort, mais l'odeur s'estompe au bout de quelques heures.

Marquèz s'exerçait sur un masque dont la matière imitait à la perfection la peau. Anne avait sous les yeux une impeccable reconstitution des tissus au niveau de la mâchoire inférieure et des commissures des lèvres. Lorsque Enzo en aurait fini, on ne verrait plus aucune trace des sévices volontairement provoqués. Similaires à ceux que l'on trouvait sur un visage humain ayant traversé un pare-brise.

— Tu ne trouves pas qu'il y a de plus en plus de meurtres à connotation religieuse ?

Enzo éclata de rire. Un rire franc qui fit du bien à Boher.

— Excuse-moi, mais, depuis la nuit des temps, les religions sont à l'origine d'un nombre incalculable de crimes, non ? Ce qui est étrange mais compréhensible, note bien, c'est qu'elles ne sont pas d'accord sur les pratiques mortuaires. Sur la manière de tuer, ça, elles s'accordent, mais pour le reste… Tu vois, ce que je suis en train de faire sur ce masque, et que je referai un jour sur un vrai visage, eh bien, chez les bouddhistes ou les musulmans, ça n'est pas envisageable. Même pas en rêve. Tu vois, la mort et la religion…

Il croisa ses doigts.

— Toujours entremêlées, pour le meilleur et pour le pire, comme dans le mariage, mais toujours à préférer le pire, tu ne crois pas ?

— Tu ne les aimes vraiment pas, dit-elle avec une moue enfantine.

Enzo ressentit un creux au niveau de l'estomac, agréable et chaud. Il adorait quand Anne avait ce type d'expression, rare ces derniers temps.

— Tu sais, poursuivit-elle, le front ridé par la réflexion, il se pourrait aussi qu'il n'y ait rien de religieux. On a peut-être affaire à une mauvaise plaisanterie, à un cinglé ou encore à…

— Un mystificateur, acheva-t-il. J'ai dit à ce Vilmont qui t'a attendue, quoi ? deux minutes trente, qu'il devrait s'intéresser à ces aspects. C'est un nouveau, il m'a envoyé balader. Un petit sec, pour ne pas dire un petit con. Qui ne comprend rien à nos métiers ! Mais qui s'imagine tout savoir de la nature humaine. Rectification : un sale con. Tu veux que je te dise, ça m'inquiète, cette recrudescence de fachos dans la police. Dommage que Corbier soit en vacances… où il doit s'ennuyer comme un rat mort.

Boher sourit à nouveau. Sentit qu'elle reprenait pied et que s'effilochaient hallucinations visuelles et auditives, qu'elle attribua définitivement à son épuisement.

— Ils remplaceront ce Vilmont dès qu'Alex sera de retour. Rien d'autre à part ce lieutenant impatient ?

Enzo hocha négativement la tête.

Et pensa à ce qui n'allait pas. Ici, à l'hôpital ; dehors, en ville. Où les gens devenaient malades à cause de la chaleur, de la présence des citoyens volontaires qui se mêlaient de tout, et de préférence de ce qui ne les regardait pas. Des va-et-vient des voitures de police, des ambulances et des camions de pompiers qui circulaient dans une ville désertée par les touristes partis en quête de fraîcheur. Les journées étaient désormais rythmées par les sirènes qui vagissaient sans discontinuer, à briser les nerfs des résidents. A faire hurler à la lune les fous camisolés au fond de leur cellule.

— Et ton expertise ? voulut-il savoir.

Posément, Boher commença à lui raconter ce qui s'était produit, perdit son calme et s'énerva contre l'avocat qui n'avait cessé de tourner en dérision ses réponses. Lorsqu'elle se rendit compte de son état, elle relâcha sa tension, et tous deux finirent par en rire. Enzo songea néanmoins qu'Anne avait les nerfs bien fragiles.

— Je vais en profiter pour avancer un peu dans la paperasserie, fit cette dernière. Des nouvelles du suicidé d'hier soir ?

— Toujours non identifié. Bizarre, tu ne trouves pas ?

Anne planta ses yeux, qui parurent plus noirs que marron, dans les siens. Il lui renvoya un regard empli de la même inquiétude. Qui se suicidait vêtu d'un costume à 5 000 euros, de chaussures faites sur mesure et avec, en poche, un billet d'avion pour Los Angeles ? Et pourquoi ?

Marquèz se fit la réflexion qu'ils ne s'étaient pas parlé ainsi depuis des semaines, et fut sur le point de lui proposer un café. Mais quelque chose dans les yeux d'Anne l'en empêcha. Une profondeur d'étang terreux.

— Attendons que le labo fasse son boulot, conclut-il en faisant grincer son tabouret. Va falloir être patients, ils sont débordés et Sonia vient de partir en congé… la merde, quoi ! N'empêche que je n'arrête pas de penser à cette poupée…

A deux doigts de dire quelque chose, Boher en fut empêchée par un élancement migraineux.

Elle sait bien qui est Lucifer…

— Elle…

Enzo l'observait, sans savoir quoi faire ni que dire.

Subitement, Anne Boher avait l'air complètement ailleurs, et sur la défensive. Elle eut un vague mouvement de la main, fronça les sourcils et vida les lieux en emportant le dossier Schmitt.

Prêt à la rappeler, Marquèz ouvrit la bouche et, finalement, renonça.

Attends, se dit-il, ne te précipite pas ou elle va croire que tu anticipes grave. Pire, que tu fais une fixette sur les rousses.

Il s'immergea dans son travail et n'en sortit que deux heures plus tard, le visage émacié de fatigue, mais presque satisfait. Perfectionniste à l'extrême, Marquèz poussait toujours plus loin ses objectifs. Avec un peu plus de pratique et de temps, il serait incontestablement l'un des meilleurs dans sa partie.

Ses lèvres s'ourlèrent sur un sourire.

— Non, Enzo Marquèz, le meilleur. Ou rien.

En définitive, sa mère avait raison, il était coulé dans le même moule que son père et son grand-père. Des hommes qui avaient le goût, l'amour du travail bien fait. Il serra brusquement les mâchoires en songeant à son père qui avait laissé sa peau d'honnête homme dans son dernier boulot.

Embauché comme tailleur de pierre par la mairie, Felipe Marquèz s'était attendu à entretenir le cimetière. Au bout de plusieurs semaines de désœuvrement complet, véritable ruine pour son moral, le père d'Enzo avait été convoqué par son chef d'équipe pour un rendez-vous à la tombée de la nuit. C'était en janvier, un mois glacial et neigeux, où les journées étaient si courtes, et si grises, que Felipe en venait à regretter son Espagne d'adoption. Et plus encore l'Argentine qu'il avait quittée enfant.

Loin de pratiquer son métier, le père d'Enzo s'était retrouvé à effectuer une tâche à laquelle rien ne l'avait préparé. On attendait de lui qu'il exhume des cercueils pour agréer la demande des familles qui déménageaient, et voulaient que le corps de leur ancêtre les suive.

Les collègues de Felipe Marquèz n'ouvraient les cercueils que pour détrousser les morts des derniers hommages rendus par les vivants. Ou d'une dent en or. La vue des cadavres, le plus souvent dans un état épouvantable, l'avait heurté dans ses croyances, sa morale et ses nombreuses superstitions. Au petit matin, il s'écroulait sur son lit, plus éreinté par la tension que par le travail, et sombrait dans d'horribles cauchemars.

Enzo se souvenait de ce regard d'effroi qui mangeait le visage de son père, et de ses épaules se voûtant. Nuit après nuit.

Un jour de février, Felipe était tombé malade une première fois, sans rien dire, gardant pour lui la honte des gestes accomplis et validés par sa hiérarchie. Qui savait à quoi elle confrontait ces hommes, de simples artisans pour la plupart, mais fermait les yeux sur le pillage des tombes pratiqué par certains employés municipaux. Exactions auxquelles Felipe Marquèz avait refusé de participer, au risque d'être bientôt exclu de l'équipe.

Sans dénoncer personne, il avait demandé une mutation, refusée pour d'improbables raisons administratives. Il avait alors tenu de longs mois, au cours desquels il s'était renfermé, ses yeux se vidant de toute vie. De cette joie et de cet amour auparavant généreusement partagés avec ses proches. Un matin, Felipe Marquèz ne s'était pas levé. Mort, d'épuisement et d'humiliation. D'impuissance face à la destruction de son outil de travail et de ses principes.

Mal à l'aise, Enzo abandonna le passé.

De cette période de sa vie, il conservait une forte culpabilité. Pourquoi n'avait-il pas aidé son père et affronté cette douleur qui lui réfrigérait regards et gestes ? Au lieu de s'enfuir aux Etats-Unis, alors même qu'il se doutait bien qu'à son retour, il serait trop tard. Définitivement trop tard.

Enzo refoula ses sentiments, et ses reproches dont il ne parvenait toujours pas à se débarrasser, puis décida de descendre aux archives pour mettre la main sur le dossier 242. Tandis qu'Anne Boher pénétrait dans une pièce où étaient stockés les produits pharmaceutiques dangereux et toxiques. Sans remarquer Jérôme Horn qui l'épiait depuis l'escalier de service, et décrochait son portable pour s'entretenir avec Ingrid Hensberger.

8

Lou sifflotait *La Traviata*, tout en classant des dossiers.

Assise derrière son bureau, Hensberger étudiait dans les moindres détails un arrêt maladie d'une infirmière nouvellement recrutée. Lou l'observait discrètement, se méfiant de sa supérieure qui, depuis son adhésion aux citoyens volontaires, était plus imbuvable que jamais.

— Allo ! fit Ingrid, d'une voix dure. Ah, docteur Horn, que puis-je pour… Pardon ? Vous êtes certain… Curieux, je n'ai aucun bon émanant de la morgue… Un instant… Docteur Horn, dois-je vous rappeler que je ne suis pas à votre service ? Non, bien sûr que non… entre nous, ce que vous me demandez est contraire au règlement et… Mais oui, je vous écoute…

Lou vit Ingrid qui hochait la tête, en serrant les mâchoires. Que pouvait bien lui raconter cet imbécile de Jérôme Horn pour la mettre dans un état pareil, mais qu'elle fasse l'effort de se contenir ?

— Non mais quel mufle ! éructa Hensberger en raccrochant brutalement. Vous n'avez rien à faire, mademoiselle Werfel, au lieu de me regarder stupidement ?

Lou ravala salive et juron, et répondit le plus calmement possible au pitbull qui la toisait.

— J'ai du classement…

— Laissez ça de côté, la coupa Ingrid en se levant. Allez plutôt voir ce gros balourd de Waltter et informez-le que je souhaite, non, que j'exige, Werfel, dites-lui bien ça, que j'exige que l'on installe dans les plus brefs délais une caméra au-dessus de la pharmacie à toxiques !

Hensberger sortit comme une furie de son bureau, et Lou inspira profondément en l'entendant hurler sur le personnel.

Elle attendit cinq minutes, puis quitta la pièce transformée en étuve depuis que la climatisation était capricieuse. D'un regard soucieux, Lou survola l'intense activité qui régnait dans chaque salle, bloc ou couloir. Elle se dirigeait vers l'escalier de service pour se rendre dans le fief du chef de la sécurité, quand elle entraperçut une silhouette et emboîta le pas à Enzo.

Immédiatement, Lou ressentit cette excitation qui l'envahissait lorsqu'elle suivait quelqu'un. Entre plaisir et danger. De loin, elle devina que Marquèz n'appréciait pas les souterrains à leur juste valeur. La tension lui donnait une démarche guindée. L'odeur de pierre, de bois pourrissant et de formol l'incommodait légèrement, aussi Lou marchait-elle bouche entrouverte. A l'exception des odeurs, Werfel aimait les entrelacs de galeries et les portes à la peinture pelée de ce réseau souterrain qui s'étendait sous les bâtiments de l'hôpital. Et sans doute beaucoup plus loin encore.

Un labyrinthe, se dit-elle. Un serpent, long et ondoyant, oublié des hommes, et qui dormirait en n'attendant qu'un signe pour se dérouler et se mettre à broyer de la chair humaine. Avant d'entasser, et de recouvrir d'un épais voile de poussière, les os des humains, ainsi que leurs âmes. Comme on garderait un trésor au fond d'une grotte.

Enzo a raison, se dit-elle, j'ai trop d'imagination. Tiens, mais qu'est-ce qu'il va faire par là ?

Elle le vit s'aventurer bien au-delà de la réserve attribuée à l'institut médicolégal. Silencieusement, Lou poussa deux ou trois portes. Pénétra dans des pièces sombres et malodorantes où elle huma l'air, en fixant dans sa mémoire le moindre détail.

Des effluves de terre en décomposition et d'eau putride, de plâtre humide et de pourriture saisirent Lou. Il se dégageait une odeur de cave oubliée, d'une nature en attente. Stagnante. Celle qui tapissait les profondeurs les plus lointaines, les plus caverneuses. Une nature d'une puissance tellurique, capable d'anéantir en une seconde ce que les humains avaient mis mille ans à bâtir.

Lou songeait à des boyaux grouillants de vie. A une immense et impénétrable muqueuse en train de pulser sous les pieds des humains, et que les hommes auraient tenté de maîtriser. D'assainir puis de s'approprier, en un geste vain et arrogant. Elle délaissa son imagination fantasque, et reprit sa course poursuite, lente et précautionneuse.

Elle n'avait pas l'intention, du moins pas encore, de se faire remarquer d'Enzo. Tout le plaisir d'une suiveuse résidait dans le choix du bon moment pour révéler sa présence. Ni trop tôt, ni trop tard. Un courant d'air la surprit, et Lou ralentit. Sursauta en entendant Marquèz pousser un cri de damné, et jeter un "Merde" retentissant qui rebondit de mur en porte durant un court instant.

Werfel se retint de rire.

Un rat, se dit-elle, ce joli cœur côtoie la mort tous les jours, mais il a peur d'un rat !

Brusquement, Werfel n'eut plus aucune envie de rire.

Un gémissement résonnait. Lointain, mais insoutenable car chargé d'une douleur indicible. Glacée, Lou mobilisa ses sens en direction de la plainte qui, de seconde en seconde, enflait et se répandait dans le sous-sol. Glissait sur les portes lépreuses, léchait les murs et s'infiltrait dans le moindre interstice. Un autre bruit, telle une porte violemment claquée, la fit bondir. Brisa la panique, mais aussi l'enchantement, le sortilège, se dit-elle, provoqués par cette lamentation.

Lou sentit son cœur s'emballer. S'ordonna de se calmer, et se mit en quête de Marquèz, réalisant qu'elle ne s'était jamais enfoncée si loin sous terre. Le courant d'air était de plus en plus perceptible, et elle eut froid. Les yeux au sol, Lou aperçut ses sandales maculées d'une poussière humide et noirâtre. Elle releva la tête, et fouilla la pénombre d'un regard anxieux. Où était passé Enzo ? Elle pivota et rebroussa chemin, hésita puis enfila un tunnel sur sa gauche.

— Merde, qu'est-ce qui se passe ? lâcha Lou.

Rats et souris filaient le long des parois. En fille née à la campagne, Werfel comprit immédiatement que l'attitude des rongeurs indiquait qu'il se produisait quelque chose d'anormal. Elle assista à une débâcle de bestioles à travers les galeries. Entendit des cris, et un mugissement qui ne pouvait être confondu avec un coup de vent. Prudente, se méfiant des rongeurs que la peur pouvait rendre agressifs, Lou s'enfonçait dans des zones où elle n'avait jamais été auparavant.

— Merde de merde… ça caille, et je suis perdue.

Une sueur froide lui couvrait le dos. Et l'angoisse remplaça toute autre sensation. Une vague incontrôlable qu'elle tenta de refouler, pour conserver calme et maîtrise. Werfel s'arrêta et compta ses pulsations cardiaques, trop élevées. Repartit en s'enfonçant toujours plus loin, plus profondément.

— Marquèz ! gueula-t-elle enfin. Enzo ?

Seul l'écho lui répondit, et son appréhension augmenta d'un cran.

— Putain… MARQUÈZ !!!

Rien. Plus aucun bruit.

Ni gémissement, ni claquement de porte. Juste un silence poisseux et lugubre. Lou attendit une fois encore que son pouls revienne à un rythme normal et reprit sa marche. Qui dura un long moment et la conduisit en des lieux insoupçonnés. Vers un monde tout aussi insoupçonné.

De retour à la morgue, fébrile, Enzo n'en menait pas large.

Il n'aimait déjà pas se rendre dans les bas-fonds de l'hôpital, et encore moins lorsqu'il s'y perdait, l'esprit préoccupé par Anne Boher et ce foutu dossier 242. Marquèz était remonté les mains vides, mais il se promit que c'était la dernière fois. Si Anne avait besoin de ce dossier, alors il le trouverait, quelle que soit sa peur des sous-sols.

Dehors, appréciant le soleil après le noir des tunnels, Enzo avait fumé coup sur coup deux cigarettes pour se remettre de sa frayeur. Des rats. Du noir. De l'odeur épouvantable du souterrain. Une putréfaction à soulever le cœur, même pour lui qui découpait des cadavres sans s'émouvoir. Et pour se remettre de ces bruits, dont il ne voulait surtout pas connaître l'origine. Mais ce qui avait déclenché son accès de panique, c'était d'avoir entendu son nom résonner plusieurs fois, alors qu'il n'y avait personne d'autre que lui dans les lieux.

Mettant ça sur le compte du surmenage, Enzo décida de s'accorder une pause, et fila à la cafétéria où il espérait croiser Lou Werfel.

*

La décision qu'Anne venait de prendre la heurtait dans ses principes.

Elle se saisit néanmoins de son trousseau de clés, ouvrit l'armoire à toxiques puis, d'une main, écarta flacons et boîtes pour atteindre ce qu'elle cherchait.

— Docteur Boher ?

Les lèvres serrées, Anne fit face à Ingrid Hensberger qu'elle dépassait d'une bonne dizaine de centimètres.

Contrariée, Hensberger s'approcha, fut dans l'obligation de lever la tête et refoula un vif sentiment d'infériorité. Ingrid regrettait que sa profession réclame qu'elle parcoure chaque jour des kilomètres de couloirs et de salles, une exigence qui excluait le port de hauts talons. Elle avait ainsi en permanence l'impression d'être dominée par le monde entier. Ce qui l'insupportait.

Boher pesta intérieurement. Elle avait pourtant cru bien choisir son moment, la pause déjeuner de Hensberger, mais celle-ci avait dû sauter l'heure du repas.

— Je peux vous aider ?

Comme un chien hargneux mordrait son maître, se dit Anne.

— Non, je vous remercie, Ingrid, répliqua-t-elle d'une voix autoritaire. N'ayez crainte, je vous ferai parvenir un bon plus tard.

Le règlement stipulait que Hensberger devait toujours être informée lorsqu'un médecin prélevait un produit dans cette armoire. Toutefois, il n'était pas rare qu'un médecin débordé se serve, bien avant de remplir les formulaires requis par l'administration. Sans l'intervention de Jérôme Horn, Hensberger n'en aurait rien su et aurait découvert trop tard, comme toujours, qu'il manquait tel ou tel produit. Autre sujet d'agacement perpétuel pour l'irritable directrice des affaires médicales.

Depuis qu'elle avait rejoint les citoyens volontaires, Ingrid Hensberger semblait plus que jamais déterminée à faire appliquer les consignes en vigueur. Sans aucune dérogation ni exception.

Elle doit… tu dois faire attention… Lucifer…

Boher dissimula ses émotions du mieux qu'elle le put, et referma l'armoire. Discrètement, elle glissa une petite fiole dans une poche de sa blouse, y laissa sa main. Dans son autre main, Anne tenait un flacon, dont elle n'aurait aucun usage. Sous sa blouse, sa robe lui collait au dos ; dans sa poche, la fiole pesait une tonne. En apparence sûre d'elle, Anne Boher affronta le regard inquisiteur de Hensberger, quitta la réserve et partit se réfugier dans la salle des autopsies.

Furieuse, Ingrid la regarda s'éloigner.

Heureusement, se dit-elle, qu'il y a des hommes comme Jérôme Horn pour s'inquiéter du respect des procédures ! Bon sang, mais où va le monde ?!

Par acquit de conscience, mais surtout parce qu'elle ne supportait plus ce laisser-aller qui gagnait l'hôpital, et la société dans son entier, Hensberger vérifia méticuleusement le contenu de l'armoire à pharmacie. Le front plissé d'exaspération, Ingrid découvrit que plusieurs produits étaient en rupture de stock, ce qui ajouta à sa contrariété. Il en allait de sa responsabilité de veiller au bon fonctionnement de l'établissement. Mais comment aurait-elle pu réussir ce tour de force si les médecins se comportaient en chapardeurs dans un libre-service !

Sa liste terminée, consternée, Hensberger décida d'en référer à sa hiérarchie, même si elle détestait le président Simonov. Elle remonta les couloirs comme une furie, croisa Enzo en train de proposer à une interne d'aller boire un café.

— Toujours à traîner ! Mais, bon sang, vous n'avez donc rien à faire à la morgue ? s'énerva-t-elle.

— Et vous ? répliqua Marquèz.

Pleine d'un ressentiment qui ne trouvait aucun exutoire, Ingrid lui dit ce qu'elle pensait de son attitude. Habitué aux sautes d'humeur de la supérieure de Lou Werfel, Marquèz lui décocha un sourire enjôleur et pénétra dans l'ascenseur. Les portes allaient se refermer quand il entendit un hurlement.

*

Une heure plus tard, la main droite bandée des phalanges jusqu'au coude, assise devant une tasse de café, qu'elle tenait maladroitement de la gauche, sous sédatif, Anne essayait de comprendre comment une chose aussi absurde lui était arrivée.

Boher était brûlée au deuxième degré, après s'être aspergée de ce qu'elle croyait être du désinfectant. Mais il y avait plus grave que cette brûlure. Sa main directrice était touchée, un handicap sérieux pour une légiste débordée.

Anne avala une gorgée de café. Elle mourait d'envie de fumer mais, avec Enzo aux petits soins, ce n'était guère le moment. Elle eut une bouffée de colère à l'encontre de ceux qui restreignaient les libertés individuelles, et inspira profondément pour juguler son angoisse.

Qui ?

Convaincue que l'on avait intentionnellement remplacé le désinfectant par de l'acide.

Et pourquoi ?

— Quelqu'un m'en veut, lâcha-t-elle à voix basse.

Assez fort pour que Marquèz l'entende.

— Qu'est-ce qui te fait penser ça ? fit-il. Je veux dire… N'importe qui aurait pu utiliser cette bouteille, non ?

— Enzo, à cet étage, en salle d'autopsie, qui doit se laver obligatoirement les mains avant de…

— OK, toi ou moi. Donc c'est intentionnel.

Il la vit frémir, et fut pris d'une envie subite de la serrer dans ses bras.

Qui ? se demanda Enzo à son tour.

En dehors de la femme de ménage ou d'un brancardier, d'un interne et du dragon Hensberger, qui d'autre venait ici ? Quasiment personne. Parfois un journaliste ou un flic. Comme ce Vilmont dont il s'était immédiatement méfié, car il avait paru sacrément con. Peut-être même cinglé.

Finalement, conclut-il mal à l'aise, n'importe qui peut se balader à l'institut médicolégal, sans qu'on y prête attention.

— Bon, admettons, dit-il en se redressant sur sa chaise. Admettons que ça soit spécifiquement dirigé contre toi. Comment et, surtout, pourquoi ?

Marquèz pensait à voix haute.

Boher ne le quittait pas des yeux. S'accrochait à tout ce qui pouvait l'empêcher de penser à sa main blessée, et au fait qu'elle n'allait plus pouvoir exercer. Elle songea à la somme de travail qui l'attendait, et son moral dégringola.

La seule chose qui l'empêchait de sombrer, c'était la position d'Enzo, lequel n'évoquait pas une seconde qu'elle puisse divaguer sous l'effet, par exemple, d'un brutal accès de paranoïa. Pouvait-elle lui parler des poupées ou des perruques qui ressemblaient à des scalps et envahissaient sa demeure ? Et des menaces téléphoniques ? Pouvait-elle se délester, et le prendre à témoin de cette pression infernale qu'elle subissait ?

N'a-t-elle… Lucifer n'a-t-il pas fait en sorte que tu sois seule ? ÇA SUFFIT ! LAISSEZ-LA EN PAIX !

Immédiatement, Boher s'intima l'ordre de se calmer.

— Tu sais, fit Anne d'une voix forte, pour couvrir ses pensées, n'importe qui peut venir ici. Entrer, sortir, revenir. Depuis des mois, il n'y a plus que nous deux. Alors, il suffit d'être attentif, et de faire attention au personnel en arrivant, mais, une fois au septième, qui vas-tu croiser ?

— Personne ou presque, admit Enzo. Mais quand même ! C'est un hôpital, et… les caméras ! s'exclama-t-il. Les caméras, Anne, tu y as pensé ?

Elle le vit sortir son portable d'une poche, et demander à parler à Dominique Waltter.

Cautériser la plaie ou mourir. TAIS-TOI !!!

Au creux de ses oreilles bruirent les ailes de centaines de papillons.

Percer l'abcès. Retirer le pus. TAISEZ-VOUS !!!

Anne se sentit littéralement aspirée, et concentra toute son énergie pour résister à cette rafale de mots insensés. Les larmes lui vinrent aux yeux, qu'elle refoula immédiatement en se levant pour aller chercher du café. La voyant faire, Marquèz se précipita et la renvoya s'asseoir. Puis il discuta avec le chef de la sécurité, et la rejoignit.

Enzo enregistra les signes d'une extrême tension sur le visage de Boher, et en conçut de la colère. Qui s'en prenait à cette femme qu'il admirait tant ? Et pourquoi ?

— Waltter va s'en occuper, annonça-t-il, étouffant un accès de rage. Les caméras, précisa-t-il. Il faudrait en parler aux flics, non ?

— Mais que peut faire Waltter contre…

Anne se tut brusquement, les yeux dilatés par la peur.

— Contre quoi ? voulut-il savoir.

Contre qui, si ce n'est contre… elle…

— Et si c'était une erreur ? éluda Boher. Une simple et stupide erreur ?

Marquèz secoua la tête. Négativement. But son café, et proposa d'aller en griller une.

— Tu fumes ? s'exclama-t-elle, sincèrement surprise.

— Pas toi ?

Anne eut un rire nerveux.

— Entre nous, Enzo, qui peut être assez dingue pour remplacer du désinfectant par de l'acide ?

— Quelqu'un décidé à te faire vivre un enfer.

Son démon est Lucifer !

Perdant l'équilibre, Boher serait tombée si Marquèz ne l'avait pas rattrapée.

— Anne… Tu ne veux pas que je te raccompagne chez toi ?

Incapable de prononcer un mot, elle refusa d'un signe de tête et lui indiqua l'ascenseur.

— Docteur Boher, si je puis me permettre, tu ne crois pas que c'est lié à cette poupée ?

Anne eut un hoquet. Violent.

— Qu'est-ce que tu veux dire, Enzo ?

— La poupée… tu as remarqué, elle est rousse… comme toi.

Boher opina en silence.

— Et cette inscription, poursuivit Marquèz. *Lucifer est son démon*… je parie, ne me demande pas pourquoi, pur instinct de ma part, mais je parie que l'on veut nous faire croire à un truc mystico-gélatineux, mais qu'il n'en est rien. C'est toi qui es visée, Anne… Personne d'autre, alors il faut prévenir les flics. On ne s'en prend pas à un légiste au hasard, ça, je n'y crois pas une seconde.

— Attendons les résultats du labo, fit-elle à voix basse.

— Ils ne trouveront rien, j'en suis convaincu.

— Pourquoi ?

— On t'en veut, docteur Boher, quelqu'un en a après toi, alors, qui que ce soit, il ne va pas laisser d'indices. Sinon…

Il tendit un doigt vers sa main bandée, et réalisa qu'Anne ne se plaignait absolument pas de la douleur. Or, même sous sédatif, elle aurait dû avoir mal.

— Tu souffres ? s'enquit-il, sans comprendre le malaise qu'il ressentait.

— Ça va… ça aurait pu être pire, non ?

Marquèz songeait que rien ne pouvait être pire que d'être brûlé à l'acide et de perdre l'usage de sa main.

— Enzo, dès qu'Alex sera rentré de ses congés, je lui parlerai.

Elle ne doit pas !

— OK mais, en attendant, laisse-moi secouer cet imbécile de Waltter.

Anne hocha la tête, ferma les yeux, sentit la peur refluer et les ouvrit immédiatement.

Une fois à l'extérieur, Marquèz lui offrit une cigarette et tira sur la sienne, l'air préoccupé. Devant eux, sur le parvis, assis sur la pelouse ou bien en train d'arpenter les allées, le personnel hospitalier poursuivait la grève, malgré la chaleur, les mouches et les guêpes. Les patients d'heure en heure plus nombreux.

— Tu… tu sais qui a fait ça ? fit Enzo.

Mots et images s'entrechoquèrent dans l'esprit confus d'Anne Boher. Elle ferma les yeux.

Hantise. Perfidie. 242.

Bruissement d'ailes.

Jette-toi par la fenêtre ! Perds ton âme ! 242.

Mur liquide, rougi par le sang des papillons.

Tout n'est que perfidie et hantise. Et lamentation. Jette-toi par la fenêtre.

Martèlement, et pointes acérées des clous déchirant la fragile tête des lépidoptères.

242 !

Coups de feu, et tache rouge sur la poitrine de sa mère.

242 ! 242 !

— Anne ?

Crispée, sa respiration et ses gémissements se confondant, elle accrocha alors Marquèz d'un regard enténébré. Puis, tête baissée, Boher souffla, repoussa à nouveau ce raffut qui la chahutait chaque fois plus durement, et se concentra sur ses sandales. Avec l'idée d'être rattachée à la terre, solide sous ses pieds.

Lorsqu'elle se redressa, Anne avait les yeux plus clairs.

— Non, Enzo, non, je n'en ai aucune idée. Je n'arrive même pas à croire que ça vient de se produire… merde, Enzo, de l'acide !

— En général, docteur Boher, les voyous utilisent ça pour régler leurs comptes, non ?

Anne déglutit avec difficulté, et opina.

— On a donc affaire à une crapule, fit-il. Bon, laissons Waltter et les flics régler ça. Toi, tu as besoin de te reposer, alors je vais te ramener chez toi. Et ce n'est même pas la peine de protester, docteur Boher, tu n'es pas en état de conduire.

Anne eut une ébauche de sourire qui disparut instantanément en apercevant une ombre se mouvoir à quelques mètres d'eux. Par-delà les grilles de l'hôpital. En alerte, elle tourna vivement la tête et scanna la rue. Marquèz effectua le même mouvement, mais ne vit rien à même de retenir son attention. Anne Boher était vraiment à bout. Il l'attrapa par le bras, et la tira en douceur en direction du parking.

Sans un mot, elle lui remit ses clés, s'assit côté passager et appuya sa tête contre la portière. Lasse. Perdue. Anne n'aspirait plus qu'au silence et au repos. A peine passé le premier feu, elle tressaillit. A moins de quinze mètres sur la gauche, une ombre était tapie dans l'angle mort d'un immeuble. Inquiétante, car familière. Boher aurait juré que c'était la même qui s'était introduite dans son jardin. La même entraperçue quelques secondes plus tôt.

Qui ? Mais qui donc, nom de Dieu !

Une violente migraine remplaça le chaos que produisaient ces questions. Anne Boher ferma les yeux, résolue à fuir ce monde qui n'en finissait plus de s'ingénier à la rendre folle.

9

Après avoir raccompagné Boher à son domicile, Enzo partit à pied. Il éprouvait le besoin de marcher, de sentir travailler tant ses muscles que son cerveau. La marche l'aiderait à réfléchir, et à faire le point sur les derniers événements.

Marquèz leva les yeux au ciel, d'un bleu suintant d'une ardeur solaire inépuisable. Inspira profondément. Hormis le tramway et les voitures, les rares touristes aux terrasses des cafés ou des restaurants, la ville était anormalement calme. Car, songeait Enzo, en ce début d'été caniculaire, il manquait les rires et les cris des enfants, le crissement des skates ou des rollers sur le trottoir, le frottement des roues des vélos ; et cette mélodie issue de la variété et de la différence des langues étrangères s'entremêlant aux autres sons. Ce qui rendait le bourdonnement des mouches encore plus perceptible, lesquelles proliféraient et se déplaçaient par essaims.

Le centre-ville lui fit l'effet d'une étuve. D'une cuvette où macérait l'esprit malade du cinglé qui en avait après Anne Boher. D'un revers de main, Enzo chassa une mouche. Engloba d'un regard la pierre des bâtiments, le fer des balcons, le métal des chaises, la tôle des voitures et les bus chauffés à blanc. Puis il scruta les vapeurs de chaleur qui flottaient et modifiaient la configuration des lieux, et rendaient immeubles, individus ou arbres légèrement flous. Examina les gens qui transpiraient d'une sueur impossible à contenir, laquelle se mêlait aux odeurs de parfum et de déodorant, laissant dans son sillage des effluves acides ou rances. Tout était à la fois normal, et pourtant si étrangement inhabituel sous ce soleil virulent. Profane.

En l'absence de touristes, le bruit avait considérablement baissé. Marquèz se fit la réflexion que *La Traviata* emplissait d'autant plus l'atmosphère de sa temporaire et vibrante présence. *Les Dernières Nouvelles d'Alsace*, qu'il avait feuilletées au comptoir en prenant son café du matin, promettaient une récompense de 1 500 euros à qui éluciderait le mystère.

En nage, Enzo s'assit à une table, commanda une pression et alluma une cigarette.

Qui pouvait en vouloir ainsi à Anne Boher ? D'abord la poupée, et sa macabre inscription, puis l'acide. Au risque d'endommager à jamais ses mains, cet outil de travail si habile à faire parler les morts. Il eut un hoquet. Comment allait-elle exercer ? Si Boher ne pouvait plus opérer, elle pourrait toujours le guider. Marquèz sentit l'excitation succéder à la surprise.

Puis il s'assombrit au souvenir d'Anne en train d'appeler à l'aide. De ses yeux fermés, et de la panique qui se lisait sur son visage alors qu'elle titubait dans le couloir de la morgue. Il s'était précipité pour la soutenir et l'accompagner chez Kerenski, avant de remonter au septième pour gérer l'institut médicolégal, en attente d'un diagnostic. Enzo eut une grimace en songeant à la terreur qu'Anne Boher avait dû ressentir. Et, maintenant, c'était sa main droite qui était touchée. Invalide. Les deux événements n'avaient pas de lien entre eux, mais Marquèz ne croyait pas aux coïncidences. Il refit mentalement l'état des lieux des incidents qui s'étaient produits en l'espace de quelques jours. Le plus troublant avait été la réaction d'Anne après s'être brûlée, laquelle donnait l'impression d'être détachée de son corps. Or la souffrance physique, même sous sédatif, devait être vive.

A part les morts, se dit-il, qui ne ressent pas la douleur ?

Ce qui lui vint alors à l'esprit renforça son malaise. Marquèz admit tirer hâtivement des conclusions, et décida d'en discuter avec un spécialiste. Il songeait à Laure Bellanger, et se promit de lui téléphoner au plus vite pour avoir son avis. Durant quelques minutes, Enzo batailla avec lui-même pour s'interdire une joie déplacée. Sans pouvoir se départir d'un sentiment d'exaltation à l'idée de pratiquer entièrement les prochaines autopsies.

Marquèz allongea ses jambes, que deux à quatre heures d'entraînement par semaine maintenaient fermes et minces. Comme il avait la même tendance à l'embonpoint que son père, Enzo se surveillait de très près et se rendait en salle de sport à la moindre occasion.

Il profita d'être en terrasse pour disséquer chaque visage entrant dans son champ de vision. Une habitude qui tenait de la déformation professionnelle, mais également une manie visant à mémoriser et à contrôler toute chose. Attitude qui lui permettait d'identifier en un quart de seconde qui était qui.

Quel citoyen volontaire arpentait les rues et se précipiterait vers le premier flic pour vendre la mèche. Quel individu était en mal de vivre et, partant, potentiellement dangereux. Quel autre au bord du malaise et bientôt dans l'incapacité de se gérer au milieu de la foule, et à qui il faudrait porter les premiers secours. Comme cet homme qui titubait non loin du café, en équilibre précaire sur le bord du trottoir.

Marquèz jeta l'argent sur la table et se précipita vers lui.

— Ça va ? s'enquit-il.

Une main sur son cœur, l'homme le dévisagea, la panique au fond des yeux. Secoua lentement la tête, négativement.

— Je... j'ai...

L'homme tomba évanoui sur le macadam brûlant, et se serait sans doute fracassé le crâne si Enzo n'avait été prompt à réagir.

Une fois l'inconnu pris en charge par les pompiers, Marquèz quitta la place du Cygne et se dirigea vers le musée d'Art moderne et contemporain. Pour assister à l'un de ces cocktails dont était friande son amie Yza.

Devant une sandwicherie d'où s'échappaient des relents de friture écœurants, il s'arrêta. Inexplicablement mal à l'aise. Repoussa un assaut de mouches excitées par la chaleur et les poubelles du restaurateur. Enzo passa la zone au crible, et se sentit soudain dans la peau d'un étranger qui débarquerait en ville, et à qui tout apparaîtrait déstabilisant. Inquiétant.

Une cigarette à la bouche, il souleva le bas de son tee-shirt qui lui collait à la peau, puis haussa les épaules en se disant que cette fournaise lui tapait sur le système. Après un dernier coup d'œil, Marquèz enfila une rue derrière le barrage Vauban. S'arrêta à nouveau. En alerte. Attentif, il enregistrait le moindre mouvement, examinait les visages alentour.

Deux ou trois passants fourbus, une contractuelle qui verbalisait un automobiliste nerveux, au visage rougi par le soleil et la colère, deux bénévoles et un citoyen volontaire cherchant à justifier leur intervention auprès des citoyens. Un ballet mal huilé, au ralenti et désaccordé. Chacun se méfiait de son voisin, peu désireux de s'arrêter ou de discuter, car pressé d'échapper à l'atmosphère étouffante.

Sourcils froncés, Enzo reprit sa route avec la désagréable et persistante impression d'être suivi.

Au musée, il flâna de salle en salle, écouta d'une oreille distraite les remarques d'Yza sur "qui est qui" et "qui fait quoi et avec qui", sans parvenir à s'ôter de l'esprit que quelqu'un était en train de l'épier. Mais, dans la foule qui se précipitait sur les petits-fours, Enzo ne repéra personne de suspect. Exaspéré, imaginant que cela faisait partie de l'effet produit par les citoyens volontaires, il décida de ne plus y penser. Il commanda un bloody mary, et se mit en condition pour profiter de sa soirée.

Les invités, notables et habitués de la scène culturelle, éclusaient coupe sur coupe, prononçaient des phrases pompeuses et prenaient des postures ridicules. Rien d'alarmant. Tout semblait se dérouler normalement et dans la plus parfaite sérénité. Même dans le milieu artistique, le Strasbourgeois n'avait ni la volubilité du Latin ni l'excentricité de l'Anglo-Saxon. Chacun gardait une mesure et une tenue exigées par la morale et l'éducation reçues. Une raideur alliée à une certaine froideur.

A force de découper des corps, de maquiller et de recomposer des visages, Enzo avait acquis une vision anatomique des individus que les vêtements, même les plus lourds en hiver, n'entravaient pas. Ce soir, les corps des convives étaient repus de nourriture et de chaleur. Non pas alanguis, ce qui aurait rendu l'atmosphère plus sensuelle, mais apathiques. Et inaptes à se mouvoir discrètement pour pister quelqu'un.

Néanmoins, Marquèz n'en démordait pas, son instinct lui signalait qu'il était sous surveillance. Personne ne passait ses journées l'esprit concentré dans le silence d'une morgue sans en ressortir avec les sens aiguisés. A la manière d'une éponge, Enzo absorbait comportements, humeurs et personnalités, régurgitant ce qui le surprenait ou l'indisposait. Une forme de mimétisme social qui, le plus souvent, amusait la galerie.

Agacé, Marquèz entreprit d'étudier à nouveau chaque convive, en vain.

— Amène-toi, Enzo, que je te présente la belle brune là-bas ! s'écria Yza en agitant la main.

Il esquissa un sourire.

Yza s'entêtait à vouloir lui trouver une femme, de préférence la femme de sa vie.

— Ma rondelle ! fit-elle en tombant dans les bras de la brune.

Qui était effectivement très belle, admit-il. Mais Enzo avait l'esprit ailleurs.

— Impec, cette petite sauterie, non ? poursuivit Yza en saisissant à la volée une coupe. Laura chérie, je te présente le plus beau, le plus malin, le plus bandant des…

Enzo n'entendit pas la suite.

Dans l'angle de son regard, une ombre se coulait vers la sortie. Sans un mot, Marquèz les planta et vida les lieux.

*

Anne se tourna et se retourna plusieurs fois, puis se redressa et s'assit au bord du lit. Aperçut un papillon de nuit voleter autour de sa lampe de chevet. Se crispa. Eut un tic de nervosité qui lui retroussa la lèvre supérieure, se leva et descendit au rez-de-chaussée. S'arrêta au bas des marches, écouta le silence de la maison. Frissonna. Se figea devant la porte de la chambre de sa mère. Le cœur battant. Nerveux, ses doigts serraient et desserraient le flacon dérobé à l'hôpital, enfoui dans la poche de son jean. Elle inspira profondément et se glissa dans la pénombre de la pièce.

Sur une table, Anne aperçut le matériel de première urgence laissé par l'infirmière. Elle sortit la seringue de son étui, perça le flacon. Fit gicler une goutte pour chasser l'air, et s'approcha du lit où Emmi Boher somnolait. Piqua la veine. Injecta le produit. Sous les yeux écarquillés de sa mère qui ouvrait, fermait et rouvrait la bouche. Un mouvement qui s'accordait au rythme saccadé de son cœur. Sans qu'aucun son en sorte. Un long cri muet. Un spasme. Un autre cri. Puis plus rien.

Exception faite de la présence d'Ingrid Hensberger. Laquelle défaisait et refaisait rageusement le lit maternel. En fulminant. Hensberger râlait, et la soûlait des préceptes en vigueur chez les citoyens volontaires. La menaçant de la dénoncer.

Au bord du hurlement, Anne se réveilla et mit plusieurs secondes à réaliser qu'elle n'était plus dans sa chambre. Mais assise sur une marche de l'escalier. A claquer des dents. Ebranlée.

Etait-ce une crise de somnambulisme ? Ce qui lui était arrivé enfant, mais, à sa connaissance, elle n'en avait plus eu depuis l'âge de quatorze ans.

A-t-elle... as-tu vraiment rêvé ?

Encore sonnée, Anne doutait de ses perceptions, et hésitait à rendre visite à sa mère. Elle glissa sa main bandée vers ce qui aurait dû être la poche de son jean. Grimaça, et souffla de soulagement. Elle ne portait qu'un slip. Ce n'était, une fois de plus, qu'un mauvais rêve.

Un putain de rêve ! Elle...

Sans bruit, Anne retourna dans sa chambre, s'allongea sur son lit, en nage et la respiration altérée, puis ferma les yeux. Les ouvrit cinq minutes plus tard, pour jeter un coup d'œil à son réveil. Etant donné l'heure, ce n'était plus la peine de se rendormir. De toute façon, elle en était incapable. Un autre en direction de la fenêtre ouverte la convainquit définitivement de se lever.

Sous la douche, où elle resta un long moment, Anne tentait de mettre de l'ordre dans ses pensées. Un amas de mots et d'images douloureux, dont il ne ressortait rien de probant. D'un point de vue médical, Anne savait qu'un blépharospasme pouvait influer sur ses humeurs et son sommeil. Un dysfonctionnement neurologique, même mineur, suffisait à modifier le métabolisme.

Boher se sécha lentement, consciente qu'il devenait urgent qu'elle fasse un bilan complet. Ses patients ne risquaient effectivement rien, comme le lui avait précisé Kerenski, mais il en allait autrement pour elle et son entourage. Sa mère en particulier. Anne frémit, eut une vision cauchemardesque. Somnambule et errant dans son pavillon, elle se vit mettre le feu puis étouffer sa mère avec un oreiller. Effarée, elle chassa ces pensées et s'habilla rapidement.

Les lueurs de l'aube coloraient d'un rose orangé très doux ciel, arbres et bâtiments autour du canal de l'Ill. Ce qu'elle pouvait avoir besoin de douceur !

*

Dehors, abîmé par l'alcool et la chaleur, plus une récente bagarre place Kléber pour protéger ses maigres biens, à bout de forces, Branko traînait la jambe.

Il fit une pause le long du quai de la Petite France. A cette heure matinale, presque personne ne déambulait à travers les rues de la ville. A part quelques Strasbourgeois décidés à profiter de la relative fraîcheur et qui évitaient soigneusement Branko. La solitude qu'il ressentait, et avec laquelle il vivait depuis des années, le terrifia. Même en compagnie des autres, ce sentiment acéré d'être absolument seul le terrassait régulièrement. Telle une lame de fond qui s'écrasait contre son cœur, et asphyxiait le moindre recoin de son corps et de son esprit. Engloutissait passé, présent et futur.

Branko eut brusquement envie de se laisser tomber à terre. De s'allonger et de s'enrouler autour de lui-même, afin de contenir ce séisme. Ou de se jeter à l'eau et d'en finir. Ça lui serrait si fort la gorge qu'il en aurait chialé.

Lorsqu'il était certain, absolument certain d'être seul, Branko se laissait parfois aller à sangloter. Comme une mauviette, songeait-il alors. Comme un homme sans nom et sans avenir ni espoir, qui a tout perdu, jusqu'à la raison certains jours. Un homme qui n'avait plus les moyens de reconquérir sa dignité, laquelle, pour Branko, avait toujours été associée à la faculté d'exercer son métier. Liberté qu'il n'avait plus depuis que son accident du travail l'avait relégué au statut de handicapé. Il marmonna d'inaudibles paroles, puis jura plusieurs fois, haut et fort. Cracha son impuissance à la face de l'aube qui se levait.

Appuyé contre le parapet, Branko posa sa bouteille pour reprendre son souffle et se masser l'estomac. Son corps craquait comme une maison livrée aux courants d'air ; aux pluies acides venues d'un désert inconnu. Ce vieux corps était pourtant la seule demeure où il pouvait espérer continuer à vivre. Avec des pièces vides, emplies de poussière et d'oubli. D'autres encombrées de souvenirs, plus jaunis que la photographie de ses grands-parents qu'il conservait soigneusement.

Dans ce vieux corps aux veines saillantes et à la peau distendue, tout était inscrit. Même si, au fil du temps, s'asséchant, sa peau se déchirait et se froissait ; s'effritait à la manière des pages abîmées d'un ancien magazine. Avant de tomber en morceaux. Une dégénérescence cellulaire et mémorielle qui ne lui laissait qu'un récit parsemé de trous où il chutait et s'égarait. Nostalgique.

Branko avait connu tout ce qu'un homme pouvait entrevoir de pertes et de renoncements. De joies aussi. Rares et précieuses. Douloureuses parfois, car elles battaient encore furieusement à l'intérieur de son cœur délabré. Lui rappelaient ce qui avait été gris et nauséabond, mais également lumineux et flamboyant. Quelques jours heureux où un homme ordinaire s'était taillé un petit bout de chemin dans le grand bazar de l'univers.

Branko se gratta vigoureusement le bras, et eut une pensée reconnaissante envers ce fidèle compagnon de chair et de sang, cabossé à ne plus pouvoir y reconnaître un plat d'un creux. Mais qui, par-delà failles, blessures et malformations liées au temps et aux chagrins, aux excès et aux plaisirs, ne l'avait jamais abandonné.

Ouais… tout ça pour finir par mettre la viande dans le torchon ! se dit-il en attrapant sa bouteille, le visage mâchuré de larmes.

— Faut pas s'laisser aller, mon vieux, pas bon ça alors…

Il éclusa un fond de vin. Imagina l'alcool tel un sang frais qui régénérait le sien. Prêt à jeter sa bouteille à l'eau, Branko s'écarta légèrement du muret qu'il couvrirait après de dessins. Pour évacuer cette solitude, et lui donner du sens, il allait peindre une partie du mur, ainsi qu'il avait décoré la porte du garage du docteur Boher. Certains jours, il peignait sans relâche durant des heures, oubliant sa main brisée. Oubliant de manger et même de boire. Pour mieux se rattraper après.

Doit bien y avoir encore des puits à explorer, songea-t-il. Des gouffres et des portes, des tunnels et des murs à badigeonner.

Branko resta le bras en l'air, pétrifié. Ajusta sa vue qui baissait gravement, et se mit à fixer un point de l'autre côté de la rive.

— Vache de merde…

Branko vacilla avant de retrouver son équilibre, et contempla le quai. Il était désespérément seul. Déboussolé, il regarda à nouveau par-dessus le parapet et soupira.

— Chienne de vie ! Va falloir que je m'mêle alors…

Laborieusement, Branko remonta le quai et se dirigea vers le premier café ouvert. Sentit la honte le mordre et hésita à entrer.

N'allait-on pas le jeter dehors comme le malpropre qu'il était devenu ? Une image lui traversa l'esprit, et il grimaça. Propre ou pas, s'il considérait sa découverte, qu'est-ce qu'il en avait à faire ?

Branko prit son courage à deux mains. Poussa la porte, et raconta au serveur ce qu'il avait vu flotter de l'autre côté de la berge. Avec la crainte de ne pas être pris au sérieux. Si tel était le cas, il ne lui resterait plus qu'à se tourner vers le docteur Boher. A lui rendre visite dans sa belle maison sur le canal de l'Ill, qu'il rêvait de repeindre intégralement.

10

La rousse sur la table d'autopsie ne requérait aucune intervention digne d'un médecin légiste. Quant à celui qui lui avait maculé les cuisses, il s'était donné un mal de chien pour inciser le plastique. SON DÉMON, cuisse gauche… EST BÉLIAL, cuisse droite. D'une écriture maladroite. Hésitante.

— Mais bordel, ça veut dire quoi ? s'énerva Marquèz.

Plus anxieux qu'en colère. Plus intrigué que paniqué.

— Je n'en sais rien, Enzo. Deux poupées, ici ? Avec le même genre d'inscription… Et puis…

Anne se tut. Marquèz l'avait harponnée de ses yeux étrangement clairs.

Pourquoi avait-elle eu besoin de préciser "ici" ? se demanda-t-il. Où y en avait-il eu d'autres ? A son domicile ? Et Anne n'en aurait rien dit ? Merde !

Consciente du trouble d'Enzo, Boher tergiversait encore. Résistait à l'envie de lui avouer qu'elle en recevait également chez elle, depuis des lustres. Mais les mots restaient collés au fond de sa bouche.

Depuis qu'elle a… que tu as… Lucifer, Bélial… et combien d'autres démons ?

Anne sentit la migraine revenir et, simultanément, sa mémoire plier et se déplier, qu'elle sonda silencieusement. Sans qu'aucun souvenir franchisse les méandres de son esprit.

— Tu t'es occupé des dossiers ? s'enquit-elle en avalant plusieurs cachets.

Il eut l'air perdu durant une seconde.

— Euh… Oui, en partie. Je n'ai toujours pas mis la main sur le dossier 242.

— Continue à chercher, j'en ai vraiment besoin.

— Pourquoi ? Si je puis me permettre.

Ses yeux s'alourdissaient, et Boher se frotta doucement les paupières. Longuement.

Hantise. Perfidie. Jette-toi par la fenêtre ! 242. Deviens l'oiseau, deviens Lucifer ! Bélial ! ASSEZ ! LAISSEZ-LA EN PAIX !

— Ça va, Anne ?

Quand le vol de papillons ensanglantés eut fini de traverser son esprit, Boher se retint de tout déballer à Enzo. Elle inspira profondément et, craignant de paraître folle, renonça.

— Peux-tu m'expliquer, docteur Boher, ce que ce dossier a de si important ?

— Des notes personnelles… sur…

Enzo attendait, impatient et déstabilisé par son attitude.

— Sur quoi, Anne ?

— L'affaire du fou de Blauelsand.

Marquèz ne cacha pas sa surprise.

— Mais enfin… pourquoi ?

— Quelque chose me turlupine…

— Excuse-moi, Anne, mais tu n'as pas conservé un double de tes notes ?

Boher se mordit les lèvres.

A vouloir trop sécuriser son travail, Anne avait, d'une part, modifié l'indexation du dossier et, d'autre part, rédigé une seule copie. Sur la base du rapport d'autopsie dont elle ne trouvait plus trace depuis. Ce qui relevait non seulement de la faute professionnelle, mais d'une négligence impardonnable.

A moins qu'on n'ait volé ces documents, se dit-elle, tendue. Non, Anne, là, tu deviens franchement parano !

Elle a raison, elle doit se méfier…

— Assez…

— Pardon ?

— Rien, rien. Enzo, trouve-moi ce dossier, et nous en discuterons après.

— OK, je m'en occupe, mais il y a plus urgent, docteur Boher. Quelqu'un en a après toi, et tu dois absolument en parler à Corbier. Ça… ça m'inquiète. Sérieux ! En attendant, je vais demander à l'accueil qu'on contrôle l'arrivée du courrier. Ça n'a pas été posté, mais déposé, précisa-t-il. Merde, ça me rend malade, cette histoire !

Anne se redressa, surprise par le ton de sa voix.

Elle le dévisageait et repensait à l'autopsie du corps de l'homme retrouvé noyé par Branko, lui aussi actuellement à l'hôpital. Où il était arrivé ivre et délirant à propos des mouches voleuses de pensées et de portes peintes. Chauffées à blanc. Incandescentes. Non sans mal, on lui avait administré un calmant, pour l'obliger à dormir et, ainsi, pouvoir lui prodiguer quelques soins. Avant de sombrer, Branko avait eu un accès de colère et s'était mis à gueuler des insultes mêlées de supplications. Du peu qu'Anne avait compris, il se faisait du souci pour les mouches, et plus encore pour ses filles.

Boher renonça à comprendre les délires de Branko, et reporta son attention sur Enzo. Au début de l'autopsie du suicidé, Anne avait été surprise du niveau de compétence et de la dextérité de son assistant, avant de ressentir de la fierté à l'avoir si bien formé. Marquèz possédait d'incroyables dispositions pour exercer cette profession qui faisait horreur à certains.

— Docteur Boher, si tu veux bien être attentive, lâcha ce dernier, j'ai l'impression que l'on essaie de te pousser… qu'on veut te rendre cinglée. Mais… je ne sais pas, il y a autre chose, et… Merde, j'y comprends rien, sauf que ça me gonfle.

Anne observa la poupée, longuement ; puis Enzo, avec la conviction d'avoir toujours su de quoi il retournait. Pourtant, elle était dans l'incapacité de le formuler. Rien de précis ne filtrait à travers les strates de son esprit. L'information, si elle existait réellement, demeurait verrouillée au tréfonds de son cerveau. Emmurée. Anne soupira d'énervement, et avala deux autres cachets.

— C'est pour tes yeux ?

— Quoi donc ? Ah ça, non, juste un mal de crâne.

— Ça t'arrive souvent.

Anne sentit une bouffée d'agressivité l'envahir. De quoi se mêlait-il ?

Elle doit se méfier…

— La chaleur… et le stress, articula-t-elle péniblement.

Mais Enzo ne fut guère convaincu par l'argument. Sa question l'avait mise en rogne, et Anne n'excellait pas dans l'art du mensonge. De nombreux médecins se droguaient pour tenir le coup, et il n'y avait pas pire menteur qu'un drogué. Marquèz avait toujours à l'esprit le souvenir de Boher, main bandée, à peine remise d'une brûlure à l'acide et qui ne manifestait que peu, voire pas de douleur.

— Et ta main ? s'enquit-il, d'une voix cassée.

Anne haussa les épaules, et répondit que ça mettrait des jours à cicatriser.

— Tu as mal ? insista-t-il.

Boher lui jeta un étrange regard.

— Arrête donc de t'inquiéter, Enzo. Souviens-toi que je suis médecin. Bon, pour revenir à ces poupées, tu as raison. Quelque chose ne tourne vraiment pas rond, conclut-elle, un vague sourire aux lèvres.

Si Marquèz en fut étonné, il n'en dit rien. Ça l'obsédait, cette histoire de rousses plastifiées et cette pression dirigée contre Anne Boher. Il ne pensait pratiquement plus qu'à ça. Même endormi, il y pensait encore. Et voilà qu'elle se mettait à faire de l'humour.

— Quant à ce qui nous occupe depuis ce matin, mes félicitations, docteur Marquèz, ton autopsie était parfaite. Je vais en référer à Simonov.

Enzo lui retourna son sourire, heureux de sa confiance, mais le cœur n'y était pas. Pas entièrement. Ce matin, tandis qu'elle optimisait chacun de ses gestes, il avait estimé ne pas donner le meilleur de lui-même. Essentiellement en raison d'un sévère manque de sommeil.

Marquèz avait passé une bonne partie de la nuit à suivre une femme qui jouait les anguilles dans les rues de Strasbourg. Vers vingt-deux heures, Enzo en avait eu assez. Cependant, convaincu que cette femme cachait quelque chose, il ne l'avait pas lâchée d'une semelle. Jusqu'à ce qu'elle finisse par pousser la porte de chez *Yza Belle* et s'installe à une table. Au fond de la salle. A l'abri des regards. En dépit de la chaleur, le restaurant ne désemplissait pas, les amateurs de fromage, de charcuterie et d'ambiance déjantée s'y retrouvaient jusque tard dans la nuit.

Ereinté et furieux contre lui-même, Enzo avait interpellé le mari d'Yza, pour l'informer que cette dernière était restée au musée d'Art contemporain. Puis il s'était renseigné sur la cliente-anguille. Une touriste, avait suggéré Phil, en le regardant bizarrement. Marquèz s'était traité de tous les noms, avait commandé une assiette de fromages avec de la salade, du pinot et, tout en réfléchissant, il avait observé les clients.

OK, l'anguille semblait l'ignorer et se contentait de tartiner son pain de fromage en lisant une revue. Sans lever les yeux. Sans adresser la parole à quiconque.

OK, tout le monde pétait les plombs, à commencer par lui, mais ça se tasserait avec la baisse de la température.

OK, il avait répondu à une impulsion stupide et s'était comporté comme un con.

Malgré tout, son malaise demeurait intact, ainsi que la certitude d'avoir été épié par cette femme, qui avait forcément une bonne raison pour agir de la sorte. L'idée qu'une inconnue soit derrière son dos le rendait nerveux.

T'es con, elle doit faire partie des citoyens volontaires et...

— Là, Enzo, tu dois être particulièrement attentif, intervint Boher.

Ce qui ramena Marquèz au présent. Aux organes du mort qu'il allait devoir extraire, sans abîmer les tissus.

— Regarde ses poumons, poursuivit-elle, en tendant son bras bandé. Il n'a pas été assassiné. Mais qu'est-ce qu'il leur arrive, à ces hommes, pour qu'ils en viennent à pareille extrémité ?!

Frappé par son ton de voix, Marquèz la fixa, et vit son regard se voiler.

— Ça confirme notre hypothèse, souffla-t-il. L'été s'annonce vraiment chaud, docteur Boher. Les décès liés à la canicule augmentent d'heure en heure et, pour le moral, c'est pire qu'un mois de novembre. Et puis...

Anne suivit son regard et tomba sur la rousse plastifiée.

Marquèz eut soudain la bouche sèche.

— Je sais, fit-elle, durement. On n'avait pas en plus besoin d'un malade qui joue à la poupée.

Un ou bien une...

Anne frissonna, repoussa un souvenir et reporta son attention sur Enzo.

— C'est peut-être un malade mental amoureux de toi, lâcha-t-il.

— Envisageable...

— Ce ne serait pas la première fois.

Ils s'entre-regardèrent et poursuivirent leur travail.

— Tu penses à l'affaire du fou de Blauelsand, fit Anne, tendue.

— Difficile de ne pas y penser, répliqua Enzo.

Lors de l'enquête, insultes, menaces, coups de téléphone et envois malveillants et douteux avaient plu pendant des semaines.

— Ou alors un maniaque obsédé qui hait les rousses, lâcha Anne.

Marquèz se redressa et planta ses yeux bleus dans ceux de Boher.

Eradiquer. Cautériser la plaie ou mourir.

L'image d'une peau découpée au scalpel se fondit dans la masse aqueuse et grise d'un lac, inquiétante et sombre.

Elle le sait, et tu le feras.

En silence, Anne hurla, s'invectiva pour que cesse ce brouhaha mental et disparaissent ces visions.

Elle souffla, et compta jusqu'à dix.

— Mais oui, je n'ai pas pu m'empêcher d'y penser, admit-elle d'une voix inhabituellement haut perchée. Pour autant, Enzo, ne nous emballons pas. Combien crois-tu qu'il y ait de rousses à Strasbourg et dans les environs ?

— Moins que de brunes ou de blondes, bien moins, non ? Et sans doute aucune qui exerce en tant que médecin légiste.

Ils se turent et achevèrent l'autopsie de l'homme.

Marquèz n'avait aucune illusion sur le genre humain, toujours prompt à tuer et à massacrer. Toujours inventif et déterminé dès lors qu'il s'agissait de semer la terreur et la mort. Alors, jusqu'à quel point Boher était-elle en danger ?

— Au fait, Corbier est rentré, lui annonça Anne. Et j'ai fait le nécessaire pour que la nouvelle assistante commence plus tôt. C'est toi qui opéreras… tant que je serai impotente, ajouta-t-elle en fixant sa main blessée.

Inutile.

Le pansement qu'elle avait mis à la place du bandage lui donnait l'impression d'un stigmate. D'une flétrissure, comme à l'époque où l'on marquait les voleurs à l'épaule, au fer rouge.

Marquèz sentit une boule lui obstruer la gorge. Avec les yeux, les mains d'un chirurgien étaient son bien le plus précieux. Or Anne Boher cumulait les problèmes. Il n'osait même pas imaginer dans quel état il serait si une tuile pareille lui arrivait.

— Des nouvelles de la sécurité ? s'enquit Anne.

Elle doit se méfier de Waltter…

— Je sais !

— Tu sais quoi ?

— Euh… rien, rien, je pensais à voix haute.

Un silence gêné flotta entre eux.

— T'inquiète, je vais secouer ce crétin, répondit Enzo, dérouté. Avec cette chaleur, tout le monde est de mauvais poil et marche au ralenti…

— Donne-lui quand même le temps de visionner les bandes…

Elle sait bien qu'il s'en fout…

— Evidemment que je le sais ! s'écria-t-elle.

Furieuse. Raide de colère.

— Ça va, Anne ? Tu…

Boher se passa une main dans les cheveux, inspira profondément et rassura son assistant.

— Ce crétin de Waltter n'a que ça à faire, non ? conclut Marquèz.

De plus en plus perturbé.

— Non, Enzo. Il doit installer les nouveaux panneaux de prévention anti-canicule, distribuer les notes de la DSG à chaque service, vérifier que le personnel respecte les consignes… et, sur ordre de Hensberger, il doit aussi installer une caméra de surveillance dans la réserve, pour surveiller l'armoire à toxiques ! siffla-t-elle.

Sarcastique.

Ça ne lui ressemble vraiment pas, se dit Marquèz.

— Aussi fêlés l'un que l'autre, répondit-il, la voix légèrement rauque. Quand tu vois le bordel que c'est, tu te demandes si Hensberger et Waltter ne sont pas payés pour en rajouter ! Bref, dès que j'en ai terminé ici, j'irai voir où il en est. Et si je puis me permettre, docteur Boher, tu devrais faire une pause, là, je peux m'en sortir…

Anne se sentit brusquement inutile et rejetée, faillit réagir, puis acquiesça d'un mouvement de tête et s'écarta lentement.

Presque à regret, se dit Enzo, en l'observant retirer sa blouse avec difficulté. Il faillit tout lâcher pour l'aider, contint son impulsion première. Même vulnérable, Boher avait sa fierté, et être ainsi diminuée devait sérieusement lui saper le moral.

Si toute situation comportait un aspect positif, ce dont Enzo doutait parfois, alors, le seul avantage qu'il voyait se profiler à l'horizon d'une tonne d'emmerdements, c'était qu'Anne Boher avait changé. Comme si, en perdant l'usage de sa main, elle avait recouvré celui de la parole.

Mais sa blessure n'explique pas ses brusques changements d'humeur, admit-il, en jetant ses gants à la poubelle. Ni ces doses de médicaments et cette absence notable de souffrance.

Anne n'avait pratiquement pas utilisé ses mains pendant l'autopsie, mais Enzo avait remarqué qu'elle touchait corps et objets sans marquer la douleur. En revanche, elle s'était plusieurs fois énervée contre l'épaisseur du pansement qui gênait ses gestes. Marquèz en déduisit que soit elle avait un seuil de résistance à la douleur plus élevé que la moyenne, soit elle était en plein déni du réel.

Avant de se rendre dans l'antre de Waltter, Enzo alluma son ordinateur et lança une recherche pour découvrir qui était Bélial le démon.

11

Dos au mur de la cathédrale, Lou Werfel profitait de quelques heures de répit, et songeait à sa vie en regardant les aiguilles de l'horloge astronomique ponctuer le temps.

Véritable attraction touristique, elle déclinait le temps lunaire, solaire, ecclésiastique, les signes du zodiaque et la position des différentes planètes. A douze heures trente, Lou leva les yeux vers l'ange qui sonnait la cloche. Le sablier se retourna et plusieurs personnages paradèrent devant la Mort. Tout en haut, des automates représentant les apôtres passaient devant le Christ.

Les yeux dans le vague, Werfel appréciait la froidure de la pierre entre ses omoplates, et réfléchissait à sa récente et incroyable découverte. Sans savoir qu'en faire ni qu'en penser. Seule évidence, elle était bouleversée. Fabuleusement bouleversée. Les automates créés sous l'impulsion géniale de l'horloger défilaient, et se métamorphosaient au gré de ses souvenirs collectés dans les souterrains.

Rien ne serait plus jamais comme avant.

Alors qu'elle n'était que conviction au préalable, Lou faisait l'expérience au plus profond de sa chair d'une pure certitude : rien ne serait plus jamais comme avant. Rien de ce qui faisait sens hier ne ferait sens demain. Tout avait brutalement changé. Incroyablement changé. Un tsunami. Renversant et doux. Très doux. Un fragment étincelant de beauté qui venait embellir et transcender sa vie, ses pensées. Jusqu'à son corps. Elle se sentait non pas légère, se dit-elle en souriant dans le vide, mais allégée. Transfigurée.

Emue, Lou décida de partir et dut jouer des coudes parmi les touristes qui appréciaient les lieux autant que la fraîcheur. Dehors, Werfel songea au talentueux horloger et mathématicien dont elle oubliait systématiquement le nom et qui, une fois son œuvre achevée, avait eu les yeux crevés. Afin de ne jamais pouvoir la reproduire ailleurs.

Pensive, Lou se demanda si elle ne s'était pas rendu la vie impossible. Depuis le temps qu'elle travaillait à l'hôpital, sans parler de ses diplômes, elle aurait déjà dû être chef de service. Une évolution de carrière retardée par son attitude, en particulier envers sa supérieure hiérarchique. Lou frôlait si souvent l'incorrection qu'elle avait déjà reçu un avertissement, Ingrid Hensberger ne ratant pas une occasion de la rabaisser. En somme, ne s'était-elle pas comportée comme une gourde ? Car, au bout de ses trente et un ans d'existence, qu'avait-elle entrepris, à part s'ingénier à donner bêtement raison aux autres ? A ceux qui détournaient le regard à son approche, ou s'écartaient sur son passage. A celles qui ne résistaient pas à l'impulsion ou à la tentation de prononcer une petite phrase assassine.

Et ses recherches et sa thèse qu'elle avait laissées en friche depuis trois ans, n'était-ce pas précisément le moment idéal pour s'y remettre ?

— Pas sûr, murmura-t-elle. Il y a peut-être plus important à faire maintenant.

A quelques mètres de la cathédrale, Lou s'arrêta devant la vitrine d'une boutique et observa son double dans la glace.

Terriblement rond. Mais d'une rondeur difforme, comme si quelqu'un lui avait marché dessus et que la peau et les os ne s'en soient jamais remis. Un teint rosé, et quantité de petites marques et de stries. Les cosmétiques aidaient, le soleil aussi, même si Lou bronzait peu. Un nez épais, un menton mal dessiné. Seule l'intensité de son regard noir et pétillant d'intelligence ne cadrait pas avec ce visage, que certains confondaient parfois avec celui d'un trisomique.

Hier encore, Lou aurait ravalé une envie furieuse de crier. Aujourd'hui, elle se contemplait droit dans les yeux. Ne gémissait plus, ni ne sursautait face à son reflet. Une confrontation qui, au vu de sa prodigieuse découverte, prenait une dimension très particulière.

Pour la première fois de sa vie, Lou Werfel supportait son image. Mieux, elle l'acceptait. Elle observa les gens qui passaient, en se réfléchissant fugitivement dans la glace, et s'interrogea sur ce qu'ils avaient de plus ou de mieux. Rien. Chacun portait le monde en lui, un potentiel de beauté et de laideur, de talent ou de raté.

Lou reprit sa route, convaincue qu'elle n'était pas née à la bonne époque. Un siècle auparavant, elle aurait fait un triomphe dans les fêtes foraines, à côté de la femme à barbe ou de l'homme-tronc.

Un étrange sourire aux lèvres, Lou Werfel s'assit en terrasse, à l'ombre d'un parasol et d'une fontaine. Se releva d'un bond pour se précipiter vers une femme enceinte qui chancelait, sans que personne vienne à son aide.

— Respirez doucement, lui conseilla Lou.

En l'aidant à tenir debout jusqu'à la chaise la plus proche.

— Quand avez-vous bu de l'eau pour la dernière fois ? poursuivit-elle.

— Je… soyez gentille, prévenez mon mari, je suis…

Werfel prit son pouls, se saisit du téléphone portable de la future mère et contacta son époux. Durcit légèrement le ton en le sentant réticent à quitter son bureau.

Les gens ! Tous des cinglés, se dit-elle, irritée.

— Il sera là dans dix minutes, l'informa-t-elle.

L'inconnue était de plus en plus pâle.

Sans hésiter, la jeune femme étant visiblement proche d'un grave malaise, Werfel contacta les pompiers qui arrivèrent avant le futur père. Lequel, énervé de s'être déplacé "pour rien", engueula Lou, puis s'excusa. Eut l'air indécis, et partit en direction de l'hôpital.

Werfel se rassit. D'un geste rageur, elle écrasa un insecte posé sur la table et alluma une cigarette. Elle aurait préféré quelque chose de plus fort pour calmer ses nerfs, mais se contenta d'une pression.

— T'as une petite mine, fit le serveur, en alsacien. Eh ben, t'es blonde, maintenant ?

— N'en rajoute pas, va, répliqua-t-elle dans la même langue.

Si Lou était née dans le Cher, elle avait grandi à Strasbourg dans un immeuble tenu par une femme sans âge qui ne parlait qu'alsacien. Et qui se fichait de savoir si cette gamine, toujours seule, était laide ou pas, car elle était intelligente et avait le sens des langues.

— Oh moi, je disais ça histoire de causer. On ne te voit pas beaucoup ces temps-ci.

— Ce n'est pas avec les horaires de folie de l'hôpital que je vais me la couler douce cet été, tu sais.

Avec un hochement de tête, il nettoya la table et reprit son service.

— Espèce d'abruti, lâcha-t-elle à voix basse, quand l'homme fut suffisamment loin.

Exaspérée, Lou se mit à lire *Les Dernières Nouvelles d'Alsace*, jeta un œil à son horoscope qui lui conseillait de "se tenir en forme et de rester ouverte aux possibilités de la vie". Elle replia le journal, et décida de se calmer. Cette colère qui la consumait, c'était épuisant.

Bon, comment je vais m'y prendre ? se demanda-t-elle. Pour changer le cours des choses, et de ma vie, sans que les autres s'en mêlent ?

Sa découverte allait faire du bruit, et la mettrait sans nul doute sous les feux de la rampe. Ce qu'elle ne recherchait pas mais, au vu de la situation, ça lui paraissait inévitable. Lou savait précisément ce qu'elle désirait, mais elle n'était pas certaine qu'on lui laisserait le choix. L'autre question était de savoir combien de temps elle allait pouvoir garder cette découverte secrète. Assez pour reprendre sa thèse ? Et en imposer aux pontes de la…

Werfel s'entendit râler, et décréta la fin de cette attitude négative. Infantile.

— Là, je déconne. Je dois me calmer et réfléchir, murmura-t-elle.

Lou reprit une bière, repoussa un assaut de mouches, puis esquissa quantité de projets. Les uns utiles et passionnants, les autres farfelus et stimulants. Lou s'apprêtait à dresser une liste sur du papier, lorsqu'elle aperçut Anne Boher parmi les rares touristes qui montaient et descendaient la rue des Orfèvres. Sous le coup d'une impulsion, elle se leva et lui emboîta le pas.

Etrangement, Werfel se sentit coupable de suivre quelqu'un dans la rue. *A fortiori* le docteur Anne Boher.

Anne marchait à vive allure.

Son œil habitué à disséquer les corps enregistrait les difficultés inhérentes à la forte chaleur : respiration sifflante, circulation du sang difficile, chair distendue et boursouflée, intérieur des cuisses écorché par le frottement et la sueur.

Non loin d'elle, un pompier secourait un homme en plein malaise. Le regard des gens survolait la scène, certains désireux de s'arrêter quand d'autres s'écartaient au plus vite, espérant ne pas succomber à la déshydratation ou à une insolation. Plus loin, une mère trempait ses deux enfants dans un bassin, bientôt à sec ; un vieux Strasbourgeois buvait au goulot d'une bouteille, et se versait le contenu d'une autre sur la tête. Partout, des éventails tentaient de rafraîchir ceux qui affrontaient l'heure la plus chaude de la journée. Une adolescente passa en soufflant, vêtue d'une courte robe en coton, jambes œdémateuses et veines dilatées.

Quand son esprit lui renvoya l'image de membres plastifiés couverts d'inscriptions rouges, Boher s'arrêta brusquement. Obligea Werfel à faire de même, près d'une poubelle à moitié vide. Vrombissante de mouches et de guêpes énervées.

Elle sait que les rats sortiront bientôt de leur trou.

— Elle...

Bélial ! Perds ton âme, échange-la contre une autre ! 242. Tout n'est que perfidie et hantise. Et lamentation. Jette-toi par la fenêtre, Lucifer, et deviens l'oiseau. 242 !

Figée au milieu du flot urbain, Boher eut une minute d'absence. Une longue minute, se dit Lou qui l'observait attentivement.

— Anne, tu dois trouver ce dossier, et vite ! s'exclama-t-elle.

Soudain consciente de marmonner au milieu des passants, Boher se remit en mouvement. Imitée par Lou qui, surprise par son attitude, en oubliait d'être prudente et la collait de trop près. Mais Anne Boher ne s'aperçut de rien, tant elle avait l'esprit obstrué par ses réflexions.

D'une certaine manière, Anne éprouvait des émotions similaires à celles ressenties pendant l'affaire du fou de Blauelsand – entre excitation et angoisse. Lors de l'autopsie des corps rejetés par le Rhin, Boher avait été frappée par leur ressemblance, et aurait juré être en présence de jumelles. Mais les tests ADN avaient infirmé cette hypothèse. Ce qui n'avait cessé de la tarauder et, les jours passant, l'avait toujours plus tracassée. Aurait-elle dû insister auprès de Simonov pour exiger un second test ?

Quitte à en mourir !

Anne sursauta, et jeta de rapides coups d'œil autour d'elle, le cœur battant. Avant de repartir, elle se massa longuement l'arrière du crâne. Migraineuse, Anne se sentait de plus en plus bizarre.

— Elle... Bon Dieu, cette chaleur te rend folle...

Inquiète de s'entendre parler ainsi, Boher s'obligea à ne penser qu'à cette ancienne affaire. Puisqu'elle n'arrivait pas à l'oublier, autant tenter de résoudre ce qui ne l'avait jamais été. L'assassin s'était révélé intellectuellement décevant. Un malade mental, consanguin, totalement pris dans un délire mystique difficile à cerner. Envoûté, avait-elle songé à l'époque.

Alors qu'elle s'était attendue à trouver une pointure en matière de criminalité, Anne avait été confrontée à un humain entièrement sous l'emprise de ses pulsions. Asservi par des besoins qui dépassaient l'entendement, ou quelque chose d'encore plus obscur et archaïque, qui pouvait le dire ? L'homme n'avait jamais prononcé un mot, et chacun s'était perdu en conjectures, choqué qu'un idiot ait su faire preuve de l'instinct aiguisé habituellement attribué aux prédateurs.

A moins que... à moins qu'il n'ait pas...

Elle s'arrêta de nouveau en pleine rue. Devant ses yeux, un mur couvert de sang et de papillons qui gémissaient et scandaient deux mots : Hantise. Perfidie.

A moins qu'il n'ait pas agi seul ?!

Un bénévole se précipita dans sa direction, brumisateur dans une main, tract informatif dans l'autre. Sans rien lui demander, le jeune stagiaire de la mairie l'aspergea et la fit sursauter, ne s'en aperçut même pas, et lui débita son laïus. Avec un regard digne d'un fou de Dieu.

Déstabilisée, Boher lui intima de la laisser tranquille. L'homme n'en tint pas compte, et lui lut mécaniquement chaque recommandation inscrite sur son document. Derrière, Werfel aurait bien voulu intervenir mais n'osait aborder Anne

Boher. Encore moins après l'avoir vue se comporter de façon si étrange.

Anne repoussa presque brutalement le bénévole, et reprit son chemin, irritée par cette intrusion.

Abruti !

Une idée avait failli se démarquer du bouillonnement qui submergeait son esprit. Trop tard, les questions habituelles avaient déjà repris le dessus.

— Avec ou sans ce fichu dossier 242, ça change quoi ? Tu n'as plus aucune preuve. A moins d'exhumer les corps…

Son démon est Lucifer…

— Par pitié, assez !!!

Nauséeux de chaleur, les passants ne se formalisèrent pas de l'entendre parler à voix haute, avec une colère manifeste.

— Tu dois te ressaisir et te concentrer. Tout reprendre et exiger une deuxième autopsie !

Que l'assassin soit parvenu à construire un scénario meurtrier aussi complexe, sans jamais avoir été inquiété ni repéré, demeurait une énigme. Qu'il ait pu passer inaperçu pendant des années à l'intérieur d'un périmètre si restreint et qu'il soit totalement inconnu, au point que personne ne puisse l'identifier, l'était tout autant.

— Il faut pourtant bien qu'il ait une famille, un lieu de naissance, une origine… Merde !

Lou l'entendit jurer, et ralentit. Décidément, Anne Boher réservait bien des surprises dès lors qu'elle n'était plus reléguée en salle d'autopsie.

Après avoir repoussé papillons et plaintes imaginaires, puis vidé une bouteille d'eau, Boher repartit. Reprit le cours de ses pensées obsessionnelles. Indices et preuves avaient convergé vers ce tueur qui enterrait ses victimes de façon si théâtrale. Sans permettre de résoudre l'une des questions centrales : comment un individu fruste, et doté d'un cerveau à peine plus développé que celui de Cro-Magnon, avait-il pu concevoir douze enlèvements et autant de séquestrations que d'assassinats ?

Alors que, de l'avis de Laure Bellanger qui, à ce sujet, s'était durement opposée à ses confrères, il n'avait même pas la faculté d'en concevoir la moitié d'un. Et d'où venaient ces femmes demeurées non identifiées, et que personne n'avait jamais réclamées ? Assassin et victimes partageaient un bien étrange anonymat que les experts n'avaient su expliquer et qu'ils avaient, par la suite, relégué aux oubliettes.

A ces questions, personne n'avait répondu, et encore moins le fou de Blauelsand, incapable de justifier ses actes. Le regard vide, amorphe, l'homme ne parlait pas. Se contentait de grognements, parfois de hurlements. Unique réaction mémorable, il s'était transformé en furie quand les gendarmes, au moment de la reconstitution, avaient retourné et piétiné "son" cimetière.

Elle doit refaire le test ADN…

Anne détestait par-dessus tout ne pas aller au bout des choses. Dans cette enquête, elle avait manqué de temps. Sans compter le choc lié à la découverte de ce carnage, il s'était produit de nombreux événements incohérents tout au long des mois d'enquête.

Pendant le déroulement des autopsies, le climat avait été pénible, sans parler de l'incompréhensible attitude de Jérôme Horn. Enzo Marquèz en avait déduit que Horn se comportait uniquement de la sorte parce qu'il ne supportait pas les praticiens de la trempe d'Anne Boher. Intègre, brillante, tenace – l'opposé de Jérôme Horn. Mais, pour Anne, l'origine de son conflit venait de son attitude envers Sophie Mangin. Ils avaient une liaison, et le chirurgien ne cessait de débarquer à la morgue pour flirter avec l'assistante de Boher.

Un climat soudain ravivé par la canicule qui étrillait les nerfs de tout le monde. Toutefois, la chaleur n'expliquait en rien que, ces jours derniers, Boher ne cesse de croiser Horn. Si le chirurgien n'osait plus l'affronter depuis qu'elle l'avait remis à sa place, il continuait à l'envahir. D'une manière plus vicieuse, et moins spectaculaire. Il semblait même avoir gagné deux ou trois personnes à sa cause, dont Ingrid Hensberger. Peut-être aussi Dominique Waltter.

Elle doit se méfier de lui… se méfier de tous.

Se pourrait-il que Horn et Hensberger soient pour quelque chose dans l'envoi de ces saletés de poupées ? Une petite porte s'entrouvrit dans son esprit, et des pensées sporadiques lui donnèrent le vertige.

Les poupées, les démons… identiques… et le fou de Blauelsand aussi… anormaux, tous… Elle le sait…

— C'est totalement irrationnel ! s'exclama-t-elle. Enfin, Anne, comment peux-tu associer à des poupées les actes commis par ce boucher ? Et que vient faire ce connard de Horn là-dedans ?

Elles sont toutes pareilles... toutes.

— Mais, bon sang, qu'est-ce qui ressemble plus à une poupée qu'une autre ?

Anne frissonna. Vit la chair de poule se former sur ses avant-bras, et dut s'y prendre à plusieurs fois pour calmer son esprit échauffé. Pour refermer la porte du souvenir, qui fermait décidément très mal et battait sous les rafales de mots et d'images insupportables.

Boher avait l'impression que tout se délitait et partait en morceaux. Sa vie et ses espoirs, ses valeurs et ses rêves. Seule la peur demeurait compacte. Entière. Puissante. Et capable de grandir d'heure en heure. Une peur qui la ramenait invariablement à sa mère mourante. Anne n'était pas certaine de survivre à cette solitude qu'elle entrevoyait par avance déchirante, et que rien ni personne ne comblerait. Son mental serait-il assez solide pour encaisser le choc, ou sombrerait-elle dans la dépression ? Pire, la folie ? Et comment accepter de vivre après ?

La dernière de la lignée...

Elle se frotta les yeux, submergée par la culpabilité.

Face à l'hôtel de la préfecture, Anne se figea.

Si ridesta in ciel l'aurora,
E n'è forza di partire ;
Mercè a voi, gentil signora,
Di si splendido gioir.*

Elle ne chercha même pas à savoir d'où provenait cet extrait de l'opéra de Verdi qu'elle adorait et se mit à chanter, quand le plaisir d'un instant se transforma en inquiétude. Ce blépharospasme diagnostiqué par Kerenski aurait-il pour origine une autre cause qu'un stress important ?

* Voici que les feux de l'aurore paraissent dans le ciel ! / Il nous faut avoir la force de partir ; / Merci à vous, aimable dame, / Pour la splendeur de ces plaisirs.

Boher entra dans un bar et commanda une bière. Pour se rafraîchir, apaiser sa soif et calmer son angoisse.

Lou Werfel souriait.

Depuis peu, elle savait d'où provenait cette musique qui agitait l'esprit de ses concitoyens. Pour rien au monde, et encore moins pour 1 500 euros de prime, elle n'aurait vendu la mèche.

Lou repartit en sens inverse et attrapa un tramway qui la rapprochait de l'institut médicolégal. Une fois assise, collée à la vitre, elle se demanda ce qui lui était passé par la tête. Il fallait impérativement qu'elle perde cette manie de pister les gens. Les inconnus comme les proches. Ce jeu ne cadrait pas avec son projet de transformation. Ni avec sa découverte.

Werfel ne trouvait pas d'autre mot pour nommer l'incroyable et inexplicable aventure qui advenait dans sa vie.

Ma découverte.

Une immense vague d'émotions l'avait soulevée, puis avait balayé ce qui avait été rabaissé, maltraité ou oublié en elle. Pour la première fois, avec une certitude inébranlable, Lou Werfel avait trouvé du sens à sa vie. Et, d'heure en d'heure, elle se dépouillait de ce qui n'en faisait définitivement plus. Un soulèvement, voilà ce que représentait cette découverte.

En descendant du tramway, perdue dans ses pensées, Werfel ne se rendit pas compte qu'elle était sous surveillance.

Sophie Mangin trouvait la situation divertissante.

Lou Werfel serait-elle aussi une fouineuse ? Sinon pourquoi aurait-elle suivi cette peau de vache de légiste ? Sa colère contre Anne Boher refit violemment surface. La salope !

Sophie se mordit le pouce, et étouffa un gémissement de rage, en pensant à ce maudit vendredi où Boher l'avait congédiée comme une malpropre. Comme on se débarrasserait d'une mouche encombrante. D'un parasite. D'une fille indésirable.

De rage, elle bouscula une passante qui, le visage blême d'épuisement, se dirigeait probablement vers les urgences. Sophie faillit perdre de vue Werfel. S'énerva puis se calma. Même si Lou la Baleine se mettait à courir, Mangin savait où elle se rendait, alors quel besoin avait-elle de se presser ? Elle se revit à l'hôpital, quand Werfel débarquait à la morgue et mangeait Enzo Marquèz de ses yeux de poisson mort.

Le bellâtre ! ricana-t-elle. Toujours à faire le mariolle, même avec les pires mochetés de la terre !

Puis elle se demanda si, en dehors d'elle-même, quelqu'un d'autre, Werfel par exemple, était impliqué dans ce plan visant à déstabiliser Boher. Et, si tel était le cas, pourquoi ce sale con de Horn ne lui en avait-il pas encore parlé ?

Un sourire aigre lui étira les lèvres.

Sophie songea au coup qu'elle avait fait à Marquèz. Sa barge de dealeuse avait bien joué la partie, et s'était follement amusée, surtout chez *Yza Belle*. Un autre sourire lui barra le visage, mince et osseux, en partie dissimulé par de larges lunettes de soleil. Si elle n'avait rien appris de plus sur les raisons qui poussaient certaines personnes à s'intéresser à Boher, et à son assistant, Mangin y avait gagné de quoi rouler gratuitement quelques joints.

Sophie aurait pourtant bien voulu connaître les réelles motivations de ceux qui en avaient après Anne Boher. Cette machination avait forcément un autre but que celui d'inquiéter un médecin légiste comme Boher.

— Qui peut-elle gêner ? marmonna-t-elle.

Et que venait faire Lou Werfel dans cette affaire ? Horn se tapait-il aussi Lou la Baleine ? Sophie secoua la tête, cracha par terre et s'énerva contre Jérôme. Du jour où Boher l'avait congédiée, le chirurgien n'avait plus couché avec elle.

Elle allait allumer un joint, quand elle aperçut Ingrid Hensberger quitter l'hôpital. Passer à son bras rougi par le soleil son brassard de citoyenne volontaire. Mangin abandonna Lou et se glissa alors dans sa foulée. Remarqua que la chaleur indisposait peu la directrice des affaires médicales qui, d'un bon pas, se dirigeait vers le Parlement européen. Sophie mourait de soif, mais remit à plus tard l'idée de s'arrêter boire une bière.

Si Hensberger avait pris soin d'afficher publiquement son brassard jaune, c'est qu'elle s'apprêtait à enfiler sa tenue de citoyenne volontaire. N'y avait-il pas là matière à gagner un peu plus d'argent ? se demandait Mangin, jubilant par avance d'avoir un moyen de pression sur Hensberger-Hitler.

Sophie se revit le jour de son départ, passant par le bureau de la directrice des affaires médicales, laquelle ne lui avait jamais rien épargné côté affronts.

— Alors, avait sifflé Hensberger, vous avez réussi à vous faire foutre dehors ? Mes compliments, mademoiselle Mangin, vous n'avez pas dû y aller avec le dos de la cuillère !

— Evitez les sarcasmes, ce n'est franchement pas le jour et... signez-moi...

— Rien du tout. Vous passerez lundi matin récupérer votre solde et vos documents, c'est le règlement.

— Pétez un coup, Ingrid, vous verrez...

— Economisez donc votre salive pour vous trouver un job, idiote comme vous êtes, je ne donne pas cher de votre avenir !

— Oh ! vous vous prenez pour qui ? avait gueulé Sophie.

— Vous aviez une place en or, une possibilité de carrière et vous avez tout gâché avec votre sale caractère, et votre manque de rigueur. Sans parler de la notion de respect qui vous échap...

— Connasse !

Sophie était partie en tremblant de rage.

En nage, Mangin aspira profondément la fumée, éprouva une envie terrible de boire. De s'installer dans un bar et d'entendre les gens parler, rire ou se disputer. Les rues étaient d'un silence anormal, celui qui annonçait toujours les grandes tempêtes. Tendue, Sophie suivait Hensberger, qui s'arrêta devant la devanture d'une boutique où elle pénétra.

Mangin changea de trottoir, et jeta un regard vers la vitrine aux rideaux jaunes, tirés. Une officine de citoyens volontaires. La première à avoir pignon sur rue dans la région. Sophie eut un rictus de dégoût. Hensberger se prenait pour une justicière, ce qui, déjà à l'époque où elle travaillait avec Boher, lui avait plus d'une fois tapé sur les nerfs.

Le temps était peut-être venu de régler quelques comptes. Adossée au mur, Mangin termina son pétard, jeta le carton dans le caniveau, traversa et poussa la porte de la boutique. Décidée à pourrir la vie à Hensberger.

12

Profitant d'une pause, Enzo déjeunait d'un sandwich, surfait sur la Toile à la recherche d'indices sur les démons et chattait avec ses copains pour résoudre l'énigme de *La Traviata*. Les suppositions les plus folles fusaient, mais rien de bien convaincant. Il s'interrompit pour lire un mail d'Alex, lequel confirmait reprendre l'affaire Schmitt et s'occuper des poupées.

Marquèz se préparait à lui répondre quand, au détour d'un article, il découvrit que les démons choisis par l'amateur de rousses plastifiées référaient aux péchés capitaux. Un cardinal expliquait que la notion moderne du péché, même si l'ancienne était toujours valide, incluait désormais le trafic de drogue, les injustices sociales et économiques, la manipulation génétique et la pollution. Autant dire que l'humanité dans son entier, religieux compris, se vautrait dans le péché.

Marquèz transféra l'information à Corbier. Imagina que ça le ferait marrer, avant de le mettre en rogne. Alex Corbier était plutôt doué dans son domaine, mais cyclothymique. Le lundi exalté, le mardi dépressif ; un jour optimiste, le lendemain pessimiste.

Après avoir transmis les copies des derniers résultats de l'autopsie de Schmitt à chaque intéressé, Enzo jura et rappela le chef de la sécurité. Tomba sur sa boîte vocale, et jura encore plus vertement. Il délaissa son ordinateur, vérifia les produits que lui et Boher utiliseraient dans les prochaines heures, sans rien trouver de suspect. Marquèz procéda néanmoins à une deuxième vérification, et en profita pour faire un peu de rangement.

— Salut !

Penché à l'intérieur d'un placard où il se cogna la tête, Enzo se redressa pour faire face à Lou Werfel. Il se frotta le crâne et s'approcha d'elle en souriant.

— Hé, comment tu vas, toi ?

— Bien, bien… Toujours heureux au milieu des morts ?

Il éclata de rire, et elle le trouva incroyablement beau.

— Mais… ouah, t'es blonde !

— On va se boire un café ? proposa-t-elle en rougissant.

Lou glissa son bras sous celui de Marquèz qui lui raconta les derniers potins de l'institut médicolégal. Le temps d'arriver à la cafétéria, Enzo avait pu constater que personne ne l'avait franchement saluée.

Le personnel soignait et soutenait malades et proches, parfois avec un dévouement qui frisait le sacrifice, mais Enzo n'appréciait guère que ces mêmes hommes ou femmes se comportent ainsi envers Lou Werfel. Dont il aimait la vivacité d'esprit et l'intelligence, la mémoire encyclopédique. Prête à s'enflammer pour n'importe quel sujet, Lou était généreuse de caractère comme de son savoir. Et, ce qui ne gâchait rien, elle était toujours de bonne compagnie.

M'agacent vraiment, ces imbéciles, se dit-il, furieux de la froideur de l'accueil.

— Ça fait quel effet d'être considérée comme une star ? ironisa-t-il.

Werfel eut un geste de la main, ponctué d'un demi-sourire.

— Parfois, j'ai bien envie de leur casser la figure à tous ces… bah, laissons tomber, j'ai peu de temps et ça fait mille ans que je ne suis pas venue te débusquer à la morgue.

— Tu supportes toujours Hensberger ?

— Chacun sa croix.

— Merde, tu vaux vachement mieux que ça, Lou ! Pourquoi tu ne finis pas ta thèse ? Avec ça, tu pourrais décoller, non ?

Werfel hésita à lui révéler ce qu'elle savait désormais sur les sous-sols, puis estima qu'il était trop tôt. Elle devait d'abord réfléchir à sa découverte. A ce soulèvement.

— Disons que j'en profite pour faire le point, répondit Lou. C'est l'été, il fait une chaleur à crever, Hensberger me tape sur le système, mais je sais me défendre. Contrairement à certains. Mais tout ça est sans importance. En revanche, la situation ici m'inquiète beaucoup, sans parler de celle des maisons de retraite.

— A cause d'Henri ?

Lou hocha la tête, mais n'ajouta rien.

Atteint d'un alzheimer, son père avait définitivement perdu le fil le reliant au monde des humains. Elle n'avait pas été le voir depuis une éternité, et se doutait que la chaleur était un calvaire pour lui. Comme pour ceux avec qui Henri Werfel achevait sa vie.

— T'as entendu aux infos ? fit Lou, soudain remontée. Le ministre de la Santé vient d'avaliser une liste de médicaments déremboursés. Alors, avant on déremboursait des médicaments plus ou moins douteux. Maintenant, explique-moi comment on va développer les soins palliatifs si on ne peut plus traiter, je ne sais pas moi… tiens, les nausées !

— On dirait bien que les vieux ne sont plus une priorité.

— *Nos* vieux, fit Lou d'une drôle de voix, mais aussi les précaires, les marginaux, les handicapés, bref tous ceux qui ne sont pas productifs, pas dans la norme ou la bonne case. Une belle merde, tiens ! Bon, raconte-moi plutôt où tu en es. Boher va-t-elle enfin se décider à te laisser gérer la morgue ?

— Tu sais, en ce moment elle a… Hé, on dirait bien que tu as loupé une partie de l'histoire !

Enzo lui raconta pour la poupée et l'acide, ce que Lou n'ignorait pas, tout l'hôpital en parlait. De fil en aiguille, il se retrouva à lui décrire sa soirée de la veille. L'exposition, puis la femme qu'il avait suivie pendant une partie de la nuit.

— Quoi ? s'exclama Lou. Tu as fait quoi ?

Mon Dieu, aurait-il le même vice que moi ? se demanda-t-elle, hésitant à rire.

Enzo s'ébouriffa les cheveux, eut une moue, puis lui sourit.

— OK, Werfel, je sais, c'est complètement débile. Ça m'a pris comme ça, en plein vernissage, je devais être certain que…

— Mais… mais de quoi à la fin ?

Marquèz prit quelques secondes avant de répondre, nota son air à la fois étonné et fâché. Se faisait-elle du souci pour lui ? Il eut brièvement la sensation que Lou avait changé, qu'il émanait d'elle une sérénité qu'il ne lui connaissait pas.

— Franchement, j'en sais rien moi-même. Le truc, c'est que toute la soirée j'ai eu l'impression qu'on me filait le train et que l'on épiait mes moindres mouvements… de quoi foutre en rogne, non ?

Lou se cala contre le dossier de sa chaise.

— T'es malade, Enzo. Et si tu étais tombé sur une psychopathe, hein ? T'aurais eu l'air fin, tiens !

— Oh, elle n'avait franchement pas la tête…

— Enzo Marquèz ! Non mais… je rêve ! Qui mieux que toi sait que les tueurs ont parfois un visage d'ange ?

— Je t'assure…, commença-t-il.

Mais Werfel était lancée, et il la laissa lui expliquer ce que Boher apprenait à ses étudiants, ce que les psys rabâchaient aux leurs, ainsi qu'aux flics.

— Sans déc', Enzo, je n'en reviens pas que tu aies fait un truc pareil !

Durant un court instant, il n'écouta plus Lou, perdu dans ses pensées. Elle avait raison, il aurait pu tomber sur une dingue. Mentalement, il revoyait le visage de sa suiveuse, et tentait de retrouver ce qui l'avait mis en alerte. Quand lui revint à l'esprit son dernier rêve.

Il marchait dans un lac boueux au milieu duquel poussait un arbre gigantesque. Calciné. Plus il avançait et plus il avait la nausée. Par centaines, nerveuses et agressives, des mouches se collaient à sa peau. Il avait ressenti un sentiment d'horreur au fur et à mesure qu'il se rapprochait de l'arbre aux branches en forme de membres humains sanguinolents. Aux feuilles identiques à des lambeaux de peaux écorchées, et aux bourgeons noirs qui évoquaient un œil dilaté par la folie.

— Enzo ?

Il avait complètement décroché de la conversation, et son café était froid.

— Tu disais ? reprit-il, en frissonnant.

— Elle ressemblait à quoi, ta suiveuse ?

Marquèz haussa les épaules.

— Quelle importance ?

— Va savoir, répondit-elle, sibylline.

Il sourit.

— Tu vas trop au cinéma.

Elle lui sourit à son tour, malgré son inquiétude.

— Et toi pas assez !

Une vieille blague entre eux qui datait de l'époque où, contraint et forcé par son travail, Marquèz avait raté plusieurs fois de suite leur rendez-vous au cinéma.

Enzo la fit patienter, commanda deux cafés allongés et se rassit.

— Tu vois, j'étais un peu perturbé à cause de ce qui est arrivé à Boher, reprit-il, alors je crois que tout me semblait étrange.

— Tu peux ! De l'acide, ce n'est pas rien. T'as vu ça avec Waltter ?

Marquèz la dévisagea longuement.

Si Lou avait un physique grossier, elle avait des mains fines et une chevelure volumineuse et soyeuse. Le blond accentuait le noir de ses yeux, mais son visage supportait mal un tel contraste. Il l'écoutait, reconnaissant que, fidèle à elle-même, Werfel envisageait les choses de façon pragmatique, et admettait d'emblée que Boher subissait une pression qui n'avait rien d'anodin.

— Waltter est un con qui travaille à la vitesse d'un escargot, fit-il. Bon, va falloir que j'y retourne.

— Tu n'as pas répondu à ma question, elle était comment, ta suiveuse ?

— OK, Lou, ma suiveuse était quelconque, petite et… Quel con ! s'admonesta-t-il. Non mais…

— Et ?

— Rousse, lâcha-t-il, en soupirant.

Il la sentit plus qu'il ne la vit se tendre.

— Décidément, fit-elle, tu es cerné par les rousses…

— Merde, Lou, j'étais tellement obnubilé par le fait qu'elle me filait le train que je n'ai pas percuté. En plus, elle portait une casquette et des lunettes, alors…

Werfel se tendit à nouveau. Flou, le souvenir d'une femme châtain, portant lunettes et casquette, en train de marcher derrière elle dans la rue, lui revint. Serait-ce la même ?

— Ça va ? s'enquit-il.

— Je trouve ça bien étrange, Enzo Marquèz, qu'une rousse te prenne en chasse, alors que Boher est visiblement dans le collimateur d'un fêlé. Et que tu bosses avec elle. Quelque chose pue, non ?

Marquèz hocha la tête et lui promit d'être vigilant, si elle jurait de venir le voir plus souvent.

— Dis-moi, Enzo, fit-elle en se levant, tu fiches quoi dans les sous-sols ?

Surpris, il la dévisagea.

— Et comment tu sais ça ?

— Je t'ai vu passer par la porte de service.

— Boher a besoin d'un vieux dossier, et ne me demande pas pourquoi, elle est vraiment bizarre ces derniers temps.

— A cause de l'affaire du fou de Blauelsand ?

— Bien vu, Miss Werfel. Pur hasard, ou tu sais quelque chose que j'ignore ?

Lou hésitait encore à lui raconter qu'elle aussi descendait sous terre pour fouiller les archives, et se contenta de lui sourire.

— Enzo, qu'est-ce qui mine Anne Boher depuis deux ans ? éluda-t-elle.

Il approuva et lui résuma rapidement ce qu'il savait ou avait déduit.

— Donc Boher rouvre l'enquête, fit Lou. Intéressant, ça.

— Entre nous, Lou, je ne comprends pas ce qui arrive à Anne, mais bon, on verra bien… A propos, toi, tu dois bien avoir une idée sur l'énigme de *La Traviata* ?

— En boucle dans les rues de la ville. Plutôt chouette, non ? As-tu remarqué que chaque fois…

Le spectacle qui les attendait en sortant de la cafétéria la laissa sans voix. Des infirmiers couraient en tous sens, débordés par une arrivée massive de patients.

Le hall d'entrée, rempli de malades en fauteuil roulant ou allongés sur des brancards, était sans cesse assiégé par de nouveaux patients titubants, inquiets pour une fièvre ou un symptôme inexplicable. Ici et là, infirmiers et internes prenaient pouls et tension, balançaient les informations de façon succincte et directe ; posaient des compresses, enfonçaient sondes et cathéters, aboyaient des ordres en orientant les malades vers tel ou tel service. Dans un bordel d'hôpital de guerre.

Sans hésiter, Lou et Enzo se joignirent au personnel des urgences.

*

En sortant de la préfecture, Anne fut frappée par la luminosité. L'éclat et la brûlure des rayons sur la peau. Elle ausculta sa main, voulut retirer le pansement, et sa vue se brouilla. Elle vit soudain sa peau se transformer en pierre, blanchir sous le soleil ; rougie par le sang de centaines de papillons agonisants.

Boher ouvrit grande la bouche, prête à crier, puis porta une main à son nez, pour se protéger d'effluves nauséabonds qui remontaient des canaux et des égouts.

Anne contourna un nuage de mouches et d'insectes, entendit le crissement d'un tas de feuilles grillées sous ses pieds. S'arrêta, tendue. Repéra plusieurs nids propices au développement de bactéries : poubelles, eaux stagnantes, et la peau collante de transpiration de ses concitoyens.

Les gens se traînaient de plus en plus lentement d'un bout à l'autre de la ville, et s'énervaient pour un rien. Devant la terrasse d'un café, deux hommes se disputaient, avec une violence grandissante. Soudain, l'un des deux balança son poing dans la figure de l'autre qui partit à la renverse, et tomba sur le dos. Le souffle coupé, il cessa de bouger. Boher se précipita et, repoussant les badauds, les pressa d'alerter les pompiers.

Tandis que les sapeurs installaient l'homme sur un brancard, toujours sans connaissance, Anne prodigua des conseils à une vieille dame qui respirait difficilement, puis poursuivit sa route. Avec l'impression d'avancer en luttant contre une masse compacte d'air chaud, à travers laquelle elle s'enfonçait. Lourde et transpirante.

En route vers l'institut médicolégal, pêle-mêle, Boher repensa à la jeune Véronique Schmitt, violée et tuée ; à Isabelle Petri qui était venue et repartie en emportant le visage de la morte. Aux sinistres poupées. A sa nervosité, et à la tension qui lui clouait les paupières. Aux cauchemars qui la rendaient somnambule, et nauséeuse de dégoût et de peur. En particulier à ce dernier rêve qui l'avait réveillée sur une marche de l'escalier menant au rez-de-chaussée.

Peu de temps après la mort de son père, Anne avait eu sa première crise de somnambulisme. Elle était certaine d'avoir été victime d'une nouvelle crise et, du coup, bien moins certaine que ça soit sa première rechute. Enfant, au petit-déjeuner, sa mère lui racontait comment elle la trouvait en pyjama devant la porte, dans le jardin ou encore dans la baignoire. Des récits qui n'éveillaient pas le moindre souvenir. Aujourd'hui, Anne n'ignorait pas que ce dysfonctionnement du sommeil était lié au stress et aux émotions.

Repenser à sa mère l'amena vers d'autres considérations. Le flacon de sufentanil dérobé dans l'armoire à toxiques de l'hôpital, et caché depuis dans le tiroir de sa table de nuit, prit soudain une place démesurée dans son imaginaire. Oserait-elle aller plus loin qu'un vol à l'hôpital ? Anne passa en revue tous les arguments à même de la convaincre de son choix. Emmi Boher avait droit à sa dignité dans la mort, même si, viscéralement, sa fille n'adhérait pas à son choix.

Anne ressentit une brutale envie de fumer, acheta une bouteille d'eau minérale, ingurgita plusieurs comprimés, et finit par allumer une cigarette. Son estomac se mit à la tirailler, puis à brûler sous la montée de l'acide. Phénomène qui empirait à mesure que son esprit débridé déversait des flots d'images insupportables ; et qu'elle se bourrait de calmants et de vitamines, un cocktail qu'elle savait pourtant explosif.

Boher avait atteint une limite.

La fatigue du corps devenait plus présente, augmentait et renforçait celle de l'esprit. Et plus elle attendait et repoussait toute aide extérieure, plus elle prenait le risque que la chute soit excessivement dure. Mais comment arrêter cette machine infernale qu'était devenue sa vie ?

Anne n'avait finalement qu'un désir : retenir le peu d'amour dénué d'emprise et de violence reçu dans son existence. Bien trop courte. Si longue pourtant au regard de certaines blessures.

— Appelle Laure, bon sang ! Fais-le et raconte-lui tout !

Personne ne doit savoir. Elle ne doit pas. Jamais !

— Elle… mais…

Perdue dans ses pensées, au détour d'une rue, Anne tomba sur un homme. Elle lui tomba littéralement dessus, ses réflexions l'ayant transportée totalement ailleurs. Avec douceur, Manu l'écarta et lui sourit. Anne sentit son cœur chavirer.

— Le docteur Boher en personne, plaisanta-t-il.

Mais avec une telle chaleur dans la voix qu'Anne en fut bouleversée.

— Comment vas-tu ? s'enquit-elle.

— Mieux que toi, on dirait. Un verre, ça te dit ?

Elle hésita. Sa mère. Son enquête. Ses obligations de chaque jour, chaque heure. Sa vie qui partait en morceaux. Quand avait-elle le temps d'aller boire un verre ?

— Anne, dis-moi oui, s'il te plaît, ajouta-t-il en souriant.

Boher tergiversait encore quand son regard attrapa une silhouette qui bifurquait au coin d'une rue. Elle se raidit, ce qui n'échappa pas à Manu.

— Ça va ?

— Oui, oui, tout va bien… C'est une bonne idée, Manu, j'ai besoin de souffler et je meurs de soif.

Manu lui entoura les épaules d'un bras protecteur et dut la soutenir, car elle tenait à peine sur ses jambes, mais ne posa aucune question. Même ensevelie sous une montagne de problèmes, Anne Boher ne s'autorisait que rarement à prendre un confident. Et, depuis leur séparation, il n'était sans doute pas le mieux placé.

Une fois assis à une terrasse agréablement ombragée, la dévisageant, Manu réalisa qu'elle était à bout, et se demanda ce qui l'avait empêché de défendre sa relation avec Anne. Anxieuse et incapable de se concentrer sur la conversation, Boher ne cessait de regarder furtivement autour d'elle. Aussi finit-il par cesser de parler des sujets qui préoccupaient les Strasbourgeois – la canicule, *La Traviata*, la banqueroute sociale – et lui proposa-t-il de passer la soirée chez lui. A sa grande surprise, elle accepta.

Les yeux mi-clos, Anne regardait Manu lui faire l'amour. Corps et esprit claquemurés, elle ne participait pas. Se contentait d'observer, de le sentir déployer passion et tendresse. Elle était froide et indisponible, enfermée dans son mental.

Détachée du sensuel comme du sexuel. Elle n'avait qu'une envie, lui dire d'arrêter et de se retirer d'elle. Mais, se refusant à le blesser, Anne le laissa faire et s'enferma encore un peu plus dans sa tête. Tourna et retourna quantité de pensées.

Manu avait toujours respecté son besoin de distance, qui, ces derniers temps, relevait d'une réelle incapacité à vivre une relation. C'était un homme adorable, comme elle avait longtemps rêvé d'en rencontrer un, qui ne demandait rien, et prenait à peine plus. Alors pourquoi s'évertuait-elle à le maintenir hors de sa vie ? Les larmes aux yeux, elle bloqua sa respiration, puis gémit, ce qui encouragea à tort Manu et décupla son envie de pleurer.

Anne aurait aimé, ce soir tout particulièrement, sentir son corps vibrer de plaisir, éclater sous la montée de l'orgasme ; ou même, tout simplement, onduler sous la caresse de mains habiles et douces. Mais elle n'y parvenait pas. Ce soir, elle se faisait l'effet d'être un morceau de bois, un radeau déglingué et ballotté par les flots. Et tandis qu'Anne dérivait sur une mer inconnue et glaciale, au lieu de l'ancrer dans son corps, chaque caresse et chaque baiser l'éloignaient un peu plus d'elle. De lui. Et plus elle y pensait, plus Anne s'égarait, comme une exilée ayant perdu sa terre natale, ses racines, sa langue. La source où s'abreuver. Avec pour seul territoire un mental plus démonté qu'un océan secoué par une tornade.

Vers cinq heures, Manu dormait depuis longtemps. Harassée, Anne se leva sans bruit, s'habilla et fila. Sans laisser de mot.

*

Dehors, l'attention de Boher fut immédiatement attirée par un homme allongé sur un banc. Juste en face de l'immeuble où elle venait de passer la nuit.

Avec précaution, elle s'approcha, chercha son téléphone dans son sac, véritable fourre-tout où elle ne trouvait jamais rien du premier coup. Une fois près du banc, elle reconnut Branko. Se pencha vers lui. Sentit ses paupières se durcir. S'alourdir. La peur la fit se redresser en poussant un cri.

Branko ouvrit alors les yeux, et les ouvrit grands. De stupeur.

Au-dessus de lui se dressait le docteur Anne Boher, tétanisée et la respiration irrégulière. Bouche entrouverte, elle cherchait son souffle ou, crut-il, essayait de hurler. Sans y parvenir. Un cri à blanc. Silencieux et opaque.

Branko étira son vieux corps courbatu et s'assit, se frotta les bras et, hochant la tête, se leva.

— On dirait bien que vous avez besoin d'un coup d'main, fit-il, la bouche pâteuse.

Anne sursauta.

Comment lui expliquer ce qu'elle faisait là, au petit matin, souffrant d'un blépharospasme et d'une migraine ?

Boher s'était approchée, imaginant l'homme blessé ou mort, parce qu'elle était légiste et que des poupées rousses hantaient sa mémoire, à lui faire perdre la tête. Anne inspira profondément, et posa une main sur son cœur qui battait douloureusement, inconsciente de la tension qui agitait le vieil homme.

— Seriez tout d'même pas soûle ? lui demanda-t-il.

Inquiet. Désorienté.

Boher sentit monter un fou rire nerveux qu'elle tenta de juguler, mais qui la terrassa.

— Pour une fois, Branko, je crois que c'est vous qui allez m'accompagner à l'hôpital, bafouilla-t-elle, essoufflée d'avoir autant ri. J'ai... j'ai un problème aux yeux, je crains de ne pouvoir y arriver seule car...

Après le rire, les sanglots.

Alors, l'ancien carreleur glissa son bras noir de crasse sous celui de l'éminent docteur Boher qui flanchait, et se mit en route en boitillant. Dans l'aube qui rougissait le ciel de Strasbourg, silencieusement, ils traversèrent les rues. L'une ravagée par le désespoir, l'autre avec un sourire de madone.

13

With or without you... Putain de chanson !

Albertini tournait en rond dans sa chambre, spacieuse et agréablement aménagée.

A la suite d'un appel urgent, Laure s'était absentée et, depuis, il se rongeait les sangs. Il avait arpenté en long et en large la fondation, dont les murs abritaient à la fois les patients de Bellanger et le parc. Immense et sublime, bien qu'en partie dévasté par la canicule. Partout, les sculptures d'Eve Bellanger surprenaient le promeneur, et lui donnaient l'impression d'être simultanément absorbé et recouvert par la glaise, la pierre ou le bois. Avec une énergie et une puissance qui tenaient de la rage, les créations d'Eve Bellanger étaient renversantes. Ensorcelantes. Franck avait eu l'impression de se promener non plus dans un parc, mais dans les rêves matérialisés de l'artiste. L'incarnation de ses cauchemars.

Quand il trouva enfin le courage de rendre visite aux anciens lieutenants de Jeanne Debords, Franck quitta sa chambre et se dirigea vers l'aile opposée. Croisa un confrère de Bellanger en compagnie d'un patient incroyablement, étrangement hilare, et pénétra dans un grand studio donnant sur le parc.

Là, il eut un choc.

Frédéric Parthenay avait vieilli au moins de dix ans. Son regard était lointain et si décroché du monde qu'Albertini eut la tentation de s'enfuir. Pourtant, Parthenay paraissait sincèrement content de le revoir, même s'il était ailleurs. Egaré dans un monde désormais inaccessible. Irma Buget semblait très en forme, ne cessait de bavarder joyeusement.

Toutefois, Franck n'était pas dupe. Irma Buget et Frédéric Parthenay ne vivaient pas à la fondation Bellanger sans raison.

Quels souvenirs intolérables brûlent encore dans leur mémoire ? se demanda-t-il en allumant une cigarette, tendu.

— Tu vois, Franck, fit Irma, après tout ce qui nous est arrivé… Putain, finalement, on est bien ici chez Bellanger. J'ai commencé à lui configurer une nouvelle plateforme informatique pour ses recherches sur le rêve… Attends ! Tu sais sur quoi elle bosse ? Un truc de fou quand on y réfléchit… elle a des groupes de rêveurs… des mecs qui font les mêmes rêves ! Qui se rêvent les uns les autres, bref, je n'y comprends pas grand-chose, mais c'est colossal…

Puis Irma le prit par le bras et sortit, laissant Frédéric regarder une série américaine à la télévision.

— Je fais attention, précisa-t-elle. Fred a l'air d'avoir surmonté le plus gros et puis, soudain, badaboum, il s'effondre et je l'entends pleurer. Bordel, Franck, ça me fait un mal de chien. Il est capable de passer des journées entières sans rien dire… alors que moi je suis occupée à tout un tas de trucs… Tu sais quoi ? J'ai réussi à pirater mon ancien ordinateur.

— Quoi ? Quel… Celui du bureau d'enquête… Merde, Irma, mais pourquoi ?

— Pour continuer, Franck. Ça permet d'avancer. Hors de question de lâcher.

— Mais… d'avancer sur quoi ?

— Ben, sur les affaires de Debords ! Hé, Albertini, t'as fait quoi de ton cerveau ?

Franck eut le vertige.

Croyait-elle que Jeanne et lui étaient toujours actifs ? Comme du temps où ils travaillaient en équipe au BEP pour résoudre des affaires qui ne l'avaient jamais été ? Vivait-elle dans le présent ou était-elle restée coincée dans le passé ?

Il eut soudain froid, et très envie que Bellanger se dépêche de rentrer.

Irma avait pourtant l'air d'être celle qu'il avait connue. Ou presque. La peau cuivrée, deux yeux noirs de biche, des cheveux tressés et colorés, ça, c'était Irma Buget. Seule sa voix n'avait plus la même amplitude et paraissait s'être adoucie.

Ses yeux accrochèrent les pieds chaussés de tennis jaune d'or et Albertini se figea. Remonta le long des jambes, musclées et courtes, Buget étant petite de taille, et s'arrêta à hauteur du ventre.

— T'es enceinte..., fit-il d'une voix rauque.

Elle frotta son ventre légèrement proéminent.

— Bientôt cinq mois, lui dit-elle, les yeux rougis.

With you...

— De Frédéric ?

Franck était abasourdi.

— Et de qui d'autre ? s'exclama-t-elle.

En fondant en larmes.

Muet de surprise, il la serra dans ses bras. Irma répétait que c'était la plus belle chose de sa vie. La pire chose de sa vie. La plus belle... la pire...

— Viens, coupa Albertini, allons prendre un café sur la terrasse.

Bon sang, magne-toi, Bellanger ! pria-t-il intérieurement.

Conscient de mal supporter ces retrouvailles avec les lieutenants de Debords, qui ne ressortiraient sans doute jamais des murs accueillants de la fondation.

— Désolée, fit Irma, ça me fout les boules de savoir Fred dans cet état. Même s'il va mieux. Mais ce n'est plus comme avant... et, bordel de vache de merde, ça ne le sera plus jamais, mais...

Franck retint une envie de rire, nerveuse.

Irma n'avait pas perdu l'habitude de ponctuer ses phrases de gros mots. Ça lui donna la merveilleuse impression qu'elle était indemne, que leur tortionnaire n'avait pas réussi à entamer un millimètre de sa personnalité. Drôle et sympathique, vive et intelligente.

Elle mit sa main bien à plat sur son ventre.

— Va savoir, peut-être que cet enfant changera la donne, non ? Et puis Jeanne a dit qu'elle viendrait bientôt, alors Fred...

— Quoi ? s'écria-t-il. Qu'est-ce que tu viens de dire ?

— Que Debords doit venir. Hé, Albertini, ça va ?

D'une main tremblante, Franck reposa sa tasse sur la table. Plus d'un an sans nouvelles de Jeanne, et Irma lui annonçait de but en blanc que celle-ci allait rappliquer.

— Irma, quand… je veux dire, Jeanne, elle doit passer quand ?

— Tu sais quoi, Albertini, tu m'as l'air drôlement à côté de tes pompes ! Bon, et si tu m'expliquais ?

— Plus tard. Dis-moi seulement quand…

— J'en sais rien, Jeanne n'a pas précisé. Elle a juste dit qu'elle rappellerait la veille de son arrivée. Mais, excuse-moi, comment se fait-il que tu ne saches pas ce que fout Debords ?

Irma commençait à s'inquiéter pour Franck, lequel paraissait complètement déboussolé. Elle lui tendit son paquet de cigarettes, et remplit les tasses de café. Vivre à la fondation Bellanger lui avait appris la patience, elle que tous avaient connue impulsive et frondeuse. Buget s'allongea dans un confortable transat, et attendit. Curieuse de savoir pourquoi Franck, qui travaillait et vivait avec Jeanne, semblait ignorer les agissements de cette dernière. Puis l'angoisse la saisit.

Irma se redressa. Chercha son regard et s'y accrocha résolument.

— Qu'est-ce qui se passe ? Franck, lâcha-t-elle d'une petite voix. Debords a des emmerdes ?

Il hocha la tête, une cigarette aux lèvres.

— Elle a disparu, Irma. Je… je pensais que tu étais au courant. Que Bellanger t'avait raconté… Merde, elle aurait pu me le dire. En gros, ça fait un an que je la cherche et…

— Hein ? Tu te fous de moi, là, non ? Non. T'as l'air plus sérieux qu'un pape. Mais enfin, Franck, Jeanne m'a téléphoné, il y a quoi ? trois ou quatre semaines.

Albertini se sentit glisser à l'intérieur de lui, s'effondrer. S'émietter, et se rapprocher du point d'implosion. Il hésitait entre gueuler ou rire, pleurer ou maudire Debords et Bellanger jusqu'à la fin des temps.

— Tu es certaine que… c'était bien elle ?

Irma secoua la tête.

— Franck, me prends pas pour une débile, je reconnaîtrais sa voix entre mille ! Tu…

Elle s'arrêta, une main sur son ventre, se crispa puis se détendit en souriant.

— L'effet Albertini ! C'est la première fois que je le sens bouger, bon Dieu, Franck…

Laure déboula à ce moment-là, sous le regard incendiaire d'Albertini et celui d'Irma, pétillant.

— Vous saviez, gémit Franck. Vous le saviez !

— Non, affirma Laure.

Mal à l'aise depuis qu'Irma affirmait avoir reçu un appel de Debords. Buget n'avait jusqu'alors présenté aucun signe de mythomanie ou de délire. Etait-ce un déni du réel ? une fixation dans le temps qui lui aurait échappé ? Mais elle verrait ça plus tard, il y avait plus urgent : Albertini était au bord de la crise de nerfs.

— Franck, je vous promets que je n'en savais rien. Irma ne me dit pas tout, loin s'en faut. Et comment vous dire ? Permettez-moi d'avoir un doute. Un sérieux doute.

Albertini riva son regard aux iris verts. Bronze foncé. Signe de haute contrariété. Eut un pâle sourire. Désabusé.

— Me prenez pas pour un con, Bellanger…

Laure posa son verre sur la table, alluma une cigarette et compta jusqu'à cinq.

— Je ne vous ai jamais pris pour un con, Franck, alors je ne vais pas commencer maintenant. Irma imagine que Jeanne lui a récemment téléphoné mais, je vous le répète, j'en doute. Je peux, non, je vais demander une vérification des appels sur les six derniers mois, si ça vous aide à me faire confiance. Mais je tablerais plutôt sur une confusion du souvenir. Plus le temps passe, plus l'absence de Jeanne doit lui être insupportable, alors…

— Alors quoi ? Irma fantasme ? délire ? ment ? Difficile à admettre quand on la connaît comme…

— Ce n'est plus celle que vous avez connue, Albertini. Enfoncez-vous ça dans le crâne, loin et profond, sinon on ne va pas y arriver !

Tendue, Laure tourna sa bague à son index, puis se décida.

— Irma croit qu'elle travaille toujours pour le bureau d'enquête parallèle, ça vous donne une idée de l'état de son mental.

Franck inspira longuement, se servit un quatrième ou cinquième verre de bordeaux, il avait perdu le compte et s'en foutait. Ce soir, il se sentait prêt à s'enivrer jusqu'à perdre connaissance. Malheureusement ou heureusement, ce soir, l'alcool ne paraissait avoir aucune prise sur lui.

— Admettons, lâcha-t-il, admettons que vous ayez raison.

— J'ai raison, rugit Laure.

Vexée et inquiète. Elle commençait à en avoir assez de l'omniprésence de Debords, tout en sachant qu'il lui faudrait composer avec les obsessions d'Albertini.

Jusqu'à un certain point.

Franck se laissa choir dans un fauteuil. Exténué. De fatigue et de confusion.

— Laure… je suis désolé, mais Irma a été si affirmative, si convaincue d'avoir parlé à Jeanne que… Merde ! Entre ça et vous qui ne répondez pas à mes questions, je…

— Et si nous reprenions depuis le début ? proposa Bellanger.

Albertini se tendit, tira sur sa cigarette, emplit ses poumons, avant de répondre.

— OK, reprenons, fit-il, d'une voix blanche. Mais où fixer le début ?

— Au jour de ma rencontre avec Debords.

Il lui jeta un regard où se mêlaient indétermination et souffrance. Lui faudrait-il réellement remonter le fil du temps ? et revivre chaque passage, chaque instant, chaque événement ?

— Quel rapport ? Ce n'est pas d'une biographie dont j'ai besoin… Parlons plutôt de mon rêve.

Surprise, Laure le regarda droit dans les yeux, avec une attention soutenue qui le mit mal à l'aise.

— Très bien. Vous croyez qu'il concerne Debords, qui y est effectivement présente, mais c'est votre rêve, Franck, et il est tout sauf anodin. Etes-vous prêt à entendre mes propositions, car je vais vous suggérer des pistes et des éclairages qui pourraient vous déplaire, ou ne pas correspondre à votre attente ?

Albertini n'était plus trop certain de savoir ce qu'il espérait. Le passé battait comme une veine trop pleine qui demandait à être incisée, pour laisser s'écouler un surplus de sang. Vieux et purulent.

— Alors, occupons-nous de ce rêve récurrent. Je…

Laure eut un geste de la main pour l'empêcher de dire quoi que ce soit.

— Soyez patient, Franck.

— Mais avant, Laure, une dernière chose : pensez-vous que Debords soit toujours en vie ?

Bellanger dut admettre son état monomaniaque, et qu'un flic ne pouvait s'empêcher de poser et reposer les mêmes questions. Concentrée, elle s'humecta les lèvres.

— Je n'en sais rien, Albertini, rien du tout. Ce n'est pas elle qui m'inquiète, mais vous. Avec vos obsessions, votre impossibilité à lâcher, à vous occuper de votre vie… Alors que le temps file.

Franck se saisit de la bouteille, remplit les verres et se cala dans un transat, désormais attentif. Pour ses blessures, il verrait plus tard.

Or without you… Foutue chanson !

— Franck, j'ai conscience que tout ceci, je veux dire ma façon de procéder… Désolée de vous heurter, ce n'est pas mon intention. Je pratique un sale métier qui consiste parfois à produire de la douleur pour aller, éventuellement, mieux. Une chose insensée, j'en conviens.

Il se fendit d'un large sourire. Bellanger savait y faire avec ses émotions.

— Ne vous donnez pas tout ce mal, Laure. Passez au broyeur temporel tous les événements qui vous viennent à l'esprit, je suis prêt. Je veux comprendre. Et, soyez satisfaite, je suis en train de me laisser convaincre que votre façon de procéder pourrait bien m'éclaircir les idées. Alors, ne perdons plus de temps.

Sans le lui faire remarquer, Laure intégra qu'il avait déjà oublié sa question sur son rêve. Albertini était psychiquement cristallisé sur la disparition de Debords. Comment admettre que l'autre ne soit plus là, alors qu'il n'était pas mort ? Comment vivre avec un fantôme ? La marque du disparu qu'on imagine toujours en vie. Quelque part. Comment renoncer à la peau, à la vibration de l'autre ?

Bellanger décida d'y aller plus doucement, et de satisfaire à ses demandes. Même si son rêve la fascinait beaucoup plus que le parcours de Debords. Elle lui sourit, et Franck en éprouva toute la force. Toute l'énergie sensuelle. Il détourna ses pensées de son bas-ventre, et enfonça ses yeux dans ceux de Laure, soudain vert clair.

With you or… fait chier !

Bellanger joua un instant avec une boucle sertie d'une pierre verte, puis se lança dans une rétrospective des enquêtes de Debords, en mettant l'accent sur sa personnalité. Son histoire personnelle.

— Un instant, Laure, je ne vous suis pas. C'étaient des affaires, particulières, ça, je vous l'accorde, mais d'autres que Debords ou moi ont eu leur lot de galères, non ?

Elle leva les yeux vers le ciel. Au loin, un orage se préparait.

Laure aimait les fortes chaleurs, mais, ce soir, sans doute en raison même de leur conversation, elle aurait préféré que la pluie rafraîchisse l'atmosphère. Le simple fait de reparler du passé lui donnait des envies de s'enivrer jusqu'au bout de la nuit. De repérer un homme et de l'entraîner avec elle, pour mieux le quitter au petit matin. Et qu'il ne reste rien de ses excès nocturnes. Rien qu'un agréable souvenir et une sensation de bien-être.

Bellanger était personnellement liée à Debords, bien plus qu'elle n'aimait le reconnaître, et ça lui pesait sans doute autant qu'à Franck Albertini.

— Je suis d'accord, Franck. Néanmoins, il y a chez Debords cette particularité que l'on ne retrouve pas chez tous les flics, loin de là, car chaque enquête semble venir cogner aux limites de sa vie intime, d'une façon troublante. Mais l'intérêt, c'est ce qu'elle en a fait.

Elle se versa le reste de vin, se leva et revint avec une bouteille pleine qu'elle lui tendit. Franck songea qu'il était définitivement parti pour prendre une cuite.

— Bien, reprit-elle, les coïncidences entre vie professionnelle et privée n'ont d'intérêt que si elles nous éclairent sur ce qui se joue pour Debords. Deux éléments récurrents : les sous-sols et les disparitions, avec mort violente. Au bout du compte, dix ans d'efforts et de ténacité pour résoudre l'affaire de sa vie. Vous m'écoutez toujours ?

Il eut cette fois-ci un sourire qui la déstabilisa.

— Soyez-en convaincue, Laure. Je vais me soûler, du moins j'en ai la ferme intention, mais je vous écoute avec un intérêt que vous n'imaginez même pas.

A nouveau, il esquissa un sourire et se rassit confortablement. Bellanger eut soudain envie de laisser tomber Debords, leur conversation, et de se lover entre ses bras.

Laure, ce n'est pas le moment de flirter avec Albertini.

— Parfait. Nous en arrivons à l'époque de votre rencontre avec Debords. Dans un premier temps, vous partagez son enquête. Puis son passé, son présent et son lit.

Franck se redressa. Bellanger prenait des libertés avec sa vie privée, et il n'aimait pas ça.

— Laissons ma vie amoureuse de côté, si vous voulez bien.

— J'aimerais beaucoup, Franck. Vous ne savez pas à quel point... Mais, en raison de votre lien à Debords, c'est impossible. Néanmoins, n'ayez crainte, je ne vais pas me glisser dans vos draps...

Pas encore.

Il encaissa mal, et n'apprécia pas le ton légèrement ironique de Bellanger.

— Une chose m'étonne quand je regarde cette histoire...

— Comme on ausculte un cadavre, fit Franck, d'une voix altérée.

— Vous êtes ivre, Albertini, nous ferions mieux...

— Continuez, Laure, continuez donc à vous foutre de moi, si vous croyez que je ne vois pas clair dans votre jeu.

Il remplit son verre à nouveau vide. A croire que l'alcool s'évaporait dans la chaleur de la nuit qui descendait sur le parc de la fondation.

Sa sœur réclama son aide et Laure s'absenta un moment.

Albertini en profita pour se barricader et protéger son intimité. Tenter de contenir Laure Bellanger, et son esprit prompt à s'immiscer dans chaque recoin de son âme. Ou de son corps. Franck n'était ni insensible à son charme, ni dupe. Laure ne cachait d'ailleurs pas qu'elle aurait préféré que Debords ne soit qu'une simple collègue. La question était de savoir s'il succomberait ou non.

Depuis la disparition de Jeanne, aucune autre femme n'avait croisé sa route, et encore moins celle de son lit. Son énergie semblait concentrée dans une seule et unique direction : retrouver Debords. Alors, se passer des femmes et de leurs charmes ne lui avait posé aucun problème.

Du moins, avant de revenir chez Bellanger. Il n'avait pas oublié l'effet qu'elle avait produit sur lui le jour où Debords l'avait amené pour la première fois à la fondation. Trois ans auparavant, une éternité. Une miette temporelle dans le grand sablier de l'histoire du monde. Si loin, si proche.

Franck alluma une énième cigarette et leva les yeux au ciel. Même la voûte étoilée paraissait se liquéfier sous la chaleur. Sans prévenir, atomique, le chagrin explosa. Le fit plier et gémir, et pleurer.

Sous le regard attentif de Laure.

Il craque enfin, se dit-elle, décidée à ne pas intervenir.

A lui laisser la nuit pour seule compagne. Pour se libérer de plus d'un an passé à courir après un fantôme. Une nuit en échange d'une année, à se laisser graduellement démolir par la douleur d'avoir perdu l'autre. Quelque part. Loin. Ailleurs.

Bellanger était persuadée que Franck aurait finalement été moins traumatisé si Debords était morte. Un jour, Franck Albertini avait bâti un rêve nommé Jeanne Debords, fait de projet, d'intime et de passion. Une nuit, il s'était éveillé en plein cauchemar et, depuis, il errait dans un désert de glace. Jeanne Debords était vivante, mais il l'avait perdue.

Franck poussa un long gémissement, releva la tête et croisa le regard de Laure. S'y ancra. Y puisa force et vitalité, et lui en voulut d'assister à sa déchéance. Conscient qu'il lui en aurait encore bien plus voulu de ne pas être là.

*With or without you I can't live**.

* *With or Without You*, U2, album *The Joshua Tree*.

14

La première personne qu'Anne Boher vit en ouvrant les yeux, après avoir reçu une nouvelle injection de toxine botulique et somnolé un moment, fut la secrétaire du président de l'université. Les deux femmes se connaissaient depuis des années, pourtant Mireille Audran lui sembla anormalement distante.

Cette dernière dut s'éclaircir la voix, pour masquer son inquiétude.

— Anne, comment vous sentez-vous ?

Boher n'avait pas l'air au mieux de sa forme, et des bruits couraient sur son état de santé, physique comme mentale, que certains jugeaient critique. Audran n'aimait pas ça. Pareille attitude portait préjudice à l'esprit d'équipe et, chaque fois qu'un service connaissait des problèmes, c'était la somme des siens qui augmentait considérablement.

— Simonov désire vous parler, immédiatement. Vous croyez que ça ira ?

Anne se leva de son fauteuil, sentit son corps réticent à l'effort, mais hocha la tête et suivit Mireille Audran jusqu'à son bureau. Où elle patienta vingt minutes en fixant le pansement de sa main. Quand Simonov ouvrit sa porte, ce fut pour laisser sortir un homme que Boher ne connaissait pas, mais qui, aurait-elle juré, la regarda de travers.

Totalement parano… Elle doit se méfier !

Simonov la fit entrer. Lui trouva une sale mine, bien pire que ce que colportaient les bruits de couloir.

— Anne, on travaille ensemble depuis combien de temps ? fit-il, en s'asseyant.

— Qu'est-ce qui se passe ? répondit-elle.

Sur la défensive, et toujours debout.

D'une main, il l'invita à s'asseoir ; de l'autre, il lui indiqua une pile de journaux sur son bureau.

— Tu as lu la presse ?

Boher répondit négativement.

— A propos du meurtre de Schmitt ?

— Non, Anne. Il s'agit de commentaires, sur la gestion de l'université et des urgences, que tu as, pardon, que tu aurais tenus à un journaliste peu scrupuleux. Un certain Mathieu Forest qui donne l'impression de vouloir nous lyncher en place publique !

Elle secoua la tête.

— Je ne comprends pas, de quoi parles-tu ?

— Il semblerait que tu aies proféré de graves insinuations sur l'organisation et la gestion de certains services hospitaliers... Dont celui de Jérôme Horn.

— Horn ? Mais qu'est-ce que j'ai à voir avec cet idiot ?

— Il corrobore les propos du journaliste.

Anne accusa le coup.

Pas si parano que ça...

— On t'a vue avec lui, en grande conversation. Plusieurs employés ont confirmé...

Anne se souvint des deux ou trois fois où Horn avait insisté pour vider son sac en sa présence. Pour baver sur l'hôpital et les mesures prises par la direction pour lutter contre la canicule.

Elle a raison de se méfier de Lucifer !

— Je n'ai pas lu les journaux, donc j'ignore sur quoi portent ces accusations. Mais sache que je n'ai pas eu de grande conversation avec Jérôme Horn, que je trouve con et, de surcroît, incompétent ! Toi et moi savons très bien que ce n'est pas lui qui va révolutionner la chirurgie. Enfin, tu sais également que je ne parle jamais aux journalistes du fonctionnement de nos services.

Boher était raide de colère et d'humiliation.

— Désolé, Anne, mais cet article porte préjudice à la réputation de l'établissement... Tu sais qu'une nouvelle manifestation se prépare pour accueillir le ministre de la Santé. Ce n'est vraiment pas le moment de jeter de l'huile sur...

— Désolé ? Tu es désolé ! Mais ça ne t'empêche pas de me condamner avant même de savoir ce qu'il en est. Non, non, c'est moi qui suis désolée, oh oui, sincèrement désolée de découvrir que tu te laisses manipuler… S'il te plaît, laisse-moi finir. Je vais lire ce ramassis de conneries et je vais aller parler à ce crétin de Horn, puis, si je le juge indispensable, je demanderai un droit de réponse. Pendant l'enquête sur le fou de Blauelsand, nous avons essuyé les tirs nourris de journalistes malintentionnés… on dirait bien que ça ne nous a pas servi de leçon.

— Et ces poupées qui font jaser l'établissement ?

Boher soupira bruyamment.

— La première est arrivée en début de semaine, déposée à l'accueil. On cherche des indices.

— Dans quel but ?

Elle doit se méfier de Bélial !

— Tu trouves ça normal, que l'on m'adresse des poupées mutilées ?

— Anne, je compte sur toi pour me tenir personnellement informé, au lieu d'en entendre parler par la presse ou les commérages des uns et des autres.

Le regard houleux, Anne s'empara du journal et se dirigea vers la porte.

— Une dernière chose, ton assistant, que fait-il dans les sous-sols ? lâcha Simonov.

Anne sentit un frisson remonter le long de sa colonne vertébrale, et se tourna vers le président de l'université. Déroutée par sa question.

— Il cherche des dossiers dont j'ai besoin. Pourquoi ?

— Quels dossiers ?

Elle doit se méfier…

— Le rapport avec ce torchon ?

— Quand tu auras lu l'article de Forest, tu comprendras que je m'inquiète de ce qui se passe à la morgue. Soyons clairs, Anne, je n'ai rien à te reprocher, je ne me soucie que de la bonne marche de cet établissement.

Boher opina et ouvrit la porte.

— Anne, tu n'as pas répondu à ma question. Que cherches-tu dans les archives ? Ecoute, tout le monde chuchote à ce propos et ça ravive cette stupide rumeur, je n'ai pas besoin de ça en plus !

Boher le fixa, furieuse et indécise.

— De quoi valider ma demande d'exhumation des victimes du fou de Blauelsand.

Elle sortit sans se retourner.

Peu habitué à ce qu'on lui tienne tête, Simonov contint sa colère et se cala dans son fauteuil en cuir.

Anne Boher avait toujours été un excellent élément, et jusqu'à présent il n'avait eu qu'à se féliciter de l'avoir embauchée dans son établissement. En revanche, son caractère avait toujours posé un problème à Simonov. Si Anne Boher paraissait calme et professionnelle, il lui arrivait de piquer des colères noires, dont les conséquences n'étaient jamais à prendre à la légère. Etant donné la situation de l'hôpital, d'un point de vue politique, administratif et financier, ce n'était vraiment pas le moment de faire des vagues. Encore moins de s'en prendre à la presse, ou à Jérôme Horn qui pouvait très bien se révéler incontrôlable à son tour.

Ses yeux tombèrent sur un communiqué ministériel adressé par mail à l'ensemble des services hospitaliers. *Certains spécialistes de la médecine d'urgence commencent à identifier le caractère anormal de la situation ainsi qu'une défaillance du système. L'épidémiologie nous permet d'anticiper un excès de mortalité lié à la canicule.* La note se terminait par : *La situation est globalement très préoccupante. Je vous demande instamment de prendre toutes initiatives nécessaires dès réception de ce document.*

— Globalement… Instamment… Bande d'incapables ! éructa Simonov. Bande de sinistres cons en train de foutre en l'air tout le système !

Décrochant son téléphone, il demanda à Mireille Audran de convoquer Horn. Sur-le-champ.

Il allait devoir mieux gérer les impulsions de Jérôme, ou finir par se passer de sa collaboration. Boher avait raison, le problème de Jérôme Horn n'était pas qu'il soit ou non un crétin. Mais avide de reconnaissance et de pouvoir. D'honneurs qu'il imaginait dus à la profession médicale et, par conséquent, à lui-même. Simonov relut l'article de Forest, et estima que Horn avait commis une erreur d'appréciation en se confiant à ce journaliste.

Simonov regarda sa montre et sut qu'il ne lui restait pas beaucoup de temps. Quelques heures, au plus, pour détourner les projecteurs de son établissement avant l'arrivée du ministre.

Tête baissée, Anne traversait les étages en lisant l'article. Chaque mot était un coup qu'un invisible agresseur lui infligeait. L'indignation et la fureur lui coupaient souffle et jambes, lui donnaient des envies brutales de mordre, hurler, taper, griffer et même tuer. Horn en tête de liste. Suivi de près par cet imbécile de journaliste.

Anne froissa le journal et mesura les dégâts que l'article avait déjà produits sur les employés et sur ses confrères. Les regards étaient froids ou fuyants. Les visages se détournaient et les conversations mouraient sur son passage. Pour reprendre dès qu'elle s'éloignait.

Qui ? Et pourquoi ?

Mais ce qui la blessait profondément tenait en deux lignes évoquant ses problèmes de santé. Une allusion qui mettait explicitement en cause ses capacités à exercer.

Ingrid Hensberger déboucha d'un couloir, et se dirigea droit vers elle.

— Docteur Boher, une minute ! Vous ne m'avez toujours pas signé de bon, et ce n'est pas comme si vous aviez pris de l'aspirine…

— Ingrid, l'interrompit sèchement Anne, avez-vous remarqué à quel point nous sommes sur les dents, complètement débordés ? Nous manquons de personnel et dans cette…

— Vous voulez mon avis, docteur ? Ici, nous manquons effectivement de personnel, alors que vous, vous employez une infirmière à plein temps uniquement pour tenir compagnie à un lég… à votre mère ! Quelque chose ne va pas dans ce système, croyez-moi, quelque chose ne va vraiment pas et nous finirons par le payer très cher !

Soufflée, Anne en perdit la voix. Sentit un hurlement monter de ses entrailles et se retint d'étrangler la directrice des affaires médicales.

Vous auriez mieux fait de vous trancher une main.

Au souvenir des propos injurieux de Hensberger, Anne vacilla. Se pourrait-il que cette femme hargneuse et vindicative soit à l'origine de son "accident" ? qu'elle ait remplacé le désinfectant par de l'acide ?

Bien sûr que cette garce en est capable !

— Vous avez fini ? Non, non, taisez-vous, madame Hensberger, et mêlez-vous de vos affaires.

— Mais c'est précisément ce que je fais, docteur Boher ! Voyez-vous, quand j'entends Michèle Langet me dire qu'elle passe des heures entières à se morfondre auprès de votre mère, alors qu'ici…

Hensberger pivota sur ses talons plats, et fila en direction de l'ascenseur.

Anne resta quelques minutes, au milieu du couloir, les bras ballants, à se demander si tout Strasbourg était au courant pour sa mère.

Evidemment ! se fustigea-t-elle. As-tu oublié que tu vivais dans une ville où chacun surveille son voisin ?

Boher s'ébroua enfin, nota de s'entretenir de toute urgence avec l'infirmière Langet et, fiévreuse, rejoignit Enzo.

— J'imagine que tu as lu ce torchon ! fit-elle en jetant le journal chiffonné sur la table carrelée.

— Bonjour Anne, même si c'est un sale jour. Et, oui, je suis au courant. On ne parle que de ça depuis ce matin. A la radio, à la cafétéria… jusqu'au sous-sol ! A propos, j'ai presque terminé ce que tu m'as demandé. Sauf que je n'arrive toujours pas à mettre la main sur le dossier 242.

— Débrouille-toi !

Anne se figea, porta une main à ses tempes.

— Rassure-moi, Enzo, tu n'as parlé à personne de ce dossier ?

— Non… Attends, si, j'en ai parlé avec Lou Werfel.

— Merde !

Boher fouilla la salle d'un regard noir, avala plusieurs cachets, soupira et s'excusa auprès de Marquèz.

— Désolée… je suis à cran. Pour ce dossier, il est impératif…

— C'est quoi ce bordel ?! aboya Horn en se ruant sur Anne.

Enzo descendit de son tabouret, prêt à intervenir.

— Comme si tu l'ignorais, rétorqua-t-elle froidement.

— Tu sais quoi, Boher ? Déjà que tu m'as fait chier il y a deux ans avec ton enquête par-ci, et ton enquête par-là… alors, il est hors de question que ça se reproduise ! Je suis convoqué, tu entends, convoqué ! A cause de tes conneries…

La gifle qu'Anne lui colla de sa main valide arracha un franc sourire à Marquèz.

— Mais… t'es dingue, bafouilla Horn. Tu perds la tête ou quoi ?!

— Sors d'ici ! fit Anne.

Enzo s'approcha et le prit par le bras.

— Vous avez entendu, docteur Horn : dehors.

Il y eut un instant de flottement. Jérôme Horn hésitait à frapper Boher. Au contraire de Marquèz qui, lui, n'hésiterait pas à le rouer de coups s'il levait la main sur Anne.

— Dehors, répéta fermement Enzo. Au cas où les choses ne seraient pas claires, docteur Horn, c'est vous le chieur.

— Toi, le merdeux, tu…

Les deux hommes se jaugeaient du regard. Si Marquèz n'était pas grand, il était musclé et plus jeune que Horn. Alex Corbier arriva au moment où l'atmosphère était glaciale et explosive. Décidé à faire une sortie spectaculaire, Jérôme s'apprêtait à claquer la porte quand, dans l'élan, il rata son coup.

Ce qui arracha un autre sourire à Enzo.

— On dirait que tous les abrutis du monde font la queue au guichet, lâcha Corbier.

Anne se retint de fermer les yeux, intercepta le regard interrogateur d'Alex en direction de son pansement et lui résuma la situation. En vrac et dans le désordre.

— Et toi, Enzo, tu as reçu des menaces ?

Marquèz se troubla, et répondit négativement d'un mouvement de tête. Il n'avait parlé ni de la femme qu'il avait suivie, ni de la lettre qu'il avait découverte le matin en ouvrant le courrier. A son attitude, Corbier comprit que l'assistant de Boher ne dirait rien devant sa patronne. Il fit rapidement le point sur l'assassinat de Schmitt.

— Et cette affaire de poupées ? lâcha-t-il.

— Le labo n'assure plus, avec l'augmentation des décès et les congés, ils rament, répondit Enzo. J'y ferai un saut plus tard.

— Une idée, Anne, sur ce qui agite ce dingue ? Qui est, peut-être, et je dis bien peut-être, la même personne qui veut nuire à ta réputation… et te faire vivre l'enfer.

Il appuya sur "enfer" et Anne Boher se crispa. Songea à Hensberger, à ses visions et à ses phrases qui éclataient dans son esprit comme passe un ouragan, mais n'en dit rien.

— Alex, je n'ai pas eu une minute à moi pour y penser calmement. On manque de personnel et…

— Je sais… C'est un été particulièrement pénible à tous les égards. Tenez bon, et tenez-moi au courant.

Il les salua d'un geste de la main et s'éclipsa. Enzo invoqua une quelconque tâche à accomplir et rattrapa Corbier devant l'ascenseur.

— Alex, le docteur Boher a reçu une lettre aujourd'hui, très étrange… Vu ce qu'elle endure, j'ai jugé bon de ne pas la lui montrer. Enfin, pas tout de suite.

— Des menaces ?

Enzo glissa sa main dans la poche arrière de son jean et en sortit une enveloppe pliée en quatre.

— Pas d'empreintes, j'ai déjà vérifié, fit Marquèz. Déposée à l'accueil, aucun timbre dessus. Comme pour les poupées. Et aucune image, puisque Waltter ne semble plus savoir gérer son système informatique ! Commence à me gonfler celui-là…

Corbier jeta un œil en direction de la salle d'autopsie, et s'engouffra dans l'ascenseur.

> Boher,
>
> Tes nuits seront aussi blanches que la lame d'un surin.
>
> Rouges du sang qui se répandra, autour et hors de toi.
>
> Noires, à la manière d'un abcès qui enfle.
>
> Quand viendra ta mort, je révélerai ma vraie nature : une cellule humaine déficiente, hautement dangereuse. Hautement intelligente, et qui pourrit l'organisme. J'agis en tumeur qui métastase son environnement.

— Charmant, murmura-t-il en repliant la lettre. Je la garde, Enzo.

— Aucun problème, j'ai une copie, à tout hasard.

— Tu as quelque chose d'autre à me dire ?

— Rien. Si ce n'est qu'Anne est à bout. Je crois qu'en plus elle vient de s'engueuler avec Simonov, ça fait beaucoup.

— J'imagine que l'état de sa mère ne doit rien arranger. Euh… t'as pas l'air au courant ?

Marquèz approuva, sans un mot. Ça lui fit mal d'admettre que Corbier en savait plus que lui-même sur les problèmes d'Anne Boher. Il eut soudain le sentiment désagréable d'être passé à côté de quantité de choses. De travailler avec une femme qu'il appréciait tant au niveau personnel que professionnel, et d'avoir loupé le coche.

— Disons que les jours d'Emmi Boher sont comptés, conclut Corbier, et qu'elle souffre le martyre depuis des mois.

— Et d'où tiens-tu ça ?

— J'suis flic, non ?

Corbier sortit de l'ascenseur, et Marquèz appuya sur le bouton du septième. Perplexe. Comment allait-il s'y prendre pour amener le sujet sur l'état de santé d'Emmi Boher, sans paraître déplacé ou intrusif ?

Corbier fila directement au commissariat, l'esprit en ébullition. Tendu. La lettre l'inquiétait au plus haut point. Anne Boher était à l'évidence dans le collimateur d'un cinglé et, simultanément, discréditée auprès de sa hiérarchie. Enfin, à l'instar des poupées, Anne Boher était rousse. Autant de raisons de se faire un sang d'encre. Mais, par-dessus tout, Alex n'aimait pas son regard. De mémoire, il ne lui avait jamais connu une telle lueur au fond des yeux. Ni une telle tension sur le visage. Elle paraissait épuisée, et avait maigri. Anne se vidait de sa substance. S'étiolait. S'affinait, mais de l'intérieur.

De son côté, Enzo se plongea dans la lecture des informations concernant Bélial, et découvrit que c'était le démon de la colère. Un courroux que les Anciens associaient à la démence temporaire, mais préjudiciable.

Qu'est-ce que Boher avait bien pu faire ou dire pour déchaîner rage et folie ? Ou alors étaient-ce les siennes que l'on pointait ainsi du doigt ? Pourtant, si les colères d'Anne Boher étaient fracassantes, elles demeuraient rares.

Alors qui, et pourquoi ?

Une bonne partie de la journée, Anne Boher répondit aux coups de téléphone de la presse et de différentes instances. Hormis le procureur Tardieu, personne n'eut un mot aimable ou d'encouragement. Vers seize heures, exaspéré, Enzo quitta son poste de travail, où il achevait la reconstitution d'un visage, et arracha la prise du téléphone fixe.

Tandis qu'Ingrid Hensberger prenait place en face de Simonov pour lui faire part de ses "plus vives inquiétudes" concernant la disparition de produits classés hautement toxiques. Hensberger se plaignit essentiellement du docteur Boher, qui ne lui avait toujours pas remis de bon de commande. Elle répétait inlassablement le même leitmotiv, exigeant que chacun applique le règlement.

Agacé, Simonov l'écoutait, l'esprit préoccupé par la bonne réputation de son établissement. Les coupes budgétaires étaient chaque fois plus radicales, et les étudiants de moins en moins nombreux dans certaines disciplines. La gynécologie était menacée de disparition, et la psychiatrie ainsi que le recrutement d'anesthésistes battaient de l'aile. Il y avait pénurie de personnel. Il ne lui manquait plus qu'une légiste soupçonnée de malversation et d'incapacité professionnelle !

Par la fenêtre lui parvenaient les cris des manifestants en train de se regrouper dans le parc. Simonov jeta un œil à sa montre, et constata qu'il lui restait une heure, avant l'arrivée du ministre de la Santé, pour trouver une solution. Son principal souci était de juguler les dérapages de certains afin qu'ils ne portent préjudice ni à l'établissement hospitalier ni à son président. Il avait besoin qu'on lui fiche la paix pour retourner à ses affaires. A ses recherches.

Excédé, Simonov finit par envoyer la directrice des affaires médicales sur les roses. Puis il reçut Horn, rouge de colère et parlant beaucoup trop fort à son goût. Simonov lui accorda cinq minutes et le mit à la porte. Il avait besoin de calme pour réfléchir. Et de temps. Mais, de cela, il manquait déjà. Simonov décrocha son téléphone, et demanda à s'entretenir avec Alex Corbier à propos des poupées et de l'incident à la morgue qui avait coûté sa main à Anne Boher.

Lorsqu'il quitta son bureau, ce fut avec le sentiment que tout lui échappait. La veille, il régnait sur son univers une atmosphère de labeur et de mérite. La veille, Simonov était engagé dans des recherches qui ne pouvaient que redorer le blason de son université, et couronner brillamment sa longue carrière. Mais, en cette fin d'après-midi, il pliait sous le poids des années, et regrettait presque de ne pas avoir accepté de partir à la retraite. Pourquoi s'entêter ?

Pourquoi vouloir encore exercer une influence qui lui apparaissait soudain vaine, et d'une fragilité sans commune mesure ?

Parce qu'il ne peut en être autrement, se fustigea-t-il.

Dans l'ascenseur, ses yeux se posèrent sur le bouton du sous-sol. Simonov serra les dents. La rumeur à propos d'expériences menées sur des enfants malformés continuait à courir, et il pariait qu'elle allait renaître de ses cendres. Simonov songeait aussi à ces dossiers qui préoccupaient Boher, au point d'envoyer depuis plusieurs jours Enzo Marquèz fouiller les archives, et se tendit. Boher avait parlé d'exhumer des corps. Qu'avait-elle donc découvert qui la pousse à vouloir rouvrir cette enquête ?

Simonov gémit d'agacement. Songea aux manifestants en train de camper sur les pelouses de l'université, et à Hensberger qui hurlait que l'on détournait des produits. A la presse qui fustigeait l'hôpital. Il gémit encore plus fort. Tout lui semblait subitement précaire.

Simonov fit brusquement demi-tour et se mit à la recherche d'Ingrid Hensberger, pour lui signifier sa mise à pied. D'une voix dure, il invoqua l'incompatibilité d'humeur et le harcèlement, et des propos diffamatoires tenus à l'encontre de certains médecins. Au comble de la stupeur, Ingrid tenta de se défendre, mais Simonov avait besoin de se passer les nerfs sur quelqu'un et ne l'écoutait pas.

Hensberger lui cassait les pieds depuis déjà trop longtemps et malmenait son personnel. Sans parler de son adhésion aux citoyens volontaires qui donnait lieu à des remarques déplacées. Simonov lui avait déjà signifié que son comportement était sujet à caution, et même adressé un avertissement officieux.

Qu'elle s'en prenne à elle-même ! se dit-il, à peine calmé.

Dans la foulée, il prévint sa secrétaire. Trop heureuse de pouvoir régler son sort à Hensberger, Mireille Audran s'exécuta immédiatement. A la suite de quoi elle informa Enzo Marquèz de la position de Simonov. Audran raccrocha en sachant que Hensberger se préparait à vivre des heures difficiles. Ce qui la mit d'excellente humeur.

15

Sophie Mangin s'était endormie devant un navet à la télévision, lorsqu'elle se réveilla en sursaut. Pour se lever d'un bond, se passer de l'eau sur le visage, et filer à son rendez-vous avec Jérôme Horn, qui détestait attendre.

Sophie sauta sur son vélo, rata son coup et atterrit sur le bitume encore chaud. Se releva sous les regards des passants blafards, et partit en soufflant comme un phoque, l'esprit embrumé et de mauvais poil.

Depuis qu'elle s'était fait virer du service d'Anne Boher, elle en avait après la terre entière. Aussi, quand Horn l'avait contactée pour lui offrir une revanche, elle avait dit oui. Car, en ce moment, estimait Sophie, c'était elle qui aurait dû être à la place d'Enzo Marquèz. C'était elle qui aurait dû gérer les incidents liés à la canicule, et réguler le service de la morgue.

Au lieu de quoi Mangin bossait par intermittence dans un bar minable et excentré, où elle était sous-payée. Au lieu de quoi, elle avait rendez-vous avec Horn qu'elle méprisait finalement encore plus que Boher, le jugeant lamentable et pervers. Et déplorable comme amant. Sophie s'en était toujours méfiée, mais Horn avait un certain pouvoir et des relations. Comme celles qu'il entretenait avec le président Simonov. Naïvement, reconnaissait-elle, Sophie avait imaginé qu'il l'aiderait à se faire une place au soleil. La seule chose que lui rapportait Horn, c'était une maigre vengeance, mais il payait bien et régulièrement.

Mangin pédalait en serrant les mâchoires. Elle vivait dans son studio d'étudiante, mendiait chaque mois ses allocations, et avait définitivement renoncé à sa carrière médicale.

Enfin, au rythme où filait l'argent, elle pourrait sans doute, d'ici à quelques mois, également renoncer à son studio.

Dans la matinée, Jérôme Horn lui avait téléphoné, énervé au plus haut point, et ordonné de se pointer à 20 heures tapantes dans un bar non loin de la gare. Sophie avait une fois de plus dit oui. Même si elle rêvait de planter Horn et sa clique. Jérôme ne lui racontait que le strict minimum mais, le connaissant, Mangin se doutait bien qu'il y avait d'autres personnes impliquées dans cette coalition contre Boher. Prétendument destinée à faire péter les plombs à la légiste pour l'écarter de l'hôpital.

Sophie ignorait encore dans quel but tant d'énergie était déployée, mais Boher gênait, et Horn avait reçu mission de lui en faire baver. Après avoir réfléchi, Mangin était arrivée à la conclusion que, depuis l'affaire du fou de Blauelsand, Horn fricotait beaucoup avec le procureur Tardieu ; un peu avec Scheinder, le supérieur d'Alex Corbier. Et, de plus en plus souvent, avec une pointure de la génétique, Hélène Dauzier, avec qui il avait une liaison. Dauzier était brillante et réputée pour son charisme dans un milieu où les hommes se taillaient encore la part du lion. Un soir, Mangin avait eu le culot de suivre Tardieu, et l'avait vu dîner en compagnie de Dauzier, Horn et Simonov. A eux quatre, ils formaient un clan respectable de notables, et Sophie avait ragé de ne pas être assise à leur table.

Jérôme Horn entretenait contre Boher une rancœur d'adolescent éconduit par son premier flirt, et débordait d'idées pour la rendre cinglée. De l'avis de Sophie, des initiatives souvent stupides, mais qui donnaient néanmoins les résultats escomptés. Anne Boher perdait son légendaire contrôle, et ça commençait à se savoir. A se voir. A produire des réactions en chaîne.

Elle appuya son vélo contre un mur et pénétra dans un café, ancien PMU, qui sentait encore la sueur des parieurs, les fonds de cendrier et le houblon de mauvaise qualité. Depuis sa table, Horn lui fit signe. Sophie se coula dans son box, se cala contre la banquette et commanda une bière.

— Ça fait deux jours que je n'ai aucun rapport, fit Horn. Qu'est-ce que tu fiches ?

Mangin le regarda droit dans les yeux. Eut une moue qu'il n'apprécia pas.

— Un rapport ? Depuis quand je dois te faire un rapport ?

Jérôme se laissa aller contre le dossier, un sourire narquois aux lèvres.

— Depuis que je te paie pour ça. On a bien passé un marché, toi et moi ? Faudrait mettre le frein sur la fumette, non ?

Mangin allait pour répliquer, quand il la somma d'écouter. D'une voix étonnamment autoritaire qui la mit sur ses gardes.

— On va en remettre une couche avec Forest, lui expliqua-t-il. Il prépare un autre article, qui devrait cette fois-ci isoler Boher et son connard d'assistant, et sans doute l'inciter à se mettre en congé. Je te rappelle que c'est notre but, qu'elle se casse de l'institut médicolégal. A propos, j'ai discuté avec Simonov. Dès que Boher sera reconnue inapte au travail, tu réintègres le service.

Ce qui n'était que pur mensonge.

Sophie s'en doutait, et aurait dû se méfier de Horn, menteur patenté et manipulateur. Mais elle n'en fit rien, et mit au contraire tous ses espoirs dans le même panier. Elle vida la moitié de son verre, et hocha la tête pour lui signifier qu'elle était partante.

— Alors, poursuivit-il, tu vas continuer à la suivre et à l'épier, à me rapporter ses conversations, à contrôler ses passages à la pharmacie, dans l'état où est sa mère, ça…

— Elle est vraiment incurable ?

— Avec une maladie neurodégénérative orpheline dont personne ne sait rien ? Fais-toi à l'idée que l'enterrement est pour bientôt. Bon, et concernant les armes ?

Soudain mal à l'aise, Mangin eut envie de fumer. Cette partie du plan de Horn lui déplaisait par-dessus tout.

Grâce à l'infirmière d'Emmi Boher, que Sophie connaissait depuis des années, elle avait pu pénétrer chez les Boher où elle avait dérobé un trousseau de clés. Puis elle avait fouillé le pavillon, endommagé la serrure du garage, uniquement pour le plaisir de compliquer la vie à Boher, et commencé à déposer les poupées. Enfin, elle avait subtilisé les flingues sur l'étagère de la cuisine. Deux antiquités qu'elle avait portées chez l'armurier, sur instruction de Horn.

A partir de là, Mangin avait renoncé à suivre le plan de Jérôme Horn. Elle refusait d'aller récupérer les armes pour les remettre dans les boîtes. Elle avait donc opté pour une autre solution, au cas où les choses tourneraient mal. Quant à l'armurier, Sophie pouvait compter sur lui pour la fermer.

Horn buvait sa bière, et songeait à sa dernière idée. Il avait réussi à monter Ingrid contre Boher, sans ouvertement l'associer au plan d'ensemble. Mouiller Hensberger agrandissait le cercle des personnes utilisées pour faire flancher Anne Boher, et augmentait le risque d'une fuite ou d'une erreur. La directrice des affaires médicales n'était au courant de rien et, de toute façon, Simonov venait de lui donner congé. Horn soupira. Il perdait un pion, mais conservait Mangin.

Sophie l'écouta lui donner quelques consignes, et recommander une deuxième tournée, distraite. Elle calculait combien il lui fallait pour se tirer de Strasbourg où l'atmosphère allait devenir intenable. Mieux valait assurer ses arrières, car les armes lui posaient un vrai problème.

Horn lui avait juré qu'elles ne serviraient qu'à tirer en l'air, en pleine nuit. Pour terroriser Boher. Puisque la tactique du chirurgien consistait à rendre Anne Boher malade de terreur. A lui faire douter de son équilibre psychique, pendant qu'elle s'affaiblissait. Une stratégie qui jouait sur la corde de la perversion et de la cruauté. Mais, au fond, Sophie s'en fichait de savoir si Boher allait mourir de peur ou tuer quelqu'un. Ou prendre une balle.

— J'ai fait comme tu m'as demandé. Je la suis, je la frôle…

— Quoi ? Mais…

— Minute papillon ! Je ne suis pas débile, je porte une perruque, différente chaque fois, un chapeau et des lunettes.

Elle esquissa un sourire. Finalement, c'était un jeu d'enfant que de tromper les autres, en les inquiétant.

— Donc, je la piste, et je m'occupe des armes demain matin.

Pur mensonge. Mais il était hors de question de mettre Horn au courant des aménagements apportés au plan initial.

— Demain, Forest publie son deuxième papier… Un sale con, mais utile pour l'instant. Bon, et pour Hensberger ?

Sophie eut une mimique, et lui décrivit la manière dont elle avait embobiné Ingrid dans les locaux des citoyens volontaires.

— Tu verrais comment ils sont installés, les rois du pétrole ! Tu croirais des petits soldats. Un peu secs, mais carrément polis, des fois…

— Aux faits, Mangin, je n'ai pas que ça à foutre !

Sophie faillit se lever et l'envoyer bouler. Elle ravala sa hargne, il ne l'avait pas encore payée.

— Hensberger déteste Boher, mais quoi d'étonnant vu qu'elle ne peut saquer personne ? Bref, elle soupçonne Boher d'avoir dérobé des produits.

— Lesquels ?

— Aucune idée. Boher n'est pas la seule à se servir sans rien dire dans l'armoire à toxiques. A part ça, Hensberger veut que j'intègre son comité de citoyens à la con…

— Fais-le, ne la lâche pas d'une semelle, et démerde-toi pour savoir quel produit Boher a subtilisé. Sinon, demande à Michèle Langet.

— Et, si Langet ne sait rien, qui d'autre peut nous aider ?

— Débrouille-toi, éluda-t-il.

En trouvant que Mangin posait trop de questions.

— Hensberger s'est fait remercier par Simonov, lui apprit-il.

Sophie arqua un sourcil, finement épilé.

— Pourquoi ?

— Elle lui tape sur le système et… mais qu'importe ? Tu dois la revoir quand ?

— Demain, elle veut m'expliquer la démarche des citoyens…

— On s'en fout de ces conneries. L'important, c'est de découvrir rapidement quel produit Boher a piqué.

— Et comment va-t-elle s'y prendre maintenant qu'elle est virée ?

— Ça, Mangin, c'est ton problème, répliqua-t-il.

Horn lui tendit une enveloppe, mais la tint fermement serrée entre ses doigts.

— Une dernière chose, dit-il, en jouant les durs à cuire, Marquèz, qu'est-ce qu'il cherche au sous-sol ?

Sophie haussa les épaules et tira brutalement sur l'enveloppe. Elle compta les billets, et lui rappela que les archives de la morgue y étaient stockées.

— Mais je le sais, espèce d'idiote ! Ce qui m'intéresse, c'est ce qu'il cherche avec autant d'obstination ! Et pourquoi.

— T'as remarqué que je ne travaille plus à l'institut depuis un bail ?

Elle lui promit toutefois de se renseigner, et voulut se lever.

— Tu connais Lou Werfel ? fit-il en l'obligeant à rester assise.

— Pas la peine de me briser le bras. Oui, je la connais, et alors ?

— Elle est proche de Marquèz, tu devrais peut-être lui parler, non ?

— T'as qu'à lui demander toi-même. Je me vois mal…

— Tu fais ce que je te dis de faire, et vite.

Sophie le dévisagea quelques secondes, comme l'on regarde une dernière fois l'endroit où l'on a vécu durant des années, avant de refermer définitivement la porte.

— Boher, elle t'a fait quoi, personnellement, je veux dire ?

— C'est bon, Mangin, dégage, siffla Horn.

Sophie se leva cette fois-ci sans qu'il la retienne, et vida les lieux. Dehors, elle aperçut Mathieu Forest qui garait son scooter.

Mangin l'observa puis enfourcha son vélo, et partit en pédalant à un rythme soutenu pour évacuer colère et peur. Elle n'aurait jamais dû faire confiance à Horn. Plus décidée que jamais, Sophie se donna dix jours pour quitter Strasbourg. Il était grand temps d'aller voir ailleurs.

Dans une petite rue déserte, Mangin sentit que ses pneus adhéraient mal au sol. S'aperçut qu'elle roulait sur un amas de feuilles roussies. Une fine poussière recouvrait le sol, similaire à celle que le vent transporte depuis une plage de sable ou un désert. Pas âme qui vive, même à cette heure où la chaleur était moins forte.

Sophie releva la tête pour inspecter les environs. Des façades d'immeubles aux volets clos, mais aux fenêtres ouvertes, s'échappait une rumeur sonore qui, proche d'un chuchotement, faisait écho au bourdonnement des mouches. Un soleil rouge descendait à l'horizon et se noyait dans l'indigo du ciel. Ce climat lui fit songer à une ville abandonnée juste après une catastrophe, et transforma sa rage contre Horn en un indéchiffrable malaise.

Une fois rentrée chez elle, Mangin prit un cachet pour calmer ses angoisses, un autre pour son mal de ventre, puis se roula un pétard, et alluma la télévision. L'esprit brumeux, elle s'endormit en oubliant les promesses faites à Horn.

*

Anne regagna tardivement son domicile, ouvrit sa boîte aux lettres et se crispa.

> Boher,
>
> Tu rêveras de pouvoir te jeter par la fenêtre et qu'un oiseau passant par là s'empare de ton âme. Mais j'empêcherai ton geste. Je t'inspirerai chacun de tes cauchemars, et te soufflerai des mots qui te hanteront. Bientôt, très bientôt, j'aurai ta peau. Que je clouerai aux murs de mes anciennes lamentations.

Accablée, elle enfouit la missive dans son sac.

A la manière des tueurs en série, son agresseur devait être en phase de décompensation et augmentait la cadence en multipliant les envois. Il venait de frapper deux fois dans la même journée : un coup à la morgue, un coup chez elle.

Assise dans le salon, Anne se savait désormais cernée. Elle se servit un verre d'armagnac et tenta de retrouver sa lucidité de légiste. Relut plusieurs fois de suite la lettre et, décortiquant chaque phrase, s'arrêta sur la dernière : *Que je clouerai aux murs de mes anciennes lamentations.*

Le bruit des ailes déchirées de papillons ensanglantés crissait dans son esprit.

Percer l'abcès… Eradiquer… ASSEZ !!!

Anne inspira profondément, se versa un deuxième verre, avala deux cachets, un pour la migraine, l'autre pour sa main.

Elle repensa à sa conversation avec Michèle Langet, qui ne l'avait menée nulle part. L'infirmière s'était braquée. Langet avait tout d'abord mal réagi à ses questions, coupable de petits coups de canif au contrat, ce qu'ignorait Boher. Puis elle s'était délestée de sa culpabilité sur Boher, laquelle se reprochait depuis d'avoir été odieuse avec celle qui prenait soin de sa mère. A sa place. Anne en était arrivée à la conclusion que l'infirmière n'avait rien à voir avec les poupées. La plupart du temps, elle les découvrait la nuit, ou au réveil.

Anne frémit. Quelqu'un profitait donc de son sommeil pour s'introduire chez elle.

Un verre d'armagnac à la main, pieds nus, elle sortit dans le jardin où l'air était encore chaud. Remarqua que le niveau de l'eau du canal avait considérablement baissé, lequel était déjà à sec en certains endroits ; quant au vert des arbres, il se mâtinait des couleurs d'un automne précoce et dévastateur.

Disparue la douceur du paysage, envolé le bien-être typiquement strasbourgeois, se dit Anne avec l'impression d'avoir du sable au fond de la gorge.

*

Tandis que Boher se dirigeait vers la chambre de sa mère, l'inquiétude au ventre, et l'esprit de plus en plus troublé, Enzo s'arrêtait dans un bar. Installé au comptoir, il commanda une entrecôte saignante, des frites maison, de la salade et un demi, de quoi se retaper après une longue garde éprouvante.

Les conversations roulaient bon train sur les difficultés liées à la chaleur.

— Et le trou de l'atmosphère au-dessus du pôle Sud, hein ?

— Tenez, moi qui suis jardinier à la ville, je peux vous affirmer que des brûlures anormales sur les végétaux se sont produites. On se demande où on va…

— Dans le mur !

— Ouais… bon, en même temps, si on agissait, alors les industriels et les politiques seraient obligés de suivre, car ils dépendent de nous, faudrait pas oublier qui c'est qui vote, hein ?

— D'accord, mais tu crois pas qu'il est grand temps de penser à la planète, non ? Ça peut plus durer comme ça, ou on va tous crever, tu crois pas, Denis ?

— Ouais mon Michel, t'as raison… Va falloir se remuer le cul, voilà ce que je crois, moi, car je n'ai pas oublié la canicule de 2003, conclut Denis.

Qui se tourna vers Marquèz et lui demanda ce qu'il en pensait.

— Halte à la mort par omission, jeta Enzo.

Comme on jette de l'huile sur le feu. Il adorait ces conversations de bar, et attendait toujours avec jubilation de voir jusqu'où les gens iraient dans leurs propos.

— Il a raison ! clama Michel en vidant sa tasse. Mort à la mort !

— Au fait, fit le serveur, on en est où avec *La Traviata* ?

Les têtes penchèrent négativement de part et d'autre. Enzo devina que chacun mourait d'envie d'être le premier à élucider le mystère de *La Traviata*.

— Ben, fit Michel, remarque, si la musique adoucit les mœurs, alors…

— On devrait monter la garde près des écluses. Chacun prendrait un quart, et comme ça, moi j'te le dis, on finirait bien par trouver…

— Et gagner la prime !

— Ouais, imagine un peu qu'un abruti la touche ! s'exclama Denis.

En bout de bar, il lisait le journal.

— Putain ! poursuivit-il, non mais attendez un peu, vous avez lu ça ? Moi là, j'dis qu'on est grave mal barré dans ce pays. Ecoutez un peu ça, les mecs… Le titre : Etre citoyen volontaire, ça veut dire quoi ?

— Que t'es une balance ! un pourri !

— Laissez-moi lire… "Les citoyens volontaires n'ont aucun pouvoir de police, ni aucune prérogative de puissance publique, administrative ou judiciaire. Leurs missions sont occasionnelles et bénévoles, c'est-à-dire non rémunérées", je cite toujours.

— Ouais, encore un journaliste qui prend ses lecteurs pour des débiles ! Non mais c'est vrai, quoi ? Si t'es bénévole, c'est bien que tu touches que dalle, pas vrai Denis ?

— Je peux continuer ? Merci. Alors : "Concernant le recrutement, il suffit d'être âgé d'au moins dix-sept ans et de se rendre dans un commissariat et d'y retirer un dossier de candidature"…

— Moi j'appelle ça de l'embrigadement !

— Ferme-la, Jean-Claude ! aboya le barman.

— "Une commission et une enquête administrative valideront l'engagement de servir pour un contrat d'un an renouvelable tacitement"...

— Putain ! On va où, là, hein ?

— Et, pour conclure, la cerise sur le gâteau, les gars... "Il s'agit ainsi de compléter l'action des forces de police dans le cadre d'une action préventive, et de renforcer les liens entre la police nationale et la population." Alors, vous en dites quoi ?

— Le bordel !

— La merde !

— Faut s'bouger...

— Paraît qu'en Italie, c'est pire !

Marquèz régla, et fila en souriant.

La journée avait été dense et chargée en activités.

D'une part, Enzo avait achevé un travail délicat destiné à améliorer le visage des blessés graves, pour les rendre présentables lors d'une veillée mortuaire ; d'autre part, entre deux urgences, il avait réfléchi, en long, en large et en travers, à ce qui arrivait à Boher. A l'attitude de Corbier, aux poupées et aux menaces reçues.

Une fois chez lui, il eut beau ajuster les morceaux du puzzle dans un sens, puis dans un autre, rien de cohérent n'en ressortit. Uniquement des suppositions, plus vagues ou farfelues les unes que les autres. Marquèz s'écroula sur son canapé. Rêva à nouveau de cet arbre gigantesque constitué de matières organiques humaines. Agité par le vent, l'arbre donnait l'impression de hurler d'incompréhensibles paroles qu'il tentait de déchiffrer. Persuadé de l'importance de ce message. Mais plus il s'approchait et moins Enzo comprenait ce que hululaient branches et feuilles ruisselantes de sang.

*

Lou Werfel en avait sa claque.

De l'hôpital, et de Hensberger qui l'avait harcelée avec une rare virulence. De la chaleur qui la rendait éléphantesque, alors qu'elle pesait quatre-vingt-sept kilos pour moins d'un mètre soixante.

Elle était épuisée par le rythme infernal, et les mille et une choses à faire pour pallier le manque de personnel et de moyens. Pour mettre à l'abri de la chaleur les cadavres qui leur parvenaient d'heure en heure. Mais, par-dessus tout, Werfel ne supportait plus les ragots à propos de Boher.

Après avoir rangé son bureau, Lou décida d'aller boire une bière avant de rentrer chez elle, se doucher et dormir jusqu'au lendemain. Ses allers et retours dans les souterrains, en plus de sa charge quotidienne de travail, entraînaient une diminution sévère de son temps de sommeil. Werfel avait besoin de récupérer. De contenir son excitation, et cette tension qui lui courait sous la peau depuis quelques jours.

Elle traversa le centre-ville, déserté par les résidents qui tentaient d'échapper à la brûlure du bitume. Au reflet aveuglant des surfaces métalliques. La fatigue s'évacuait petit à petit, et Lou se dirigea vers un bar de nuit où elle se rendait parfois. Un lieu qui évoquait plus un bordel qu'un café, et sentait la sueur et le sperme. Paraissait vibrer de la colère et de l'amertume des hommes que les femmes des autres ne regardaient jamais, alors qu'eux louchaient sur leurs corps inabordables. Autant de fantasmes qui les conduisaient à se rabattre sur le seul plaisir qui leur demeurait accessible, et ne se pratiquait que dans la solitude.

Ici, les hommes se fichaient pas mal de savoir si une femme répondait aux critères esthétiques des magazines de mode. Ce qu'ils voulaient, c'était s'envoyer en l'air, le plus vite possible et le plus souvent. Ni chichi, ni drague, et aucuns préliminaires. Franco de port.

Honnête, Lou savait que cette sexualité et cette séduction à deux balles n'avaient aucun sens. L'une et l'autre ne produisaient qu'une stimulation biologique, parfois indispensable pour que le corps exulte, mais qui, si elle y pensait trop, la rapprochait du néant. Le charme restreint de la mécanique des fluides n'était jamais gratifiant à long terme.

Pourtant, ce soir, une fois qu'elle eut poussé la porte, Lou n'eut plus qu'une envie : se tirer au plus vite. L'endroit était encore plus sinistre que d'habitude. Transpirait amertume et désolation. Elle se rabattit sur une brasserie et se posa enfin. Commanda une bière et une assiette de frites, en se disant qu'elle ferait mieux de commencer une diète, et se gaver de salade. Avec délectation, Lou croqua dans une patate tiède et salée, et se mit à réfléchir.

Ses efforts pour paraître plus jolie étaient parfaitement inutiles. Ses cheveux, dont Werfel était pourtant fière, ne tenaient plus en place tant elle suait. Sa peau se dilatait dangereusement, au point que Lou craignait par instants qu'elle ne craque. La friction permanente qu'exerçaient ses cuisses l'une contre l'autre était une réelle souffrance. Toutefois, à la différence des jours précédents, elle n'en concevait plus aucune tristesse.

Lou n'était pas remontée indemne des sous-sols de l'hôpital. Sa découverte avait provoqué un changement d'état d'esprit aussi soudain que profond. Elle ne se sentait pas plus à l'aise dans son corps, et son estime n'avait fait aucun bond considérable en quarante-huit heures, mais quelque chose s'était apaisé. S'était remis en place. A sa juste place.

Envolés la colère et le chagrin. Disparu le désir de vengeance ou celui, coûteux, de vouloir liposucer, aspirer et tailler dans sa chair pour la modifier. Désormais son seul problème consistait à prendre une décision à propos de cette découverte. De ce soulèvement.

Des dizaines de mots lui venaient à l'esprit, et chacun résonnait avec une émotion particulière. Chacun contenait un monde en soi. Sa fabuleuse découverte passait par les sens et non par l'esprit. Par le corps. Le sien. Depuis toujours haï, et qu'elle devrait apprendre désormais à aimer. Pour aller au bout de chaque perception, sensation ou révélation.

Lou se caressait doucement l'intérieur de la paume, réactivant ainsi le souvenir de ces corps qu'elle avait récemment massés. Des chairs constituées de creux, de bosses, de courbes calleuses ou lisses, à la peau étonnamment douce, mais rétive au toucher. Abîmée et fragile, et qui avait pourtant tellement soif de contact. Alors Lou avait entouré ces corps à l'aide du sien, les accueillant comme on envelopperait un être affaibli et frigorifié.

Des corps dont personne n'a jamais pris soin, se dit-elle, émue.

Comme Lou ne voulait pas immédiatement en référer aux autorités, il ne lui restait plus qu'Enzo Marquèz à qui parler. Non pas qu'elle ait besoin d'un conseil, plutôt de confiance et qu'on ne la prenne surtout pas pour une folle. Quel meilleur moyen de convaincre Marquèz qu'elle était saine d'esprit que de l'emmener là où elle s'était égarée ? Au bout du bout de ce monde souterrain qu'elle n'avait pas encore fini d'explorer.

Non loin des écluses, elle attendit que le feu passe au rouge pour traverser. Repensa à ce qu'Enzo lui avait appris à propos de Boher. Aux attaques dirigées chaque jour contre la légiste. Les yeux baissés sur la chaussée, Lou assemblait les éléments disparates d'un puzzle qui prenait graduellement forme. Quand *La Traviata* s'éleva dans la nuit qui ne fraîchissait pas, et roula sur les pavés encore chauds.

Follie ! Delirio vano è questo !
Povera donna, sola, abbandonata
*In questo popoloso deserto**.

Lou oscillait d'un pied sur l'autre, en chantant, galvanisée par la puissance de l'opéra de Verdi. Une fois rentrée, elle était désormais convaincue qu'il lui fallait rapidement parler à Enzo, et l'obliger à l'accompagner en ce lieu qui le terrorisait.

* Folie ! C'est un délire insensé ! / Pauvre femme seule, abandonnée / Dans ce désert populeux.

16

En arrivant à l'hôpital, Enzo se rendit compte que la climatisation était à bout de souffle. Inquiet, il vérifia immédiatement la température de la morgue.

Des hommes et des femmes étaient morts pendant que leurs proches étaient en vacances et il fallait, en attendant leur retour, entreposer et conserver les défunts. Il se souvint de 2003, eut une brève vision des poids lourds garés dans la cour et le parking extérieur, et serra les dents. Aidés des pompiers, des dizaines de soignants s'étaient relayés nuit et jour pour maintenir la température fraîche, à coups de jets d'eau. Afin d'éviter la putréfaction.

Puis Marquèz se mit à la recherche de Boher, s'étonna de ne pas la trouver. Il jeta un coup d'œil à l'agenda, vit qu'elle avait rendez-vous au tribunal pour une expertise, et se mit au travail. Non sans regarder la pile du courrier d'un air préoccupé. Il hésitait entre ouvrir immédiatement chaque enveloppe, quitte à subtiliser toute lettre de menaces, ou attendre le retour d'Anne. Quelle mauvaise surprise allaient-ils devoir gérer aujourd'hui ?

Interrompu plusieurs fois par des brancardiers et des infirmiers qui cherchaient de la place pour entreposer de nouveaux cadavres, Enzo en oublia la pile d'enveloppes. Thierry, un jeune interne, pénétra dans la morgue, visiblement intimidé par les lieux.

— Marquèz, on a trois autres décès, un au deuxième et deux au quatrième. Il te reste des frigos disponibles ?

— Non.

— Et on fait quoi ?

— Tu vois ça avec Lou Werfel, mais à mon avis c'est le moment de réquisitionner des camions supplémentaires.

La température va grimper jusqu'à 48 degrés aujourd'hui. A l'ombre, bien sûr.

— Je… On va quand même pas remplir ces… avec… de…

— Si, on va le faire.

— J'étais pas là en 2003… C'était comment ?

— Horrible, et dément. Tu penseras aussi à vérifier que les dallages autour des camions soient constamment arrosés. Il faut également mouiller régulièrement les allées, pour les patients en ambulatoire et les familles, bref, tu vois ça avec Lou, elle t'expliquera.

— Merde…

Enzo hocha la tête. Que dire de plus, de mieux ? Puisque c'était la merde.

Au bout d'une heure, Marquèz se rendit à la cafétéria, discuta avec une jeune pédiatre qui perdait pied, n'en pouvant plus d'accueillir nourrissons et gamins à deux doigts de la mort.

Avec l'impression d'étouffer, entre le silence abasourdi de certains et la logorrhée des autres, Marquèz opta pour un café à emporter, remonta au septième, croisa Hensberger qui lui prit la tête pour savoir où était Boher. Fourbu, il l'envoya bouler, et se réfugia dans la solitude de la morgue. Rumina un moment, puis rappela Corbier.

— Non. J'imagine qu'elle sera là en début d'après-midi, non, non, au tribunal, l'affaire Caillois-Demis… Tu sais, avec cet avocat qui veut savoir si le cadavre est encore vivant quand on commence une autopsie… Sérieux, Alex, je ne déconne pas… OK, à plus… Quoi ? Non, rien d'autre, ça ne te paraît pas suffisant comme ça ? OK, OK…

Marquèz décida alors de procéder comme il l'aurait fait avec le dossier d'un patient. Il ouvrit un fichier dans son ordinateur, regroupa l'ensemble des données, depuis la poupée dont la réception avait coïncidé avec celle de la dépouille de la jeune Schmitt, jusqu'à la lettre reçue la veille.

Par respect, il n'irait pas fouiner dans la vie intime de Boher, aussi se limiterait-il à l'exploration de son passé professionnel. Il soupira en songeant au dossier 242 qu'Anne lui avait demandé de remonter des archives, et se prépara mentalement à retourner dans les souterrains.

Enzo se doutait bien que Boher ne lui aurait jamais fait perdre son temps sans raison. S'il y avait une affaire à creuser, c'était sans nul doute celle du fou de Blauelsand. Même si aux yeux de tout le monde, à commencer par les siens, cette dernière s'était achevée avec succès. Mais, dans ce cas, pourquoi Anne aurait-elle pris soin d'ouvrir un dossier à l'indexation si particulière sans lui en parler ? Le téléphone l'interrompit.

— Marquèz ?

Enzo reconnut la voix de Simonov et se redressa immédiatement sur son siège.

— Dites-moi, fit Simonov, le docteur Boher a signé une demande d'exhumation des corps des victimes du fou de Blauelsand... Vous pourriez m'en dire plus sur ses motivations ?

Marquèz était soufflé qu'Anne ne lui en ait rien dit.

— Monsieur, c'est avec elle qu'il faudrait en discuter, finit-il par répondre.

— C'est à vous que je le demande, docteur Marquèz.

D'un ton autoritaire, mais qui se voulait encore flatteur.

— Je suis désolé, monsieur, mais...

— Autrement dit, vous n'en savez pas plus que moi. Vous ne trouvez pas que Boher se comporte d'une manière bien étrange ? Entre nous, elle m'inquiète.

Enzo n'eut pas à répondre, Simonov avait déjà raccroché.

Décontenancé, Marquèz rabattit d'un geste lent ses cheveux en arrière et se leva d'un bond.

— A cause du test ADN ? s'écria-t-il. Putain, mais t'es con, Enzo, t'aurais pu y penser plus tôt !

Il y pensait encore quand, désespérée, une infirmière au teint blafard vint le chercher et réclama son aide. Les patients arrivaient par dizaines.

— Tu sais, fit la jeune femme, je crois qu'on est partis pour vingt-quatre heures de folie.

— Ça donne quoi aux urgences ?

— Bagdad, tu connais ?

Enzo hocha la tête. C'était pire que dans ses prévisions. Les efforts déployés par le personnel soignant n'étaient pas relayés par leur hiérarchie, et la colère grondait. Les manifestations s'enchaînaient sur le parvis de l'université, et s'étalaient comme une flaque d'eau jusqu'aux portes de l'ensemble des services hospitaliers. Simonov n'avait encore rien trouvé pour calmer les esprits. En avait-il seulement les moyens ? Marquèz en doutait déjà la veille, et encore plus depuis qu'il avait appris que le ministre de la Santé avait finalement annulé sa visite.

*

Pour la toute première fois de sa carrière, l'irréprochable Anne Boher ne s'était pas rendue au tribunal. N'avait informé personne de son absence, ni même envisagé de décrocher le téléphone, incapable de produire les gestes habituels. Incapable d'arrêter le temps qui filait tandis qu'elle demeurait prostrée dans sa cuisine. Vaste et froide. Désespérante de silence et de solitude. Anne était assise sur une chaise, son sac sur la table, et contemplait les boîtes posées sur les étagères.

Ses yeux se fermèrent malgré elle. Boher retint sa respiration. Lentement, elle souleva ses paupières et soupira de soulagement. La dernière injection de toxine botulique agissait encore.

Luttant contre l'engourdissement qui la maintenait depuis des heures dans cet état second, Anne se leva et se dirigea vers l'étagère. Bloqua son souffle et ouvrit une boîte. Vide. Elle relâcha sa tension. Souleva le couvercle de la deuxième. Egalement vide. Curieusement, cela ne la rassura qu'à moitié.

Si elles ne contenaient rien, pourquoi sa mère les avait-elle donc conservées ?

Néanmoins, Anne se sentit mieux, son rêve n'était qu'un cauchemar de plus, lié à la tension. Ces mots qui lui martelaient l'esprit et ces images de papillons sanguinolents ou gémissants, une autre conséquence du même stress.

Elle se fit un café au lait, prit un Valium, et se sermonna. Il devenait urgent de discuter avec quelqu'un. Mais, chaque fois qu'elle approchait du téléphone, Anne était pétrifiée. Dans l'impossibilité de soulever le récepteur et de composer le numéro de Laure Bellanger.

Anne Boher savait avoir frôlé le *burn-out* quelques heures plus tôt. La terreur l'avait envahie à l'idée que le stress l'ait vaincue et qu'épuisée à l'extrême, elle ne puisse plus se lever. Paradoxalement, cette même terreur avait agi comme un stimulus. Après un temps infini, Anne s'était péniblement traînée jusqu'à la cuisine, où elle s'était laissée choir sur une chaise, hébétée.

Elle rebrancha bipeur et téléphone, et s'obligea à déjeuner. Mangea peu et rapidement, mais se sentit mieux. Elle rendit ensuite visite à sa mère alimentée par une sonde, et tenta de lui parler plus qu'à l'accoutumée. Dans la foulée, Anne téléphona à Enzo, au tribunal et à Corbier. Puis se demanda, étant donné l'heure, où était passée Michèle Langet. L'infirmière aurait-elle mal pris leur brève conversation et décidé d'abandonner sa patiente ? Sans l'en informer ? Au bord de la colère, Anne s'apprêtait à se ruer sur le téléphone, quand elle entendit la porte s'ouvrir et vit entrer Michèle Langet, blême et l'air défaite.

Cette dernière lui raconta qu'elle avait dû se porter au secours d'une jeune sans-abri dans la rue, victime d'un infarctus. Malgré les premiers soins donnés, l'ambulance était arrivée trop tard. Encore secouée, Langet accepta une tasse de café, puis fila voir sa patiente et fit montre d'une rare attention.

Plus tard, lorsque Anne eut le sentiment que les dégâts de la journée n'étaient plus qu'un pâle souvenir, elle décida de contacter Mathieu Forest. Après avoir succinctement rédigé le droit de réponse qu'elle voulait obtenir, qu'elle exigerait par voie de justice si besoin était, son portable sonna.

— Oui, oui… c'est bien moi… Pardon ? Excusez-moi, mais je ne comprends strictement rien à ce que…

— Je vous avais dit, répondit une voix d'homme, très calmement, quand vous êtes venue me trouver, qu'il ne me faudrait pas plus d'une semaine pour réparer vos armes.

Perdue, Anne titubait. Un raz-de-marée s'engouffrait dans sa maison, noyait les fondations qui branlaient soudain dangereusement. Et menaçait de l'emporter.

— Vous… devez faire erreur, non ? finit-elle par demander.

Les mains tremblantes. L'esprit en déroute.

— Vous êtes bien le docteur Anne Boher ?

— Oui…

— Alors, il n'y a aucune erreur. Je vous avais dit que cela ne prendrait pas plus d'une semaine, et vous ne m'aviez pas cru. Mais je tiens toujours mes promesses. Jolies armes de collection, par ailleurs… Pour information, nous sommes ouverts jusqu'à…

Dans un état de stupeur quasi douloureux, Anne n'écoutait plus, abattue par un horrible pressentiment. Le cœur battant à tout rompre, des frissons glacés lui couraient le long du corps. Le téléphone lui glissa d'entre les doigts, tandis que des images cauchemardesques lui traversaient l'esprit.

Lorsqu'elle reprit connaissance, Michèle Langet lui tapotait la main.

— La chaleur, docteur Boher, cette effroyable chaleur qui finira par tous nous tuer, lui dit-elle, à voix basse.

Comme si elle craignait de réveiller les morts, se dit Anne, en se redressant.

Courbatue et migraineuse.

Plus ou moins remise, à la manière d'un automate, Anne Boher se rendit à l'hôpital. Où il régnait, d'un bout à l'autre de l'ensemble des bâtiments, un climat de fin du monde qui la ramena à des impératifs professionnels. Le thermomètre indiquait 49 degrés.

Partout, sur des civières ou des brancards improvisés, des gens présentaient des complications cardiaques ou respiratoires. Partout, le personnel cavalait, pour donner qui de l'eau, qui les premiers soins, se démenait pour secourir les patients. D'heure en heure plus nombreux. Parmi eux, Anne reconnut un citoyen volontaire. Ce qui lui fit immédiatement penser à Hensberger.

Vous auriez mieux fait de vous trancher une main.

Tendue, Anne fixa son pansement, et décida d'en parler à Alex Corbier. Mais pour l'instant il y avait plus urgent. Les ascenseurs étant réquisitionnés pour le transport des brancards, Boher s'engagea dans l'escalier encombré de patients. En nage, elle poussa la porte de son bureau. Les nerfs à vif, Anne rappela le tribunal et convint d'une nouvelle audience, jeta les messages qui émanaient des journalistes, et se mit à la recherche d'Enzo. Lequel s'était échoué à la cafétéria, après avoir passé un nombre d'heures incalculable à aider les urgentistes débordés.

Marquèz allait s'enquérir de son moral, et mettre sur la table l'histoire de la demande d'exhumation, quand il aperçut le chef de la sécurité qui se dirigeait vers eux, accablé par la chaleur.

Ce dernier se laissa choir sur une chaise à côté d'Enzo et, s'essuyant le front, il les regarda tour à tour. Ouvrit, ferma et ouvrit à nouveau la bouche.

— C'est à ne rien y comprendre, lâcha-t-il.

Comme on se confesse. Comme on avoue le pire, en sachant qu'il viendra un temps où tout sera encore bien pire.

— Quoi donc ? fit abruptement Marquèz.

— J'ai visionné les bandes, comme vous me l'aviez demandé, et…

Il se tut. Sortit un mouchoir de sa poche qu'il se passa sur le visage.

— Et vous n'avez rien trouvé, acheva Boher.

D'un ton de voix qui alarma Enzo.

— Voilà, c'est ça, confirma Waltter, c'est exactement ça. Je n'ai rien trouvé, parce qu'il n'y a rien à trouver.

— Vous pourriez être plus précis ? fit-elle.

A nouveau, Marquèz la regarda.

Il avait déjà surpris Boher en train d'élever la voix, ce qui était rare. Il l'avait également vue se mettre en colère, et c'était encore plus rare. Mais cette voix à la fois sourde et vibrante de violence, ça, Enzo ne l'avait encore jamais entendue.

— Plus précis, répéta Waltter, visiblement empêtré. Oui… euh, non… enfin si…

— Oui ou non ? s'énerva Anne.

Le chef de la sécurité s'épongea encore une fois visage et cou, s'humecta les lèvres, vida sa bouteille d'eau, et leur soumit son problème.

— Autrement dit, fit Boher, tendue à l'extrême, vous êtes en train de nous annoncer que quelqu'un se promène dans ces bâtiments sous haute surveillance, si j'en crois le nombre de caméras qu'il a fallu installer ces dernières années, et que ce même inconnu a néanmoins réussi à entrer dans votre bureau, à prendre la cassette vidéo…

Dominique Waltter sentit son mal de tête empirer.

— Pas la cassette…

— Laissez-moi finir, Waltter !

Le silence tomba dans la cafétéria. Certains en conclurent que l'article dans le journal, repris depuis par l'ensemble des médias, devait être pour quelque chose dans l'état de Boher. D'autres songèrent qu'ils l'avaient connue réservée et lointaine, mais que le succès de sa fracassante enquête sur le fou de Blauelsand lui était monté à la tête.

Tous attendaient de voir comment la situation évoluerait, se réjouissant à l'avance du savon que se faisait passer Waltter, catalogué au rang de pauvre type. Ils lui en voulaient de perturber chaque service depuis qu'il était investi d'une mission anti-canicule. Waltter placardait une foultitude de décrets et d'avis qui changeaient d'un jour à l'autre. Les directives tombaient et Waltter courait, aboyait, suait, dictait, transmettait, ordonnait, mais personne n'avait le temps de consacrer une minute à ce déploiement d'énergie jugé inutile.

— Donc, poursuivit-elle, quelqu'un a subtilisé ou effacé la bande. Et il vous a fallu quatre jours pour en arriver à cette conclusion ?

— Ne le prenez pas comme ça, docteur Boher, fit Dominique Waltter, de plus en plus mal à l'aise. Vous savez très bien que nos effectifs sont réduits et que… Mais regardez donc autour de vous ! Quand avez-vous déjà vu un tel foutoir ?

Anne soupira bruyamment, et Enzo ne put s'empêcher de sourire. Finalement, il la préférait en colère et odieuse, plutôt qu'abattue par les événements.

— Vous avez informé Simonov ? voulut-elle savoir.

— Je connais mon boulot, docteur, ne vous méprenez pas. Le problème, ce n'est pas que la vidéo ait…

— Ah bon ! s'exclama Marquèz.

— Cessez de me couper la parole ! Je disais donc que le problème, c'est la manière dont on a procédé pour effacer l'enregistrement, car, voyez-vous…

Boher se leva, puis se pencha vers le chef de la sécurité qui se mit à rougir.

— Le problème, monsieur Waltter, c'est qu'un cinglé se promène comme chez lui dans nos murs.

Elle tendit sa main vers lui, et il passa du rouge au blanc.

— Le problème, monsieur Waltter, c'est que, depuis que ce cinglé circule dans nos locaux comme il lui en prend l'envie, j'y ai laissé une main et cela m'handicape autant que mon service.

— Je sais, docteur Boher, je suis bien conscient…

— J'en doute. Avez-vous contacté Corbier ?

Dominique hocha la tête, essuya la sueur qui lui coulait des tempes à la nuque et se leva à son tour.

Il s'était mis dans de sales draps, et savait ne pas peser assez lourd pour qu'on lui ménage une porte de sortie. Quand il avait trouvé Sophie Mangin dans son bureau en train de pianoter sur son clavier, Jérôme Horn lui avait pourtant affirmé que tout irait bien. Il lui suffisait de fermer les yeux. Ce qu'il avait fait, moyennant 3 000 euros.

Depuis, Waltter s'en mordait les doigts. Mais ce n'était pas une raison suffisante pour que Boher le ridiculise plus longtemps. Elle n'était pas née, la connasse de bonne femme qui lui apprendrait son métier, maugréait-il, sans parvenir à soutenir le regard minéral de Marquèz. Ni celui d'Anne Boher qui s'assombrissait de seconde en seconde.

— Corbier a envoyé l'un de ses hommes, répondit-il enfin. Je vous tiendrai informée, acheva-t-il, très raide.

D'un grognement, il les salua et vida les lieux.

— Tu crois que j'ai été trop dure avec lui ?

— Arrête, Anne ! Tout le monde sait bien qu'il n'en fiche pas une ramée… Ça va peut-être lui donner des ailes, va savoir… Tu as eu le temps de regarder les mots que je t'ai laissés ?

Boher hocha la tête et se gratta la main autour de son pansement. Jeta un regard circulaire sur la salle, mais ne prit pas la peine de saluer ses confrères qui piquèrent du nez dans leur tasse ou leur assiette. Enzo la suivit en marchant la tête haute, conscient de faire l'objet de toutes les attentions.

Qu'ils aillent se faire foutre ! s'insurgea-t-il. Comme si cette connerie d'article tenait la route.

— Dis-moi, demanda Anne d'une voix radoucie, ça ne t'étonne pas, cette histoire de statue brûlée ?

— Les quoi ?

Boher lui expliqua ce qu'elle avait découvert en ville. Enzo n'avait rien vu et Anne lui conseilla de se rendre place Kléber, puis changea de sujet. Aussi mal à l'aise que Marquèz qui ne pouvait s'empêcher de penser que quelque chose clochait.

Dans le couloir, ils virent les gens assis ou étendus à même le carrelage, entendirent siffler des respirations d'asthmatiques, enregistrèrent les peaux brûlées par le soleil. Si quelque chose clochait, songeait Enzo, c'était ici, dans cet hôpital moderne qui affichait des allures d'hôpital du bout du monde. Ils passèrent le reste de la journée à gérer les arrivées de cadavres, et oublièrent les phénomènes étranges ou menaçants qui les perturbaient.

Vers vingt et une heures, Anne accepta un verre de vin et partagea une pizza avec Marquèz. Ils remplirent une multitude de fiches et de dossiers, répartirent les informations par services concernés, sans échanger un seul mot. A intervalles réguliers, Anne ingurgitait quantité de cachets. Beaucoup trop, de l'avis d'Enzo.

Dehors, lorsqu'ils sortirent à vingt-trois heures passées, le thermomètre indiquait 33 degrés. Ils se séparèrent au niveau des grilles, Enzo à scooter, Anne Boher au volant de sa voiture, rassurée ce soir, car elle avait réussi à reprendre le dessus et à travailler. Marquèz la regarda s'éloigner, avec le sentiment qu'il aurait dû la raccompagner. Puis il fila droit sans s'arrêter chez *Yza Belle* ni se rendre place Kléber, et s'endormit tout habillé sur son canapé.

Moins de trois heures plus tard, il se réveilla en sursaut en pensant au courrier qu'ils n'avaient pas ouvert. Il se tourna et se retourna, obsédé par mille et une questions. Par la pile d'enveloppes qui contenaient peut-être une autre poupée ou un indice.

Après avoir avalé un demi-litre de café, Enzo fila à l'institut médicolégal où, les mains gantées de latex, il décrocha le téléphone et gueula tout ce qu'il pouvait pour qu'on aille réveiller Waltter. Ensuite, il patienta durant dix minutes avant qu'un flic le mette en relation avec Corbier.

17

Au même moment, Anne Boher était à genoux sur le tapis de sa salle à manger. Prostrée, et exténuée d'avoir poussé de longs hurlements.

Lorsqu'elle était rentrée, inquiète à l'idée de trouver une lettre ou une poupée, son cœur avait failli lâcher en pénétrant dans la cuisine. Sur la table, bien en évidence, étaient posées les armes de son père. Pantelante, elle les avait rangées dans leur boîte, et avait ensuite allumé la lumière dans le living. Là, Boher était tombée à genoux et s'était mise à hurler comme une damnée. Pour finir par pousser un long râle catarrheux.

Quand elle trouva enfin la force de se relever, Anne arpenta chaque pièce, sauf la chambre de sa mère où elle redoutait d'aller. Aux quatre coins des cent vingt mètres carrés de son pavillon, mutilées, des poupées rousses étaient disposées en des postures obscènes ou grotesques. Hagarde, Anne s'approcha de la baie vitrée qui donnait sur le canal, et se posta face à une énorme poupée. Au corps mou et aux yeux troués. Lui revint alors un souvenir d'enfant. Acculée par plusieurs garçons, elle qui ne savait pas encore bien nager avait failli se noyer dans une rivière. “A l'eau, la rouquine ! Il faut laver la rouquine qui pue !”

D'un geste rageur, Boher arracha la poupée et la jeta dans le canal de l'Ill. Lentement, elle pivota sur ses talons et engloba du regard la pièce. Des poupées étaient clouées aux portes ou aux murs, assises sur le canapé et les fauteuils, ou pendues aux lampes ; d'autres étaient écartelées sur les étagères, les commodes et les tables. Avec un cri quasi bestial, Anne commença à les décrocher frénétiquement et à les balancer par la fenêtre ouverte, avant de réaliser qu'elle était en train de détruire des indices. Boher s'arrêta et se tint les côtes. Essoufflée, et perplexe. Ces poupées lui ressemblaient beaucoup trop. Outre le fait qu'elles étaient rousses, elles avaient toutes eu les yeux crevés ou évidés.

Blépharospasme...

Son harceleur était donc au courant de son problème oculaire. Pensive, Anne se versa un verre d'armagnac. Puis un deuxième. Elle alluma une cigarette, et fouilla à nouveau chaque pièce. Petit à petit, Boher se glissait dans sa peau de légiste. Avec vigilance, elle vérifia les fenêtres et les portes et, passant par la buanderie, inspecta le garage dont la porte principale ne s'ouvrait toujours pas. Ni de l'intérieur, ni de l'extérieur.

En état de choc, mais dotée paradoxalement d'une lucidité qui lui avait fait défaut durant toute la semaine, Anne téléphona enfin à Corbier. Lequel lui apprit qu'il se trouvait à la morgue, en compagnie d'Enzo, où ils examinaient une épaisse enveloppe contenant une perruque rousse. Avec à l'intérieur une inscription au marqueur rouge, MON DÉMON EST LÉVIATHAN, le tout évoquant un scalp fraîchement découpé.

Son cœur s'emballa.

— Merde, c'est qui, Léviathan, déjà ?

A qui fera-t-elle croire qu'elle l'ignore ?

Boher lui annonça qu'elle les rejoignait. Mais, avant, elle voulait s'assurer de l'état de sa mère qui l'avait entendue hurler et tout casser. Corbier lui intima de ne pas bouger.

A trois heures quinze, Enzo et Alex roulaient dans la touffeur de la nuit. Corbier conduisait vite, l'esprit en ébullition. Lorsqu'ils se garèrent, Anne sortait de chez elle. Abritée par un angle de mur, une ombre l'observait. Souriait à la lune, car l'inquiétude se lisait sur le visage d'Anne Boher. Une satisfaction de courte durée. Boher transpirait la peur, mais aussi la détermination. Même de loin. Même en pleine nuit. Ce qui n'aurait pas dû être le cas. Anne Boher n'aurait dû être que terreur et déroute. Angoisse et désolation.

Puis le sourire revint aux lèvres de Sophie Mangin. Les fenêtres de la maison des Boher étaient ouvertes quand la légiste avait découvert les poupées déposées par ses soins.

Sur ordre de Jérôme Horn. Et Mangin l'avait entendue hurler à s'en déchirer les cordes vocales. Elle s'éloigna, satisfaite.

Demain serait un jour de pure terreur.

Demain, Anne Boher en aurait fini de tout contrôler, les événements comme les humains. Les vivants comme les morts. Le passé comme le futur. Demain, ce qu'Anne Boher savait, et qui mettait en péril la crédibilité de personnes bien plus estimables qu'elle, ne constituerait plus un problème. Cent mètres plus loin, Sophie Mangin râlait à voix haute contre Horn qui n'avait pas voulu lui révéler en quoi Boher était une gêne. Une menace, se dit-elle en se dirigeant vers son minable studio.

Passablement ivre, Anne leur expliqua la situation.

L'escalier était envahi de poupées et Alex Corbier eut l'impression de marcher en plein cauchemar. Dans la salle de bains qui communiquait avec la chambre de Boher, il découvrit une fausse tête aux cheveux roux maculés de rouge qui gouttaient dans le lavabo. Alex sortit précipitamment de la pièce, et renvoya Anne et Enzo au rez-de-chaussée. Appréhenda la situation comme s'il s'agissait d'une scène de crime et demanda à l'un des techniciens du SRPJ de sortir de son lit au plus vite.

Puis il rejoignit Boher et Marquèz qui préparait du café, ce dont il lui fut reconnaissant. Le jour se levait, s'annonçait long et morose. Mais toujours aussi caniculaire, s'il en croyait la couleur du ciel et l'air tiède qui passait par la fenêtre ouverte.

— Et si on récapitulait ? proposa-t-il.

En s'affalant sur une chaise.

— Tu commences, Enzo. Ça dure depuis combien de temps ? Et soyons précis, s'il vous plaît. Anne, ça va aller ?

Elle opina, son mug de café aux lèvres, les yeux cernés de noir, avec au fond de ses iris bruns une lueur inquiétante. Qui s'allumait, s'éteignait, s'allumait.

Alex Corbier détourna la tête.

— Vas-y, Enzo.

— Tout a démarré le jour de l'autopsie de Véronique Schmitt. Lundi dernier. Nous sommes samedi, c'était il y a six jours.

— Tu es certain qu'il n'y a rien eu avant ?

Marquèz prit le temps de réfléchir.

— Je ne vois rien d'autre. Mais un fait antérieur n'est pas à exclure.

— Quel lien entre ce viol déguisé en meurtre... A propos, l'oncle est en garde à vue... Bref, quelle relation entre Schmitt et les poupées ?

— Aucune, c'est simplement arrivé le même jour.

— Bon, ne pense pas aux événements les plus... marquants. Utilise ton cerveau de légiste. Ausculte chaque pièce du puzzle. Chaque fibre. Et toi, Anne ?

Dans le brouillard qui s'épaississait sous son crâne, des idées fluctuaient, instables. L'image d'un papillon, immense et roux, s'imposa à son esprit. En sang. Cloué à un mur de pierres blanchies par le soleil.

— Anne ? fit Alex, élevant légèrement la voix. Tu m'écoutes ?

Blême, cette dernière avait les yeux profondément enfoncés, creusés par l'épuisement. Elle se contenta de hocher la tête, doucement, car la migraine ne la lâchait pas. Distraitement, Anne jouait avec son pansement. Elle fit un effort pour réintégrer la discussion, tenta d'organiser ses pensées qui lui donnèrent à nouveau l'impression de ramper dans son cerveau. Une reptation où elle perdait un mot sur deux. Boher se massa les tempes. Vida sa tasse de café et se resservit. Avala plusieurs cachets, sous les regards inquiets de Corbier et Marquèz.

— Enzo se trompe, déclara-t-elle d'une voix lasse. Il t'a dit ce qu'il savait, mais il ne sait pas tout.

Anne soupira bruyamment, repoussa de son front sa frange, les dévisagea tour à tour et poursuivit.

— En réalité, ça dure depuis bien plus longtemps. Des semaines... des mois, février ou mars, je crois...

Sidérés, les deux hommes voulurent l'interrompre, mais Anne les en empêcha. Elle était enfin lancée et leur raconta tout.

— Mais pourquoi n'avoir rien dit ? demanda Corbier, troublé. Pourquoi tu n'as pas porté plainte ou...

— Ecoute, je suis légiste, alors des menaces, j'en ai déjà eu mon content. Souviens-toi, pendant et après l'affaire du fou de Blauelsand, je recevais régulièrement des coups de téléphone anonymes, des lettres d'injures et même des “petits cadeaux” malintentionnés. J'ai géré, Alex. Je ne t'ai pas appelé chaque fois, sinon… Alors, j'ai agi de la même manière. Et puis je ne vais pas me réfugier au poste de police dès qu'un citoyen me prend pour cible de ses angoisses ou délires !

— Permets-moi de trouver la situation bien plus grave, répliqua-t-il, mal à l'aise. Des gens pénètrent chez toi, Anne. Avec ta mère qui ne peut pas se lever, tu n'as pas l'impression d'avoir pris un sacré risque ?

Non sans se demander comment quelqu'un avait pu s'introduire dans la maison d'Anne Boher.

— Je suis d'accord, Alex, j'ai… Bon, je me suis plantée, je ne pensais pas que ça prendrait de telles proportions, et pour maman…

Sa voix se brisa.

Jusqu'où avait-elle mis sa mère en danger ? Boher pensa alors à Laure Bellanger, regrettant de ne pas avoir trouvé le courage de lui téléphoner. Quel autre risque avait-elle pris sans en avoir pleinement conscience ?

Silencieux, Enzo réfléchissait.

Les aveux d'Anne l'avaient estomaqué, mais plus encore il était foudroyé de l'imaginer se débattre depuis des mois, seule, au milieu de ce cauchemar. Il soupira, lâcha une bordée de jurons, se versa du café et alluma une cigarette.

Alex voulut savoir qui avait les clés de chez elle, et leur expliqua comment il allait procéder. Tout d'abord, il interrogerait l'infirmière Langet, puis il mettrait mère et fille sous protection. Ensuite, il vérifierait le système d'alarme, mais laisserait la porte du garage condamnée pour l'instant.

Abattue, Boher agréa toutes ces suggestions.

— Anne, fit-il, pourquoi as-tu demandé une exhumation ?

— Je veux un deuxième test ADN.

— Mais pourquoi ? Tu… Y a-t-il un lien avec ce qui t'arrive ?

— En tout cas, j'ai l'impression qu'on tente de nous le faire croire. A cause du contenu de l'article, quelque chose me gêne dans ces attaques, sinon quel besoin ce Forest a-t-il eu de ramener cette affaire sur le tapis ?

— N'oublie pas, intervint Enzo, ce connard de Horn qui revient bien étrangement à la charge.

Corbier hocha la tête. Il n'oublierait pas Horn qui lui avait tapé sur les nerfs pendant l'enquête du fou de Blauelsand.

— Donc, poursuivit-il, à l'époque, nous partions de ce qui était visible, et qui aurait dû produire un ensemble logique. Alors même que l'assassin, lui, ne regardait pas ces choses sur lesquelles nous nous arrêtions, pour la simple raison qu'il ne les considérait pas comme des indices. Il tuait, il découpait, il enterrait ses victimes. Point barre. Si le Rhin n'avait pas rejeté les corps, il n'y aurait peut-être jamais eu d'affaire et toi, Anne, tu n'aurais jamais identifié ces fragments d'os, de fossiles ou de plumes, et de matières en provenance de l'étang. Ce dingue laissait plus de traces qu'un clebs en chaleur !

— Bon, et ça nous mène où, Alex ? s'impatienta Marquèz.

— On devrait... non, on doit procéder à l'identique. Chercher ce qui est invisible.

— Et comment ? gémit Anne.

— Il faut partir de ce qui est visible, comme toujours. Pour mieux l'écarter ensuite.

Enzo et Anne s'entre-regardèrent, songeant à la même chose. N'était-ce pas précisément ainsi que procédait un légiste ?

— La situation est quand même différente, lui fit-elle remarquer.

Songeuse tout d'un coup.

Bélial se trompe !

Un souvenir remuait depuis le fin fond de sa mémoire, mais elle ne parvenait pas à le faire remonter à la surface.

Lucifer doit se méfier !

— Mais de qui ! s'exclama-t-elle.

Enzo se retint de se tourner vers Corbier.

— Désolée, je pensais à voix haute, fit Anne.

Qui se voulait rassurante.

Aucun des deux hommes ne fut dupe. Surtout pas Enzo qui se souvint qu'Anne s'était déjà exprimée de cette façon, aussi étrange que troublante. Mentalement, il se fustigea de ne pas avoir vérifié cette histoire de statue place Kléber, et commença à se dandiner sur sa chaise. Impatient et inquiet. Pourquoi Boher ne parlait-elle pas à Corbier du dossier 242 ?

Son portable sonna. Corbier s'excusa et s'éloigna.

— Anne, fit Marquèz, à voix basse, le dossier 242…

— Je suis désolée, Enzo. Je ne t'ai même pas informé pour l'exhumation.

— Simonov m'a téléphoné, il voulait savoir pourquoi, bizarre, non ?

Boher haussa les épaules et lui relata son altercation avec Simonov.

— Tu es bien certain d'avoir tout fouillé ? reprit-elle.

— Non, avoua-t-il, je… mais je vais y retourner.

Comment lui dire à quel point il redoutait ces lieux humides, propices à réveiller ses peurs d'enfant ?

— Pourquoi est-ce si important, maintenant que tu vas exhumer les corps ?

Anne soupira et lui expliqua qu'elle avait consigné des observations en rapport avec le premier test ADN, ainsi que sur plusieurs aspects restés non élucidés. Cet anonymat, entre autres, qui reliait les victimes à leur bourreau.

— Je voudrais pouvoir comparer les données d'hier avec les prochaines.

Il hocha la tête. Les remarques *post mortem* datant de deux ans se verraient peut-être éclairées autrement.

— Je m'occupe de ce dossier.

— Merci, Enzo.

Boher se retint de fermer les yeux. Revit mentalement le lac de Blauelsand, traversa à nouveau la forêt, et déboucha sur le cimetière. Croisa le regard du fou.

— Désolé, fit Corbier. Bon, reprenons. La situation est effectivement différente, mais seulement en apparence, Anne. De toute façon, ce qui ne change jamais dans ces affaires, c'est la question du mobile. Soit il existe, soit on a affaire à un cinglé qui organise ça… juste parce que son cerveau de malade mental lui suggère de le faire. Mais…

— Tu n'y crois pas, conclut Boher. Et moi non plus. Il y a plus de folie ici qu'au service psychiatrique, que ça en devient suspect !

— Trop d'effets tuent l'effet, murmura Enzo.

Mais tous l'entendirent.

— Exactement, confirma Corbier. C'est exactement ça ! Donc il y a forcément un mobile que l'on tente de masquer. Qui peut en avoir après toi ?

— La moitié de la ville, répondit Anne, sans ironie.

— Sauf que, si l'on met bout à bout les éléments, Alex, ça ne nous mène nulle part, fit Marquèz en s'étirant. Je m'en suis déjà occupé.

Elle sait pourquoi ! Lucifer le sait !

Boher pria pour que ce bruit dans son esprit cesse, pour que les roulements de tonnerre et les éclairs disparaissent. Mécaniquement, elle se frotta l'arrière du crâne. Longuement. De plus en plus fort.

— C'est peut-être précisément ce qu'on veut nous faire croire, lâcha-t-elle.

Anne se leva et leur prépara un solide petit-déjeuner. Elle tenta d'attraper ce fil de mémoire qui résistait à se dévoiler.

— Tu peux répéter ? fit Corbier.

— Tu as parfaitement bien compris. Retour à la case départ, Alex. Ce malade veut nous faire croire qu'il n'a pas de mobile, que tout ce cirque n'est que folie désordonnée. Eh bien, moi, je n'y crois pas !

Enzo sursauta, désorienté par la violence d'Anne, que les derniers événements ne justifiaient qu'en partie. C'était un légiste qui avait l'habitude de l'étrange et des défis. De la mort.

— Et qu'est-ce que tu crois ? fit Alex.

Avec beaucoup d'attention dans la voix.

Trop, se dit Enzo qui s'approcha de Boher, à qui il tendit une cigarette. Puis il lui prit la poêle des mains, battit les œufs, fit revenir du bacon, découpa du fromage et coupa des fruits en tranches.

— Je crois que quelqu'un est fermement décidé à me rendre folle, de terreur, de douleur, de… mais que ce quelqu'un prépare autre chose. Alex, on veut m'acculer, me pousser dans mes retranchements. On veut me faire perdre la face à l'hôpital, auprès de Simonov et de mes confrères, on veut salir mon image…

Elle sait qu'ils veulent l'écarter… à cause de Bélial…

— Merde ! On veut m'empêcher de pratiquer, et j'ignore pourquoi !

— A cause du fou de Blauelsand, lâcha Marquèz.
— Non, Enzo, c'est impossible. Voilà des mois que ce harcèlement dure, et je n'ai pris la décision de rouvrir ce dossier que ces jours derniers.
— Pourquoi ? redemanda Corbier. J'insiste, Anne, mais je n'arrive pas à comprendre ce qui te motive.
— Pour aller au bout des choses, Alex. Pour m'enlever un doute persistant. Pour comprendre.
— Mais quoi donc ?
Un élancement lui laboura le crâne et l'empêcha de répondre.
— Anne ? insista Corbier. Pourquoi ?
— Pour ma conscience, Alex. Pour... Merde, j'en sais rien, j'ai seulement la conviction que je dois le faire. Ça m'obsède depuis l'incarcération du fou. Depuis le résultat négatif du test ADN, depuis...
Parle-lui des armes, se dit-elle, énervée contre elle-même. Mais pourquoi gardes-tu le silence, Anne, bon sang ! Pourquoi ?
Hantise. Perce l'abcès. Perfidie. Toxique.
Bruit de battement d'ailes de papillon.
Jette-toi par la fenêtre, Lucifer ! Enfonce la lame jusqu'au cœur.
Bruit du marteau tapant sur les clous.
Eradique. Cautérise la plaie ou meurs.
Bruit de la pierre qui craque sous le soleil, du sang qui goutte et s'évapore.
Jette-toi par la fenêtre, Bélial.
Vision d'un mur couvert de taches multicolores.
Elle le sait, et tu le feras.
Elle les planta soudain, et sortit en courant de la cuisine.
Corbier et Marquèz se regardèrent, sans savoir quelle attitude adopter. Puis Alex se dirigea vers le couloir, au bout duquel une porte était entrouverte. Silencieusement, il passa sa tête dans l'entrebâillement, entraperçut Emmi Boher allongée sur son lit, et sa fille à ses côtés. Recueillie.
Indécis, Corbier s'éloigna et rejoignit Enzo qui attaquait son omelette.
— Désolé, mais je suis grave affamé.
Alex s'assit, se servit une tasse de café et alluma une cigarette.

— Tu ne la trouves pas bizarre ?

— Avec ce qui se passe, je dirais qu'elle tient plutôt bien le coup.

Enzo prenait la défense de Boher, comme une louve défend ses petits. Ce qu'il n'avait pas accompli avec son père, il était prêt à le réaliser dix fois pour Anne Boher. Pour équilibrer la balance, et se débarrasser de sa culpabilité. Pour tout ce qu'Anne avait fait pour lui.

— Ne prends pas la mouche, répliqua Alex. Elle n'est pas comme d'habitude, je veux dire, même quand elle est sous tension, comme dans l'affaire Blauelsand, elle garde la maîtrise…

— Tu as vu ce qu'on endure à l'hôpital depuis que…

— Enzo, merde ! Anne est en train de péter les plombs, pourquoi ne pas l'admettre ?

— Alors toi, tu te tires en vacances, tu passes à côté de tout pendant huit jours mais, quand tu rentres, tu sais mieux que personne ce qui se passe !

La colère pour contrer l'impuissance, se dit Corbier.

— Crois-moi, elle a une inquiétante lueur dans les yeux, penses-y, Marquèz, et prends soin d'elle.

Il se versa un autre café et alluma une énième cigarette.

Dire qu'il avait arrêté pendant dix ans ! Le café et le tabac. Il n'avait pourtant pas évité la tumeur qui s'était substituée à son vieil ulcère. Alors, il avait tout repris, contre l'avis de son médecin, de sa famille et de certains de ses collègues qui, eux, carburaient sans complexe à la coke. Depuis, il se sentait mieux. A quarante-huit ans, il courait ses quinze kilomètres sans cracher ses poumons, nageait et pratiquait la boxe deux fois par semaine.

Il s'estimait en excellente condition physique, et s'autorisait à fumer ses deux paquets de clopes par jour. Seule la nourriture lui posait problème. Depuis la fin de son traitement, il ne supportait plus grand-chose de solide. Et les odeurs de cuisine l'écœuraient au point de le rendre anorexique.

Anne les rejoignit au bout d'une demi-heure, s'installa à côté d'Enzo et mangea. Corbier eut soudain l'impression, bien que diffuse, que quelque chose avait changé. Boher ne dégageait plus la même aura, ce mélange d'inquiétude et de lassitude. Elle paraissait soudain très calme. Pas absente, mais étrangement détachée. Que s'était-il passé entre elle et sa mère ?

Quand Anne leur annonça son départ pour l'institut médicolégal, Corbier suggéra qu'elle en faisait peut-être trop. Avec toutefois le sentiment que son travail la maintenait en équilibre. Il regarda sa montre, et leur demanda d'attendre encore un peu.

— Le temps que le facteur passe, précisa-t-il.

Anne hocha la tête.

Elle a l'air presque détendue, se dit-il, à nouveau perturbé par l'attitude de Boher.

Non sans jeter un regard à Enzo qui ne fit aucun commentaire, mais n'en pensait pas moins. Corbier avait raison, il ne pouvait plus nier l'évidence.

S'il n'y avait rien dans la boîte aux lettres de Boher, il en fut autrement dans celle d'Enzo.

> Marquèz,
>
> Tu ignores que je glisse mes pas dans les tiens, me fonds dans ton ombre et t'épouse, toi, le valet qui va perdre sa reine. Souviens-toi du pendu qui tressaute au bout de sa corde. Tes jours sont désormais comptés. Je te promets l'enfer, le sang et les larmes des damnés qui se savent condamnés à l'errance éternelle.

Corbier fixait la boîte aux lettres d'Enzo, pendant qu'une chape de plomb lui tombait dessus.

Il fit le nécessaire pour mettre Marquèz et Boher sous protection. S'il y avait un endroit où le personnel ne manquait pas, c'était bien dans la police et la gendarmerie qui recrutaient à tour de bras. Lorsqu'il raccrocha, Alex tanguait entre fureur et abattement. On venait de lui signifier qu'il n'y aurait aucun policier de disponible avant lundi, en raison des congés d'été.

Le temps de mourir dix fois par jour ! s'insurgea-t-il.

Corbier croisa le regard de Boher, et se sentit mal à l'aise.

— Ça va, Anne ? s'enquit-il.

— Bien sûr que non, Alex. Je... je ne me suis jamais sentie à ce point vulnérable. J'ai... Il y a une chose dont je ne t'ai pas...

Elle doit se méfier !

Corbier attendit, enregistra la tension d'Enzo qui ne lâchait pas sa patronne des yeux.

— Non, rien d'important, fit-elle, on verra ça plus tard.

Il insista, et Anne se défila en se rabattant sur le problème que lui posait Ingrid Hensberger.

— Ça pourrait être sérieux, Alex, intervint Enzo, elle fait partie des citoyens volontaires, tu sais, tes nouveaux amis...

— Drôle, Marquèz...

Alors que Corbier sentait son moral chuter à toute vitesse, une sirène leur déchira les tympans.

— C'est quoi ça ? fit Enzo, en se bouchant les oreilles.

Alex lui expliqua les nouvelles directives mises en place depuis la veille. Chaque fois que le niveau d'alerte dépassait 5, la sirène se déclenchait pour informer les habitants et les services impliqués par la gestion de la canicule. Afin que les gens évitent de sortir.

— Bizarre que tu ne sois pas au courant, conclut Corbier. L'hôpital a pourtant reçu des consignes.

— Waltter nous assomme de décrets dix fois par jour, fit Anne, le regard soudain vitreux.

— C'est ridicule ! s'exclama Marquèz. On est à l'époque du satellite et des nanotechnologies, et...

— Je sais, Enzo, je sais bien. Tout le monde est dingue, qu'est-ce qu'on y peut ? Bon, on va à l'hosto, il faut que je parle à ce connard de Waltter.

Peu convaincu par la diversion Hensberger qu'il considérait comme du menu fretin, Alex prit Anne par le bras et l'invita à se confier. Il rangea néanmoins dans une case de son cerveau le cas Hensberger, en attente de vérification.

Elle doit se méfier... de tous !

Boher hésitait à lui raconter l'incompréhensible coup de téléphone de cet armurier qu'elle ne connaissait que de nom, et chez qui Anne était certaine de n'avoir jamais mis les pieds.

A moins que...

Boher se figea, porta ses mains à ses yeux qui venaient de se fermer brutalement.

A moins qu'elle ne soit complètement folle.

— Elle…

— Anne ? fit Corbier, inquiet.

Elle rouvrit les yeux et soupira de fatigue. De ras-le-bol.

— Ça va, juste une migraine épouvantable.

Ils marchèrent lentement jusqu'à la voiture de Corbier, quand Enzo balança une excuse bidon et annonça qu'il les rejoindrait plus tard. Il enfourcha son scooter, coula un regard en direction d'Alex et d'Anne, laquelle paraissait avoir vieilli de dix ans. Serra les mâchoires et démarra en trombe. Une fois place Kléber, Marquèz freina devant la statue et l'observa longuement. Elle était comme il l'avait toujours connue. Laide et imposante, mais certainement pas dégradée ou brûlée comme l'avait indiqué Boher. Et encore moins peinte en bleu.

— Elle s'est peut-être trompée de statue, marmonna-t-il, perplexe.

En se demandant à quoi se shootait Anne depuis quelques jours.

18

Malgré son état, à peine arrivée à l'hôpital, Boher prit le temps de discuter quelques instants avec Branko qui en sortait, avant de se diriger vers la morgue, l'air grave. Corbier ne la lâchait pas d'une semelle. Tour à tour, il invectivait ses hommes au téléphone ou Dominique Waltter.

Lou eut la tentation d'enfiler ses pas dans les leurs, mais se retint et, pénétrant dans le hall des urgences, elle remonta un long couloir. Se fondit à travers le cortège d'infirmières qui s'activaient à tous les étages, et se dirigea vers le bureau d'Ingrid Hensberger. Qu'elle trouva en train de remplir un carton de ses affaires personnelles.

— Vous partez ? fit Lou.

Hensberger la fixa longuement. Elle hésitait à se confier. Mais puisqu'elle n'avait rien à perdre, ayant d'ores et déjà tout perdu, elle pouvait bien s'épancher auprès de son assistante.

— J'en ai assez d'être traitée comme… comme…

— Une merde, Ingrid. C'est bien ainsi qu'on nous traite, comme des merdes. Que vous arrive-t-il ?

Ingrid reposa un cadre qui contenait la photo de deux jeunes garçons bruns, en costume et cravate bleu marine, et planta son regard dans celui de Werfel.

Qu'est-ce que ça peut bien lui foutre ? se demandait-elle, au bord de l'explosion depuis sa récente engueulade avec Simonov. Sans parler des regards faussement affligés que lui avait adressés Mireille Audran.

Hensberger se mordit durement les lèvres, et songea que ce laideron de Werfel serait bien content de lui piquer sa place.

— Contrainte aux vacances… Il paraît que je fais mal mon travail, voilà ce qu'il se passe. Cette sal… Boher prélève des produits sans émettre de bon, et c'est moi qui trinque. Tu peux me dire ce qu'elle peut bien faire avec du sufentanil ! Depuis quand les morts ont-ils besoin d'un anesthésiant… Tu vois, mon p'tit, c'est toujours pareil, l'histoire du pot de fer et du pot de terre, c'est toujours le plus haut placé qui l'emporte !

Lou s'était raidie en entendant sa supérieure l'appeler “mon p'tit”. Elle détestait ça. Et tout autant le regard qui allait avec ce type de réplique condescendante. Werfel n'en revenait pas qu'Ingrid se plaigne, elle qui tyrannisait son équipe. De qui se moquait-elle donc ?!

Néanmoins, Lou afficha son plus chaleureux sourire, et offrit la vision d'une jeune femme compatissante.

— Oh, et puis, poursuivit Hensberger, ça me reposera de quitter le navire, on va tous finir fous à lier à ce rythme.

— Excusez-moi, Ingrid, d'être aussi directe mais, et moi ? Enfin, je veux dire, quelqu'un va vous remplacer ? On vous a dit quelque chose ?

Hensberger la regarda de travers.

Elle n'aimait pas Werfel, et pas plus les jeunes qui entraient dans la profession, dénués selon elle du feu sacré indispensable à leur métier.

— J'imagine que tu le sauras rapidement. Ils ne m'ont rien dit, à part : Ramasse tes affaires et tire-toi. Pas un mot de plus, même pas un merci pour les dix ans de services rendus… Remarque, quoi de surprenant venant de cette peau de vache d'Audran ! Méfie-toi d'elle, Werfel, Audran est retorse, une opportuniste qui se croit tout permis parce qu'elle travaille pour Simonov.

Lou hocha la tête, sans préciser qu'elle appréciait beaucoup Mireille Audran.

— Un dernier conseil, Werfel, annule tes projets de sorties pour ce week-end. Ils ont annoncé que la température se maintiendrait autour de 48 degrés, ça va être l'enfer. Enfin, à tout malheur il y a un bon côté, au moins, je serai tranquille chez moi… eh bien, je crois que j'ai tout… au revoir.

— Bonne chance, répondit Werfel.

Lou lui sourit, en priant qu'elle se fasse renverser par une voiture à peine franchies les grilles de l'hôpital.

Puis elle se désintéressa du sort de Hensberger. Avec un peu de chance, son poste lui reviendrait. Qui allait s'occuper d'un recrutement en ce début de juillet caniculaire ?

*

Ensuqué, Enzo se rendit à la cafétéria, bavarda avec les uns et les autres.

L'estomac noué, il rejoignit le septième étage et pénétra dans le bureau d'Anne Boher. Jeta un regard circulaire. La pièce était petite, étouffante. Les étagères débordaient de dossiers, rapports d'autopsie et notes de service. Les murs n'avaient jamais été décorés, et aucune photo ni aucun objet personnel n'était visible. Enzo alluma l'ordinateur, ouvrit les tiroirs, trouva des comprimés pour le mal de tête et la nausée, du courrier qui n'avait même pas été ouvert, une petite poupée, hideuse avec ses yeux crevés et maculée de faux sang. Aucun document personnel. Sauf une enveloppe scellée sur laquelle était indiqué "A n'ouvrir qu'en cas de décès", qu'il n'osa pas toucher.

Il avisa une armoire posée à même le sol, qui devait sans doute contenir des produits dangereux. Fermée à double tour. Dans un tiroir, il prit un trousseau comprenant une dizaine de clés, mais aucune n'ouvrait l'armoire. Il s'assit, entra le code d'accès d'Anne Boher et farfouilla dans son ordinateur. Là, il comprit qu'il en aurait pour plusieurs jours à tout étudier, et qu'il n'avait pas ce temps à sa disposition. Au bout d'une demi-heure, n'ayant rien trouvé de particulier, Marquèz retourna dans la chambre funéraire, en se demandant où était passée Anne.

Laquelle s'agitait dans un demi-sommeil, lourd et pénible, dans un recoin de la morgue.

Après avoir quitté Corbier, elle avait subitement ressenti une pression au niveau cardiaque, une douleur intercostale qui révélait un stress inquiétant. Sans rien dire, Boher avait pris un calmant et s'était allongée, à l'abri des regards. Pour sombrer dans un sommeil profond.

Péniblement, Anne réussit à ouvrir les yeux, et comprit ce qui l'avait sortie de son état quasi comateux : on l'appelait à l'interphone. Elle s'aspergea le visage d'eau et quitta la pièce.

D'étages en couloirs et jusque dans les salles, les malades s'entassaient. Anne découvrit que la climatisation fonctionnait de plus en plus mal. Il y avait une moiteur inhabituelle pour un hôpital, et une légère odeur putride. Pas à même de perturber l'odorat d'un médecin légiste, mais suffisamment perceptible pour alerter le personnel soignant et les patients.

Le tiers-monde, songea-t-elle, choquée d'avoir une telle pensée. On dirait… qu'une catastrophe s'est abattue sur la ville.

Pas après pas, Boher remontait le moral des uns, bandait les autres, posait un pansement, nettoyait une plaie qui n'arrivait pas à cicatriser en raison de la chaleur. Elle s'approcha d'une petite fille, très pâle et apeurée, se baissa pour lui parler. Réprima un mouvement de recul en apercevant la poupée que l'enfant serrait contre son ventre. Le front en sueur, Anne déglutit avec difficulté. L'ausculta rapidement, interpella une infirmière et, pantelante, s'éloigna.

Pas après pas, Anne Boher se sentit dépassée par l'ampleur des besoins et la pauvreté des moyens. Elle s'impliquait à secourir et à aider et, paradoxalement, elle se sentait de moins en moins concernée. Une partie d'elle accomplissait les gestes utiles et adéquats, instinctifs au bout de douze années de pratique ; une autre se déconnectait, se mettait à distance de tout ce qui advenait.

— Docteur Boher !

Anne se tendit, prête à craquer. Sans se retourner, elle acheva un bandage, prononça quelques mots de réconfort à la vieille femme brûlée à l'épaule après s'être appuyée au montant métallique d'un abribus, et se redressa pour affronter Ingrid Hensberger.

— Mais qu'est-ce que vous faites ? s'exclama cette dernière.

Outrée. Scandalisée.

— Mon métier, siffla Anne.

Glaciale. En colère.

— Votre… Mais…

— Mais quoi, Hensberger ? Quoi donc ? Regardez autour de vous, et laissez tomber vos grands airs ! Nous ferons le point sur les questions de règlement une autre fois… pour l'instant, ces gens ont besoin que l'on s'occupe d'eux, c'est bien pour ça qu'ils sont ici… mais regardez donc, Ingrid, on se croirait dans les rues de Calcutta ! Alors, remuez-vous au lieu de me…

— Vous n'êtes pas…

— Quoi ? Vous croyez que, parce que je m'occupe des morts, je ne sais pas m'occuper des vivants ? Seriez-vous stupide en plus ?

En plus de quoi ? se demanda Hensberger, en serrant les mâchoires. En plus de quoi ?!

Boher s'aperçut soudain que tout le monde se taisait et les regardait. Elle regretta un instant de s'être emportée, invoqua la chaleur et la fatigue, quand Ingrid l'interrompit froidement.

— Gardez ça pour Simonov et vos amis les pontes. Si vous croyez que je ne vois pas clair dans votre jeu !

Anne ressentit alors une antipathie terrible à l'égard de Hensberger. Une envie quasi irrépressible de la gifler. A vouloir l'en faire tomber à terre. Pour mieux la bourrer de coups de pied. Sa colère claqua dans l'immense couloir du cinquième, balaya tout sur son passage.

— Mais vous voulez quoi, Ingrid ? Que je passe devant tous ces pauvres malheureux en les ignorant ? Vous me croyez donc si incompétente…

— Je ne crois rien. Et je m'en fiche !

— Je n'en attendais pas moins d'une citoyenne volontaire, plus intéressée à jouer les redresseurs de torts qu'à sauver des vies !

Ingrid pâlit brutalement.

— Madame Hensberger ! cria une voix au loin.

Les deux femmes se tournèrent et virent Simonov qui remontait le couloir à grandes enjambées.

— Qu'est-ce que vous fichez encore ici ? s'exclama-t-il. Je vous rappelle…

— Je sais ! coupa Ingrid, le teint cireux. Je partais, monsieur.

— Anne, nous devons parler, peux-tu me rejoindre dans mon bureau…

Simonov regarda sa montre, puis Hensberger qui s'éloignait.

— … disons dans une heure. Elle est virée, au cas où tu serais la seule à l'ignorer.

Il repartit comme il était arrivé, furieux et pressé.

Encore sous le coup de la colère, Anne rembarra Jérôme Horn. Insensible à la débâcle de l'hôpital, il s'était arrêté pour se plaindre de l'article paru dans la presse, objet de diverses rumeurs dans le cercle restreint des médecins.

— Il faudrait tout de même que tu assumes la situation, lâcha Horn sèchement.

Avant d'engueuler une jeune infirmière qui s'écroula en larmes.

— Mais, bon sang, tu veux quoi, Jérôme ? Que je m'immole en place publique ? Avec deux ou trois infirmières en prime, histoire de te calmer les nerfs ?

Les yeux écarquillés, Horn se pencha vers elle.

— Ne me parle pas sur ce ton, Boher. Plus jamais ! Un conseil, méfie-toi.

Il se rappela qu'Anne l'avait déjà giflé, recula et remonta le couloir en hurlant ordres sur contrordres. Que personne ne prit la peine d'exécuter.

— Un cinglé…

Anne se tourna et fit face à Enzo.

— Inadapté, corrigea-t-elle.

Pour cacher son malaise, encore sidérée de la rage de Hensberger et de son confrère.

— Ina… ? Non, docteur Boher, lui, c'est un pourri, fit Marquèz. Dis, tu as vu Simonov, il te cherchait ?

Anne hocha la tête, s'épongea le front, et l'informa du départ de Hensberger.

— Depuis quand vire-t-on en un clin d'œil le personnel de la fonction publique ? fit-il, interloqué.

— Depuis que cette fonction se privatise. Quelque chose de particulier ? s'enquit-elle. Ou je peux continuer à filer un coup de main ?

— Vas-y. Les corps s'entassent. Les familles débarquent l'air égarées, et tout le monde gueule pour évacuer la tension. Rien de particulier, donc.

— Tu es occupé, là ?

— J'allais me rendre aux urgences.

— Alors, à plus tard.

Elle le laissa décontenancé.

Enzo éprouvait ce qu'avait ressenti Alex Corbier au début de la matinée. Anne Boher aurait dû se comporter autrement. Quant à savoir de quelle manière elle aurait dû se comporter au milieu de la folie hospitalière, il aurait bien été en peine de le préciser.

*

Emmi Boher était au plus mal.

Il se passait des choses qu'elle ne parvenait ni à comprendre ni à identifier, et qui concernaient sa fille chérie. Emmi l'avait entendue plusieurs fois hurler, comme rugirait un animal blessé à mort. Elle l'avait entendue donner des coups dans les murs et les portes, descendre et remonter un nombre incalculable de fois les escaliers, comme une furie. Le craquement des marches lui faisait encore mal dans chacun de ses os.

Mais il y avait autre chose qui l'inquiétait au plus haut point.

Son infirmière était bizarre. Tendue, avec des gestes curieusement maladroits depuis quelques jours, et elle dégageait une inquiétante odeur de peur.

Etait-elle en train de perdre complètement la raison ? Tandis que son corps, malgré la maladie, l'usure et l'âge, continuait à pulser d'une énergie qui paraissait inépuisable.

Son esprit lui avait concocté une palette extravagante de scénarios, mais aucun ne lui donnait satisfaction. Aucun ne la tranquillisait. Si quelqu'un pénétrait chez elles en l'absence d'Anne, et en présence de Michèle Langet, pourquoi ne se montrait-il pas ? Pourquoi ne lui disait-on rien ?

Un bruit inconnu soulevait une question. Une vibration dans le mur, une autre question. Un son ou un pas étouffé, et son esprit s'emballait. Faire la balance entre le vide et l'angoisse, le plein et la terreur, devenait difficile. Trop peu d'espace entre les deux ; trop peu de répit entre chaque perturbation.

Il lui semblait se souvenir qu'Anne avait évoqué un problème de serrure défectueuse. Avait-elle entrepris des travaux, mais omis de lui en parler ?

Elle aura tout simplement oublié de me le dire, oui, c'est ça, se dit Emmi, qui cherchait à se rassurer.

Ce pavillon lui avait toujours paru trop vaste, mais sa fille avait tenu à l'acheter. Puis insisté pour que sa mère prenne la chambre qui donnait sur le jardin et le canal. Emmi n'avait jamais retrouvé le sentiment d'être chez elle. Sa maison, celle où Anne avait grandi, lui manquait. Plus petite, à taille humaine. Plus chaleureuse. Avec une grande fenêtre qui accueillait chaque jour la lumière, et l'eau de la rivière qui chantait à quelques mètres.

Emmi avait entendu à la radio les informations concernant les problèmes sanitaires liés à la canicule, et imaginait que sa fille devait être considérablement débordée.

Tant de soucis à cause du soleil, se dit-elle, quelle misère !

Emmi rêvait de sentir la caresse des rayons sur sa vieille peau, aspirait à s'allonger sur le sable tiède et doré, pour réchauffer ses os. Et mourir, en écoutant les vagues s'écraser en un long murmure. Mourir, et s'enfoncer au cœur de milliers de grains de sable. Se fondre dedans, et disparaître en emportant cette joie qui l'avait habitée durant toutes ces années.

Alors qu'elle se laissait aller à cette rêverie, douce et réconfortante, alors que son imaginaire lui donnait l'impression de sentir le sable et la chaleur sur sa peau, Emmi se tendit brusquement. Les sens en alerte. Quelque chose lui irritait l'odorat et l'épiderme.

A moins qu'elle ne soit en train de sombrer dans ce sommeil qui n'avait plus rien de réparateur, car empli de visions ? Certaines bienfaisantes, d'autres effrayantes. Cette impossibilité à déterminer si elle dormait et rêvait, ou si elle était au contraire réveillée, lui était intolérable. Une confusion du corps et de l'esprit, de l'intérieur et de l'extérieur, qu'Emmi ne supportait plus.

Quelque chose… Non…, se dit-elle. Quelqu'un.

Quelqu'un approchait de son lit.

Emmi Boher ressentit une profonde et angoissante solitude, une impuissance inhumaine qui la fit vaciller. Entendit un bruit. Perçut un souffle. Une présence. Un parfum aigre, mélange d'eau de toilette et de sueur. Les battements de son cœur couvrirent les autres sons. Sa propre transpiration chassa toute autre odeur.

Pétrifiée, Emmi chancela encore plus profondément. Un bruit épouvantable lui éclata les tympans. Avant que le silence ne revienne, et que le noir réconfortant de la nuit l'enveloppe.

Puis il n'y eut plus rien.

19

Anne se redressa brusquement, empêtrée dans le drap humide de sueur.

— Encore ce maudit cauchemar ! gémit-elle.

Elle se rallongea. L'angoisse vissée au corps, elle hésitait à aller voir sa mère. Que pouvait-elle bien penser de sa fille qui débarquait chaque nuit, l'air effarée ? Anne tenta de se lever mais, harassée, renonça et, fixant le plafond, elle essaya de réfléchir à sa situation. Au bout d'une bonne heure, la fatigue l'emporta. Elle était en train de se rendormir lorsqu'on sonna à la porte. Boher jeta un œil à son réveil, et fut submergée par la peur. Qui pouvait venir chez elle à cette heure ?

Insistant, un deuxième coup de sonnette la convainquit de descendre.

— Alex ? s'étonna-t-elle en ouvrant la porte. Mais…

— Désolé, Anne, on nous a téléphoné et… Tout va bien ?

— Euh… oui… mais entre donc.

Malgré une certaine culpabilité à réveiller Anne Boher, le flic qu'il était ne put s'empêcher de regarder autour de lui. Ce qu'Anne ne manqua pas de constater.

— Bon, et si tu me disais ce que tu fiches chez moi à six heures du matin ? s'énerva-t-elle.

— Un coup de téléphone, anonyme, pour nous dire qu'on avait entendu un coup de feu et…

Intérieurement Anne se désintégra. Elle aurait voulu le planter là, et courir jusqu'à la chambre de sa mère, mais ses jambes ne répondaient plus.

En douceur, il l'attrapa par le bras et l'entraîna vers un siège.

— Tu veux un café ? s'enquit-il.

Anne ne trouva pas la force de parler. Elle hocha la tête, et se tordit nerveusement les doigts.

— J'en peux plus, Alex, vraiment plus. Je voudrais…

— Reste là, ordonna-t-il, on discutera de tout ça après un bon café.

Corbier se félicita d'avoir été encore présent au siège du SRPJ quand l'appel avait été transmis à ce crétin de Vilmont, qui s'était emballé comme un animal en rut.

Il mit la cafetière en route, puis fit le tour du pavillon. Découvrit dans le garage un scalp ensanglanté, identique à celui déposé à la morgue. Sauf qu'il ne comportait aucune inscription. Par précaution, Alex inspecta également le jardin. Ne vit pas la poupée nichée dans un arbre, ses orbites creuses fixant la fenêtre de la chambre de la mère d'Anne.

Lorsqu'il pénétra dans la chambre d'Emmi, il n'en crut pas ses yeux. Qu'il ferma, et rouvrit lentement.

— Merde de merde, jura-t-il à voix basse.

Il sortit à reculons et buta contre Anne. Lut une épouvante sans nom sur son visage blême, et une terreur tout aussi grande dans le regard qu'elle portait en direction du lit de sa mère. Puis elle s'effondra sur le sol, plus molle qu'une poupée de chiffon.

*

Laure réveilla Albertini, et lui commanda, plus qu'elle ne le lui proposa, de faire son sac et de la suivre.

— On file à Strasbourg, ça vous changera les idées, non ? fit-elle, un drôle de sourire aux lèvres. Et puis un flic compétent, ça risque de compter.

— Je ne suis plus flic.

— Hum… en réalité, vous ne l'avez jamais été, Franck. Vous êtes un chasseur.

Il regarda sa montre et soupira.

— Laure, il est à peine sept heures, vous pouvez m'expliquer à quoi ça rime ?

— Je dois être à Strasbourg le plus rapidement possible, j'ai pensé que vous voudriez m'accompagner.

— Et pour y faire quoi ?

— Pour chasser, Albertini. Et, du peu que je sais, la proie risque d'être dure à coincer.

— J'étais flic, Bellanger, pas chasseur.

— Non. C'est précisément pour ça que je vous supporte. Au fait, Alex Corbier. Vous connaissez ?

— Je devrais ? répondit-il de mauvaise humeur.

Il avait encore rêvé. Un peu de Jeanne. Beaucoup de Bellanger.

— On peut en parler autour d'un café ? proposa-t-il. Et oui, je le connais.

— Grouillez-vous alors, notre avion décolle dans une heure.

Franck marmonna dans sa barbe. Il attendait qu'elle quitte sa chambre pour se jeter dans son jean.

Laure sortit, mais revint au moment où il mettait un pied à terre. Apprécia sa nudité d'un fin sourire.

— Franck, on va sur une affaire difficile et j'ai vraiment besoin de vous. Appelons ça un échange de bons services. Je vous aide, et vous me rendez la pareille sur cette enquête. Une amie, dans la merde.

— Du genre ?

— Merde noire. Et ne vous embarrassez pas côté bagages, ils ne prévoient aucune baisse de la température.

— OK, OK, Laure, laissez-moi au moins le temps de…

Mais Bellanger avait déjà filé.

Dans le taxi qui les conduisait à l'aéroport, Albertini fulminait. Mal réveillé, et la tête bourrée de questions qui n'avaient toujours pas obtenu de réponses. Il avait le sentiment de s'être fait piéger par Bellanger. Au lieu de tout mettre en œuvre pour retrouver Jeanne, il allait à nouveau perdre son temps sur une enquête dont il se fichait pas mal.

— Laure, fit-il d'une voix sourde, vous me menez en bateau.

— Non, Franck, absolument pas. J'ai vraiment besoin de vous, et nous avons une conversation à terminer.

— Pourquoi avoir dit que je suis un chasseur ?

— Ne me dites pas que ça vous surprend. Mais enfin, Albertini, est-ce que vous vous rendez compte que sans le préfet Moreau, qui n'a jamais cessé de vous couvrir, vous et Debords… enfin avec cette façon de mener vos enquêtes…

— Laissez tomber, Laure, j'ai compris. C'est vrai, Jeanne et moi n'avons pas particulièrement respecté les procédures…

— Non, Franck, ce n'est pas ça. Vous agissez en solitaire… pire, vous agissez comme si vous ne dépendiez de personne. Comme si, chaque fois, il s'agissait d'une affaire personnelle.

— Un chasseur…

— Un homme qui ne lâche jamais. Même quand tout lui indique que ce qu'il entreprend est vain. Regardez ce que vous faites depuis un an, vous cherchez Jeanne. Ça ne vous rappelle rien ? C'est exactement la même ténacité qu'elle a déployée pour retrouver le meurtrier de ses parents. Sauf que vous, vous êtes allé encore plus loin, vous avez démissionné. Pour avoir les coudées franches.

— Pas très honorable comme tableau, non ?

— Détrompez-vous ! fit-elle, amusée. Je ne suis pas en train de distribuer les bons ou les mauvais points. Dites-vous que je n'aurais jamais pu aider Debords, et pas plus vous aujourd'hui, si vous aviez été… de simples flics.

Elle paya le chauffeur et sortit avec une souplesse et une détermination qui troublèrent Franck. Qui dut lui courir après jusqu'à un avion privé qui les attendait. Comme toujours, il était bluffé par les moyens de Bellanger et la manière dont elle prenait les choses en main.

With or without you…

Il leva les yeux au ciel, vide de nuages, et songea qu'elle lui avait dit que la chaleur serait encore plus forte à Strasbourg. Dans l'appareil, il s'assit en laissant une place vide entre eux. Et la vit esquisser un sourire.

With or…

Pourquoi ne parvenait-il donc pas à chasser, lui le prétendu chasseur, cet air qui lui tapait sur le système ? Qui revenait et ponctuait ses pensées invariablement dirigées vers Debords.

Ou qui les masque ? s'interrogea-t-il sidéré, soudain conscient de la place que son passé avait prise dans son esprit.

— OK, Laure, je vous file un coup de main, mais d'ici là, d'ici à ce qu'on soit rendus à Strasbourg, vous allez répondre à mes questions. Qu'est-ce que le préfet Moreau sait de la disparition de Jeanne ?

Satisfaite, Bellanger s'enfonça dans son siège, régla l'inclinaison et planta son regard dans le sien.

— Avez-vous jamais rêvé de Moreau ? fit-elle, en faisant rouler sa bague à son index.

De cette voix douce qui agaçait les nerfs d'Albertini.

— Non, admit-il, troublé. Pourquoi ?

— Il me semblait que vous vouliez une analyse de votre rêve ?

— Quel rapport ?

— Il serait peut-être temps de vous occuper du contenu de ce rêve. Vous semblez croire qu'il contient une réponse à la disparition de Debords. Et s'il parlait d'autre chose ?

Cette fois-ci, Franck la regarda avec l'impression que Debords, Moreau et Bellanger étaient ligués contre lui. Sinon, pourquoi Bellanger ferait-elle ce cinéma à propos d'un rêve ? Alors qu'il venait de lui poser une question précise sur Moreau. Et, s'ils n'étaient pas complices, tout du moins devaient-ils se tenir les coudes pour éviter de lui dire la vérité.

De lassitude, Albertini se frotta les yeux, en admettant qu'il venait de franchir un cap dans l'univers du complot.

Il se promit de redoubler d'attention dans les jours à venir. De rester vigilant. Avec Bellanger, il aurait tôt fait de se retrouver étiqueté paranoïaque grave, ce qui serait encore une manière de ne pas répondre à ses questions.

— Bon, Laure, dites-moi ce que Moreau et Debords, et sans doute vous-même, êtes en train de trafiquer… avant que je ne perde complètement patience.

Avant de se maudire intérieurement en la voyant sourire.

Beau, obsédé et parano, tout pour me séduire, admit-elle.

*

Jérôme Horn regardait le ciel depuis la fenêtre de son loft. Un appartement qui valait une fortune, d'un luxe froid et ostentatoire. Pas l'ombre d'un nuage, mais un soleil dévastateur qui avait commencé son ascension vers le zénith. Il but son café, lorgna vers le téléphone, tendu et moins assuré que la veille.

Son plan pour déstabiliser Boher avait parfaitement fonctionné, sauf qu'il n'avait pas prévu l'arrivée de Laure Bellanger. Jérôme frissonna, coupa la climatisation et ouvrit les fenêtres qui donnaient sur une terrasse ombragée. Là, il resta debout à fixer le bleu du ciel, la lumière déjà aveuglante, alors qu'il n'était pas huit heures trente. Puis Horn reporta son regard vers le récepteur téléphonique. But le reste de son café, contempla son reflet dans un miroir, et grimaça. Bellanger allait poser un problème avec sa façon de fouiner, d'analyser et d'obtenir, envers et contre tout, ce qu'elle souhaitait. Il faillit envoyer son bol par la fenêtre. Se retint à temps. Plus que jamais, il devait rester calme.

La présence de Bellanger, c'était le grain de sable dans l'engrenage. Or il avait la nette impression d'être le seul à mesurer l'importance de sa venue. Agacé, Jérôme jeta un œil à sa montre, et estima qu'elle n'allait plus tarder. Vilmont était un sale con, mais il n'avait pas hésité à se rendre serviable contre quelques billets.

— Tous des pourris ! maugréa-t-il.

Horn se versa un deuxième café, sortit sur la terrasse et, téléphone à la main, s'installa sur une chaise longue. Les nerfs à vif, il attendit que son correspondant veuille bien décrocher. Tomba sur un répondeur et raccrocha. Composa le même numéro et raccrocha à nouveau, dès que la boîte vocale se mit en route. Les yeux clos, Jérôme écouta les rapides battements de son cœur, que couvrit le passage d'un hélicoptère, et sursauta quand le téléphone sonna.

— On a un problème, fit-il d'une voix altérée.

Par la tension et la peur.

— Tu le règles, lui répondit-on d'un ton froid, autoritaire.

Horn frémit, partagé entre la colère et la crainte.

— Difficile ce coup-ci. Tu te souviens de Laure Bellanger ? Elle sera là dans quelques heures. Pour aider Boher. Tu vois…

— Tu t'en occupes, Jérôme. C'est bien pour nous débarrasser de ce genre de problème que je t'accorde ma confiance, non ?

Horn déglutit difficilement. Il n'appréciait pas l'attitude de son interlocuteur.

— On ne se débarrasse pas facilement de Bellanger…

La tonalité résonna longtemps dans l'air déjà étouffant.

Jérôme se sentit soudain largué. Qu'allait-il pouvoir inventer pour contrer cette emmerdeuse de Bellanger, qui ne ménagerait pas ses efforts pour aider Boher ?

20

Les yeux rougis par le manque de sommeil, Enzo rêvait de pouvoir s'allonger, et de dormir vingt-quatre heures d'affilée. Au lieu de quoi il contemplait la scène de crime où Corbier allait et venait, passant au peigne chaque millimètre de la pièce.

La tension se lisait sur son visage, mais Alex ne disait mot. Il se contentait d'observer le travail de l'équipe scientifique, et de hocher la tête à intervalles réguliers. Comme Anne n'était ni en mesure de s'occuper de ce cas, ni la personne requise pour autopsier le corps de sa propre mère, il avait demandé à Enzo de s'en charger.

Alex Corbier voyait mal comment sortir Anne Boher de ce qui, ne cessait-il de répéter, était un foutu merdier. Il n'en menait pas large, conscient d'avoir déjà outrepassé ses droits et de jongler avec le règlement.

Une fois revenue de son évanouissement, Anne s'était contentée de réclamer Laure Bellanger. D'une manière mécanique, inlassablement, elle n'avait fait que demander et redemander qu'on prévienne Bellanger. Corbier se souvenait d'une grande brune, aux yeux d'un vert incroyablement troublant. Dérangeant lorsqu'elle accrochait son regard au vôtre. Une femme intelligente, et une psychologue comme il aurait apprécié d'en voir plus souvent sur ses enquêtes. Mais une chieuse.

Corbier s'était donc exécuté. Il n'avait eu qu'à dire qu'Anne Boher avait de graves ennuis, et Laure n'avait pas hésité. Alex s'était alors interrogé sur les relations entre les deux femmes depuis l'affaire du fou de Blauelsand. Et dont Anne n'avait jamais dit un mot. Que cachait-elle d'autre ?

Il jeta un œil à sa montre.

Bellanger serait là dans quelques heures. Entre-temps, il faudrait contenir la presse, éviter les fuites, prendre et assumer des décisions qui lui coûtaient par avance. Puis procéder à l'interrogatoire d'Anne Boher. L'arme retrouvée sur la moquette de la chambre d'Emmi Boher l'avait contraint d'appréhender la légiste. Extrêmement gêné, le procureur Tardieu avait sous-entendu qu'il ne pourrait faire l'économie d'une garde à vue, voire d'une inculpation, selon la teneur des premiers résultats de l'investigation.

Corbier refusait d'admettre qu'Anne ait tué sa mère à bout portant, puis qu'elle soit remontée se coucher comme si de rien n'était.

— Alex, gueula Enzo depuis le jardin, amène-toi !

Marquèz venait de découvrir la poupée cachée dans l'arbre, mais également des traces de pas au pied du marronnier.

— On va faire une empreinte, mais ça pourrait être n'importe qui, fit Corbier, tendu. A commencer par Anne. Je n'aime pas ça, Enzo, je n'aime vraiment pas.

— Et moi je n'arrive pas à croire que tu vas l'arrêter !

— Parce que t'imagines que ça me plaît ? Merde ! Tout l'accuse, et elle ne veut rien dire.

— Là, Alex, excuse-moi, mais Anne a franchement intérêt à la boucler.

Corbier ne lui donnait pas tort, mais ça le déprimait de devoir embarquer Anne Boher au siège du SRPJ, comme il coffrerait un voyou. Il s'approcha du canal et, d'un regard las, se mit à fouiller le chemin pavé qui longeait l'Ill. Puis de l'autre côté, où il aperçut la silhouette de Branko. Assis sur un banc, juste en face de la maison des Boher.

Alex passa par la cuisine, se versa un café, et envoya un de ses hommes voir ce que fichait Branko.

— Si tu sens qu'il y a un truc, tu me l'amènes, ajouta-t-il, l'air sombre.

— Pour quel motif ?

— Débrouille-toi.

Puis Corbier inspira profondément. La fouille était toujours en cours, l'arme et les deux boîtes sous scellés comme pièces à conviction. Il était temps d'embarquer Anne Boher. Catatonique, celle-ci n'avait pas bougé du canapé.

Comme Alex s'y attendait, elle ne lui opposa aucune résistance quand il lui annonça qu'il l'emmenait au SRPJ.

— Je… Anne, je suis désolé, tellement… ça me fout en l'air de devoir t'embarquer…

Elle lui mit une main sur le bras, et traversa lentement sa maison où l'équipe scientifique s'affairait. Dehors, ils virent se garer l'ambulance. Corbier entendit Anne gémir. Une plainte qui venait de loin. Du plus profond de ce que pouvaient contenir les entrailles et le cœur d'un individu, et qui paraissait ne jamais devoir s'arrêter. Une stridulation de détresse. Secoué, Alex la fit asseoir à ses côtés. N'eut pas la force de batailler avec Enzo, fermement décidé à les accompagner.

Sans un mot, Corbier mit le contact.

Sans un mot, ils roulèrent dans la ville, sur un macadam fumant de chaleur. Traversèrent les locaux du SRPJ envahis par les mouches. Les fenêtres étaient grandes ouvertes et les ventilos grinçaient dans la moiteur des bureaux.

— Anne, il va te falloir un avocat, fit Corbier, la voix enrouée.

De fatigue et d'émotion.

— Alex, pour la énième fois, je veux parler à Laure Bellanger.

— Mais bon sang ! On va t'accuser du meurtre de ta mère, ce n'est pas d'une psy dont tu as besoin, mais d'un…

A bout, Corbier renonça et sortit prendre l'air. Il avait toujours eu de l'affection pour Anne Boher. Peut-être même un peu plus que ça, ce qu'il était en train de réaliser, alors qu'elle vivait les pires heures de sa vie.

Enfin seul avec Anne, Marquèz s'assit, lui tendit un café au lait qu'elle prit, mais ne but pas. Tête baissée, Boher tenait son gobelet entre les mains, perdue dans la contemplation du liquide beigeasse.

— Anne, fit-il doucement. Anne ?

Elle le dévisagea d'une manière qui lui fit froid dans le dos.

— Qu'est-ce que je peux faire pour toi ?

Boher courba l'échine, et plongea son regard en direction de son café qui refroidissait. Puis, très bas, ce qui obligea Enzo à se pencher, elle lui murmura à l'oreille. Etonné, Marquèz se redressa, promit de faire le maximum et s'en alla. Même s'il redoutait l'épreuve, Enzo était pressé de pratiquer l'autopsie de la mère d'Anne. D'ores et déjà convaincu, malgré ce que venait de lui dire Anne, de ne trouver rien d'autre que ce qui était visible à l'œil nu.

Emmi Boher était morte d'une balle en plein front.

Anne flottait.

Comme si elle n'était plus dans son corps, mais à côté. Pas au-dessus, à côté. Telle une ombre flageolante, engourdie et douloureuse. Dans la tourmente. Une esquisse d'elle-même. Un squelette autour duquel s'enroulaient et se déroulaient toutes sortes d'émotions qui, ne trouvant aucune prise, pâlissaient et s'évanouissaient. Revenaient à l'attaque.

Par instants, discrets et laconiques, des fragments de son enfance lui traversaient l'esprit. Des miettes d'un lointain passé qui s'étoilait dans son esprit, mais ne réclamait aucune attention. Ça allait et venait, tout doucement. A d'autres moments, les souvenirs lui tombaient brutalement dessus. Des images pénibles. Des odeurs puissantes de mort, mais également de confiture de coings, celle qu'aimait cuisiner sa mère mais qu'Anne exécrait. Des remugles de vase, de feuilles mortes et d'os détrempés par la pluie. Jusqu'au souvenir de l'haleine avinée de son père, bien plus forte que celle de Branko.

Anne flottait, comme une ombre qui, se diluant, passerait du noir le plus ténébreux au gris, prête à se dissoudre.

Chaque fois que Boher fermait les yeux, la peur s'emparait d'elle. Puis déferlait l'angoisse. Intense. Terrifiante, à en avoir le corps douloureux. La peur l'empêchait de réfléchir, et même de parler. Sa gorge lui faisait réellement mal, au point que déglutir devenait une souffrance. Anne sentait aussi ses poumons saturés et son estomac acide. Au milieu de ce maelström de pensées, une seule question s'imposait, et l'épouvantait : avait-elle ou non tué sa mère ?

*

A l'arrière du taxi qui les conduisait vers Strasbourg, Franck réfléchissait à ce que lui avait dit Bellanger.

— Laure, est-ce que par hasard Irma aurait dit la vérité ? Et que, pour une raison qui m'échappe, vous auriez décidé de me baratiner ?

Bellanger choisit de le ménager.

— Je ne vous mens pas, Franck. J'ai demandé une vérification des appels, alors attendons.

Il ne s'étonna pas qu'elle ait le pouvoir d'agir ainsi, et de se passer des autorisations requises.

— Je suis sûr que vous avez parlé à Moreau.

— Qu'est-ce qui vous fait croire ça ?

— Deux choses, Laure. Petit un : pourquoi m'avoir demandé de réfléchir à la disparition de Debords ? Avant de me suggérer qu'elle ne voulait pas qu'on la retrouve ? Que *je* la retrouve. Petit deux : que sait exactement Moreau ? Car il sait quelque chose.

— Pourquoi ne pas le lui demander directement ? fit-elle en lui tendant son portable.

Albertini secoua la tête d'agacement, prit une cigarette. Informa le chauffeur de sa ferme intention de fumer, lequel n'osa rien rétorquer.

— Vous ne m'avez pas compris, Laure. Ou vous me répondez maintenant, ou je me casse et vous vous passez de mon aide pour sortir votre copine des griffes des flics et de la justice.

— Il n'y a aucun coup fourré entre Moreau, Debords et moi. Ecoutez-moi bien, Franck, pendant que vous perdez votre énergie à disséquer cette question dans votre esprit, vous ne regardez rien d'autre… A quoi vous sert cette obsession, Franck ? Et contre quoi luttez-vous avec cet acharnement, tandis que votre vie passe à toute vitesse ? Pensez-y.

Fini de le ménager, se dit-elle, sinon dans dix ans on y est encore.

Interdit, Albertini serra les mâchoires. Lui revint le souvenir de la puissance du regard de Laure, le soir où il avait craqué sur la terrasse. Lui revint aussi la sensation qu'elle ne faisait pas qu'assister à son chagrin, mais qu'il pouvait compter sur elle. Indéfectiblement. Lui revint enfin la force de son désir de vouloir se lover contre elle, pour y puiser calme et vitalité.

Franck finit par admettre qu'elle n'avait pas tort. Ce qui était à la fois agaçant et encourageant, à lui de choisir. Il reporta cette décision à plus tard. Puisqu'il avait accepté de l'aider, Albertini décida de se concentrer sur ce qui les amenait à Strasbourg.

Bellanger fit signe au chauffeur de s'arrêter devant l'hôtel Régent dressé sur les quais de l'Ill. Une fois dans le hall, elle sortit sa carte bancaire et régla cinq nuits d'avance. Franck fut à deux doigts de lui dire qu'il avait les moyens de subvenir à ses frais, mais n'en fit rien. Après tout, Laure avait plus d'argent qu'il n'en aurait sans doute jamais, et il bossait pour elle. Lui tendant sa clé, Bellanger lui donna rendez-vous au même endroit, dans dix minutes, et fila vers l'ascenseur.

Il la regarda s'éloigner. La vit balancer des hanches sur ses hauts talons, moulée dans un ensemble blanc qui mettait en valeur ses cheveux noirs et sa peau hâlée. Bellanger avait de l'allure, et le savait. Mais, en cet instant, elle n'en jouait pas. Franck voyait sa nuque contractée, et l'imaginait préoccupée par la situation de son amie. Cette Anne Boher dont Laure lui avait tracé le portrait en quelques minutes.

Une légiste accusée de matricide, pas commun ça, se dit-il en demandant à l'accueil s'il pouvait leur laisser son sac.

Albertini avait envie de fumer tranquillement, et sortit attendre dans la rue. Il se sentait vidé. Son organisme ne récupérait plus aussi vite ni aussi bien qu'avant, et l'année écoulée avait été rude. Pourtant, il se sentait plus serein que les jours précédents.

Bellanger le rejoignit téléphone à l'oreille. Elle s'exprimait d'une voix grave et ferme. Un quart d'heure plus tard, Laure raccrochait et poussait la porte du SRPJ, les sourcils froncés.

Franck Albertini mit quelques secondes à réaliser qu'il s'apprêtait à pénétrer dans le QG de la police judiciaire de Strasbourg, alors qu'il n'était plus qu'un enquêteur démissionnaire, et physiquement à bout.

*

Anne Boher flottait toujours.

Elle aurait bien été en peine de dire depuis combien de temps elle était assise, à tourner et retourner dans sa tête cette question qui la jetait dans la souffrance et l'effroi.

A-t-elle… as-tu tué ta mère ?

Incapable de répondre, à mesure que le temps passait, Anne flottait de plus en plus.

Une sensation finalement agréable, car elle diminuait la perception de la douleur, tant physique qu'émotionnelle. Dès que Boher fermait les yeux, c'était pour entendre résonner un interminable coup de feu. Si elle les ouvrait, Anne voyait danser sur le mur des poupées rousses, couvertes de sang et d'inscriptions haineuses. Une partie d'elle était totalement inerte, comme droguée, et ne désirait plus qu'une chose : se laisser aller à n'importe quelle rêverie pourvu qu'elle soit douce. Une autre tentait encore d'analyser et d'assembler les éléments pour y voir clair. Cette lutte épuisait Anne qui s'étiolait, prisonnière d'un sentiment d'irréalité aussi puissant que vertigineux.

A d'autres moments, Anne était froide et détachée, de plus en plus désincarnée, mais son esprit semblait mieux fonctionner. D'une manière floue et obsédante, l'idée que sa mère aurait dû mourir beaucoup plus tôt ne cessait de s'imposer. La résistance d'Emmi Boher face à la dégradation neurologique de son organisme avait toujours intrigué Anne. Une telle longévité, alors même que la maladie n'aurait jamais dû l'autoriser, était troublante.

Qu'avait donc loupé Anne Boher, elle, fille d'une femme en souffrance et médecin émérite ? Ou n'était-ce là encore qu'un tour de passe-passe pour écarter la culpabilité, et l'insurmontable vérité ?

La dernière de la lignée.

21

Les talons de Laure claquèrent sur le sol, tirèrent Anne de sa prostration.

Bellanger lui sourit et, masquant ses émotions, ne dit rien de la mine épouvantable qu'elle lui trouvait. Boher n'avait pas l'air éprouvée, plutôt malade. Laure prit place à ses côtés et entoura les épaules d'Anne qui s'écroula en larmes. Corbier choisit ce moment pour entrer, dévisagea les deux femmes et ressortit sans un mot, en laissant entrouvert. Laure extirpa de son sac un paquet de mouchoirs en papier qu'elle tendit à Anne, avant de se lever pour fermer la porte.

— Alex fait ce qu'il peut, lâcha Boher, d'une petite voix.

Laure hocha la tête.

Ça ressemblait bien à Anne de se préoccuper des autres, alors qu'elle était dans la pire des situations.

— Merci d'être venue si vite, ajouta cette dernière. Merci…

Anne inspira plusieurs fois, consciente qu'elle craquait complètement. Qu'une masse de sanglots se pressait sous sa cage thoracique, prête à la dévaster. Sans oublier cette douleur qui lui broyait le crâne.

— Penses-tu être en état de m'expliquer la situation ? fit Laure en se rasseyant.

Boher leva deux yeux épuisés sur elle. Se noya un instant dans le vert bronze, sombre et lumineux à la fois, dérangeant. Anne détourna le regard, décolla ses cheveux de sa nuque, se sentit sale et moite de transpiration.

— Donne-moi juste le temps de… oh et puis merde… Laure, je suis tout simplement dans l'incapacité d'affirmer si, oui ou non, j'ai tué ma mère.

Elle se tut, anéantie.

— Qu'est-ce qui t'empêche d'en être certaine ?

— J'ai si souvent tenu cette arme en main, Laure, si souvent !

Bellanger se redressa sur son siège, soudain inquiète de l'état psychique de son amie.

— Et si tu commençais par le début ? suggéra-t-elle, le plus calmement possible.

Alors, Anne Boher raconta ses rêves, ou plus précisément ses cauchemars, quand, nuit après nuit, elle se voyait pénétrer dans la chambre de sa mère, une boîte en bois entre les mains. Quand elle ouvrait cette boîte qui avait appartenu à son père, et que sa mère avait conservée pour une raison incompréhensible.

— Chaque fois, Laure, c'est le même scénario. Je presse la détente en direction de ma mère, au niveau du cœur, puis je retourne l'arme contre moi et… et là elle s'enraye. Je m'entends dire qu'elle s'enraye et je suis catastrophée. Parfois, je me vois la jeter par la fenêtre. Quand je me réveille, je suis en sueur, avec la nausée, ou bien je tremble. Tu n'imagines pas, Laure, le nombre de fois où je suis descendue en priant que maman soit toujours vivante… alors…

Laure nota qu'elle avait dit "au niveau du cœur". Or Corbier, au moment où il lui avait résumé l'affaire et donné une copie du dossier, avait précisé que la balle avait été tirée en pleine tête.

— Alors quoi ? insista Laure.

Anne se demandait comment expliquer à Bellanger, et aux autres plus tard, que sa mère, peu de temps avant d'être totalement paralysée par la maladie, lui avait fait jurer de mettre un terme à ses jours. Anne avait promis. Et conclu ce pacte terrible qui avait apaisé sa mère. Une promesse qui l'avait poussée à dérober le flacon de sufentanil, dérivé morphinique anesthésiant, à même de provoquer une apnée.

— Une dose adéquate aurait permis à maman de s'éteindre en douceur… mais… Si tu savais, Laure, le chagrin… l'horreur même de la regarder souffrir, sans rien… sans vraiment… Elle… et malgré la maladie qui la clouait à son lit… une telle immobilité, Laure… effrayante… malgré les ravages que subissait son organisme, elle… encore si belle, Laure… si vivante… mais c'était étrange… presque anormal… une telle beauté alors que la mort est là, partout…

Laure fut touchée plus qu'elle ne l'aurait imaginé par la solitude et la peine de son amie. Et par la possibilité qu'elle entrevoyait déjà qu'Anne ait été victime d'un accès psychotique ou schizophrénique.

— Tu veux dire que, d'un côté, il y a ces cauchemars et, de l'autre, ta mère qui t'a fait jurer de l'euthanasier ? Du coup, tu ne sais plus ce qui appartient au réel ou au rêve ?

Boher soupira bruyamment, se moucha, demanda un verre d'eau, s'excusant de n'avoir pas la force de se lever. Puis elle tapa une cigarette à Laure. Elles fumèrent en silence, et Anne reprit son récit qui tenait de la confession.

— Ça doit te paraître dingue, mais c'est exactement ça. Tu vois, maman est une femme de caractère… un foutu caractère même ! Quand elle sait ce qu'elle veut, rien ne la ferait changer d'avis. Juste avant qu'elle ne puisse plus parler, elle m'a expliqué, très clairement expliqué, qu'elle n'avait déjà plus la force de se suicider… Alors…

Elle doit se taire ! Elle doit se méfier… Lucifer et Bélial, elle doit se souvenir… Elle… ASSEZ !!!

— Alors, poursuivit Laure, elle a demandé l'impossible à la seule personne capable d'accomplir un tel geste.

Mentalement, Bellanger nota qu'Anne s'était tue durant de longues minutes, sans s'en rendre compte. Elle avait également remarqué son regard qui s'assombrissait. Se remplissait d'un vide alarmant. Son visage se figeait, et n'était plus agité que par un tic nerveux au niveau de la bouche, tandis qu'elle parlait encore d'Emmi Boher au présent.

Anne refoula une brutale envie de pleurer.

— Non Laure, je n'en étais pas… Je croyais me convaincre que… merde, je ne sais plus où j'en suis ! Je travaille depuis des années avec la mort, alors tu vois, j'aurais pensé que ça ne me choquerait pas que ma mère… La maladie a été une épreuve à laquelle je n'étais finalement pas préparée. Et puis maman aurait dû mourir depuis plusieurs mois mais, soudain, c'est comme si… tellement étrange…

— Qu'est-ce qui était étrange ? relança Laure, en brisant le silence.

— On aurait dit que son organisme, comme… enfin, qu'elle avait trouvé une… la faculté de lutter… je… j'en sais rien, mais ça me perturbe, elle est… peut-être une rémission, je… Mais ses bilans ne présentaient aucun changement… Ça me rend cinglée, ça aussi !

— Anne, qu'est-ce qui te rend cinglée ?

— De voir maman dépérir en ayant…

Elle doit se taire ! Elle doit se méfier…

— Elle…

Anne souffla bruyamment, et tapa une autre cigarette à Bellanger.

— Tu vois, Laure, tu as beau être médecin et découper des cadavres depuis des années, recevoir les proches et les voir s'effondrer, tu… Finalement… Elle ne sait rien de la douleur de ceux… Elle ne parle jamais du malade qui exerce une prise d'otage sur… Du terrorisme, Laure !

Inquiète, Bellanger la laissa exprimer colère, ressentiment et impuissance. Anne s'exprimait avec un fading, cette façon si particulière de faire tomber la voix en fin de phrase, et de ne pas les terminer. De produire un effort indubitablement épuisant. Auquel s'ajoutait ce passage du "tu" au "elle", encore plus préoccupant. Qui était "elle" ? Dans quel espace psychique naviguait Anne Boher, et jusqu'à quel point Laure devait-elle s'alarmer ?

Anne avait subi un choc capable de provoquer une rupture dans la psyché et le comportement. Momentanée ou non, mais de toute façon aussi profonde que troublante. Bellanger se refusait à tirer une conclusion hâtive, et se repassa tout ce que venait de lui confier Anne. En arriva à la conclusion que Boher présentait également des indices similaires au syndrome de glissement.

Un processus que l'on rencontrait chez les grands malades et les personnes âgées ayant décidé de se laisser mourir, petit à petit. Pas un suicide, plutôt un lent et long glissement progressif vers la mort. Un ensemble de symptômes lourds et significatifs d'un grave traumatisme.

La porte s'ouvrit sur Alex Corbier qui donnait l'impression d'avoir perdu son chemin.

— Désolé, mais il va falloir vous dépêcher. J'ai obtenu du temps, et… euh, Anne, c'est moi qui vais prendre ta déposition, c'est un peu la panique ici… Tu es sûre que tu ne veux pas que j'appelle un avocat maintenant ?

— Fais comme tu veux, Alex. Donne-moi seulement… disons dix minutes, s'il te plaît… Tu sais, je ne vais pas m'enfuir.

Boher fut prise d'un rire nerveux.

Indécis, le regard de Corbier allait d'Anne à Laure. Désemparé, il ressortit de la pièce et, cette fois-ci, ferma correctement la porte derrière lui.

Anne alluma une autre cigarette.

— OK, docteur Boher, reprenons et soyons concises, fit Laure.

— Tu as raison, désolée, je…

— Craque, lâche-toi, mais dépêche-toi de me dire ce que j'ai besoin de savoir.

— C'est sur ce ton que tu parles à tes patients ?

Les deux femmes s'observèrent. L'une atterrée de la hargne qui l'agitait ; l'autre anxieuse et perplexe.

— Oh, excuse-moi, Laure, je ne tourne vraiment plus rond !

Anne décida de se lever. Marcher lui ferait sans doute du bien, même si ça se résumait à faire les cent pas dans une pièce exiguë.

— Donc, ça, c'était en février dernier. Maman parlait encore, bien que difficilement… pour me demander… m'ordonner devrais-je dire, de lui faire signer une décharge, afin que je sois protégée. Du moins… sauf que…

— Ce document, il est où ?

— Dans le coffre de mon bureau, ou déjà entre les mains de Corbier. Mais tu vois, Laure, ces rêves qui ont commencé juste après… après avoir fait cette promesse à maman… ces rêves étaient tellement réels, Laure ! Tellement… de plus en plus précis. Pas seulement au niveau des images, mais du son aussi et de mes perceptions corporelles… Une impression de clarté, de… Tu vois, je sentais mon corps comme… comme dans la vie réelle. Non, mieux, bien mieux que dans la vie. Si j'avais fait un beau rêve, je crois que cela m'aurait rendue euphorique au réveil. Peut-être même heureuse… Seulement… Tu crois que je suis folle ?

Bellanger n'eut pas la force de lui répondre.

— Pourquoi tu ne m'en as pas parlé ?

— Oh j'y ai pensé, et plus d'une fois figure-toi. Mais je n'y arrivais pas… à formuler ça à voix haute, à me dire que… que quelqu'un allait m'entendre. C'était…

Boher se tut, brusquement absorbée par le bruissement des ailes de papillon.

— Désolée de te bousculer, Anne, mais il nous reste peu de temps. Décris-moi ce qui s'est passé la nuit dernière.

Ce qu'Anne Boher se résolut enfin à faire, voix et mains tremblantes.

— Autre chose ? fit Laure. Car il y a autre chose, n'est-ce pas ?

Anne la dévisagea un moment, songea à la force qui émanait de Bellanger, elle qui avait assisté à la destruction de sa propre famille. Où avait-elle puisé la force de résister à une telle épreuve ?

— Depuis plusieurs semaines, reprit Anne, on m'adresse des lettres de menaces, écrites dans un drôle de style, presque poétiques qui me…

Elle doit se taire ! Percer l'abcès…

— J'ai aussi reçu plusieurs, que dis-je ! une montagne de poupées rousses, les unes éventrées, les autres aux yeux crevés… Tu devrais en parler avec Enzo, on en a même reçu à l'hôpital… des poupées ou des perruques avec du sang et des inscriptions dessus, des démons…

Il faut tuer la rouquine ! Eradiquer la rouquine qui pue, elle le sait !

Boher dut faire une pause, la respiration coupée par l'émotion.

— Quelle sorte d'inscriptions ? fit Laure.

Tandis qu'Anne s'épanchait, Bellanger comprit que le processus de harcèlement avait atteint son but. Boher, que Laure connaissait pointilleuse, perfectionniste et dotée d'un solide pragmatisme, ne parvenait plus à faire la jonction entre réel et non-réel. Son agresseur l'avait atteinte à tous les niveaux fragiles de sa personnalité. Le roux qui avait été objet de moqueries et d'exclusion lorsqu'elle était enfant. Un des rares souvenirs qu'Anne avait évoqués devant Bellanger. Première marque capable de raviver des mémoires enfouies, et de modifier les limites entre passé et présent afin de semer la confusion. La croyance en Dieu et les allusions aux démons, alors que sa mère se mourait.

La connaissant, Laure n'avait aucune difficulté à imaginer sa culpabilité. Anne se sentait coupable de ne pas avoir pu réussir à soulager sa mère. Coupable, et impuissante à satisfaire ses dernières volontés. A l'euthanasier. Touche après touche, celui qui en voulait à Anne Boher l'avait déstabilisée, et poussée au bord d'un précipice où elle avait fini par basculer. Plus Laure dressait le tableau de la situation, plus son anxiété augmentait.

— Tu vois, reprit Anne, on me suit, on m'épie en permanence et, même si je te parais folle, on pénètre chez moi… Toutes ces poupées, il faut bien que quelqu'un se soit introduit chez moi !

La colère commence enfin à se manifester, se dit Laure, en considérant que c'était une bonne chose.

— L'hôpital est au courant ?

— Evidemment, répondit Anne, qui ne savait plus quoi faire d'elle-même.

Marcher ? S'asseoir ? Hurler ?

Elle but un autre verre d'eau, étonnée d'avoir si soif, elle qui se passait de boire durant des heures, et alluma une cigarette. Prit le temps de la savourer, d'emplir ses poumons. Elle put alors mieux réguler sa respiration, une contradiction qui normalement lui arrachait un sourire. Mais, en cet instant, à part s'évanouir ou mordre, elle ne ressentait plus rien.

— Qui peut t'en vouloir ainsi ? fit Laure.

Sans vraiment poser la question.

Elle le sait, elle l'a toujours su !

— Non, ne dis rien, Anne, je réfléchissais tout haut. On verra ça plus tard, fit Laure en se levant. Nous ne savons pas avec précision ce qui s'est passé cette nuit, mais une chose est évidente, quelqu'un en a après toi. De là, on peut en déduire que ce même quelqu'un a très bien pu abattre ta mère.

Anne lui jeta un regard où l'espoir le disputait à l'indécision.

— Pas sûr que ça tienne devant un juge, tu sais ?

— Tu es médecin, légiste de surcroît, tu ne tuerais pas, et encore moins ta mère, avec une arme à feu. Tu utiliserais un produit, comme le sufentanil que tu as dérobé.

Laure se tut, hésitant à pousser Anne plus loin dans ses retranchements. Elle décida de revenir, plus tard, sur deux ou trois points évoqués par son amie. Des phrases inachevées.

— Au fait, je ne suis pas venue seule.

Laure lui expliquait les accords passés avec Albertini, quand Anne se pencha brutalement et entoura sa tête de ses mains.

Martyrisée par un immense papillon sanguinolent, cloué sur un mur de pierres rougissant sous le sang.

Perfidie. Hantise. Lucifer, jette ton âme par la fenêtre !

— Anne ? Est-ce que tu…

— C'est rien, fit celle-ci, juste mal au crâne. Mais ça va passer… Ça passe toujours, non ?

Laure baissa les yeux, uniquement pour lui cacher son inquiétude, et le doute qui s'y reflétait.

Lorsque Corbier vint la chercher pour prendre sa déposition, il paraissait ne pas avoir dormi depuis des années, et chacun de ses gestes parlait de sa gêne. De son incompréhension. De ce que cela lui coûtait de devoir considérer Anne Boher comme suspecte du meurtre de sa mère. Anne le suivit les épaules voûtées, en se demandant pourquoi elle n'avait pas parlé du dossier 242 à Laure. Puis elle perdit le fil de ses pensées, et ne vit plus qu'un nuage rouge de papillons à l'agonie.

Laure les regarda sortir, passer d'un bureau à l'autre. Au moins, songeait-elle, grâce à Alex, Boher avait évité les menottes et la présence de la presse. Bellanger partit à son tour, portable vissé à l'oreille. Il était temps que Franck se mette en chasse.

22

Après une nuit de garde éprouvante, Lou ne pensait qu'à rentrer chez elle, s'allonger et oublier l'hôpital. Oublier les souterrains, Enzo Marquèz et ses sentiments. Ses déchirements et ses joies. Mais face à la détresse de ceux qui débarquaient aux urgences, des enfants et des vieux qui étaient les plus touchés, elle ravala épuisement et envie de pleurer, et se mit en devoir de faire le maximum.

Sur le parvis, les manifestants ne renonçaient pas et continuaient à brandir slogans et pancartes, hurlant leur mécontentement. Certains urgentistes et médecins, ainsi que des patients venus les soutenir, se joignaient à eux par intermittence. Difficile de faire une grève en pleine canicule, quand les gens tombaient les uns à la suite des autres. Personne n'osait encore chiffrer le coût en vies, mais tous avaient le regard et l'attention portés sur les renforts de camions frigorifiques. Personne n'osait se rebeller contre l'absence de structure et d'organisation, de préparation et de personnel. Car personne n'en avait le temps ou l'énergie.

Mais ça viendra, se dit Lou, songeuse. Encore un ou deux jours à ce rythme, et la machine va se gripper. Exploser.

Elle porta une main à sa poitrine et eut un hoquet en apercevant une femme âgée vaciller, à quelques mètres de l'entrée des urgences. Lou courut malgré son corps qui l'encombrait, et la chaleur qui l'oppressait.

Au même moment, deux urgentistes sortaient d'un pavillon ainsi qu'un médecin du service d'oncologie. Le temps qu'il la rejoigne, en nage, Lou s'était affalée sur l'herbe sèche, tandis que les deux infirmiers évacuaient la femme.

— Quel foutoir ! fit Eric Brémer. Quel grandissime foutoir ! Ça va ?

Werfel releva la tête et lui sourit.

— Au bord de l'infarctus, mais ça va…

Brémer se baissa et finit par s'écrouler à ses côtés.

— Tu bosses avec Hensberger… Lou Werfel, c'est ça, non ?

— Exact.

— C'est sérieux, sa mise à pied ?

Lou se redressa pour changer de position, la gorge sèche.

— Très, acquiesça-t-elle en le regardant plus attentivement. Mais j'ai un doute… On se connaît ?

Il sourit à son tour, et Lou en fut séduite.

— De vue, répondit-il. Je t'ai déjà aperçue à la cafétéria… Je ne sors pas beaucoup de mon antre, alors forcément…

Il lui tendit la main et se présenta.

— Ça se passe comment pour vous ? s'enquit-elle.

— Bah, comme chaque médecin j'ai reçu une palanquée de consignes et, comme tout le monde, le soir, je recense mes malades souffrant d'un coup de chaleur. Ou déjà morts.

— Je n'y comprends rien, fit Lou. On a pourtant eu la canicule en 2003, pourquoi ça n'a servi à rien ?

— Un de mes confrères a fait un calcul très simple. Il faut une minute pour donner un verre d'eau à une personne âgée. Admettons qu'elle ait besoin d'un litre par jour, ce qui en ce moment serait plutôt le double. Un litre égale huit heures de boulot. Mais on dégraisse, on fait du flux tendu. On manque de personnel et de moyens, sans parler de l'entretien des locaux… Alors, créer des postes… Bref, on va droit dans le mur ! Bon, je dois y retourner, fit-il en se levant. Ravi de t'avoir parlé.

— Moi aussi… bon courage.

— Oh, je me sens d'un optimisme à tout crin, tiens, je ne résiste pas à te lire ça, fit-il en sortant un papier de la poche de sa blouse. Une note de la DGS : *La vague de chaleur est susceptible d'entraîner des répercussions graves sur la santé des personnes. En effet, la chaleur expose aux risques de déshydratation, de coup de chaleur et d'aggravation des maladies chroniques*, blablabla… *Les bains et les brumisations peuvent être utiles pour les personnes âgées*. Il y en a deux pages comme ça, magnifique, non ? conclut-il, hilare.

Lou éclata de rire.

— Allez, à plus ! lui lança-t-il en s'éloignant à grandes enjambées.

Werfel le suivit des yeux jusqu'à ce qu'il disparaisse derrière les portes du bâtiment abritant son service. Elle l'imagina se démener auprès de ses patients, dont certains devaient terriblement souffrir en raison de leur traitement anticancer. Elle se vit en train de dîner ou de boire un verre avec lui, puis se promener en ville à son bras.

Apercevant une ambulance qui se garait, Lou revint sur terre et se dirigea vers elle, laissant Eric Brémer batifoler dans son imaginaire.

*

— Alors ? fit une voix dure.

— C'est bon, j'ai pris contact, répondit Brémer, agacé. C'était ce que tu voulais, non ?

— Ça ne suffira pas, on doit savoir ce que fiche Marquèz quand il va au sous-sol, et la petite Werfel le fréquente beaucoup. Tu devrais la sortir, demain ou, mieux, ce soir.

— T'es dingue ou quoi ? T'as vu sa gueule ?

— On ne te demande pas de la sauter, Brémer, juste de l'amadouer et de lui tirer les vers du nez. On est mardi, jeudi matin au plus tard je veux savoir ce qu'il en est.

— Hé là, Yan, on se calme ! fit Brémer, soudain exaspéré. Je fais ce que je peux et au rythme que je peux. Merde ! Je n'ai pas que ça à…

Les doigts qui s'agrippèrent à ses testicules lui parurent en acier. Quant au regard qui se planta dans le sien, il avait tout de celui d'un fou. La sueur lui dégoulina dans le dos. Brémer déglutit, toussa et gémit de douleur.

— N'oublie pas pourquoi on t'a demandé de t'occuper de Werfel, siffla Yan. Et remue-toi !

La pression se relâcha, mais Brémer se sentait au bord de l'évanouissement.

— Et si j'en touchais deux mots à Vincent ou aux médias, hein ? s'écria-t-il, bravache.

Yan se retourna, le visa avec sa main, et poursuivit son chemin.

Tardivement, Brémer regretta d'avoir accepté la mission qu'on lui avait confiée. Imposée. Le jeu en valait-il la chandelle ?

Il repartit en direction de son service, et n'eut pas une pensée pour Lou Werfel, uniquement soucieux de son propre sort. Il avait mis le doigt dans un engrenage qu'il lui serait difficile, voire impossible, de briser sans y perdre un ongle ou deux.

*

Lou avait hâte de revoir Enzo, hésita à lui téléphoner, puis renonça. Marquèz était débordé et chamboulé depuis l'arrestation d'Anne Boher. Mieux valait attendre le bon moment pour lui parler en tête-à-tête.

Faut-il être con pour croire que Boher a tué sa mère ! jura Lou en pénétrant chez elle.

Un petit studio qui donnait sur un jardin de la taille d'un mouchoir. Mais ici, à quinze minutes à pied du centre-ville, Lou se sentait en sécurité. A l'abri des regards et des remarques désobligeantes. Elle prit une longue douche, s'enveloppa dans un paréo, et sortit boire une bière dans le jardinet. Où la chaleur avait dévasté la végétation et brûlé les plantes aromatiques.

Werfel médita un moment sur les conditions climatiques anormales. Sur la condition humaine et sur celle de l'hôpital pas franchement plus normales. Puis elle revint au sujet qui l'intéressait par-dessus tout : elle et Marquèz. Lucide, elle se savait appréciée d'Enzo, un des rares à l'hôpital à ne pas la rejeter. Marquèz lui avait fait plus d'une fois comprendre combien il l'estimait. Mais jamais il n'avait été plus loin.

Lou soupira et changea de position. Eut une suée et en fut quitte pour aller prendre une deuxième douche. Une fois rafraîchie, elle mit de côté ce qu'elle éprouvait pour l'assistant d'Anne Boher, prit son carton à dessins et entreprit de dessiner ce qu'elle avait découvert dans les sous-sols.

Quelques heures plus tard, Lou dormait sur sa table, les doigts maculés de fusain.

*

Enzo venait d'effectuer la pire intervention de sa vie.

Autopsier le corps d'Emmi Boher avait été un supplice. Sur des photos prélevées au domicile d'Anne, la ressemblance entre mère et fille était flagrante. Troublante même. La reconstitution de la moitié du visage d'Emmi Boher ne représentait nullement un tour de force. Sauf au niveau émotionnel.

Marquèz y travaillait déjà depuis un moment, et mettait en œuvre ses talents de thanatopracteur, poussé par son admiration et son affection pour Anne. Stimulé par ce que Boher lui avait demandé de rechercher – n'importe quelle sorte d'anomalie qui puisse expliquer l'état de conservation d'Emmi Boher. Exceptionnel, reconnut-il. Anne lui avait également fait jurer d'obtenir l'exhumation des corps ainsi que de nouveaux tests.

Sa concentration était régulièrement rompue par l'inquiétude et les pensées qui fusaient dans son esprit. Autant d'éclats d'obus qui le stoppaient net dans son activité. Les mêmes questions s'entrechoquaient, sans réponse. Aussi, lorsque Laure Bellanger pénétra dans la chambre mortuaire en compagnie d'Albertini, il éprouva un immense soulagement. Quelqu'un allait défendre Anne Boher, et ce quelqu'un avait d'ores et déjà toute sa confiance.

— Enzo, fit Laure, en observant le visage d'Emmi Boher, je te présente Franck Albertini. Il va nous aider à sortir Anne de ce merdier.

— Beau travail, remarqua Albertini. On peut se parler quand ?

— J'en ai encore pour une heure. Après, je dois gérer les arrivées des corps. On est confrontés à une catastrophe sanitaire comme je n'en avais jamais vu… Même moi qui suis habitué à l'odeur de la chair décomposée, là, j'en peux plus ! Bref, normalement, je suis coincé ici jusque tard dans la nuit. Mais je vais me débrouiller. Si vous restez dans les parages un moment, je vous retrouve pour un café d'ici… au plus vite.

Laure approuva d'un signe de tête, et lui demanda où était le bureau d'Anne. Elle allait outrepasser ses prérogatives, peut-être même bousculer Corbier, mais il était urgent de fouiller dans les affaires de Boher. Avec l'accord tacite et le soutien du procureur Tardieu, elle n'avait eu aucune difficulté à être impliquée dans l'enquête. A titre privé.

— Laure, fit Enzo, ça se passe comment pour toi... vous deux ? Je veux dire, Corbier, le proc, ils réagissent comment ?

— J'ai officiellement le droit d'enquêter, avec la bénédiction de Tardieu. Enfin presque... Il accepte ma présence, mais s'inquiète de me voir empiéter sur les plates-bandes de Corbier et du SRPJ.

— Il est psychorigide, répondit Marquèz. La loi, le règlement, les textes, il n'y a que ça qui dirige sa vie. Mais bon, s'il ne s'oppose pas à votre enquête, c'est déjà ça de gagné.

— Il ne peut pas s'y opposer. Mais, entre nous, Enzo, je l'ai trouvé bizarre...

— Tardieu ? Mais il l'est, Laure ! C'est un proc.

Bellanger sentit ses lèvres s'étirer, et le déshabilla d'un regard appréciateur. Il était encore plus séduisant que dans son souvenir. Puis son regard s'assombrit brusquement.

— Dis-moi, Enzo, s'enquit-elle, Anne m'a parlé de ces poupées... Le labo a trouvé quelque chose ?

Elle vit la colère passer dans les yeux de Marquèz.

— En dehors des empreintes d'Anne, ils n'ont rien trouvé.

— Comment ça ?

— Ce matin-là, elle est arrivée mal en point, un problème sévère aux yeux... Ah, elle ne t'en a pas parlé, bon, bref, elle ne portait pas de gants pour manipuler la poupée.

— Elle souffre de quoi aux yeux ?

— Un blépharospasme, une merde qui entraîne la fermeture partielle ou complète des paupières. Elle est sous traitement, de la toxine botulique.

— C'est grave ?

— Ça peut, je ne m'y connais pas bien... Tu devrais en parler avec Alain Kerenski, c'est lui qui la suit. Tu le trouveras au quatrième.

Laure se tourna et s'aperçut qu'Albertini avait quitté la pièce. Elle jeta un dernier regard au corps d'Emmi Boher en se demandant si elle était à ce point insensible. Le cadavre d'une personne connue, et estimée, ne l'émouvait même pas.

Enzo l'accompagna jusqu'au bureau de Boher, et la laissa libre d'y fouiner. Que Corbier dise ce qu'il voulait, lui, il avait choisi son camp.

— Au fait, Laure, est-ce qu'Anne t'a parlé de l'exhumation des corps des victimes du fou de Blauelsand ?

Bellanger s'arrêta net en plein couloir, en face d'une infirmière qui poussait une patiente en fauteuil roulant, et s'écarta à temps. Lorsqu'elle planta ses yeux bronze dans ceux d'Enzo, il se sentit mal à l'aise.

— Tu peux m'expliquer pourquoi ?

Ce qu'il fit du mieux qu'il put.

— Je me souviens de ces tests, fit Laure, songeuse. Ça aurait donc un lien... Evidemment, sinon pourquoi Anne aurait-elle entrepris cette démarche ? Des réactions ?

— Simonov m'a téléphoné, ce qu'il ne fait jamais, pour connaître les intentions d'Anne. Je n'ai rien répondu, à ce moment-là j'ignorais encore tout de la décision d'Anne.

— Curieux, non ?

Enzo hocha la tête.

— Pas tant que ça, si tu te mets à la place de Simonov, avec le bordel ambiant, et les pressions, il ne doit pas être à prendre avec des pincettes...

— J'imagine que tu vas t'occuper de cette deuxième autopsie.

— Exact. Le problème est de savoir quand... Tu as vu l'état de l'hosto ? Tant que dure la canicule et que je suis seul à la morgue, je ne peux rien entreprendre. Simonov a été extrêmement clair sur ce point.

— Rien ne nous empêche de nous en charger, lâcha Bellanger.

Enzo lui enserra les mains dans les siennes, reconnaissant par avance, et retourna travailler.

Franck n'en revenait pas.

Les brancards longeaient les murs d'un bout à l'autre des halls et des corridors. Le personnel hospitalier allait et venait, hagard et désarmé face à l'afflux de malades et de cadavres que transportaient ambulanciers et pompiers.

Un infirmier l'aborda pour lui demander son aide. Surpris, Franck soutint néanmoins quelques instants un vieil homme au visage parcheminé. Visiblement déshydraté. A peine fut-il assis qu'une autre infirmière courait vers l'entrée pour secourir une patiente au bord de l'évanouissement. Dans sa hâte, elle manqua tomber. Albertini se précipita, et l'aida à installer la femme sur un brancard.

— Merci, fit Laeticia, essoufflée. Merde, on va finir dingues !

Les yeux rouges de fatigue.

— Vous devriez faire une pause, conseilla Franck.

— Vous croyez ? répliqua-t-elle.

Entre rire et larmes.

— C'est comme ça depuis quand ?

— Douze jours. Et ça s'aggrave. Merci encore.

Il la regarda s'esquiver vers une salle, la vit se verser un café, s'éponger le front et se moucher, et s'éloigna.

Sur le parvis, des manifestants organisaient un sit-in, tandis qu'infirmiers et médecins couraient en tous sens pour apporter des soins. Ou mettre les cadavres au frais. L'air vibrait d'une chaleur saharienne, sèche et poussiéreuse. Franck décolla son tee-shirt de sa peau et, à travers ses lunettes de soleil, plissa les yeux pour englober du regard la scène qui se déroulait à quelques mètres de lui.

Jérôme Horn était en train de s'engueuler avec Lou Werfel, laquelle s'esquintait le dos à porter un homme. La tension entre Horn et Werfel était palpable, mais ce fut surtout l'état de la jeune femme qui attira l'attention de Franck.

Forte, blonde et lunettée de rouge, manifestement dévouée aux autres. Et couverte de sueur et de crasse. A croire qu'elle avait séjourné dans une cave ou un grenier poussiéreux.

Soudain, excédée, Werfel se redressa et, de toutes ses forces, elle envoya son poing dans la figure de Horn.

— J'adore cette fille ! s'écria Enzo derrière lui.

— Et tu détestes l'autre, répliqua Albertini. Marquèz, je vais avoir besoin de ton aide pour m'y retrouver dans ce dédale.

— Pas de problème, je file un coup de main à Lou pour évacuer les derniers patients, et éviter que ce connard de

Horn ne lui en mette une… On se retrouve à la cafétéria, au premier. En m'attendant, laisse traîner tes oreilles, ça doit jaser. La radio vient d'annoncer l'inculpation d'Anne.

Puis il se précipita vers Lou.

Albertini évalua la situation, jugea que Marquèz s'en sortait bien, et fila en direction de la cafétéria où Dominique Waltter exultait.

Depuis qu'il avait appris, comme tout Strasbourg, l'arrestation d'Anne Boher, il se sentait libéré d'un poids.

— Comme quoi les autres auraient mieux fait de m'écouter ! J'avais raison, elle ne tournait plus rond, cette toubib qui se prenait pour Dieu sait qui !

Franck s'approcha, commanda une bière et s'installa à bonne distance de Waltter. Suffisamment loin pour ne pas éveiller encore son attention ; suffisamment près pour ne pas avoir à tendre l'oreille démesurément.

— … Et ce petit con de Marquèz, cracha Waltter, qui vient me faire la leçon dans mon bureau ! Alors que sa patronne a dézingué sa propre mère ! Non mais, tu le crois, ça ? Ça prouve qu'il n'y a pas que le système qui déconne, les gens aussi !

— Dis donc, t'as trouvé qui a piraté tes bandes, alors ? fit son interlocuteur.

Dominique haussa les épaules, se jeta sur son assiette et baissa la voix. Il commençait à en avoir ras le bol que tout le monde se fasse du mouron pour ses vidéos qui n'auraient rien à apprendre, puisque Mangin et Horn avaient joué les nettoyeurs. De cela, il ne dit rien à son collègue.

En revanche, il s'épancha pour se plaindre du bordel ambiant. Dans quel monde de fous vit-on ? se lamentait-il, en remerciant Ingrid Hensberger de lui avoir permis de devenir un citoyen volontaire.

Ce qu'il expliqua en long et en large à son collègue qui n'aimait pas Hensberger, et semblait dubitatif quant aux arguments de Dominique Waltter.

— Tu vois, c'est comme ces abrutis de manifestants, pas moyen de leur faire entendre raison. Ils ne veulent pas comprendre que foutre le bazar ici, ça ne règle rien ! En plus, ils piétinent et détruisent les pelouses. Merde, je croyais qu'on devait sauver la planète, font vraiment chier, tiens ! conclut Waltter.

L'autre hocha mollement de la tête, et annonça qu'il retournait bosser.

Franck, qui en avait assez entendu, nota de se réserver une conversation avec Waltter, entre quat'z'yeux. Il se fit servir une deuxième bière avec un sandwich au thon. S'approcha d'une fenêtre ouverte. Aperçut Laure qui se dirigeait vers le bâtiment du fond, contrainte de traverser le groupe de manifestants vautrés sur l'herbe. Ecrasés de chaleur, mais déterminés à ne pas bouger.

Franck se rassit, vit Waltter ramasser son plateau et quitter la pièce, mais ne le suivit pas. Il attendait Enzo qui, lui, saurait bien le briefer sur le personnel. Pour l'instant, il avait appris que Dominique Waltter était payé pour fliquer les gens. Qu'il la ramenait facilement et bavait sur les autres, même en public. Albertini en déduisit qu'il se considérait comme intouchable.

Franck engloba la salle d'un regard, ne vit que des visages blêmes de fatigue et de tension. N'entendit que les soupirs et les remarques d'un personnel qui avait depuis longtemps dépassé ses limites.

Néanmoins, la chaleur pouvait aussi être une alliée, se dit Albertini en éclusant sa bière. Tendus, les gens avaient plus de difficulté à contenir émotions et humeurs.

23

Enzo pénétra dans la cafétéria, ne se préoccupa pas des regards interrogatifs qui se posaient sur lui comme des mouches, et rejoignit Franck.

— J'ai une question, fit Marquèz, en s'essuyant les mains. Comment vas-tu t'y prendre avec Alex ?

— A savoir ?

— Alex et Anne travaillent ensemble, merde, depuis presque dix ans ! Imagine un peu le choc pour lui… Bref, comment ça se fait que tu sois sur le coup, et qu'il accepte que tu fasses une partie de son boulot ?

Albertini apprécia sa franchise, et lui expliqua comment Laure gérait la situation.

— Un chasseur ? fit Enzo, moqueur. Pas un flic, alors ? Et, d'après elle, c'est différent…

— Ancien flic. Et la différence ne vient pas de la profession. Mais du sentiment d'appartenance à l'Etat, au corps de la police. Sentiment que je n'ai pas, n'ai jamais eu. Pour revenir à Corbier, il a bossé à la Criminelle, j'ai un vague souvenir de lui. On devrait trouver un terrain d'entente. Remarque, il m'a tellement l'air dans le cirage qu'un coup de main devrait plutôt lui plaire.

— OK. Ça marche pour moi. Tout ce qui peut aider Anne est bienvenu.

Franck ressentit l'admiration et l'affection que Marquèz éprouvait pour Boher, et qu'il ne cachait pas. Enzo lui plaisait de plus en plus, avec son regard franc.

— En dehors du foutoir lié à la canicule, fit Albertini, qu'est-ce qui s'est passé ici ?

Marquèz prit le temps de réfléchir. Et d'observer Franck, qu'il trouva marqué, éprouvé. Mais qui ne l'était pas avec cette chaleur accablante ?

— C'est plutôt avec Alex qu'il faudrait en parler, non ?

— Ça viendra. Dis-moi, quelle est la probabilité que Boher ait tué sa mère ?

— Aucune, rugit Enzo.

Partagé et inquiet, se souvenant qu'Anne ne lui avait jamais parlé de la maladie d'Emmi Boher. Une femme aux os qui s'effritaient et à la moelle épinière défaillante. Au système nerveux défectueux, à la peau marbrée par une longue agonie, et une immobilité tout aussi longue. Toutefois, il n'avait pas encore compris par quel mystère le derme avait conservé une certaine tonicité – pour ne pas dire une jeunesse certaine. Un paradoxe troublant, au vu de l'état comme de l'évolution de sa maladie. Il avait hâte de lire le rapport de toxicologie, avant d'alerter qui de droit sur cette bizarrerie clinique.

— Boher n'a pas voulu mettre un terme à ses souffrances ? insista Franck.

Enzo soupira. Aurait-il jugé ce type trop vite ?

— OK, capitaine Albertini. Voilà le topo : Anne Boher, c'est avant tout un médecin, et un toubib sacrément doué. Je sais que certains dans la profession sont décidés à pratiquer l'euthanasie, mais pas elle. Et encore moins avec un flingue ! Aucun légiste ne ferait un truc pareil. La mort, c'est son quotidien à Anne, alors la vie, elle la défend, jusqu'au bout.

Quel plaidoyer, se dit Franck.

Avec l'envie de sourire face à la ferveur de Marquèz.

Puis Enzo raconta les derniers mois passés auprès d'Anne Boher, où il l'avait vue sombrer, et devenir de plus en plus silencieuse. Mélancolique aussi, comme si elle portait toute la souffrance du monde au fond des yeux. Mais sans jamais abandonner le navire. Il l'avait vue travailler avec talent et humanité et, toujours, Boher l'avait encouragé à suivre ses intuitions de thanatopracteur.

— Parce qu'elle est comme ça, Anne. Elle t'aide à aller plus loin. Elle est incroyable. Si tu parles avec Simonov, le président, tu verras ce qu'il en pense. Son seul reproche, c'est son manque d'ambition. Mais, là, il se goure, Simonov, il n'est plus dans le coup. Pour lui l'ambition, c'est un truc qui remonte au temps des Romains. Bon, remarque, les toubibs, ils se font grave la guerre pour placer un article ou revendiquer une découverte... Tu vois ce que je veux dire ? Si Anne avait voulu, après l'affaire du fou de Blauelsand, elle aurait pu prétendre à...

Enzo se tut. Repensa au test ADN, à l'état psychologique de Boher, à l'état organique de sa défunte mère. Aux lettres de menaces. Le tout pêle-mêle, sans que rien en sorte.

— Albertini, je dois te parler d'un dossier qu'Anne veut absolument retrouver et qui a dispa...

Le haut-parleur cracha son nom.

— On voit ça plus tard, fit Marquèz en se levant précipitamment. Un dernier truc, mets la main sur cet imbécile de Dominique Waltter, et demande-lui où il en est dans son enquête sur la disparition des vidéos et... à plus.

Enzo fila sans attendre que Franck puisse réagir.

Albertini se leva, débarrassa son plateau, conscient des regards furtifs, et décida d'aller voir Waltter.

*

Alex n'en menait pas large.

La déposition de Boher était une impasse. Un calvaire. Il ne doutait pas de la sincérité des propos d'Anne, mais, au bout de deux heures, il doutait de son équilibre mental. Comment pouvait-on ne pas être certain d'avoir ou non tué quelqu'un ? *A fortiori* sa propre mère ?

Il n'avait pu éviter l'inculpation une fois ses empreintes identifiées sur l'arme du crime. Restait qu'il manquait la jumelle de l'arme qui avait servi à tuer la mère d'Anne. La fouille se poursuivait dans le pavillon, le canal serait bientôt drainé, ce qui irait vite étant donné le niveau de l'eau. Le bureau d'Anne à la morgue était désormais sous scellés, ce qui faisait râler Marquèz. Il lui restait encore à interroger l'infirmière Langet. Pour la deuxième fois. Il lui restait enfin à envoyer Anne Boher derrière les barreaux, ce qui le rendait malade.

Cette histoire le déprimait. Et, à la seule idée qu'il allait devoir encore questionner Anne, il se sentait pris de nausée.

Corbier avait besoin de dormir aussi, ne serait-ce que trois ou quatre heures, et de manger.

Il sortit dans la cour intérieure du SRPJ pour fumer une cigarette, et prendre l'air qui s'avéra de plus en plus lourd. Et sec à en avoir la bouche râpeuse. Toutefois, contrairement à la majorité de ses concitoyens, Alex supportait bien les grosses chaleurs. Mieux, il aimait ça. Il aimait sentir le soleil lui cuire la peau, lui brûler les os et l'aveugler.

Puis il songea à l'intervention de Laure Bellanger, et soupira en se rappelant la manière dont elle avait géré le cas du fou de Blauelsand. Cette femme avait l'efficacité d'un félin qui se faufile au milieu d'un terrain dangereux, en quête d'une proie.

Avec brio et célérité, reconnut-il. Mais en bousculant tout le monde.

— Alors, elle a avoué, *ta* légiste ?

Corbier se crispa, pivota lentement sur ses talons et se retrouva en face de Vilmont, le visage rougi par la chaleur.

— Non. Pourquoi le ferait-elle ?

— Elle devrait penser à filer doux, ça pardonne pas de flinguer…

Il ne put finir sa phrase, la main de Corbier lui enserrait la gorge.

— Hé, Alex ! gueula un autre flic. Alex !

Une fois séparés, les deux hommes s'affrontèrent du regard et Corbier marmonna quelque vague excuse. Un collègue lui mit une main sur l'épaule, tandis que Vilmont s'éloignait, le dos raide de colère.

— Me tape sur le système, ce con, se justifia Alex.

— Personne ne peut le voir, il finira par gicler. Mais… gaffe, Alex, il la ramène pas mal du côté de la hiérarchie… Tu sais quoi ? Va te pieuter, t'as une tronche à faire peur à un mort-vivant. On va s'occuper de Boher.

— Débrouille-toi pour qu'elle soit bien traitée et… merci, Arnaud.

Corbier grimpa sur sa moto et fila chez lui, un deux-pièces du côté de la gare, au dernier étage, sans climatisation. Un four. Mais qui lui appartenait. Enfin, presque. Il ne lui appartiendrait vraiment qu'au bout de quinze ans, une fois remboursé son prêt qui lui bouffait son salaire.

Et, quand ce four lui appartiendrait définitivement, Corbier serait vieux et impotent. Peut-être même ne vivrait-il pas assez longtemps pour jouir de son statut de propriétaire.

Connerie de vie, se dit Alex, en filant sous la douche, avant de s'écrouler sur son lit.

Où il rêva d'Anne Boher que l'on emmenait dans une clairière, près d'un étang. Pour y être pendue. Au milieu d'une foule de poupées couvertes de sang et gémissantes. Avec Vilmont en grand inquisiteur, et Hensberger dans le rôle du bourreau qui, les yeux fous, scandait des phrases haineuses. Tandis que l'eau du lac clapotait et rougissait, repoussant le long des berges des cadavres difformes.

*

Laure avait passé la journée à jouer de sa réputation pour éviter l'incarcération à Anne Boher. Elle avait invoqué la dimension psychologique de l'affaire, et insisté pour effectuer une expertise. Le but de Bellanger était d'obtenir une résidence surveillée, et Laure considérait qu'elle n'en était plus très loin. En l'espace de quelques heures, un complément d'enquête ainsi qu'une prolongation de la garde à vue avaient été conclus.

La présence des empreintes d'Anne sur l'arme du crime était un point délicat, néanmoins facilement démontable par un bon avocat. D'autant que Boher n'avait pas nié avoir manipulé les armes de son père. Mais Anne avait paru si hésitante, et si peu elle-même. Lorsque le flacon de sufentanil était remonté à la surface, Bellanger avait contre-attaqué, arguant qu'un médecin légiste ne tuerait jamais avec un flingue, mais bien avec ce type de produit. Anne avait été alors dans l'obligation de parler des dernières volontés de sa mère. Une confession qui n'avait rien arrangé, mais avait permis toutefois à Laure de faire peser le doute.

Allongée dans sa chambre d'hôtel, Bellanger s'octroyait une pause avant de rejoindre Albertini au restaurant.

Elle mourait de faim, mais avait besoin de trier les informations recueillies durant cette interminable journée. Nue, Laure se leva, éteignit le climatiseur et ouvrit toute grande la fenêtre. La lumière était encore éclatante et l'air chaud mais, arrosé en permanence, le jardin de l'hôtel dégageait un semblant de fraîcheur.

En s'habillant, Laure dressa une liste des choses à faire dès le lendemain, puis sortit rejoindre Franck qui l'attendait au bar, un pastis à la main.

— Aucune question ou demande avant que je n'aie l'estomac rempli, lâcha-t-elle en se dirigeant vers la salle à manger.

Bellanger choisit une table en extérieur, un peu à l'écart d'un couple de touristes espagnols. Elle commanda de quoi nourrir un régiment, du pinot frais et alluma une cigarette. Les cernes sous ses yeux en disaient long sur sa fatigue et les difficultés rencontrées, mais elle paraissait sereine.

Vraiment belle, admit Franck.

Qui commençait à faire une fixette sur le physique de Bellanger.

— Vous avez l'intention d'ingurgiter tout ça ? fit-il lorsque les plats arrivèrent.

— Je n'ai quasiment rien avalé depuis hier soir, alors il n'est que temps ! L'appétit vous manque à ce point ?

Laure avait remarqué qu'il buvait bien plus que dans son souvenir, et mangeait très peu.

— Qu'est-ce qui vous chagrine ? s'enquit-elle entre deux bouchées.

— Vous, Bellanger. Vous et votre manie de me balader… Qu'est-ce que je fous ici, vous pouvez me le dire ?

Franck était à bout. Rongé de l'intérieur. Essoufflé. Mais cet état ne représentait qu'une partie de lui. L'autre pan de sa personnalité était bien là, disponible, toujours aussi puissant. Prêt à foncer. A modifier la trajectoire des derniers mois.

— Vous m'aidez, Franck. Et autant vous dire que de l'aide, je vais en avoir besoin. Si Anne Boher a toujours été autant appréciée que contestée, là on se retrouve en présence d'un véritable lynchage.

— Qu'avez-vous trouvé ? fit-il.

En se traitant de tous les noms.

Cette faculté qu'il avait à se glisser dans son ancienne peau d'enquêteur l'agaçait. Et Bellanger encore plus, avec sa façon d'attiser en permanence sa curiosité. Albertini la dévisageait, et se demanda si elle ne lui faisait pas le coup du charme simplement pour le remotiver. Pour lui redonner l'énergie perdue à chercher Debords comme un fou.

— Vous avez vu ce Waltter dont on m'a rebattu les oreilles toute la journée ? éluda-t-elle.

Franck soupira. Repoussa son assiette, remplit les verres de vin, et se cala contre le dossier de son siège. Le crépuscule colorait les immeubles d'un orange soutenu. Il se frotta les yeux, se passa la main dans les cheveux et décida que, ce soir, Bellanger menait le jeu. Mais surtout, à sa grande surprise, il se rendait compte qu'il n'avait aucune envie de parler de Debords. Albertini en avait assez de courir après un fantôme. Assez de devoir faire pression sur Laure, ou le préfet Moreau. Il en était même venu à se demander si Jeanne n'était pas morte. A moins qu'on ne l'ait enlevée. Ou que…

Basta !

Franck serra les mâchoires, et observa Laure déguster son entrée, soudain conforté dans sa décision de laisser en suspens la question de la disparition de Debords. Pour un temps. Pour souffler.

— Dominique Waltter a le don de se faire détester, même par les plus tolérants, répondit-il, en allumant une cigarette. C'est un con, Laure.

— C'est l'impression que j'ai eue. Mais encore ?

— Un sacré con, mais qui met un point d'honneur à ne pas commettre d'erreur, dans son boulot s'entend. Alors le coup de la bande vidéo, ça lui reste en travers de la gorge. Il m'a affirmé avoir retourné de fond en comble l'hôpital, en vain. Mais quelque chose ne va pas, je n'arrive pas à le croire sincère. Bref, un type qui fait beaucoup de bruit, pour rien.

— Corbier lui a envoyé quelqu'un, non ?

— Un certain Vilmont, encore plus con. Et méchant.

Laure eut un fin sourire, puis attaqua le plat de résistance. Franck la regarda manger avec appétit, en ayant le sentiment d'une proximité et d'une complicité nouvelles.

Il se racla la gorge, et poursuivit.

— Donc une bande vidéo a été manipulée le jour où Anne Boher s'est cramé une main avec de l'acide.

— L'accident est à proscrire.

— Exact. C'est prémédité. Waltter affirme que quelqu'un aurait modifié les données de sa console. Depuis l'accident de Boher, il piste et emmerde tous les utilisateurs d'ordinateur. Une perte de temps, puisqu'il refuse l'hypothèse du piratage interne. Mais, comme je te l'ai dit, c'est un abruti. Dernière chose, je cherche aussi des images de l'accueil.

— Pour les poupées ?

— Exact. Tu vois, la caméra qui est fixée au-dessus du desk de l'entrée principale, ce fameux lundi, elle aurait dû filmer quelqu'un en train de déposer le courrier. Or, Waltter n'a rien sur ses bandes.

Laure nota qu'il la tutoyait pour la première fois, mais ne le lui fit pas remarquer.

— J'en ai parlé à Enzo, qui a téléphoné à un de ses copains, un hacker... Au cas où, faudra juste se débrouiller pour que les flics lui fichent la paix. Il va s'introduire dans l'ordinateur de contrôle de Waltter. On verra ce que ça donne. Autre chose, dans sa déposition, Boher parle de deux armes, mais Corbier n'en a toujours retrouvé qu'une.

Laure songea au rêve de son amie. A l'arme qui s'enrayait et qu'Anne jetait dans le canal.

— Ce qui veut dire que quelqu'un se trimballe armé, poursuivit Franck, auquel cas ce même quelqu'un est logiquement l'assassin d'Emmi Boher. Auquel cas son mobile doit être énorme.

Bellanger se félicita d'avoir convaincu Albertini de se joindre à elle.

— Quoi d'autre ?

— Deux ou trois personnes à voir. Michèle Langet, l'infirmière qui s'est occupée d'Emmi Boher, pas franchement nette. Encore moins nette, Ingrid Hensberger, la directrice des affaires médicales, à qui on vient de donner son congé. Etrange décision prise en pleine canicule, alors que tous les services sont surchargés. Une décision arbitraire de Simonov, c'est le...

— Je connais Simonov.

Evidemment, se dit-il. Quelle grosse huile ne connaît-elle pas !

— Continue, l'invita Laure.

Elle commanda deux cafés et tira une chaise pour allonger ses jambes. Dénudées sous sa minijupe en denim.

— Les citoyens volontaires, ça t'évoque quelque chose ? s'enquit-il en détournant les yeux de sa peau bronzée.

— Ah oui… ces nouvelles recrues de l'Etat qui fricotent avec la police. Corbeaux ? Balances ? Mon cœur hésite entre les deux, capitaine Albertini. Disons des petites frappes.

Albertini sourit.

— Tu sais quoi, fit-elle en se redressant, avant que tu ne poursuives, quelque chose me vient à l'esprit. Anne Boher affirme qu'elle a été suivie et épiée, bref qu'elle était sous surveillance depuis des semaines. Et tu sais quoi, Franck, je la crois. Faudrait interroger ses voisins.

— Elle n'est pas parano ?

— Tous les légistes le sont. Quoi qu'il en soit, je suis certaine qu'Anne n'a pas tué sa mère.

— D'où te vient une telle certitude ?

Laure se réinstalla confortablement, un verre de vin dans une main, et fit lentement rouler sa bague autour de son index.

— Anne n'a plus de famille. Bien sûr, sa mère serait décédée prochainement, et en cela il n'y aurait aucune différence. Mais Anne ne peut pas tuer. C'est psychologiquement impossible.

— Syndrome du survivant ?

Laure posa sur lui un regard appuyé.

— Bien vu, Franck. Boher transpire la culpabilité mais, nous sommes d'accord, la culpabilité à être la seule survivante, la dernière à exister. N'oublions pas qu'Anne est contre l'euthanasie. Contre toute intervention qui vise à prendre la vie de l'autre. Enzo a raison, elle n'est pas légiste pour rien. Donc pour tuer sa mère, pour faire une telle chose, il aurait fallu qu'elle ne soit plus elle-même.

Albertini hocha la tête.

— Ce qui reste envisageable.

Laure l'incendia d'un regard, mais ne le contredit pas.

— Pour en revenir à Hensberger, nous avons là une citoyenne volontaire, peu appréciée par ses collègues, même s'ils reconnaissent qu'elle se donnait à fond dans son métier. Hensberger en avait après Boher. Elle la déteste. Je vérifie ça demain. Il y a aussi un certain Horn qui fanfaronne depuis l'arrestation de Boher, et qui ne cache pas son animosité à son égard.

— Jérôme Horn ?

— Y a-t-il quelqu'un que tu ne connaisses pas ?

— Encore heureux qu'il ne soit pas devenu psychiatre !

Laure éclata de rire.

— Tu m'expliques.

Ce qu'elle fit en se rapprochant de la table. Son genou frôla la cuisse de Franck qui faillit s'écarter.

Les yeux brillants, Bellanger lui raconta avoir connu Jérôme Horn lorsqu'il était étudiant et qu'elle donnait des cours à l'université de Caen. En trente secondes, elle n'eut pas assez de mots durs à son égard, tant elle le trouvait méprisable.

— Un incompétent, un fils de bourge qui se croit tout permis parce que ses parents sont archifriqués, archicons. Il y a deux ans, quand je suis intervenue sur l'affaire du fou de Blauelsand, Anne et lui se sont accrochés plusieurs fois, assez violemment.

Bellanger poursuivit touche par touche le portrait de Horn.

— Trop évident, non ? Je veux dire, fit Franck en décollant enfin sa jambe de celle de Laure. On a un type arrogant, manipulateur, et franc comme un mec qui recule… OK, mais question : comment aurait-il pu, seul, organiser quoi que ce soit contre Boher ?

— Faut croire qu'il ne l'est pas. Je t'ai prévenu, Franck, cette affaire pue. A toi de découvrir si Jérôme Horn est impliqué et jusqu'où. Mais garde à l'esprit que ce petit con est malin.

Franck lui demanda alors un topo sur l'affaire du fou de Blauelsand. Alors qu'elle lui résumait l'affaire, Laure prit une décision, et lui annonça qu'elle irait voir l'homme à Sarreguemines.

— Si loin ? s'étonna Franck.

— Il est en UMD, pardon, en unité pour malades difficiles, précisa-t-elle.

— Je connais… l'hôpital-prison pour les criminels incurables et les pédos.

— Une dernière chose, Franck. Peu de temps avant l'assassinat de sa mère, Anne a demandé l'exhumation des victimes du fou de Blauelsand. Elle n'a jamais été convaincue par les résultats du test ADN. Boher estimait que les corps étaient d'une ressemblance parfaite, à croire qu'ils étaient jumeaux. En tout cas, Anne aurait misé sa carrière dessus au moment de l'autopsie.

— Et si elle s'était trompée, mais n'était pas capable de l'admettre ?

Silencieuse, Bellanger fixa Albertini qui soutint son regard. Elle bâilla, s'étira, et se leva.

— On continue demain, Franck. Au petit-déjeuner, là je suis claquée et j'ai encore pas mal de trucs à régler avant de me laisser séduire par Morphée, une bombe paraît-il… à défaut d'un autre, lâcha-t-elle en s'éloignant.

Abasourdi, Franck se tourna lentement, mais Laure avait filé.

Dans la tiédeur de la nuit, il réfléchit à leur conversation. Au fait que Marquèz avait évoqué un dossier auquel Anne Boher semblait beaucoup tenir. Puis il songea à Jérôme Horn qu'il estimait par avance trop veule pour agir seul.

Se méfier des faibles, se dit Albertini, qui pallient leur lâcheté en se mettant sous la coupe d'un plus puissant. Un sale type à surveiller de près, conclut-il en se levant à son tour pour regagner sa chambre.

*

Au lieu de se lover dans les bras du beau Morphée, Laure prit une douche et enfila un pantalon noir. Glissa dans une poche son portable et un jeu de clés, passa un sweat-shirt également noir, releva et attacha ses cheveux, et sortit de l'hôtel vers minuit.

La température avoisinait encore les 28 degrés, et les trottoirs continuaient à dégorger la chaleur emmagasinée pendant la journée. Près du canal de l'Ill, Bellanger s'arrêta, vérifia que la voie était libre et s'approcha de la demeure des Boher. Surprise de trouver la maison d'Anne sans surveillance, et les alarmes débranchées, Laure jeta un dernier regard autour d'elle et entra.

Les stores n'ayant pas été baissés, il faisait suffisamment clair pour qu'elle n'ait pas besoin d'allumer. Avec précaution, Laure traversa la salle principale qui servait de salon et de salle à manger, se dirigea vers la cuisine et inspecta les étagères, en prenant soin de ne rien déranger. Pourquoi Emmi Boher avait-elle conservé ces boîtes qui contenaient les armes d'un homme mort depuis plus de trente ans ? A quel souvenir cela se rattachait-il dans son esprit ?

Bellanger laissa en suspens ces questions qui n'obtiendraient sans doute jamais de réponse, et se dirigea vers l'escalier. Elle voulait fouiller le bureau d'Anne et explorer les combles.

L'ordinateur personnel de Boher avait été saisi, les tiroirs du bureau retournés et l'imprimante embarquée. Laure fureta dans les rayonnages de la bibliothèque. Ouvrit chaque volume, sans trouver trace de la lettre d'Emmi Boher pour décharger sa fille en cas d'euthanasie.

Bredouille, Laure monta au grenier, où elle découvrit plusieurs malles, encore ouvertes après une rapide inspection policière. Elle en sortit des albums de photos, des boîtes à bijoux et à boutons, des habits d'enfant qui avaient sans doute appartenu à Anne. Et des lettres adressées à Emmi Boher. Laure se plongea dans une lecture dont elle ressortit songeuse.

La dernière malle contenait trente-cinq cadres à papillons. Lorsqu'elle en retourna un, le nom du père d'Anne y était inscrit ainsi qu'une date. Perplexe, Laure ouvrit le vasistas pour aérer et fumer. Puis elle étala l'ensemble des cadres sur le sol, et s'assit par terre pour réfléchir.

Cette mosaïque formée par les lépidoptères, chacun différent par la forme, la taille ou la couleur, la mettait mal à l'aise. Outre le fait que Laure n'appréciait guère ce genre de hobby, elle y voyait surtout un indice. Collectionneurs et taxidermistes partageaient les mêmes aspects névrotiques – une perte ou une vulnérabilité, et un désir de substitution étroitement associé à la morosité, avec des tendances dépressives. Qu'est-ce qu'Anne avait bien pu conserver d'un père alcoolique et violent, ainsi que le révélaient les lettres d'Emmi Boher, et décédé précocement ?

Bellanger songeait que tout collectionneur s'identifiait à l'objet de sa collection. Le père d'Anne avait-il un fantasme de métamorphose ? un désir de mort, ou celui de voir son âme s'envoler et rejoindre un quelconque paradis plus attrayant que la vie terrestre ? Anne Boher aurait-elle inconsciemment repris cet héritage à son compte ?

Laure se releva et rangea les cadres dans le carton, puis poursuivit son exploration. Découvrit dans un coffre en bois les jouets de la petite fille qu'avait été Anne. Dont une impressionnante collection de poupées.

Après s'être immergée dans le passé de la famille Boher, imprégnée de cette connaissance, Laure redescendit au rez-de-chaussée quand le jour se levait. Bellanger prit soin de vérifier qu'elle n'avait pas altéré les lieux et, plus que jamais préoccupée, elle retourna à l'hôtel.

24

Marquèz,

Tu marcheras sur les os des morts. Tu sentiras sous la plante de tes pieds leurs squelettes se tordre une dernière fois.

J'aurais dû t'enlever et te torturer jusqu'à la fin des temps. Nous aurions vieilli ensemble et, comme un vieux couple, nous nous serions, une dernière fois, mortellement étreints.

Enzo n'en croyait pas ses yeux.

Alors, ça continuait. En dépit de l'arrestation d'Anne Boher, ça continuait ! Il filait sur son scooter, téléphona à Corbier et dut hurler pour couvrir le bruit des sirènes, et d'un hélicoptère qui passait au-dessus du centre-ville.

— Une autre lettre ! cria-t-il. Ça ne peut pas être Anne, t'es d'accord… Quoi ? Mais je m'en fous des analyses du labo, ça ne peut pas être elle, c'est tout ! OK… Non, faut que je sois à la morgue dans dix minutes, je suis déjà à la bourre… Quoi ? Non, postée… Quand ? Faut que je vérifie en arrivant… OK, à plus…

Une fois sa blouse enfilée, Enzo regarda comment s'était passée la nuit. Le constat était identique à celui de la veille : le nombre de morts ne cessait d'augmenter. Contrarié, il donna plusieurs coups de téléphone, alluma son ordinateur et remplit un nombre impressionnant de fiches de patients décédés. S'entretint avec la caserne des pompiers, débordée par les appels des Strasbourgeois.

— Salut Enzo…

Werfel se tenait droite, le visage ravagé de fatigue, mais, singulièrement radieuse. Sous son bras, elle serrait un carton à dessins rectangulaire.

— Ça va, Lou ? fit-il en se replongeant dans ses dossiers. Donne-moi une minute, je dois rappeler les urgences, ça coince de partout…

— On va les mettre où ? demanda-t-elle, à voix basse.

— Tu te souviens de ce qu'on a fait en 2003 ?

Werfel hocha la tête.

— Comment oublier ?

Tétanisés, les patients erraient dans les allées, tournaient autour des camions frigorifiques stationnés dans la cour, que les gardiens du feu et les urgentistes arrosaient. Tandis que d'autres soignants s'aspergeaient et couraient autour de ces cercueils improvisés, en riant aux éclats. Parce qu'ils n'en pouvaient plus.

— Tu sais donc qu'on a déjà dépassé ce stade. Et battu un record de décès, lui confirma-t-il. On commence à manquer de place pour garer les camions… La mairie a mis ses bénévoles à notre service et les rues autour de l'hôpital vont être réquisitionnées pour les prochains camions… quel bordel !

Il plongea ses yeux étrangement bleus dans ceux de Lou, qui se troubla.

Aurait-elle le courage de lui dire quels sentiments il lui inspirait ? Non. Trop tôt. Ou trop tard. Mais Enzo était un homme qu'elle pouvait séduire autrement que par le physique. Et voir si avec du temps, et de la chance…

— Tu m'écoutes ? fit-il, irrité.

Ce dont il s'excusa immédiatement, en évoquant les sempiternels problèmes liés à la chaleur et à l'organisation de l'hôpital.

— Dis plutôt que c'est à cause de ce qui arrive à Boher. Du nouveau ?

Comme toujours, Lou allait droit au but et Marquèz lui en fut reconnaissant. Il lui fit part des derniers événements, évoqua l'intervention de Bellanger et d'Albertini. Enfin, il lui avoua son angoisse et sa totale incompréhension.

Lorsqu'il lui montra la lettre, Werfel eut un sale pressentiment. Enzo se rendait-il compte que l'évocation du "vieux couple" ressemblait à une métaphore de celui qu'il formait avec Boher ? Elle riva son regard au sien. Visiblement, ça ne l'avait pas encore effleuré. Lou ouvrit la bouche pour le lui signifier, et la referma. S'il n'en disait rien, peut-être valait-il mieux ne pas en parler pour le moment.

— Enzo, faut que je te dise un truc, tu passes me prendre pour un café dès que tu peux ?

Alarmé par le ton de sa voix, Marquèz reposa téléphone et dossier, et s'approcha d'elle.

— Non, vas-y, Lou, raconte.

— La fille qui te suivait l'autre jour, ça ne serait pas un coup de Mangin, ça ?

Enzo la regardait, les yeux écarquillés.

— Attention, je ne dis pas que c'était elle, mais Mangin serait bien capable de ça, non ? insista Lou. Ohé, Enzo, tu percutes ou pas ?

— Euh… Mais où t'as été chercher ça ?

Vexée, elle haussa les épaules et faillit quitter la pièce. Il la rattrapa d'une main ferme.

— Attends, Lou, t'en va pas comme ça. Excuse ma surprise, mais bon, Sophie Mangin… Pourquoi me suivrait-elle ?

— Pas Mangin, Enzo, sinon tu l'aurais reconnue. A moins qu'elle ne se soit déguisée, ce qui est possible… parce que Sophie est tout simplement cinglée, t'avais jamais remarqué ? Moi je n'ai pas souvent eu affaire à Boher, la morgue je n'y viens que pour t'en faire sortir, mais, chaque fois que j'ai rencontré Mangin, elle était bizarre. Toujours à fouiner, à déblatérer sur Boher, à se plaindre qu'on ne lui donnait pas la place qu'elle méritait. T'as qu'à demander autour de toi, tu verras…

— Lou, je… je ne sais pas, mais dis-moi, qu'est-ce qui te fait croire qu'il pourrait s'agir d'elle ?

Werfel haussa les épaules. C'était tellement évident pour elle.

— Simple : qui en a toujours voulu à Boher ? Ici, je veux dire, à l'hosto ?

— Un paquet de monde, à mon avis.

— C'est sûr. Mais qui serait assez tordu pour jouer au chat et à la souris ?

— Mangin… Et Horn, non ? Il est tordu lui aussi.

Son bipeur couina et Lou se dirigea vers la sortie, en rappelant à Enzo qu'il lui devait un café. Et revint sur ses pas.

— C'est vrai, Horn est barge, répondit-elle. Tu te souviens que Mangin fricotait avec Horn, qui déteste cordialement ta patronne ?

Abasourdi, Marquèz la regarda partir en se demandant s'il pouvait se fier à ce qu'elle venait de lui dire.

Mangin ? Merde alors, se dit-il. Et pourquoi pas ?

Après tout, elle s'était fait virer du service de Boher, ce qui en soi constituait un mobile. Certains tuaient pour moins que ça. Mangin connaissait parfaitement bien l'hôpital, et savait mieux que personne se servir d'un ordinateur. S'introduire dans celui du chef de la sécurité ne devait pas représenter un tour de force. Lou avait raison, si en plus Sophie était de mèche avec Horn, vu sous cet angle, tout paraissait possible.

Enzo envoya un mail à Corbier, et s'attaqua à la tonne de travail qui l'attendait. Laborieusement, il comptabilisa les corps en attente, en rageant de ne pouvoir s'occuper de la mission que lui avait confiée Anne.

*

Alex Corbier avait trop dormi, trop mangé. Trop cogité. Et pris une déposition qui lui avait sapé le moral. Le tout avant huit heures.

A l'accueil de l'hôtel Régent, on lui fit savoir que Laure Bellanger prenait son petit-déjeuner dans le jardin. Il la trouva attablée en compagnie d'Albertini, et s'invita pour le café.

— Des nouvelles d'Anne ? fit Laure en entamant un deuxième croissant.

— Oui.

— Bonnes ?

— Non.

Elle lui coula un regard interrogatif.

Alex n'avait pas l'intention de laisser s'installer un silence pesant, mais il fut incapable d'en dire plus. Il alluma une cigarette, accepta un café et poursuivit.

— Nous détenons un nouvel élément qui prouverait qu'Anne avait bien l'intention de tuer sa mère.

— Vraiment ?

— Attendez, Bellanger, laissez-moi finir. Un armurier s'est présenté ce matin au poste pour faire une déposition.

Franck sentit Laure se tendre et se replier à l'intérieur d'elle-même. Pour mieux contre-attaquer.

Corbier leur raconta que l'homme en question, un certain Robert Ménesse, avait déclaré avoir eu affaire à Anne Boher, pour réparer deux armes dont le mécanisme était enrayé.

Laure faillit en lâcher sa tasse.

— Il n'y a aucune obligation de déclarer à nos services certaines armes de collection, précisa-t-il à l'intention de Bellanger.

— Corbier, vous croyez vraiment à l'homicide avec préméditation ? fit Laure.

Glaciale.

Bellanger songeait au processus du collectionneur. Elle avait raconté sa visite nocturne à Franck, lui avait parlé des papillons et des lettres. De ses déductions. Sans doute encore sommaires, mais néanmoins suffisantes pour tracer un tableau de la vie des Boher.

— Je ne sais plus que penser, reconnut Alex. D'un côté, on a les empreintes d'Anne sur l'arme, de l'autre elle ne dément pas formellement avoir tué sa mère. Et maintenant, Bellanger, il y a cet armurier qui nous apporte un bon de commande, ça paraît difficile à réfuter.

— Ça paraît surtout tomber à pic ! jeta Laure, en se levant brusquement. Un conseil, Alex, magnez-vous de trouver la deuxième arme, lâcha-t-elle.

Avant de les planter.

— Encore plus chiante que dans mon souvenir…

Franck ne put s'empêcher de sourire.

Telle qu'il la connaissait, Laure était déjà au téléphone, en train de secouer tout Strasbourg. La planète entière si besoin était. Rien ne lui paraissait insurmontable, un trait de caractère que Franck appréciait, même s'il la trouvait parfois déroutante lorsqu'elle affichait une telle force de conviction. Doublée d'une inépuisable énergie.

— Cet armurier, c'est sérieux, Alex ?

— Ça m'en a l'air. Le type est persuasif… Merde, Franck, j'arrive pas à y croire ! Anne en tueuse, c'est déjà inimaginable, mais alors dans le rôle de la matricide !

— Elle ne dément pas formellement, pour reprendre tes termes, mais elle n'avoue pas plus. Garde ça à l'esprit.

Corbier prenait très à cœur ce qui arrivait à Boher, et en souffrait. Mais cela ne concernait pas Albertini qui n'était plus qu'un enquêteur en train de trier les informations. De disséquer les éléments d'un puzzle, encore épars et mal agencés. Un enquêteur qui se protégeait des émotions des autres, comme des siennes.

— Tu me ferais une copie de la déposition de ton armurier ?

— Pas de problème, Franck. Tout ce qui peut aider Anne, j'en suis. Même si je vais sans doute avoir des problèmes avec mes supérieurs, mais…

Il eut un geste de la main et se laissa aller contre le dossier de son siège.

— Tu t'en fous, acheva Albertini. Et tu as raison, parfois il faut faire exactement l'inverse de ce qu'on attend de toi.

Corbier haussa les épaules. L'armurier, ça lui avait fichu un sale coup au moral.

— Franck, entre nous, qu'est-ce que je risque ?

— Une suspension, sans salaire. Entre nous.

Corbier ricana. La déprime le submergeait.

Il se voyait déjà sans un rond. Son banquier saisirait son appartement et lui errerait dans les rues, en mendiant de quoi tenir le coup. Sa vie foutue en l'air, voilà ce qu'il risquait.

— On peut le trouver où, ton armurier ? demanda Franck.

Corbier lui donna l'adresse. Albertini lui rappela que, tant qu'il manquerait la deuxième arme, rien n'était joué. Alex lui expliqua qu'il avait tout retourné chez Boher, en vain. Une équipe draguait le canal, sans résultats pour le moment.

— Albertini… fais pas trop de vagues…

— Tu ferais mieux de te préparer à voir Bellanger faire trembler Strasbourg. C'est beaucoup plus inquiétant que le fait que j'aille parler à ton Robert Ménesse.

— Elle est toujours comme ça ?

Franck esquissa un sourire. Se leva et serra la main de Corbier, moite et molle ; leva les yeux au ciel et s'interrogea sur le temps qu'il ferait dans les jours à venir. Il songeait à la fondation Bellanger, à son immense parc et à l'Atlantique. Durant quelques secondes, Albertini eut l'intuition que, lorsqu'ils en auraient terminé avec Boher, il rentrerait au Pays basque. Avec Laure.

Qu'il trouva assise dans le hall d'accueil, téléphone à l'oreille, agenda sur les genoux. De sa main libre, elle lui fit signe, avant de la poser contre le récepteur.

— L'armurier, c'est la poisse. Tu t'en occupes ?

— J'y allais, Votre Altesse.

Avant de poursuivre avec son interlocuteur, Bellanger lui prit la main, la serra fort et brièvement, et poursuivit sa conversation. D'un ton si froid qu'Albertini se tira en se disant que ça allait chauffer. Les rats ne seraient pas longs à sortir de leur trou.

Dans la rue, Franck fut assommé par la chaleur.

La tranquillité qui émanait de la ville était régulièrement brisée par le vrombissement des mouches ou le hululement des sirènes. Albertini jeta un œil sur son plan minuscule, et découvrit combien sa vue s'était affaiblie au cours des derniers mois. S'en inquiéta deux secondes, puis oublia. Remonta une rue, et s'arrêta boire un café dans un bar, avant de se rendre chez l'armurier Ménesse. Bob. Citoyen modèle qui n'avait pas perdu de temps pour témoigner que Boher avait requis ses services.

Follie ! Delirio vano è questo !
Povera donna, sola, abbandonata
*In questo popoloso deserto**.

Franck tendit l'oreille. Tourna la tête plusieurs fois de suite, sans trouver d'où provenait la musique. Une voiture passa à sa hauteur, mais *La Traviata* s'était déjà évaporée dans la chaleur des rues.

Il reprit sa route, avec le sentiment de marcher dans une ville qui se délitait, et se retrouva devant la vitrine de l'armurier. Lequel était en train de lire une revue. Robert Ménesse leva la tête, se fendit d'un bonjour presque jovial,

* Folie ! C'est un délire insensé ! / Pauvre femme seule, abandonnée / Dans ce désert populeux.

ce qui mit immédiatement Albertini sur la défensive. Il fit alors une chose qu'il n'avait pas faite depuis des lustres, et invoqua son statut de capitaine à la Criminelle. Franck avait même eu le réflexe de chercher son portefeuille, pour y prendre sa carte de flic rendue plus d'un an auparavant.

— C'est à propos de votre déposition de ce matin, fit Albertini, surpris que l'armurier se contente de sa parole.

Bellanger avait raison. Franck était plus chasseur que flic, et rien ne le détournerait de sa proie. Son portable vibra dans la poche arrière de son pantalon, mais il ne s'en préoccupa pas. Toute son attention était concentrée sur Robert Ménesse.

— Bien, bien, bien, fit ce dernier, et que puis-je pour vous, capitaine ?

— Me raconter comment Anne Boher est venue chez vous, soi-disant, dans le but de réparer ses armes.

— Pas soi-disant, capitaine. Car j'ai effectivement réparé ces armes, deux belles pièces par ailleurs, mal entretenues si je puis me permettre. Mais deux très belles pièces, je dois reconnaître.

Franck se demandait toujours où était passée la deuxième arme, et la suggestion de Corbier ne le satisfaisait définitivement pas. Alex pouvait remuer la vase du canal durant des semaines, il ne trouverait rien.

Albertini se concentra à nouveau sur Ménesse.

L'homme donnait l'impression de ne pas être de son époque. Les cheveux gris, longs et retenus par un catogan, vêtu à la manière d'un gentleman-farmer du XIXe siècle, il avait l'air d'avoir une certaine éducation. Tout du moins s'exprimait-il d'une manière aisée, voire compassée. Impossible d'appeler ce type Bob après l'avoir vu et entendu parler.

— Ecoutez-moi attentivement, monsieur Ménesse, je ne vous demande pas si vous avez réparé ces armes, mais si c'est bien Anne Boher qui est venue vous les apporter.

Ménesse le regarda comme l'on dévisage quelqu'un qui souffre d'une légère tare.

— Et qui d'autre, capitaine ?

— Vous allez être convoqué pour une identification, ils ont dû vous en parler ce matin au SRPJ.

— Effectivement, le commandant Corbier m'en a aimablement informé.

Franck sortit une photo de l'autre poche arrière de son jean, agacé par la manière dont s'exprimait l'armurier.

— Et vous seriez prêt à jurer que la femme qui vous a apporté ces armes est bien celle que vous voyez sur cette photo ?

Ménesse se pencha par-dessus son comptoir. Sous la vitrine, quantité d'armes à feu ou d'armes blanches se détachaient. Plus scintillantes et mortelles les unes que les autres.

— Comment vous dire ? C'était une rousse, là-dessus je n'ai aucun doute, et vous m'accorderez que les vraies rousses sont plutôt rares, n'est-ce pas ? Néanmoins… Il faudrait une meilleure photographie. Les traits sont beaucoup trop estompés, ne trouvez-vous pas ? Il me semble d'ailleurs que c'est la même que les journaux ont publiée, non ?

Franck perçut l'hésitation de l'armurier, et rangea le cliché, décidé à le pousser un peu plus loin dans ses retranchements.

— Expliquez-moi pourquoi vous vous êtes précipité au poste.

— Précipité ? Non, capitaine, certainement pas. C'est une décision réfléchie, mûrement réfléchie. Voyez-vous, je ne suis pas tenu par la loi de déclarer certaines armes de collection. C'est un fait. Néanmoins, je suis tenu, comme tout citoyen, d'informer les services de la police en cas de doute. Sur un individu, sur une commande, que sais-je ?

— Et là vous avez eu un doute ?

Ménesse prit le temps de choisir ses mots.

— Non, à dire vrai, ce n'était pas une question de doute. Hier soir, pendant le journal, quand ils nous ont informés de l'arrestation de Mme Boher, et de la mort de sa mère, j'ai repensé à la conversation téléphonique que j'avais eue, vendredi dernier, avec le docteur Boher.

Qu'il lui relata avec une exaspérante précision.

— Vous dites qu'elle vous a paru…

— Ebranlée par mon appel. Vous voyez, je m'étais formellement engagé sur les délais, auxquels elle semblait tout particulièrement tenir lorsqu'elle est venue à ma boutique.

Albertini était partagé.

L'homme paraissait très sûr de lui. Il fournissait de nombreux détails, et semblait posséder une bonne mémoire.

— Tenez, j'ai d'ailleurs tout noté, comme je le fais habituellement pour chaque commande.

Il se baissa, et se redressa avec à la main un grand cahier. Ménesse ne feuilleta pas les pages, mais l'ouvrit à celle marquée d'un liséré bordeaux.

— Nous y voilà. Je me suis présenté, et Mme Boher a dit ne pas comprendre.

L'armurier fit pivoter le cahier pour qu'Albertini puisse lire par lui-même. Il avait reporté la conversation, sous forme de dialogue. Il avait souligné "pas plus d'une semaine", ce qui révélait une fierté maniaque. Le topo se concluait par une remarque sur le fait que Boher avait semblé douter de s'être rendue chez Ménesse.

L'armurier précisait que Boher avait cessé de parler et l'avait "tout bonnement" abandonné au téléphone. Franck percevait dans les phrases de Ménesse une certaine irritation. Il imagina Anne abasourdie, en train de sombrer, juste après l'envahissement des poupées et des scalps.

Mû par une intuition, Albertini délaissa les notes de Ménesse et, plantant son regard dans celui de l'armurier, il lui demanda s'il se souvenait de la taille de sa cliente.

— Anne Boher est petite, pas plus d'un mètre soixante.

— Vous en êtes bien certain ?

— J'en mettrais ma main à couper, affirma Ménesse.

— Faites gaffe, vous pourriez la perdre, répliqua alors ce dernier.

— Pardon ?

— Votre main. Ne la mettez pas négligemment à couper.

Albertini vida les lieux, rassuré.

Son instinct de chasseur, aurait dit Bellanger, ne l'avait pas trompé. Il manipulait les cartes d'un jeu dont le mobile lui échappait encore, mais avait désormais la certitude que quelqu'un avait volontairement poussé Boher au-delà de ses limites. Il n'avait que quatre jours devant lui pour trouver qui se cachait derrière cette mise en scène, et reprit à son compte le "pas plus d'une semaine" de Ménesse.

Dehors, l'atmosphère était chargée. Dans un bassin, quatre jeunes bataillaient tout d'abord joyeusement, puis s'engueulèrent et se hurlèrent dessus. Une bagarre qui fut stoppée par deux citoyens volontaires, essoufflés d'avoir couru cinq mètres.

Satisfait de sa visite à l'armurier, Albertini décida de profiter de sa chance. D'une main, il repoussa un assaut de mouches, et se dirigea vers l'institut médicolégal.

Jérôme Horn était dans son collimateur, et Franck se sentait d'une humeur de chien de chasse. Affamé.

25

A neuf heures, il faisait déjà 30 degrés. Météo France avait annoncé des records de température pour la journée. Enzo travaillait sans relâche, mais son esprit arpentait des contrées qui l'emmenaient bien loin des problèmes du centre hospitalier.

Il ne cessait de penser à ce que Lou Werfel lui avait dit sur Sophie Mangin. Et, à mesure que s'écoulaient ces heures torrides et macabres qui transformaient l'hôpital le plus moderne de Strasbourg en champ de bataille, l'idée que Lou pourrait bien avoir raison était devenue une certitude.

Son démon est Bélial…

Le démon de la colère, se souvint-il.

Marquèz décrocha son téléphone. Comme Mangin ne répondait pas, il se promit de passer chez elle en sortant de la morgue. Incapable de se concentrer, Enzo tenta de joindre Corbier, tomba sur sa messagerie et raccrocha. Enervé. Que pouvait bien foutre Alex ?

Il se rendit au rez-de-chaussée, aperçut Werfel qui se démenait pour aider les urgentistes à évacuer les patients. D'une manière presque autoritaire, il la traîna jusqu'à la cafétéria.

— C'est la pause syndicale, se justifia-t-il, en souriant.

Lou fondait.

En raison de la chaleur. Et d'une émotion d'une intensité incroyable, comme chaque fois qu'Enzo lui décochait un sourire.

— Faut qu'on parle de Mangin, ça me titille, ce que tu m'as dit.

— Moi aussi j'y pense beaucoup, malgré tout ça…

Elle tendit un bras potelé, balaya l'espace. Marquèz songea alors à ce que devait être la vie pour une femme aussi brillante que Lou, mais si peu avenante physiquement. Lou, si forte et si fragile ! se dit-il.

— Une autre question, fit-il, en avalant un morceau de sandwich, pourquoi tu t'es teinte en blonde ?

Werfel se sentit mourir. Se sentit la pire chose que la terre ait enfantée. Puis elle secoua la tête, se souvint de ses dernières expériences et de ses rencontres. De sa découverte.

Non, je ne suis pas la pire chose enfantée par la terre ou ma pauvre folle de mère.

Lou songeait à d'autres êtres humains qui vivaient comme des maudits, alors qu'elle pouvait se montrer aux yeux du monde. Bien sûr, elle voyait se refléter dans le regard des autres sa laideur et leurs pensées peu reluisantes. Mais Lou pouvait bouger, parler, travailler et nouer des amitiés, comme avec Enzo. Elle pouvait soulever des montagnes pour d'autres, plus amoindris et infiniment vulnérables.

Lou inspira profondément, et décida de rester fidèle à elle-même. De dire la vérité à Marquèz.

— Je voulais changer. Je voulais être différente, plus… enfin moins…

Les larmes lui vinrent aux yeux. Enzo tendit le bras, posa sa main sur la sienne.

Que les humains peuvent être cons, se dit-il, en imaginant la solitude et la tristesse qui étaient le lot quotidien de Lou Werfel.

— Je voulais être jolie et plaire, finit-elle par lâcher dans un souffle. C'est bête, non ?

— Oh mais non ! s'écria Enzo. Bien sûr que non !

Discrètement, Lou essuya ses larmes et se fustigea intérieurement. Reporta son attention sur Anne Boher, dont le sort tenait à cœur à Enzo.

— A propos de Mangin, fit Werfel d'une voix enrouée, je me demandais si elle n'était pas capable d'envoyer les poupées, de remplacer le désinfectant par de l'acide, de pirater l'ordinateur de ce crétin de Waltter qui laisse toujours la porte de son bureau ouverte. En plus, Enzo, qui s'inquiéterait de la voir traîner ici, si tu vois ce que je veux dire ?

Marquèz voyait.

Il avait même l'impression d'y voir de mieux en mieux. Quelqu'un avait décidé de mettre hors jeu Anne Boher et, s'il ne savait pas encore précisément pourquoi, c'était forcément à cause du dossier 242. Il regretta qu'Anne n'ait pas eu l'idée de conserver une copie de ses notes. Il aurait sans doute déjà résolu une partie du mystère. Il soupira et jura : la vengeance constituait un mobile et portait le nom de Sophie Mangin.

La garce ! se dit-il en retirant sa main de celle de Lou, qui eut soudain froid.

Préoccupé, Enzo ne vit pas Werfel se recroqueviller. S'entourer le buste de ses propres bras. Avant de se détendre et de se déplier, de prendre appui sur cette nouvelle énergie qui l'emplissait depuis plusieurs jours.

— Tu dois en parler à Corbier, fit-elle.

Soudain revigorée.

Lou Werfel venait d'abandonner à jamais tout projet de transformation physique. Elle allait se consacrer à plus mal loti qu'elle. Plus laid et détestable, selon les critères esthétiques d'une époque, qui lui donnaient envie de vomir. Jusqu'à son extrait de naissance.

Enzo ne la vit pas plus se redresser qu'il ne l'avait vue s'affaisser, son esprit complètement tendu vers Mangin et Boher. Corbier ne répondant toujours pas, il décida de contacter Franck Albertini. Ses yeux tombèrent enfin sur le carnet de croquis de Lou.

— Tu dessines maintenant ?

— Depuis toujours, répondit-elle.

Lou esquissa un joli sourire.

Soudain Marquèz eut conscience qu'il émanait d'elle une nouvelle vibration, un rayonnement inhabituel.

— Je peux ? fit-il en tendant la main.

Werfel poussa le carnet dans sa direction. Enzo tourna lentement les pages épaisses et granuleuses, et s'immergea dans l'inattendu. L'inespérée beauté qui provenait non pas de la monstruosité des corps dessinés, mais de la douceur et de la profonde humanité irradiant des yeux des personnages dessinés au fusain par Lou.

Médusé, il releva la tête, et l'observa avec une intensité qui la fit tressaillir.

— C'est… tout simplement magnifique ! Merde, Lou, tu as un talent rare pour…

Dominique Waltter passa à ce moment-là en persiflant sur Boher. Marquèz serra les dents en le regardant s'asseoir. Se promit de lui renvoyer l'ascenseur à la moindre occasion, qui arriva plus vite que prévu.

— T'as qu'à voir avec qui ils fricotent à la morgue : des macchabées, des clodos et maintenant des monstres de foire ! lâcha Waltter, en rigolant.

Avant de se retrouver à terre. Enzo l'avait violemment arraché de sa chaise pour lui coller une raclée, et il fallut l'intervention de plusieurs personnes pour séparer les deux hommes.

— Tu me touches encore, sale morveux, hurla Dominique, et je porte plainte !

— Vas-y, connard, va pleurer chez les flics, rétorqua Enzo en essuyant le sang qui lui coulait dans les yeux. Et profites-en pour leur expliquer qu'on peut pirater ta console informatique sans que tu trouves à y redire !

Un silence plombé remplaça les commentaires et les éclats de voix qui avaient ponctué la bagarre.

— T'as dit quoi, là, Marquèz ?

Enzo serra les poings, prêt à se battre à nouveau.

— Vous n'avez rien d'autre à faire ? tonna une voix.

Marquèz se tourna et se retrouva face à Simonov. Waltter tenta de défendre sa cause, mais sentit que personne ne le suivait. Fou de rage, il quitta la cafétéria et passa près de Simonov.

— Monsieur Waltter, je vous rejoins dans une heure. Quant à vous, docteur Marquèz, je vous attends dans mon bureau, ordonna-t-il. Une fois votre arcade recousue.

— Ça va chauffer, lâcha quelqu'un.

Dans un brouhaha de chaises et de verres s'entrechoquant.

— Rien à foutre, jeta Enzo, les yeux dilatés par la colère. Ce gros con de Waltter ne perd rien pour attendre.

— Fais gaffe, Enzo, fit Lou, je trouve tout ça très, très bizarre.

Marquèz la dévisagea, et hocha la tête. Werfel avait raison. Ce n'était pas bizarre, ça puait. Il l'embrassa sur la joue et fila. Téléphona à Bellanger et lui rapporta ce qui venait de se passer. Dans son esprit surchauffé dansaient les incroyables personnages de Lou Werfel.

*

Patiemment, Laure appuya, encore et encore, sur le bouton de la sonnette. Dès qu'Enzo lui avait parlé de Mangin, elle avait décidé de s'en charger.

— Ça va, ça va ! gueula une voix à l'intérieur. On vient !

On ? se dit Bellanger qui faisait toujours attention lorsqu'un individu utilisait le "on" à la place du "je".

Dans son métier, les psychotiques employaient "on" ou "nous" pour parler d'eux. Incapables de dire "je", ils attendaient que le monde extérieur le fasse pour eux. Laure savait qu'une grande partie de la population disait "on" par habitude, mais elle restait toujours vigilante à ce type de formulation.

La porte s'ouvrit sur une jeune femme de moins de trente ans, que sa mine fripée vieillissait. Petite de taille et mince, Mangin avait les cheveux en désordre, châtain foncé, les yeux marron et un visage anguleux. Elle paraissait sortir de son lit.

— Sophie Mangin ? s'enquit Bellanger, en avançant un pied.

Bien décidée à entrer, et à jeter un œil sur son appartement.

— Hé ! Non mais, attendez un peu, répliqua cette dernière, soudain alerte. Vous êtes qui d'abord ?

— Je suis mandatée pour une enquête criminelle. Anne Boher, ça vous dit quelque chose ?

Mangin se mordit la lèvre inférieure. Elle empêchait toujours Laure de passer.

— J'suis obligée ?

— Pas encore mais, si vous refusez, j'obtiendrai une convocation au poste, ça vous tente ?

En guise de réponse, Mangin s'écarta avec une moue.

— Je pourrais raconter que vous m'avez forcé la main, croyez pas ?

— Et à qui iriez-vous dire une chose pareille ? rétorqua Laure en scannant la pièce.

— Aux flics… à la télé, aux journalistes !

Bellanger eut une brève vision de Sophie Mangin, en train de marcher fièrement dans la rue. Avec sur le front, inscrit en gros caractères rouge vif : *Vue à la télé !*

Laure poursuivit son inspection.

Une télévision, des DVD au sol et de nombreux livres de médecine le long d'un mur à la peinture jaunie. Un futon pour lit, des coussins turquoise délavé, un tapis rose défraîchi, une table et deux chaises, un pouf recouvert de vêtements. Un coin cuisine, bien rangé. Méticuleusement nettoyé. Une boîte de comprimés sur la table de nuit, un reste de pétard dans le cendrier.

Bellanger tira une chaise et s'assit. Mangin se mit à se gratter les mains de façon insistante.

— Hé… vous voulez peut-être aussi que je prépare du café !

— Bonne idée, répliqua Laure. Nous en avons pour un moment.

Mangin la regardait ébahie. Hésitait entre "Cette femme est une psychopathe" et "Je suis dans la merde, elle ne va pas me lâcher".

— Va pour le café, abdiqua-t-elle. Bon, vous voulez quoi ?

— Simple curiosité de ma part : qu'avez-vous éprouvé en apprenant l'arrestation d'Anne Boher ? Du plaisir ? De la peur ?

Sophie manqua d'en faire tomber le paquet de café. Durant un court instant, elle fixa Bellanger. Songea à Horn et à ses combines.

— Vous insinuez quoi, à la fin ? articula-t-elle.

— Je trouve étrange, non, je trouve très étrange que, quelque temps après votre départ de l'institut médicolégal, Anne Boher soit l'objet de harcèlement. D'envois pour le moins douteux de lettres de menaces et de poupées souillées.

Le paquet tombant, le café se répandit sur le sol.

— Et… merde, vous croyez que c'est moi ? s'exclama Sophie, éberluée.

— Je ne le crois pas. J'en suis sûre.

Les deux femmes s'affrontèrent du regard. Puis Mangin se mit à rire tout bas, et Laure se crispa. Elle n'aimait pas ce type de réaction.

— Foutez le camp d'ici ! aboya Sophie, tremblante de rage. Cassez-vous !

Lentement, Bellanger se leva, sans quitter Mangin des yeux. Un œil sur sa main droite un peu trop proche d'une fourchette.

— Vous ne devriez pas le prendre sur ce ton, fit Laure d'une voix très douce. Mais plutôt réfléchir aux conclusions que la police va en tirer.

— Elle n'a qu'à me convoquer ! Je n'ai rien à vous dire. Rien du tout, alors tirez-vous !

— Je crois au contraire que vous auriez beaucoup de choses à nous apprendre sur Anne Boher. Par exemple : qui la suivait, l'épiait et pénétrait chez elle ? Qui, comment et pourquoi, ça fait beaucoup de questions, mademoiselle Mangin, qui exigeront des réponses. Bien entendu, nous savons vous et moi que l'infirmière Langet répondra à certaines de ces questions.

Sophie frémit. Le regard alourdi par la peur et la haine.

— Barrez-vous !

— Un conseil, Mangin, présentez-vous spontanément au SRPJ, ça ne pèsera pas beaucoup dans la balance, mais c'est un plus. Pensez-y.

Le ver est dans le fruit, se dit Bellanger en descendant les escaliers. Enzo a raison, cette môme sait quelque chose, mais je m'y suis prise comme un pied !

Laure téléphona à Corbier, lui décrivit succinctement la situation et demanda à voir Boher dans les plus brefs délais. Alex lui apprit qu'une confrontation avec l'armurier aurait lieu en fin de journée, moment où elle pourrait parler à Anne. Agacée par la réticence de Corbier, Bellanger raccrocha. Se chercha un endroit adéquat pour planquer, et passa en revue ce qu'elle savait. Déduisait ou ignorait.

Une cigarette à la main, Laure leva la tête vers l'immeuble de Mangin, et lui donna moins d'un quart d'heure pour filer. Au bout du double, Bellanger en conclut qu'elle avait fait fausse route. Du moins en envisageant une fuite précipitée.

*

Laure et Franck partirent tôt de l'hôtel pour assister à la confrontation avec l'armurier.

— Corbier, il réagit comment à notre présence ?

— Tu te soucies de tes collègues maintenant ? Je plaisante. Alex est à côté de ses pompes. En phase dépressive à mon avis, et beaucoup trop attaché à Anne. Peut-être même amoureux. Du genre à ne jamais se déclarer. Au moins, maintenant, une chose est certaine, conclut-elle, c'est qu'on a tenté d'encercler Anne.

— Encercler ?

Ils traversèrent une rue, aperçurent une citoyenne volontaire en train de discuter avec un agent et un jeune en caleçon. Le garçon suggérait que la canicule autorisait des comportements inhabituels, et la citoyenne volontaire plaidait le contraire. Pendant que l'agent de police transpirait à grosses gouttes dans son uniforme, et leur jetait des regards furibonds.

— Encercler, poursuivit Laure, comme une proie. Le chef de meute dirige les opérations et les autres, parfois une femelle, mais en général plutôt des mâles, obéissent, traquent, brouillent les pistes pour rester masqués. Au moment idéal, ils attaquent, en laissant au chef de meute le soin de récolter les galons de la gloire. La part du lion.

Etonné, Franck lui jeta un regard en biais. Néanmoins, le parallèle lui paraissait parfaitement adapté à la situation de Boher.

— Une chaîne de manipulations, fit-il. D'un côté, en demeurant dans l'ombre, quelqu'un s'ingénie à terroriser Boher. De l'autre côté, versant public, l'entourage traduit le comportement de Boher d'une autre manière. Des événements dont Boher ne sait rien, mais qui sont validés par plusieurs personnes, événements qui l'incriminent. Que peut bien savoir Boher pour qu'on veuille l'éliminer de cette manière ?

— Toute la question est là, Franck. Et Anne ne nous sera d'aucune aide, car elle n'en a pas ou plus conscience. Elle le pressent, à force de décortiquer les éléments du puzzle, et elle possède sans doute l'information, mais enfouie dans sa mémoire. Autant chercher une aiguille dans une meule de foin. Et nous n'avons pas le temps. Mais je me dis que sa demande d'exhumation n'est pas étrangère à tout ça.

— Ça ne colle pas, Laure. Cette demande est postérieure au harcèlement.

— Je sais, Franck. Mais Boher a dû y réfléchir bien avant, et lâcher une information malgré elle. Merde, j'en sais rien…

— Un café, ça te dit ? suggéra Franck. On est en avance.

— Bonne idée.

L'endroit était petit et frais, peu animé. Seuls deux jeunes jouaient aux échecs, silencieux et concentrés.

— Ils ont annoncé une baisse des températures pour la fin de semaine, annonça le barman. Ça va calmer tout le monde, non ?

Ni Bellanger ni Albertini ne lui répondirent. Il haussa les épaules, bougonna et astiqua son comptoir.

— L'armurier, reprit Laure. Je te parie que c'est un coup monté. J'ignore jusqu'où il peut être impliqué, mais il l'est. Quelqu'un est venu le voir, et s'est fait passer pour Boher. Sinon, comment expliquer ce que Ménesse t'a répondu sur la taille d'Anne ? S'il affirme qu'elle mesure à peine un mètre soixante, alors qu'elle en fait quinze de plus, c'est qu'il ment.

— Il a vu les photos publiées par la presse.

— Je m'en doute. Ménesse a pu aussi regarder sur Internet. Peu importe, Corbier est obligé de respecter la procédure.

— Je sais, je te rappelle que je suis… j'étais flic.

Laure eut un éclat dans le regard. Ses yeux étaient d'un vert lumineux et Franck se retint de ne pas tourner la tête. Se retint aussi de ne pas l'embrasser.

— Attends quand même le résultat de la confrontation ? fit-il, la voix rauque.

— Je suis certaine qu'il n'osera pas désigner Anne. Auquel cas je m'en occupe. J'ai anticipé, et demandé à Corbier de prévoir cette option, et dit à son avocat de gesticuler très fort. J'espère seulement que Tardieu soutient encore Boher.

— Tu en doutes ?

— J'ai eu un drôle de pressentiment en le revoyant, mais bon… Si on a un peu de chance, malgré les empreintes, Anne devrait être rentrée chez elle en fin de journée.

Franck avait déjà vu Bellanger à l'œuvre et connaissait sa puissance d'action comme sa capacité à obtenir ce qu'elle voulait. Mais il était toujours surpris que ceux qui possédaient le pouvoir, et le bon réseau, puissent contourner aisément les aspérités du système. Puis Albertini songea à Anne Boher en train d'affronter la solitude et le silence de sa maison. Les traces du sang de sa mère sur le mur et la moquette couleur sable.

— Et le flacon volé à l'hôpital ?

— Franck, on parle d'une légiste, n'importe quel avocat à peine dépucelé pourra contourner cet aspect.

Laure ne lui dit pas qu'elle n'avait pas retrouvé la lettre d'Emmi Boher déchargeant sa fille en cas d'euthanasie. Elle n'en parlait pas encore, car elle ignorait où elle était. Au point de douter de son existence.

— J'ai donc fait le nécessaire auprès de l'hôtel, reprit-elle, pour qu'on prépare nos bagages.

— Pardon ?

— Je ne peux pas laisser Anne dormir chez elle toute seule.

— T'es en train de me dire qu'une femme de chambre a tripoté mes caleçons en mon absence ?

Laure apprécia sa souplesse de caractère. Elle n'avait pas eu le temps de le prévenir, et avait averti l'hôtel par téléphone, entre deux rendez-vous et dix coups de fil.

— Une chose m'inquiète, lâcha Franck.

— Quoi ?

— Tu as pensé à remplir le bar ?

Elle partit d'un éclat de rire.

— En fait, non. Mais on trouvera une solution pour survivre. Promis. On y va ?

Son visage s'assombrit soudain. Franck posa sa main sur son bras au moment où elle pénétrait par la porte grande ouverte du SRPJ.

— Laure, et si ce Ménesse l'identifie formellement ?

— Je le tue.

S'il n'avait pas été convaincu qu'elle en était capable, il se serait fendu d'un sourire.

*

Ses anciens réflexes de flic reprenant le dessus, Albertini décida d'effectuer une recherche sur la famille Boher. Bellanger avait une confiance absolue en Anne Boher, mais il en allait autrement pour Franck.

Le peu qu'il avait entrevu d'Anne Boher ne l'avait pas réellement frappé, mais il avait fait sa connaissance au moment où sa vie s'écroulait. Quand Franck l'aperçut à travers la vitre sans tain, il vit une femme digne et effondrée.

Alex Corbier préparait l'armurier à l'extérieur de la pièce d'où il pourrait observer six femmes rousses. Dont Anne Boher à qui l'on venait de donner le numéro 5.

Mais comment pourrait-il se tromper ? s'inquiéta soudain Albertini en découvrant que les autres rousses avaient bonne mine. La seule qui paraissait accablée, c'était Boher.

Robert Ménesse n'aurait aucune hésitation.

Franck voulut en parler à Corbier, lequel discutait avec Scheinder, son supérieur. Un homme distant, peu disert, et visiblement à mille lieues de se soucier du sort de Boher. Discrètement, Albertini attira alors l'attention de Laure, et lui exposa le problème. Il n'avait pas fini sa phrase que deux yeux bronze obscurcis par la colère le fixaient.

— Merde !

Elle se rua sur Corbier, relégua habilement Scheinder qui tourna les talons et disparut au bout du couloir.

— C'est quoi cette confrontation, Alex ? Un numéro de cirque ?

Abasourdi, Corbier la regardait sans comprendre.

D'un geste ferme, Bellanger l'entraîna dans la pièce. Passa sans un regard devant Ménesse qui patientait calmement. Là, elle n'eut rien à ajouter. Alex comprit immédiatement la situation en découvrant les fausses rousses qui papotaient tranquillement. Remettaient perruque ou vêtements en place.

— Fait chier ! lâcha-t-il en quittant la pièce.

Alex Corbier expliqua à Robert Ménesse que les choses allaient sans doute prendre un peu plus de temps que prévu. Voulait-il boire quelque chose en attendant ?

Albertini gagna la cour pour fumer une cigarette et ne pas piquer un fou rire devant le visage consterné de l'armurier.

Plus tard, Franck s'installa dans un coin du SRPJ, où la chaleur était insupportable malgré les ventilateurs. Coincé entre un ordinateur et une pile de procès-verbaux, il commença à éplucher la vie d'Anne Boher. Privée et professionnelle. Au bout d'une bonne heure, il demandait à Corbier de lui ressortir tout ce qu'il possédait sur l'affaire du fou de Blauelsand.

*

Anne souffrait d'une migraine qu'aucun cachet n'atténuait. Allongée dans une pièce qui servait de cellule, Boher aurait voulu s'entretenir avec Laure. Des pensées étranges lui étaient venues à propos de l'état de sa mère, et Anne espérait qu'Enzo pousserait l'autopsie le plus loin possible. Pour un légiste, la mort était l'exacte réplique de la vie. Avec un début, un milieu et une fin. Un cycle complet. Un mort pouvait raconter des choses que les vivants n'auraient pas osé imaginer ou formuler.

Ses idées étaient de plus en plus désordonnées, évanescentes. Ce qui l'effrayait. Boher doutait même de la teneur de ses propos échangés avec Laure. Lui avait-elle parlé de ses crises de somnambulisme ? des papillons qui bruissaient dans son cerveau et soulevaient des vagues de terreur ?

La bouche sèche, Anne ferma les yeux et se concentra sur sa respiration. Elle n'avait même plus la force de se lever pour boire et se rafraîchir. Et se mit à flotter.

Elle s'en va… elle part… elle va se jeter par la fenêtre pour qu'un oiseau, passant par là, s'empare de son âme… Elle ?

Anne se dématérialisait.

Sans quitter son corps, elle se mettait à distance. Fluctuant, son esprit s'élargissait et lui donnait l'impression d'être de moins en moins solide. Anne Boher devenait étrangère à elle-même, et parcourait des espaces – souvenirs, idées, pensées – qui n'étaient ni familiers ni rassurants. Des fragments de sa vie qui, désormais, sourdaient d'un danger insaisissable. Niché en chaque chose qu'elle avait aimée, choyée et connue.

Elle lévite, elle s'en va…

Anne se vit soudain errer à travers un brouillard de formes. Ni humaines ni fantomatiques. Hybrides. Des silhouettes murmurantes, qui ne la voyaient pas et se contentaient de défiler devant ses paupières closes. Pour se transformer en papillons aux ailes déchirées et sanguinolentes. Des papillons qui entraient dans son corps puis en sortaient. Impuissante, Anne observait ce mouvement, ce va-et-vient entre esprit et corps. Son mal de tête empirant, elle gémit. Ouvrit les yeux, et scruta le plafond de sa cellule. Puis Anne se tourna sur le côté, en position fœtale, et pleura enfin sans retenue.

26

En quittant le SRPJ, Alex rentra directement chez lui. Vidé et morose.

Il avait finalement reporté la confrontation. Les fausses rousses avaient été briefées pour le lendemain et Sophie Mangin convoquée. Corbier avait également rendu visite à Anne, supportant mal l'idée qu'elle soit seule. Enfermée. Incapable d'admettre qu'elle ait assassiné sa propre mère. Au bout d'à peine dix minutes, se sentant coupable, Alex avait lâchement fui. Coupable de son incarcération, et des cernes sous ses yeux. De l'absence de vie qui lui ravageait le visage.

Rentré chez lui, une bière à la main, Corbier s'installa devant la télévision. L'enquête lui échappait. Bellanger et Albertini déployaient des ressources et une énergie qui lui faisaient défaut. Sans parler de l'armurier qui avait attendu en vain, anormalement stoïque devant le désordre ambiant.

Tandis qu'Alex somnolait devant un mauvais téléfilm, Anne luttait contre une crise d'angoisse. La visite de Corbier ne l'avait aucunement apaisée. En cet instant, Boher aurait voulu appeler à l'aide, mais aucun son ne sortait de sa gorge. Elle aurait voulu se lever et frapper pour attirer l'attention, mais elle était tétanisée.

Si Anne fermait les yeux, elle se voyait en train de descendre les escaliers. Et remonter le couloir qui menait à la chambre maternelle, ouvrir la boîte et lire la stupeur dans les yeux d'Emmi Boher. Puis elle ne voyait plus rien. Les oreilles vibrantes de ce coup de feu qui se répercutait longuement dans la pièce rouge du sang du matricide. Si Anne les gardait ouverts, elle se heurtait au plafond de sa cellule, qui se couvrait d'une myriade de papillons bleus ensanglantés.

Par à-coups, une irrépressible envie de dormir l'envahissait, et Anne Boher glissait dans un état quasi comateux. Elle flottait à nouveau, reprenait et poursuivait ce rêve interminable où elle manipulait fébrilement poupées et scalps. Ce qui faisait monter en elle un hurlement impossible à expulser.

*

Franck avait décidé en premier lieu de s'occuper de Hensberger.

Installé sur un canapé vert amande, dans une pièce empestant l'eau de Javel et l'encaustique, Albertini rongeait son frein. Dès la première seconde, il n'avait pas apprécié Hensberger. Et encore moins depuis qu'Ingrid s'était vantée d'appartenir aux citoyens volontaires, et avait loué leurs mille et un mérites. A lui user les nerfs, et le peu de patience et de tolérance que ces dernières années n'avaient pas encore entamé.

Albertini eut subitement envie de la gifler. Il détourna le regard, survola plusieurs cadres accrochés au mur. D'austères photographies de famille qui exsudaient une insupportable rigueur.

Lassé d'écouter Hensberger déblatérer sur le compte de l'ordre en marche, et en voie d'être retrouvé, affirmait-elle, Franck voulut connaître les raisons de son adhésion. Etonné de trouver, chez quelqu'un ayant rempli la fonction de directrice des affaires médicales, un esprit aussi obtus et rétrograde. Pétainiste.

— Le problème vient de ce manque de rigueur, surtout chez les jeunes, poursuivit Ingrid. Tout ce laisser-aller, c'est… c'est intolérable !

Elle en bafouillait d'indignation, et aurait sans doute longtemps bavé d'un ressentiment mêlé d'une fureur inflexible, s'il l'avait autorisée à poursuivre.

— Madame Hensberger, vous avez déposé une plainte au sujet du docteur Boher, lâcha Franck.

— Et à raison, quoi qu'en pense Simonov ! Vous voyez, c'est ce que je vous disais, ils sont de mèche, tous complices de ce désordre qui nous…

— Vous accusez le docteur Boher d'avoir dérobé un produit, l'interrompit-il, à bout. Lequel ?

— Pas un, monsieur le commissaire, pas un, mais plusieurs !

Cette manie, se dit Franck, qu'ont les gens d'appeler n'importe quel flic "commissaire".

— Vous voyez, les médecins devraient donner l'exemple, mais non ! Car il n'y a pas que les jeunes qui manquent de rigueur, les…

— Madame Hensberger, ça vous ennuierait de répondre à mes questions ? s'énerva Franck.

Ecœuré par cette haine primaire qui défigurait Ingrid Hensberger. Rien de spectaculaire, mais de quoi alimenter les projets de bon nombre de tyrans du monde moderne. Un terreau fertile où ne pousseraient que la mort et la destruction ; où le meurtre, comme toujours, se déguiserait en raison d'Etat.

Surprise par son ton de voix, Hensberger répondit sèchement à ses questions.

— Mais enfin, commissaire, s'indigna Ingrid. Vous qui êtes dans la police, vous devriez tout de même comprendre !

— Quoi donc ?

— L'importance de l'aide de ceux qui se portent garants du respect de l'ordre, rugit-elle.

Désireuse de le gagner à sa cause, Hensberger lui demanda si, à son avis, les citoyens volontaires remplissaient correctement leur mission. Bénévole et non rémunérée, précisa-t-elle amèrement. Franck eut un sourire méprisant. Si la satisfaction était rattachée au sentiment d'être utile à la société, tôt ou tard l'argent finirait par poser un problème.

Dans quel bateau à la dérive navigue donc cette femme ? se demanda-t-il en se levant.

Avec l'envie de vomir.

— Vous voulez vraiment mon avis ? fit-il d'une voix très douce.

— Et comment !

En quelques mots, Albertini condamna l'action des citoyens volontaires, et acheva Ingrid en précisant que, loin d'être respectés par la police, ils étaient considérés comme des mouches à merde.

— De vulgaires nettoyeurs, madame Hensberger, pour ne pas dire des emmerdeurs qu'il nous faut constamment repousser d'un revers de main.

Franck partit et laissa Ingrid Hensberger bouche bée.

En poussant la porte de l'immeuble, Albertini eut l'impression d'ouvrir celle d'un four. Dans la rue, un bénévole sautait sur une jeune fille pour lui fourguer brumisateur et conseils inutiles. Sur le parvis de l'hôtel de ville, Franck découvrit que l'on avait dressé deux stands, pour informer les Strasbourgeois des dangers de la canicule. Deux tentes bâchées sous lesquelles bénévoles et citoyens suaient abondamment. A vingt mètres d'un marchand ambulant qui vendait glaces et boissons.

Albertini bifurqua, repéra un brassard jaune, hésita à se passer les nerfs, et abandonna l'idée. Il lui restait à interroger l'infirmière Michèle Langet. Décrite par Corbier comme une femme à la personnalité sévère, et rétive aux questions. Coriace, avait-il précisé, en reconnaissant que sa déposition n'était guère convaincante. Franck en avait déduit qu'à l'instar de Robert Ménesse, Michèle Langet mentait.

Il leva les yeux au ciel, d'un bleu limpide, surréel. Estima que c'était un temps idéal pour la chasse. Sa mauvaise humeur s'en trouva instantanément améliorée. Finalement, Bellanger avait raison : à part les femmes, rien ne l'excitait autant que de pister un suspect, et de l'acculer à la faute. De le voir s'embourber dans ses mensonges, et chuter après avoir manipulé son entourage, convaincu d'être intouchable. Le fantasme de la toute-puissance avait toujours fasciné Albertini qui, chassant, conformément à l'analyse de Laure, débusquait pratiquement toujours ses proies. Mais laissait aux autres le soin de conclure. D'exécuter une justice qu'il jugeait trop souvent n'être qu'une parodie.

Ingrid Hensberger ne lui avait rien appris d'important, si ce n'était ses liens avec Vilmont. Citoyen volontaire, et lieutenant de police. Pour Hensberger, Franck décida de jouer la carte du doute acceptable, et de garder Vilmont dans sa ligne de mire. Sans rien en dire pour l'instant à Corbier. Ainsi que l'on avait procédé envers Anne Boher, Franck allait encercler chacune des proies. Jusqu'à toutes les faire sortir de leur terrier. Jusqu'à atteindre le chef de meute.

*

Ereinté, Marquèz rentra chez lui, un trente mètres carrés dépourvu de mobilier, à l'exception d'un canapé-lit noir, recouvert d'un tissu indien, et d'une table récupérée dans la rue. En guise de décoration, quantité de livres, de disques et de DVD. Affalé, Enzo reprit les copies des lettres de menaces et commença à tenter d'en extraire les mots-clés.

Dans toute folie, il y avait une logique et il était bien décidé à la trouver. Il tournait en rond autour des termes "tumeur", "valet" et "reine". Au bout d'une heure, il n'avait abouti nulle part. Agacé, Marquèz eut comme premier réflexe de tout jeter à la poubelle. Se servit à boire, puis récupéra les feuilles, les défroissa et téléphona à Corbier, qu'il sortit d'un mauvais sommeil. Et l'invita à le rejoindre.

Enzo avait ouvert les fenêtres, branché le ventilateur, servi de la bière fraîche, du fromage, et allumé la télévision pour voir le journal de la nuit. Dans l'intervalle, les deux hommes discutaient de ces étranges lettres, et confrontaient leurs hypothèses.

— Tu vois, fit Enzo, en se préparant un toast, ça me travaille, ces phrases. "Comme un vieux couple, nous nous serions, une dernière fois, mortellement étreints", tu ne trouves pas ça bizarre, toi, cette formulation ? C'est quoi ? Un taré qui se voulait écrivain ?

— Une admiratrice ? proposa Alex en bâillant.

Marquèz avala de travers. Toussa. Sentit ses poumons se décoller quand Corbier lui envoya une claque dans le dos, et éructa un "Mangin !" assourdi qu'Alex ne comprit pas immédiatement.

Remis de ses émotions, Enzo revint sur la théorie de Lou Werfel. Corbier parut enfin émerger de son brouillard, et envoya un agent pour planquer en bas de chez Sophie

Mangin. En maudissant son manque de réaction et sa lassitude, au moment où Bellanger lui en avait parlé. Dans la foulée, il prit contact avec Lou Werfel.

— T'étais au courant ? fit Alex à l'intention d'Enzo qui cherchait la télécommande.

— Qu'elle se droguait ? Non. Mais Lou a sûrement raison, si tu savais le nombre de toubibs qui se dopent.

— Mais ça devait bien se voir, non ?

— Tu sais, je veux dire, qu'elle soit un peu zarb… Pour travailler avec les morts, il faut… Hé, écoute un peu ça ! s'écria-t-il en montant le son.

“… terrible accident de la route a coûté la vie à Eric Brémer, cancérologue réputé à Strasbourg. La police enquête, Mme Brémer ayant déposé une plainte contre X pour homicide involontaire. Rappelons que la route tue…”

— La vache ! s'exclama Enzo.

— Tu le connais ?

— De réput'. Un médecin de plus qui cherchait à se faire une place au soleil. J'ai lu certaines de ses publications… Un type ambitieux…

— Le sont pas tous dans ce milieu ?

“Quant à l'affaire Boher, puisqu'il s'agit désormais d'une affaire qui éclabousse le milieu hospitalier de Strasbourg, le président Simonov a déclaré sur notre antenne être choqué, non sans préciser que le docteur Anne Boher paraissait souffrir depuis quelque temps d'une profonde déprime. Je vous rappelle qu'Anne Boher, médecin légiste, a été inculpée pour le meurtre de sa mère dans la nuit du…”

— Connard ! s'écria Enzo en éteignant le poste. Putain, même Simonov la lâche, j'y crois pas !

— Tout ça ne me plaît pas. Vraiment pas. Simonov, Tardieu…

— Quoi, Tardieu ?

— Je ne sais pas, Enzo, mais je le trouve bizarre depuis l'inculpation d'Anne… distant. Beaucoup trop à mon goût.

— Merde, ils la lâchent tous !

Corbier se pencha par la fenêtre. La nuit était tiède, plus chaude encore que les précédentes.

— Je rentre, Enzo. Demain risque d'être une journée pénible.

— Merde, Simonov, quand même ! J'aurais juré qu'il la soutiendrait... Tu crois qu'elle va s'en tirer ?

A voir la mine qu'afficha Corbier, rien n'était moins sûr.

*

Affamée, Laure n'avait pas arrêté une minute de la journée. Aussi avait-elle donné rendez-vous à Mathieu Forest dans un restaurant du quartier de la Petite France. Avec vue sur le canal, non loin des écluses. Là où jaillissait *La Traviata*.

Forest n'avait pas résisté à la perspective d'interviewer la psychologue. Et, quand Bellanger lui avait annoncé qu'elle était partie prenante dans l'affaire Boher, il s'était réjoui de leur rencontre. Hâtivement.

Depuis le début du dîner, Mathieu déchantait et cumulait les problèmes comme les bourdes.

— Je voudrais que vous m'expliquiez, fit Laure, comment vous vous y êtes pris pour rédiger cet article.

Qu'elle glissa dans sa direction.

Mathieu haussa vaguement les épaules, et continua à mâcher, bouche ouverte, ce qui tapait sur les nerfs de Laure.

— La routine, lâcha-t-il.

— Vraiment ?

Le ton ironique et froid lui fit poser sa fourchette.

— Vous voulez quoi au juste ?

Laure se cala dans son fauteuil. Alluma une cigarette, et fit plusieurs fois tourner sa bague autour de son index, avant de lui répondre.

— Qui vous a commandé ce torchon ?

Forest cacha sa surprise et son malaise en vidant son verre. Puis, crânement, il rétorqua qu'il était libre de commenter l'actualité à sa façon.

— L'actualité ? Vous parlez sans doute des problèmes que rencontre la profession hospitalière ?

Le journaliste ne se méfia pas de la douceur de sa voix, fit quelques remarques désobligeantes sur la gestion de la santé, et se prit les pieds dans le tapis.

— Evidemment, à ce moment-là, Boher n'était qu'une cible...

Le silence qu'elle imposa lui donna la mesure de sa gaffe.

— Enfin, je veux dire… Bon, écoutez, madame Bellanger, je ne sais plus bien pourquoi je suis là. Vous…

— Vous êtes là, monsieur Forest, parce que je suis convaincue que ce papier n'a été écrit que pour enfoncer Anne Boher.

Forest haussa à nouveau les épaules.

— Et ça change quoi ? On sait aujourd'hui qu'elle n'est pas la blanche colombe qu'on imaginait.

Le serveur leur apporta la suite, et Forest se jeta sur son assiette. Bellanger but une gorgée de vin, avant de poursuivre son offensive.

— Qui vous a payé pour cette mascarade ?

Elle regarda sa montre, et lui précisa qu'il avait exactement cinq minutes pour lui répondre.

— Hé ! Mais vous vous prenez pour qui ? La Justice réincarnée ?

— Pour cela il faudrait qu'elle l'ait déjà été, non ? ironisa Laure.

Qui en avait assez de ce petit jeu. Et de ce stupide journaliste.

— Forest, soit vous répondez à ma question, soit…

— Oh, pas de menace, ça ne prend pas avec moi.

— Permettez-moi d'en douter.

Laure lui fit passer un autre document, et le vit pâlir.

— Où avez-vous eu ça ?

De rage, Mathieu le déchira. Bellanger en sortit une copie de son sac.

— Vous voyez, monsieur Forest, je travaille avec des patients dont la psyché est un véritable champ de bataille. Conséquence : la société les rejette. Par peur, ignorance… connerie. J'ai tendance à penser qu'elle devrait plutôt se méfier des délateurs, qui savent pertinemment ce qu'ils font, contrairement à mes patients… Allez savoir quel dégât ça entraîne, et quel désir de vengeance ça provoque. Mais vous le savez, vous qui vous êtes d'abord enfui de Marseille, puis de Paris.

— Vous voulez quoi ?

— Comment croyez-vous que ceux que vous attaquez dans votre article vont réagir en apprenant que vous n'avez pas hésité, dans le passé, à dévoiler vos sources ? Et que l'une d'entre elles a été retrouvée avec une balle dans la tête ? Mais j'y pense : Emmi Boher également.

Forest pâlit encore plus.

— Vous êtes une belle garce !

— Et vous, un connard. Vous imaginiez quoi ? Que l'enquête sur Anne Boher vous laisserait indemne ?

Soudain, Mathieu Forest eut froid, malgré la tiédeur de la nuit et les coups de soleil sur sa peau trop blanche. Malgré la colère qui montait.

— C'est du chantage, siffla-t-il en jetant sa serviette.

Sur le point de se tirer.

— Le nom de la personne qui vous a demandé ce papier, et personne ne saura quel pauvre type vous êtes. Ça s'appelle un marché, Forest.

Laure agita les morceaux du document qu'elle lui avait donné.

— Vous faites désormais partie du domaine public… n'importe qui peut se procurer ce compte rendu de justice, s'il sait où chercher. N'y voyez donc aucun chantage.

Mathieu pesa rapidement le pour et le contre, et se rassit.

— Quelle garantie j'ai de m'en tirer sans accrocs ?

— Aucune. L'enquête finira par remonter jusqu'à vous, ce n'est qu'une question de jours.

Mais le temps manquait à Laure, ce qui motivait chacune de ses actions.

— Vous êtes mouillé jusqu'au cou. Et déjà dans le collimateur de Corbier qui se pose les mêmes questions que moi en lisant votre article. Un tel acharnement contre Anne Boher, ça paraît suspect.

Forest ne pouvait pas lui donner tort.

En l'acculant, Bellanger avait contribué à modifier sa vision de ce qui n'aurait dû être qu'un service. Dans le but d'obtenir, un jour ou l'autre, une compensation à la hauteur. Résultat des courses, il s'était fait entuber.

Croyant qu'il opposait encore de la résistance, Laure revint à la charge.

— Quel argument a-t-on avancé pour vous embarquer là-dedans ?

— Que Boher mettait le feu aux poudres, et que l'hôpital allait y laisser des plumes.

Prêt à ronger n'importe quel os...

— Combien vous a-t-on payé ?

Forest ricana.

— Vous plaisantez ? Je n'ai rien touché... que des promesses, Bellanger. Uniquement des putains de promesses.

Et aux abois.

— Alors, vous ne leur devez rien. Un nom, Forest, et je vous fous la paix.

Il remplit son verre, se frotta le menton tout en la regardant droit dans les yeux.

— Jérôme Horn.

27

Franck attendait Laure au bar, en sirotant un verre de vin. Lorsqu'il la vit arriver, il ne put s'empêcher d'être troublé par son énergie, cette indéfectible détermination à exister. A être au monde. Elle passa derrière lui, le frôla d'une main, et annonça qu'elle montait se changer. Le chargea de commander de quoi rafraîchir une ou deux heures de conversation. Au jardin, précisa-t-elle, un vague sourire aux lèvres.

— Comme il vous plaira, Votre Altesse, répondit-il.

Dans le vide, Laure avait déjà filé.

Albertini s'exécuta, choisit une bouteille de juliénas et s'installa dans la tiédeur du jardin. Fuma deux cigarettes avant le retour de Laure, vêtue d'un haut vert et d'un short en coton noir.

— La journée a été fructueuse ? fit-elle en s'asseyant.

— Honorable, pour un début d'enquête.

Bellanger versa le vin. Alluma une blonde et retira ses sandales, étendit ses jambes sur une chaise, puis fuma en silence tout en organisant ses pensées. Et lui raconta ce qu'elle avait fait.

— Et toi ?

Albertini s'exécuta, avec la même concision. Bellanger le ramenait chaque jour un peu plus dans sa peau d'enquêteur. Mais, finalement, il était au bon endroit, puisqu'il ne savait rien faire d'autre. Ni rien de mieux.

Fin de l'année sabbatique, décréta-t-il, mi-souriant, mi-amer, en songeant à Debords, toujours portée disparue.

— Tu as vu Horn ? s'enquit Laure.

— Pas encore.

— Ce con de Forest croit pouvoir s'en sortir, mais je te promets qu'il en prendra lui aussi pour son grade. Son article est ordurier, et Anne doit plaider la diffamation.

— Tu ne crois pas qu'elle a autre chose à penser ?

— Il faut qu'elle contre-attaque sur tous les fronts.

— Tu as perdu foi en son innocence ?

— Non. En sa stabilité émotionnelle et psychique. Franchement, elle m'inquiète.

— A cause de cette histoire de papillons ? fit-il, incrédule.

— Ça, et le reste. Corbier m'a téléphoné, après lui avoir rendu visite, Anne perd pied. Merde, je n'ai même pas pu la voir...

— Normal, avec ce qu'elle a enduré, et ce qui l'attend.

— Oui, sans doute...

Franck l'observait, et songeait à sa manière d'aborder les choses. D'éplucher et décortiquer le moindre aspect.

— Tu sais que tu aurais fait une sacrée enquêteuse.

— M'étonnerait... Avec mon caractère, mieux vaut que je reste cette emmerdeuse de psy, réputée pour enfoncer les portes, mais respectable.

Il n'y avait aucune ironie dans sa voix. Uniquement un constat que Bellanger assumait.

— Et tu sais bien que je déteste les flics, ajouta-t-elle en souriant.

Son charme agissait, et Franck revint sur Boher.

— J'ai mené mes propres recherches sur Anne.

— Merde, j'aurais dû m'en douter...

— Laure, tu m'as demandé de chasser, alors laisse-moi agir à ma manière. Tu ne croyais tout de même pas que j'allais faire l'impasse. J'ai donc passé au crible sa vie privée et professionnelle.

Bellanger alluma une cigarette, remplit les verres et prit sur elle pour ne pas s'énerver, puis reconnut que son attitude de louve était puérile.

— Qu'as-tu appris ? s'enquit-elle, plus calmement.

— Rien de particulier, si ça peut te rassurer. En dehors d'une très vieille plainte d'Emmi Boher contre son mari, pour coups et blessures répétés. Un dossier médical sur son père, à la suite d'un court séjour en hôpital psychiatrique. Ce que tu sais déjà. Côté vie privée, pas grand-chose non plus, une trajectoire personnelle plutôt fade, pour ne pas dire inexistante.

— Anne ne s'intéresse qu'à son métier. Elle y a consacré toute sa vie… Tu as lu le dossier sur l'affaire Blauelsand, j'imagine.

— Exact. Et là il y a plusieurs choses qui ne cadrent pas.

Désormais attentive, Laure lui fit face et plongea ses yeux bronze dans les siens. Imperturbable, Franck lui parla des tests ADN, du dossier 242 que cherchait Enzo, et de certaines pièces absentes des procès-verbaux du SRPJ.

— T'es sûr de toi ? Excuse-moi, c'est stupide de ma part, évidemment que tu l'es. Conclusion ?

— Cette affaire dérangeait déjà quelqu'un à l'époque du fou de Blauelsand. Anne Boher l'aura réveillé, peut-être en recherchant ce dossier 242. Même si, à mon avis, c'est beaucoup plus en amont qu'il faudrait remonter. Il s'est produit quelque chose en février dernier que nous ignorons toujours. Quoi qu'il en soit, ce quelqu'un a le bras suffisamment long pour intercepter des documents portés dans les rapports de police et d'autopsie. Et les faire disparaître.

— Comme quoi ?

— Des pages du rapport d'autopsie. Celles concernant le test ADN.

— Du lourd, donc. Tu crois qu'on peut les retrouver ?

— Peut-être.

— *Via* le dossier 242, lâcha Laure en tapant sur la table.

— Sinon pourquoi Boher y tiendrait-elle à ce point ?

— Ce qui veut dire que, déjà à l'époque de l'enquête, elle se méfiait. Pourquoi ne m'en a-t-elle pas parlé, merde !

Laure eut soudain froid dans le dos. Sa mémoire lui restituait l'état des victimes repêchées dans le Rhin, et celui des squelettes découpés par le fou de Blauelsand.

— Quant au profil de ce malade… Je ne suis pas psy, Laure, mais j'ai couru après pas mal de tarés pour savoir que quelque chose cloche. Ce fou, sorti de nulle part, sans nom ni attaches familiales, n'a pas pu enlever douze femmes. Et puis nous avons là de bien étranges victimes, Laure, qui, elles aussi, n'ont pas été identifiées. Jamais vu ça de ma vie. Pour conclure, si le fou de Blauelsand n'a pas pu les kidnapper, c'est qu'on les lui a amenées à domicile.

— Tu as raison, sur tous les points. Ce ne sont pas des enlèvements. Et je me demande même dans quelle mesure le fou n'a pas simplement enterré les victimes. Peut-être les a-t-il découpées, mais je parierais qu'elles lui ont été "livrées" déjà mortes.

— J'imagine que tu as conscience de l'implication d'une telle hypothèse.

— Il me semble avoir évoqué une machination criminelle, eh bien, nous y sommes… Tu es occupé, là ?

Surpris, Franck répondit qu'il était en train de discuter avec elle.

— Une visite chez Horn, ça te tente ? répondit Laure.

— On dort quand ?

— *After life*.

*

A bout de nerfs, Jérôme Horn avait passé huit heures au bloc et n'attendait aucune visite. Lorsqu'il aperçut Bellanger dans son visiophone, il eut pour premier réflexe de faire le mort.

Reculer pour mieux sauter…

Jérôme se donna le temps de peser rapidement le pour et le contre, et ouvrit au troisième coup de sonnette.

Albertini se laissa tomber dans un canapé en cuir crème qui aurait pu accueillir dix personnes. Survola les lampes en métal, les revues de médecine et d'art bien en évidence sur la table basse, laquée rouge et dotée de pieds alambiqués en fer forgé. Franck ne demanda pas à Horn son autorisation pour fumer, et alluma une Gitane. Ce dernier ne dit rien, proposa à boire et avança un cendrier doré, puis s'assit en face de Franck. A gauche de Bellanger, pour éviter de lui faire face et de croiser son regard.

— Que me vaut le plaisir de vous revoir, chère Laure ? s'enquit-il en tournant à peine la tête dans sa direction. A une heure de la nuit généralement peu propice aux retrouvailles.

Bellanger vrilla ses yeux bronze dans les siens, avec une telle force que Jérôme eut un léger mouvement de recul. Se cala contre le dossier et ne regarda plus qu'Albertini.

— Ne soyez pas obséquieux, répliqua Laure, d'une voix dure qui surprit les deux hommes. Vous avez, si j'en crois mes sources, tout fait pour nuire à Anne Boher et je suis curieuse, non, je suis très curieuse de connaître vos raisons.

— Je ne vois pas de quoi vous parlez.

— S'il vous plaît, Horn, ne me prenez pas pour une conne. Je vous ai connu puceau, alors, évitons les préliminaires et allons droit au but.

Horn s'étrangla avec son whisky, et toussa violemment. Amusé, Franck s'installa confortablement pour observer le duel Bellanger-Horn.

Rouge de colère, Jérôme vida son verre, avant de répliquer.

— Surveillez votre langage, Bellanger. Bon, de quoi m'accusez-vous ? De détester Anne Boher ? Secret de polichinelle…

— Parlez-moi plutôt de cet article écrit et signé par Mathieu Forest. Un coup bas dont le véritable motif m'échappe.

Silencieux, Albertini dégustait sa bière, étonné par la tactique de Bellanger. Elle ne prenait aucun détour, abattait ses cartes les unes après les autres.

— Laure, l'agressivité ne vous sied guère au teint. Sincèrement, en quoi cet article mérite-t-il que vous vous déplaciez à cette heure-ci ? J'ai répondu aux questions de ce journaliste, qui nous harcèle régulièrement sur le fonctionnement de l'hôpital. Soit. Il a rédigé un article peu reluisant à propos d'Anne Boher. Soit. Et alors, ma chère Laure, en quoi suis-je responsable de ce que font et disent les journalistes ?

— Voilà comment je vois les choses, *mon cher Jérôme*. Dès qu'Anne Boher a attiré l'attention des notables et des médias pendant l'enquête sur le fou de Blauelsand, vous êtes monté à l'assaut. Pourtant, vous n'aviez rien à gagner à vous mettre à dos Boher, et le service médicolégal. Il vous aura donc fallu une bonne raison pour vous comporter de la sorte. Une sacrément bonne raison. Bien autre chose que de la détestation purement sexiste.

Bellanger se tut. Alluma une cigarette, but lentement sa vodka, en fixant ses chaussures. En faisant peser lourdement le silence. Horn transpirait, commençait à s'agiter, et cachait mal son anxiété.

— Vous cherchez quoi au juste ? éluda-t-il.

— En dehors de l'assassin d'Emmi Boher ? jeta Laure.

Jérôme Horn s'étrangla pour la deuxième fois.

— Vous me soupçonnez de...

— Sinon pourquoi serais-je ici ?

— Là, Bellanger, vous dépassez les bornes ! Dois-je vous rappeler que vous n'êtes rien dans cette affaire ? Merde, vous ne pouvez pas débarquer chez les gens comme vous le faites, sous prétexte que le procureur Tardieu vous apprécie ! Même si, à mon avis, ça ne va pas durer...

Intérieurement, Laure souriait, satisfaite de le voir plonger tête baissée. Franck releva l'allusion à Tardieu, et décida de l'inscrire sur sa liste de suspects. Trois fois qu'il entendait parler du procureur comme d'un homme qui aurait retourné sa veste, ça méritait qu'il s'y intéresse.

— Vous voyez, Horn, reprit Laure, je m'étonne que vous n'ayez pas senti le vent tourner. Cet article n'aurait jamais dû peser dans la balance et, pourtant, je vous parie que vous allez bientôt, très bientôt, sentir son poids vous faire plier l'échine.

Jérôme eut un petit rire. Si Bellanger croyait pouvoir l'impressionner, voire le coincer avec ça, elle rêvait.

— Mais je suis encore bien plus étonnée, poursuivit Laure, décidée à lui porter l'estocade, de me rendre compte que vous avez négligé deux aspects. Anne Boher a constitué des doubles de certains dossiers. Et le fou de Blauelsand est toujours en vie. Dernière chose, et non des moindres, le service médicolégal va procéder à l'exhumation des corps des victimes rejetées par le Rhin et à une contre-expertise.

Horn flancha intérieurement, et ne parvint pas à masquer sa surprise.

— D'où tenez-vous ça ? articula-t-il lentement.

— De Simonov, de Corbier, d'Enzo Marquèz... Mon Dieu, mon cher Jérôme, seriez-vous donc le seul à l'ignorer ?

— Et ça va changer quoi, Bellanger ? Car, entre nous, je ne vois pas le rapport avec l'inculpation de Boher.

— Il faut être aveugle ou con pour ne pas voir le rapport, murmura Laure. Vous savez très bien que cette histoire de test ADN n'a jamais été concluante. Et Boher n'a jamais lâché l'affaire, ajouta-t-elle en baissant encore d'un ton.

Horn lui demanda de répéter. Une demande qu'il formula d'une voix enrouée. Au lieu de quoi Laure le planta en lui souhaitant une bonne nuit, et se dirigea vers l'ascenseur en souriant.

— Tu lui donnes combien de temps avant de se ruer sur le téléphone ? fit-elle en regardant Albertini droit dans les yeux.

— Moins de trois minutes.

En réalité, il en fallut quinze à Jérôme Horn pour accuser le coup et s'extraire de son fauteuil.

Ce qui laissa le temps à Laure de contacter Corbier et de lui demander de faire une recherche sur les appels téléphoniques de Horn.

— Mais bien entendu, Alex, aucun problème, je vous en prie, prenez donc votre temps pendant qu'Anne croupit dans sa cellule. C'est ça, à plus.

— Hum, fit Albertini, tu as l'art et la manière de cultiver tes amitiés.

— Je n'ai pas de temps à perdre, Franck !

— Tout doux... J'ai gardé des contacts, si tu veux, je peux appeler, proposa-t-il. Ça ira sans doute plus vite.

— Vas-y, Franck, je veux savoir à qui ce con de Horn est en train de téléphoner. Note qu'il est une heure moins le quart.

— Temps d'aller rejoindre Morphée, non ?

Au ton de sa voix, Laure se dit que Franck n'avait pas vraiment l'intention d'aller dormir.

— Un dernier verre serait le bienvenu, esquiva-t-elle. J'ai vraiment pris sur moi pour ne pas gifler cet abruti. Et je dois te parler d'une idée qui m'est venue tout à l'heure.

— A vos ordres, Votre Altesse.

Laure glissa son bras sous celui de Franck, et lui expliqua qu'elle avait obtenu une autorisation de visite à l'unité pour malades difficiles de Sarreguemines.

— Qu'attends-tu de ce type ?

— Imagine que cette fois-ci je réussisse à le faire parler. Ça vaut la peine de tenter le coup, non ?

— Si. Donc, tu comptes sur moi pour garder le navire.

— Qui d'autre ? Et puis tu as du pain sur la planche.

— Tu restes pour la reconstitution ?
— Evidemment.
Une fois allongé sur son lit, Franck repensa à l'attitude que Laure avait adoptée pour ébranler Jérôme Horn, et s'endormit en la trouvant aussi épatante que touchante. Néanmoins perturbé de mesurer la place qu'elle prenait dans ses pensées intimes, et confuses.

*

Vers une heure vingt, Horn quitta son domicile, malade de rage et apeuré. Au volant de son coupé sport, il se dirigeait vers Obernai.
Arrivé devant une bâtisse imposante, il s'impatienta durant les vingt secondes nécessaires à l'ouverture de la porte, et se rua à l'intérieur. Sous les yeux de son hôte, plissés d'une colère encore contenue.
Fébrilement, Horn expliqua ce qui s'était passé chez lui.
— Tu veux bien te ressaisir, Jérôme.
Vincent mourait d'envie de lui coller une baffe.
— Me ressaisir ?! Ben voyons ! Est-ce que tu te rends seulement compte du bordel que c'est depuis que Bellanger a débarqué ?
— Ne me prends pas pour un idiot, s'il te plaît ! Viens t'asseoir, et répète-moi calmement et précisément ce qu'a dit cette fouille-merde.
Jérôme s'exécuta, s'appliquant à rapporter les paroles de Bellanger le plus fidèlement possible. Mais il bafouillait de peur et de dépit, se trompait, revenait sur ses propos. Attitude qui énervait au plus haut point son interlocuteur.
— En résumé, Jérôme, je ne vois rien qui justifie cette panique.
Sidéré, Horn faillit gueuler, se retint *in extremis*.
— Tu plaisantes ?
— Que peut-elle faire ?
Jérôme se laissa basculer contre le dossier de son siège. Assommé.
— Mais tout, Vincent ! Cette garce peut tout faire ! Tu ne la connais pas comme moi, mais je te jure...
— Ça suffit, Jérôme ! Crois-moi, Laure Bellanger va brasser du vent. Alors tu restes calme et, point essentiel de

notre contrat, tu ne m'appelles plus jamais sur ma ligne personnelle.

La menace était explicite.

— Désolé, fit Horn. J'ai pensé que…

— Alors, ne pense plus, Jérôme. C'est le genre de connerie qui risque de nous coûter très cher.

Horn inspira un coup, et lui rétorqua qu'il y avait matière à s'inquiéter de l'exhumation des anciennes victimes du fou de Blauelsand.

— Je finis par me dire que tu es stupide. Tu imagines bien que cette demande n'a aucune chance d'aboutir !

— Et si le fou parlait à Bellanger ?

Jérôme se tendit dès que fusa un petit rire agaçant pour ses nerfs.

— Tu la surestimes.

Horn songea que Vincent sous-estimait Laure Bellanger, mais n'en dit rien. Remarquant que celui-ci ne lui avait pas encore offert un café, il se leva.

— Une dernière chose, Jérôme, où en es-tu avec Mangin et Hensberger ?

— Je contrôle la situation…

— Permets-moi d'insister.

— Hensberger devient gênante, avec son obsession de l'ordre et sa façon de vouloir embrigader n'importe qui. Mais bon, comme elle ne sévira plus à l'hôpital. Mangin demeure instable, mais gérable.

— Autrement dit, deux bombes à retardement.

— Non. Mangin a besoin de fric, tant qu'on l'arrose, elle ne mouftera pas. Hensberger ne sait rien qui puisse nous porter préjudice. Cette conne fait diversion, et ça sert notre projet.

— Tu peux disposer.

Depuis la fenêtre de son salon, Vincent le regarda traverser l'allée qui menait à la grille d'entrée. Il allait devoir surveiller non seulement Laure Bellanger, mais également Jérôme Horn, en qui il n'avait définitivement plus confiance.

28

Anne Boher flottait de plus en plus. Et de plus en plus longtemps. Elle gravitait en lisière d'un rêve-cauchemar, et tournait autour d'un immense vide. Un trou, gigantesque et immatériel. Rouge sang.

Elle doit partir… elle doit se jeter par la fenêtre…

Anne se dédoublait. Elle se voyait allongée dans sa cellule et simultanément, le cœur au bord des lèvres, elle évoluait autour d'un cercle sanguinolent. Un vent glacial cinglait son esprit, crachait des mots insensés et charriait des images, comme dans un film d'horreur en technicolor.

Inéluctablement, Boher vacillait, tombait et s'écrasait lourdement en bordure du vide – rouge à l'extérieur, noir et sans fin à l'intérieur. Roulait sur le sol pour échapper à l'attraction de ce précipice qui la terrorisait. Un abîme d'où mugissaient des fantômes et s'échappait le bruissement des ailes des papillons qui la hantaient. Chaque fois, une fumée blanche, sorte d'onde lumineuse, paraissait sortir de son corps, et Anne ressentait le besoin de hurler. Sans y parvenir.

Paralysée, elle demeurait allongée sur cette terre ingrate, issue des pires cauchemars de l'humanité. Bras en croix et bouche ouverte, Anne voyait alors son corps se dissoudre, et s'envoler une myriade de papillons, tandis que le gouffre s'élargissait jusqu'à l'aspirer. Soudain, le cercle rouge pulsait, s'animait et recouvrait son corps transi de peur d'un liquide chaud et gluant. Avant la chute, Anne levait une main pour se saisir d'un minuscule papillon blanc.

Quand Corbier vint la chercher, il la trouva hagarde.

En présence du procureur Tardieu et d'Alex Corbier, Laure attendait que la confrontation ait enfin lieu. L'armurier était arrivé, rasé de près, élégant et calme. Aucun signe d'anxiété ne transpirait sur son visage, large et plutôt affable.

Une gueule de hobereau, se dit Laure.

Elle sortit fumer avant le début d'une journée qui, dans son esprit, devait se conclure par la libération d'Anne Boher.

Depuis son dîner avec Forest, Bellanger avait rédigé à l'intention de Corbier une première synthèse. Sans conteste, le point faible de la déposition de Boher résidait dans son absence de souvenir d'avoir ou non tué sa mère. Malgré les réticences de Bellanger et l'effarement de Corbier, Anne avait apposé sa signature en bas d'un document qui risquait de se retourner contre elle.

Laure porta son regard vers le ciel, d'un bleu luminescent, et se demanda si son amie ne souffrait pas d'un traumatisme irréversible. Bellanger clamait l'innocence d'Anne, mais il restait la possibilité, certes infime, qu'elle soit l'assassin d'Emmi Boher. A la suite d'une crise de somnambulisme, ou d'un accès psychotique. Si tel était le cas, les chercheurs en laboratoire de sommeil s'empareraient de cette affaire avec ferveur, mais Anne irait croupir longtemps à l'ombre. Difficile de laisser quelqu'un en liberté qui, endormi, se mettait à exécuter son prochain, et n'en gardait aucune mémoire.

Le lieutenant Vilmont vint la chercher pour lui annoncer qu'on n'attendait plus qu'elle, avec un ton qui agaça Bellanger. Comment et pourquoi avait-elle accepté de travailler pour la police ?

A cause de Debords, maugréa Bellanger en rejoignant les autres. D'une trajectoire de vie qui l'avait attirée avec la force d'un aimant, et qu'elle n'aurait pour rien au monde voulu rater.

Une fois dans la pièce à la vitre sans tain, Laure se concentra sur Robert Ménesse. L'armurier affichait l'air tranquille de celui qui sait où est son devoir. Un regard de l'autre côté de la vitre lui confirma qu'Anne était au plus mal. Ce n'était pas uniquement la fatigue qui lui voûtait les épaules. Et Laure eut peur. Anne ne tenait pas le coup.

La mort de sa mère avait brisé en elle ce qui, généralement, donnait du ressort à n'importe quel individu en situation difficile. Si l'amie réagissait affectivement, la psy analysait froidement l'hypothèse d'une forte décompensation. Amorphe, Boher avait les yeux vides, où il était désormais devenu impossible de se refléter. De trouver un interlocuteur. Inquiète, Bellanger coula un regard à Robert Ménesse, estimant qu'il lui suffirait d'observer Anne Boher pendant dix secondes pour en déduire qu'elle suait la culpabilité.

Les dés sont jetés, admit Laure.

Attentive à Ménesse qu'Alex encourageait à s'approcher de la vitre.

L'homme ne bougea pas, se contenta d'un mouvement des yeux, de gauche à droite et inversement. Avec une lenteur qui tapait sur les nerfs d'Alex et de Laure, pour qui le temps s'étirait d'une manière insupportable.

Les femmes étaient installées sur des chaises. Corbier croyait ainsi avoir réglé le problème de la taille mais, même assise, Anne paraissait la plus grande. Toutefois, la présence de Sophie Mangin au milieu des six femmes modifiait la présentation de la veille. Mangin était angoissée, et se rongeait l'ongle du pouce jusqu'au sang.

Puis l'armurier murmura quelque chose, et pointa un long doigt en direction de la vitre.

— Vous êtes bien certain ? fit Corbier, l'air sombre.

— Tout à fait, répondit calmement Robert Ménesse. C'est la femme qui porte le numéro 3. Aucun doute. C'est elle qui est venue me voir.

Anne Boher était le numéro 3.

Tandis que Vilmont prenait la déposition de Robert Ménesse, impuissant, Alex faisait les cent pas dans la cour. Grillait cigarette sur cigarette, et jetait de rapides coups d'œil à Bellanger, dont la colère montait.

— Bon Dieu ! éclata Corbier, comment c'est possible ? Mais comment !? Vous en pensez quoi, Laure, vous, la psy ?

Laure lui jeta un regard noir, mais ne lui répondit pas. Elle était atterrée.

— On a déjà vu de faux témoignages, poursuivit Alex. Mais, dans ce cas, il faudrait que ce type ait une satanée raison d'agir ainsi, non ?

Autre regard noir, et silence radio.

Bellanger réfléchissait, étudiait au plus vite, et au mieux, les rouages de cette affaire. Quelque chose l'avait un instant interpellée tandis que Ménesse regardait longuement à travers la vitre sans tain. Mais Laure était tellement tendue qu'elle n'y avait pas porté assez d'attention. L'armurier lui paraissait trop sûr de lui. N'importe quel citoyen, même irréprochable, révélait des signes d'anxiété en présence de la police. *A fortiori* lors d'un témoignage.

Le procureur Tardieu s'approcha de Corbier, lui parla à l'oreille, et Laure vit Alex se mettre légèrement à trembler. D'exaspération. D'une rage qui lui cuisait maintenant les joues. Une fois Tardieu parti, elle se planta en face d'Alex.

— Corbier, laissez-moi cinq minutes avec ce Ménesse.

— Impossible, Bellanger, il y a désormais inculpation pour homicide... Vous avez vu Tardieu ? Il ne vous accordera plus rien avant l'expertise psycho...

— Je m'en fous, Alex. Je veux parler à ce type. Soit je le fais ici, soit ailleurs, et en dehors de votre présence.

Corbier soupira. S'aperçut que son paquet de cigarettes était vide, l'écrasa et l'envoya rageusement en direction d'une poubelle.

— Alex, merde, on parle d'Anne Boher !

— Comme si je l'ignorais, répliqua-t-il.

D'une voix sourde.

— Bon, puisque vous le prenez comme ça, je vais me débrouiller autrement.

— Ohé ! Mais vous vous croyez où ? J'ai une inculpation pour meurtre, et vous me menacez de foutre le bordel, parce que vous réfutez un témoignage... merde alors ! Je suis flic, Bellanger, ni magicien, ni président, ni...

Corbier la regarda s'éloigner, et s'engouffra dans le bâtiment du SRPJ. N'attendant pas que Scheinder lui dise d'entrer, il pénétra dans son bureau et se laissa choir sur le premier siège. Là, il regarda ses chaussures, le plafond, et ses chaussures à nouveau. Puis annonça qu'il voulait être déchargé de l'affaire Boher. Une demande qui lui fut refusée.

De son côté, Laure suivait Robert Ménesse dans la rue, l'observait remonter les petites rues brûlantes. Tentait de décoder ce que disaient ses gestes, sa démarche, les tensions et les crispations. Une fois parvenue devant sa boutique, elle l'interpella : pouvait-il lui accorder quelques instants ?

Ménesse s'épongea visage et cou puis, indécis, l'invita à entrer. Sans un regard, il lui offrit du thé glacé, mit un cendrier sur la table basse, finement marquetée, et s'installa dans un fauteuil club. Attendit que Laure prenne la parole, et l'écouta attentivement.

— Vous êtes une femme convaincante, madame Bellanger, mais je crains fort de ne rien pouvoir pour vous.

— Vous avez pourtant eu quelques secondes d'hésitation, avant de confirmer votre témoignage.

— C'est vrai.

— Je réitère ma question : pourquoi avez-vous hésité ? Vous mesurez qu'un témoin oculaire pèse lourd dans une inculpation de meurtre et…

— Pardonnez-moi de vous interrompre, bien entendu que je mesure l'importance et la gravité de la situation. J'ai effectivement eu un instant de doute, c'est tout simplement parce que Mme Boher m'a paru si ébranlée, si… vide. Comprenez-moi, c'est la première fois que je me retrouve à témoigner contre quelqu'un, alors ça m'a… oui, je l'avoue, ça m'a choqué de la voir dans un tel état.

Laure était dubitative.

Quand elle le fixait, Bellanger voyait un homme calme et grave, responsable et disposé à assumer une position délicate. Mais si, au lieu de regarder Ménesse, elle l'écoutait et se fiait à son ressenti, alors cet homme mentait. S'enfonçait dans le mensonge.

Bellanger prit congé de l'armurier, perplexe.

Quelque chose ne s'emboîtait pas dans ce puzzle où Anne Boher subissait les événements les uns derrière les autres. Asthénique. Sans aucune réaction. Ni psychique. Ni physique. Elle se contentait de rapporter les faits. D'une voix monocorde. Ne contestait pas l'éventualité d'avoir assassiné sa mere, sans parvenir toutefois à démontrer le contraire.

Laure en aurait hurlé d'impuissance.

Pour se calmer, elle flâna un moment dans les rues d'une ville irradiée de soleil, infestées de mouches et de guêpes. Fontaines et canaux étaient à sec, et les gens se traînaient péniblement. Des cris et des bagarres explosaient sporadiquement pour mourir aussitôt. Quand les sirènes ne gémissaient plus dans l'air suffocant, il régnait un calme anormal. Létal.

Assise en terrasse, Laure tenta de joindre Franck sur son portable, en vain. Nerveuse, elle avait besoin d'action. Bellanger reprit l'affaire Boher depuis le début. De son sac, elle sortit les copies des lettres de menaces, et les étudia. A l'instar de Marquèz et Corbier, elle était troublée par l'utilisation de certains mots. Comme eux, Laure butait sur la métaphore discutable à propos de la tumeur. Mais sur un point elle n'avait plus aucun doute : Anne était "la reine" et Enzo "le valet".

Laure frémit.

Marquèz était-il la prochaine victime de cette machination criminelle ? Bellanger relut chaque missive séparément, une fois puis une deuxième ; et à nouveau toutes les lettres dans leur continuité. La logique qu'elle commençait à entrevoir lui glaça le sang.

Laure se démena pour obtenir l'autorisation de s'entretenir avec Anne. Requête que lui refusa Tardieu, au prétexte de la reconstitution. Elle pourrait voir Anne Boher plus tard, lui promit-il. Bellanger raccrocha, en trouvant Tardieu décidément très bizarre. Le procureur, qui avait pourtant accepté sa présence sur cette enquête, semblait avoir pris largement ses distances.

Quand elle arriva au SRPJ, Bellanger s'enferma dans un bureau et passa quantité de coups de téléphone. Puis elle relut chaque procès-verbal et chaque déposition, brossa rapidement le profil psychologique des protagonistes, suspects ou non. Revint sur les dépositions de Mangin et de Ménesse, et décrocha pour la énième fois le récepteur. Lorsqu'elle raccrocha, Laure fulminait.

Lui faudrait-il donc toujours passer derrière les flics pour réparer leurs erreurs ?!

Un coup d'œil à sa montre lui confirma que l'heure de la reconstitution approchait. Il ne lui restait que peu de temps pour sortir Anne des griffes de ce piège, qui prenait enfin tournure dans son esprit. Quant à Albertini, elle l'aurait volontiers étranglé, si elle avait pu lui mettre la main dessus.

— Ah, Bellanger, fit Alex en se dirigeant vers elle. La reconstitution est avancée. Ordre de Tardieu. J'ignore pourquoi, mais... Bon, bref, c'est dans moins d'une heure.

— Qui a pris la déposition de Sophie Mangin ? attaqua-t-elle, tendue.

Laure lui colla entre les mains un PV. Interloqué, Corbier y jeta un rapide coup d'œil. Elle lui expliqua l'avoir lu une bonne dizaine de fois, avant de s'apercevoir qu'il y avait anguille sous roche.

— C'est ma signature.

— Et vous aviez la tête où, Alex ? Où ?!

— Quel est le problème ?

Corbier commençait à en avoir sa claque de Bellanger et de ses interventions musclées. Tout Strasbourg, non, la France entière avait convergé vers son téléphone pour lui seriner la même plainte : laisser Laure Bellanger agir à sa guise. Tant qu'elle n'empiétait pas sur l'enquête du SRPJ.

— Le problème, Alex, ainsi que vient de me le confirmer Mme Mangin, sa mère, c'est que Sophie Mangin a pour père Robert Ménesse. Ça vous donne une idée du problème, non ?

Laure le vit se décomposer, au point qu'il faillit en perdre l'équilibre.

— Vous déconnez ? Non, bien sûr que non.

— On fait quoi, enfin, je veux dire, *vous* faites quoi ?

Bonne question.

Corbier eut un accès de rage envers Bellanger, et tous les psys de la terre. En cet instant, il aurait été heureux de voir Laure franchir certaines limites, pour la virer de son enquête. Puis, la colère retombant, il reconnut que, si elle avait raison, il était dans une sacrée merde. Une bourde pareille, ça sentait la suspension. Sans salaire.

Un agent passa et informa Corbier que tout le monde était sur place. Soudain las, sans un mot à Bellanger, Alex sortit des locaux du SRPJ. De toute façon, il pourrait toujours contrôler l'information par téléphone en se rendant chez Anne Boher.

Estomaquée, Laure le suivit.

— Une minute, Alex ! Vous ne croyez pas vous en tirer comme ça ? Et moi qui pensais que vous aviez des sentiments pour Anne.

Coup bas, se dit-elle, mais à la guerre comme à la guerre.

Salope de psy, se dit-il, en enfilant son casque.

— Bellanger, on va chez Anne, et on voit ça là-bas. Le temps me manque, et je ne peux pas, ni vous d'ailleurs, arrêter une procédure de reconstitution qui implique…

Sans écouter la fin de sa tirade, Laure lui tourna le dos et monta dans sa voiture de location, en lançant un "C'est d'accord". Sans le moindre égard pour Corbier, ce qu'il prit comme une attaque personnelle. Cette femme lui tapait sur le système avec son interventionnisme, et cette manière qu'elle avait de percevoir intuitivement les choses, pour finir par tomber juste. Avant les autres. Avant lui.

Comment Franck Albertini faisait-il pour la supporter ?

Tout en roulant vers le canal de l'Ill, Laure tenta de joindre Franck, sans succès. Ce qui avait été dans un premier temps de l'énervement se mua en inquiétude.

Un aspect demeurait irrésolu et concernait les relevés téléphoniques de Horn. Que fichaient Franck Albertini et son contact ? L'avait-il abandonnée pour repartir vers ses obsessions ? sa quête insensée qui l'enchaînait à Jeanne Debords ?

Téléphone sous casque, Corbier s'activait pour procéder au maximum de vérifications. La reconstitution lui posait désormais un problème personnel. Il ne supportait pas l'idée de savoir Anne Boher chez elle. Sur la scène de crime. Accusée d'un meurtre qu'il avait un mal de chien à lui attribuer, même si tous les indices convergeaient pour l'incriminer.

Trop d'effets tuent l'effet…

Corbier sut alors qu'il se faisait balader, et sa rage augmenta d'un cran. Il accéléra, manqua d'emboutir la voiture qui le précédait, louvoya et ralentit. Repartit à vive allure, brûla un feu et stoppa sa moto en faisant hurler moteur et pneus sur le macadam légèrement mou sous la chaleur.

Trop d'effets tuent l'effet...

Comment avait-il pu douter d'Anne ? Sa culpabilité atteignit son point d'acmé lorsque Corbier croisa le regard mort d'Anne Boher.

29

Albertini arriva à l'hôpital de mauvais poil.

Son contact n'ayant toujours pas donné signe de vie, il était incapable de vérifier la théorie de Bellanger. Comme elle, Franck était convaincu que Horn avait un complice, et qu'il l'avait appelé après la visite de Laure.

Une fois les connexions faites, le reste viendrait tout seul, ou presque. Les convocations tomberaient les unes derrière les autres, et l'enquête progresserait rapidement. Dès lors, il pourrait se tirer de cette ville. De cette cuvette étouffante.

Sur le parvis, l'épuisement était général. Le moral des troupes flanchait, et la présence des camions frigorifiques n'arrangeait rien. Les malades s'entassaient par-ci, par-là, silencieux et apathiques. Couloirs, halls et salles d'attente bourdonnaient de respirations hachées, de souffles brisés par la chaleur et la souffrance. Dame Nature torturait l'espèce humaine qui gémissait dans une torpeur désespérée. Entourée de l'odeur de la mort qui flottait à chaque étage.

Au septième, Albertini s'étonna du silence.

Il se mit en quête de Marquèz, ne le trouva pas, et redescendit en direction de la cafétéria, désertée. Il décida d'en profiter pour parler à Lou Werfel, également introuvable. Albertini eut alors l'étrange impression de traverser un vaisseau fantôme, où les acteurs se seraient évanouis les uns après les autres. Quelques patients commençaient à se rebeller et pestaient contre les conditions d'accueil et de soin. Les infirmières leur retournaient des regards creusés par la fatigue et l'impuissance.

Au rez-de-chaussée, Franck entraperçut Enzo qui se dirigeait vers les escaliers. Il l'appela, cria plusieurs fois son nom, mais la porte se refermait déjà derrière Marquèz. Il en fut quitte pour piquer un sprint. Quatre à quatre, Albertini descendit les marches, et se retrouva au dernier niveau. Lorsqu'il poussa la porte, une odeur de moisi, d'humus et d'urine le saisit.

Ecœuré, Franck porta sa main à son nez et, respirant par la bouche, avança à travers un corridor mal éclairé, à la peinture grisâtre et en lambeaux. Oppressé, il progressait avec l'impression de s'enfoncer à l'intérieur d'un boyau, friable et en état avancé de putréfaction. Avec, audessus de sa tête, des dizaines de tonnes de béton. Curieux, Franck ouvrit plusieurs portes, dont la plupart donnaient sur des pièces qui servaient de remise à du matériel obsolète et rouillé. Toutes puantes et à l'abandon.

Arrivé à un carrefour, Albertini hésita. Un couloir filait sur la droite, où il voyait se découper quelques chambranles de porte. L'odeur était de plus en plus forte, avec une pointe de fauve qui lui évoqua un zoo. A gauche, une galerie menait aux égouts et aux puits qui permettaient d'accéder en surface.

Perdu, Franck hésitait encore sur la direction à prendre, quand il entendit un gémissement. Sur la gauche. Il se retint d'appeler Enzo, et s'engouffra dans un tunnel au sol encore plus boueux que le précédent.

Un sentiment d'isolement terrible s'abattit sur lui. Une solitude du bout du monde qui lui coupait la respiration et lui donnait des sueurs froides. Qui le poussait surtout à rebrousser chemin à toutes jambes. Ce qu'il finit par faire.

Albertini partit en titubant, manqua de s'affaler, happé par son imagination qui reconfigurait les lieux. Il se mit à courir à s'en brûler les poumons, et rentra de plein fouet dans Enzo.

— Tu fous quoi ici ? s'enquit Marquèz.

— Te cherchais… t'ai vu descendre, alors…

Le souffle court, Albertini était persuadé qu'il allait crever, ici, dans la pénombre humide de ce sous-sol nauséabond. Enzo ouvrit la porte de service et l'invita à le suivre.

— Tu voulais quoi ? fit-il en gravissant lentement les marches.

— Donne-moi cinq minutes…

— Petite forme pour un chasseur, non ?

— On en reparlera plus tard, grogna Franck.

Lorsqu'ils émergèrent dans le couloir du rez-de-chaussée, Marquèz fut sidéré devant le spectacle qui s'offrait à leurs yeux, et remit à plus tard sa conversation avec Albertini. Les pompiers étaient en train d'évacuer un bus. Uniquement des personnes âgées.

*

En se garant devant chez Anne, Laure se sentit soudain très mal. Et plus encore en pénétrant dans la pièce principale.

Aux fins de la reconstitution, des poupées aux yeux arrachés, sanguinolentes, affichaient des postures obscènes. Certaines étaient clouées et attachées, d'autres pendues ou posées aux quatre coins de la maison des Boher. La nuit n'était pas encore tombée, et les stores avaient été baissés pour restituer au mieux l'atmosphère de la scène de crime.

Laure s'imprégnait de ce décor de film d'épouvante. Songeait à Anne qui, elle, avait réellement vécu la scène, et s'était battue seule contre cette vision d'horreur. Boher était d'une pâleur et d'une immobilité alarmantes. Bellanger eut envie de la prendre dans ses bras mais, en présence de la police et du procureur, elle se contenta d'un geste amical.

Corbier s'approcha.

— Vous avez informé Tardieu pour Ménesse ?

— Ce n'est pas le bon moment, Bellanger, vraiment…

— Le bon moment ? Heureusement que la peine de mort est abolie.

— Vous voulez bien vous écarter, madame Bellanger, répliqua-t-il.

Laure touchait aux limites de sa capacité d'intervention.

Elle le fusilla du regard, et dégagea vers un coin de la pièce d'où elle pourrait suivre l'intégralité de la reconstitution. Le procureur Tardieu affichait un visage fermé. Alex ne tenait pas en place, aussi énervé que les mouches qui entraient et sortaient par la porte du jardin entrouverte.

Assise sur une chaise, tête baissée, Anne Boher fixait le sol.

— Docteur Boher, fit Corbier, la voix cassée. On va commencer.

Elle leva sur lui un regard de chien battu qui lui fit détourner les yeux, et gueuler des ordres à ses hommes. Froidement, Tardieu demanda à Anne de franchir la porte d'entrée, ainsi qu'elle l'avait fait la veille du meurtre. Blafarde, elle s'exécuta. Refit les mêmes gestes, arracha mécaniquement quelques poupées, et s'arrêta le souffle court.

— C'est à ce moment-là que vous avez appelé le commandant Corbier ?

— Oui, monsieur le procureur. Après avoir hurlé de terreur, pendant je ne sais trop combien de temps. A genoux, sur ce tapis, indiqua-t-elle d'un doigt tremblant.

Durant un instant, ils n'entendirent plus que le vrombissement des mouches. L'écho des hurlements d'Anne Boher.

— Et ensuite, docteur Boher, qu'avez-vous fait ?

— J'ai attendu le commandant Corbier, qui était à la morgue avec mon assistant, Enzo Marquèz. Je...

Alex prit le relais. Ne mentionna pas qu'il avait trouvé Anne très perturbée, chacun ayant déjà tiré cette conclusion.

— A la suite de quoi, docteur Boher, reprit Tardieu, vous êtes partie travailler.

— C'est exact.

— Bien, passons à la deuxième partie de la reconstitution. Après votre journée de travail, à quelle heure êtes-vous rentrée chez vous, docteur Boher ?

— Elle...

Laure se tendit, immédiatement alertée par l'utilisation du "elle". Et le regard égaré, vitreux, de son amie.

Tel un tir de mitraillette, les mots déchiquetèrent l'esprit de Boher. *Perce l'abcès. 242 ! Retire le pus. Noir. Toxique... Enfonce la lame jusqu'au cœur de Lucifer. 242 ! Tiens bon. Eradique Bélial... Cautérise la plaie ou meurs... Assez, par pitié...*

— Je me rappelle, reprit Anne, d'une voix assourdie, avoir quitté la morgue vers... vers vingt-trois heures. Je suis rentrée chez moi, pour me coucher. Elle...

Un assaut de papillons la fit taire.

— Docteur Boher ?

La migraine la terrassa. D'une violence inhabituelle. Anne pliait sous la douleur et, nauséeuse, voulait s'allonger, là, immédiatement, sur le sol et fermer les yeux. Mourir. Se laisser engloutir par ce gouffre imaginaire qui pulsait dans son esprit. Mais elle n'en fit rien. Pour les besoins de l'enquête, Anne monta dans sa chambre, mima son réveil, descendit les marches de l'escalier et, flageolante, ouvrit la porte.

— Merci, docteur Boher. Commandant, c'est à vous. Si vous êtes d'accord, à ce moment, il est bien cinq heures cinquante quand vous arrivez chez Mme Boher.

Alex approuva d'un signe de tête. Précisa qu'il était intervenu après avoir reçu un appel anonyme, et refit les gestes accomplis cette nuit-là. Quand ils se dirigèrent vers la chambre d'Emmi Boher, Anne chancela. Corbier la rattrapa de justesse, et la soutint.

La reconstitution du meurtre d'Emmi Boher fut réalisée à l'aide d'un mannequin, vêtu de la chemise de nuit bleue de sa défunte mère, qu'Anne fixait d'un regard épouvantable. Quand tout fut terminé, elle était exsangue.

Laure la prit par les épaules et la guida jusqu'au canapé. Lui proposa un verre d'eau, et alluma une cigarette qu'elle lui tendit. En alluma une autre pour elle, et se tourna pour englober du regard une dernière fois les lieux. Afin de ne rien omettre, de s'imprégner de chaque détail qui pourrait l'aider à comprendre ce qui avait conduit son amie aux confins de la folie.

Bellanger écarta les idées qui lui venaient à propos de l'absence de signe de vie de la part d'Enzo comme de Franck, et se concentra sur Tardieu et Corbier. Les deux hommes discutaient à propos de Mangin et de l'armurier. Tardieu écoutait les arguments d'Alex, approuvait ou désapprouvait d'un grognement.

Fébrile, Laure observait Anne Boher, et se sentait écrasée par l'angoisse. Incapable de rester en place, elle sortit dans le jardin. Face au canal, Bellanger repensa à la deuxième arme, toujours manquante. Demain, elle retournerait parler à Robert Ménesse, elle lui téléphonerait dix fois par jour s'il le fallait, mais elle finirait par le faire craquer. Laure rentra dans le pavillon et poussa un hurlement.

— Une ambulance, gueula-t-elle, appelez une ambulance !

Pissant le sang par le nez, Anne gémissait doucement. Laure la vit cligner plusieurs fois des yeux, et s'écrouler comme une masse sur le sol.

— Anne ? Anne, réponds-moi ?! Une ambulance, vite !

— Deux… cent… Deux cent… quarante-deux… Laure, trouve le doss…

En quittant le pavillon des Boher, Bellanger se jura de ne plus jamais travailler avec la police. Promesse déjà formulée, et rarement tenue.

Laure devait de toute urgence mettre la main sur Enzo et Franck. Ensuite, elle irait à Sarreguemines rencontrer le fou de Blauelsand. Il était temps de voir si ce meurtrier avait retrouvé la faculté de parler.

*

Enzo était à nouveau en train de fouiller les archives de la morgue. Le dossier 242 paraissait s'être dissous dans la masse des documents et des cartons qui encombraient les archives de l'institut médicolégal.

La puanteur qui se dégageait des murs, la faible intensité de l'éclairage, les craquements, les rats – et ces gémissements qui sifflaient comme des rafales –, tout lui tapait sur le système.

L'imagination débridée, Marquèz farfouillait dans un carton quand il se figea. Se mit à l'écoute, tendu. Recommença à fouiller, s'arrêta. En alerte. Se redressa d'un bond. L'angoisse au ventre, il se tourna vers la porte. Attendit. Rien. Plus aucun bruit ni grognement. Enzo reprit ses recherches. Si c'était la seule chose qu'il pouvait faire pour Anne, alors, cette fois-ci, il y passerait la nuit s'il le fallait, mais il dénicherait ce satané dossier 242.

Franck trouva un message de Marquèz sur son bureau, et un dessin indiquant le chemin qui conduisait à la remise de la morgue.

Indications qui n'empêchèrent pas Albertini de se perdre. De s'égarer dans les galeries souterraines où cavalaient des rongeurs. Franck enfilait les tunnels, revenait sur ses pas, repartait en sens inverse, passait et repassait au même endroit. Quand il s'aperçut que les murs étaient tagués.

Partiellement effacée par l'eau qui suintait des parois et du plafond, immense, une fresque éclatante recouvrait le tunnel. Franck se cala dos au mur et contempla un monde où se côtoyaient animaux, fées et autres elfes, papillons et petits êtres, rues et immeubles. Au milieu de cet environnement, onirique et naïf, évoluaient de longs et maigres personnages, mi-humains, mi-animaux. Hideux, car dotés d'étranges difformités, mais incroyablement émouvants.

Briquet en main, Franck s'approcha et observa plus attentivement les traits de leurs visages. Se sentit bouleversé. L'artiste avait capté quelque chose d'insondable, sorte de fulgurance capable de traverser la nuit des temps. Il songea alors aux statues de la fondation de Laure. Les personnages du mural et ceux d'Eve Bellanger partageaient une dimension archaïque commune. Une force enveloppante, qui venait de la terre et de la pierre. Bosch et Goya se seraient sans doute reconnus dans la fresque du peintre anonyme.

L'effort que ça réclame pour être un être humain, songea Franck, la gorge nouée.

Albertini observait une jeune femme avec un cou de girafe et des jambes tordues. Grossière, car déformée, mais pourtant d'une extraordinaire délicatesse, elle tentait de se tenir droite. Affichait un sourire bancal. Dissymétrique. Son seul bras, sans main, était tendu vers une libellule. Dans ses yeux, à la fois évidés et pleins, brillait une pure étincelle de vie qui remua profondément Franck. Puis lui coupa le souffle, quand il réalisa que ces visages éveillaient en lui un souvenir. Une impression de déjà-vu. Albertini ferma les yeux, fouilla sa mémoire d'où jaillirent des images. Lentement, il souleva ses paupières et s'immergea dans ce mural qui le ramenait aux enfants de son rêve.

Franck resta un long moment, dos à la paroi. Fasciné et troublé, il contemplait les différents pans de la fresque, à en perdre la notion du temps. Jusqu'à ce que son attention soit attirée par un bruit.

Malgré sa difficulté à s'extraire de cet étrange rêve pictural, Albertini remonta le tunnel. Progressa lentement, le regard vissé aux parois couvertes de dessins. Sous un éclairage jaunâtre qui devait remonter à la dernière guerre, captivé, Franck s'arrêta pour admirer une nouvelle fresque.

Près d'un pont, des personnages lunaires et fantomatiques paressaient sur l'herbe ou barbotaient dans une rivière à l'eau étonnamment claire. La transparence bleutée sublimait leurs traits et leurs silhouettes. Leurs corps – racornis et pourvus de bosses ou d'os déformés, mais dépourvus de doigts, d'oreilles ou de nez – révélaient un manque d'équilibre dans la longueur des bras ou des jambes. Quand ils en possédaient.

Une fois encore, Franck se laissa aspirer par le regard de ces personnages. Puis il remarqua qu'aucun d'eux n'avait d'ombre. Il ne s'agissait pas d'un oubli, comme le révélait l'audacieux jeu de lumière du peintre. Dans la limpidité d'un été lumineux, ces figures allongées sur l'herbe douce ou immergées dans l'eau étaient simplement privées d'ombre.

Franck allait d'un bout à l'autre de la fresque, sidéré par l'effet que produisaient sur lui ces peintures.

— Qui a bien pu réaliser...

Un bruit le détourna de sa contemplation.

Enzo s'était senti brutalement tiré en arrière. Tracté. Un bras autour de son cou, il avait battu des jambes pour retrouver son équilibre, en vain. Puis il avait été traîné violemment hors de la remise.

Dans le couloir mal éclairé, Marquèz était allongé, face contre terre. Une terre humide qui empestait et où couraient des rats. La bouche écrasée, Enzo grommela quelque insulte, pour évacuer sa peur. Ferma les yeux, chercha son souffle et cessa de se débattre. L'homme qui pesait de tout son poids entre ses omoplates relâcha alors la pression, attrapa Enzo par le col de sa blouse et le remit sans ménagement sur pied.

— Hé ! fit Marquèz, s'essuyant le visage. Vous êtes dingue ou quoi ?

L'homme émit un bruit qui se voulait un rire.

— Mais vous êtes qui à la fin ? demanda Enzo.

Qui n'aimait ni le visage ni le regard de son agresseur.

— Dégage.

L'homme souriait bizarrement, et Enzo se mit à transpirer. Qui que soit ce type, il avait l'air cinglé et peu inquiet d'être identifié.

— Tu poses trop de questions, Marquèz. Tu mets ton nez là où il ne faut pas. Tu déranges... et ça, Marquèz, ça, c'est mal. Alors, disons que je suis ton nouvel ami. Je veille sur toi. Je t'empêche de commettre la pire gaffe de ta vie. Tu y tiens à ta petite vie de merde, hein ? Tu vas pas être plus con que Brémer.

Abasourdi, Enzo arrêta de se masser le menton, et laissa retomber ses bras le long du corps.

— Brémer ? C'est vous qui...

— Ferme-la, Marquèz, et retourne à tes petites activités de croque-mort. Si j'apprends que tu as remis les pieds ici...

L'homme fit mine de se trancher la gorge.

Enzo déglutit difficilement. La colère lui brouilla la vue et il se jeta sur son agresseur. Roulant par terre, les deux hommes se battirent, Marquèz luttait avec rage, mais l'autre lui enserrait le cou d'une main, et tentait de l'assommer de l'autre.

Sous le regard effaré de Lou qui, débouchant d'un tunnel, recula vivement pour ne pas être vue. Puis l'homme colla son poing durement dans la figure d'Enzo qui s'affaissa, évanoui. Werfel retint sa respiration, et un cri. L'inconnu se redressa, épousseta son costume. Se mit à parler une langue que Werfel ne connaissait pas. Tâta Marquèz du bout d'une chaussure, haussa les épaules et repartit par où il était arrivé. Frôla Lou, sans la voir.

Celle-ci attendit quelques instants, et se précipita enfin vers Enzo qui mit plusieurs minutes à retrouver ses esprits. Le choc lui avait à nouveau ouvert l'arcade sourcilière, amochée lors de son altercation avec Dominique Waltter.

— Ce taré m'a massacré les côtes, fit-il en se redressant avec précaution.

Il s'ausculta et soupira de soulagement. Il s'en tirerait avec une flopée d'hématomes, mais rien de cassé.

— C'était qui ce mec ?

— Aucune idée. J'étais en train de fouiller un carton quand il m'a attrapé par-derrière.

— On dirait bien que quelqu'un n'aime pas que tu mettes ton nez dans les archives, fit Lou, inquiète.

En douceur, elle essuya le sang qui coulait sur le visage d'Enzo. Celui-ci grimaça, palpa une dernière fois ses côtes et sa mâchoire.

— Tu l'as entendu, Lou, quand il a parlé de Brémer ?

— Je suis arrivée à ce moment-là. Je t'avoue que j'ai vraiment eu la trouille, Enzo, j'aurais dû venir à ton aide…

— Non, non, non, tu as eu raison de ne pas bouger. Va savoir ce qu'il t'aurait fait… Mais t'es d'accord, il a avoué que Brémer avait été assassiné.

Marquèz la regarda un instant, frémit et jura. Si ce dingue avait tué Brémer, il pouvait tout aussi bien avoir assassiné Emmi Boher.

— Tu m'aiderais à trouver ce dossier avant qu'on se tire d'ici ?

— Ça ne peut pas attendre ?

— J'ai dans l'idée que non. Anne a beaucoup insisté.

— Elle cherche quoi exactement ?

— Un dossier annexe à l'affaire du fou de Blauelsand. Des notes qu'elle a compilées à l'époque. Bellanger me tanne aussi pour que je lui trouve ça au plus vite. Mais il a sans doute été mal rangé ou…

— Ou quelqu'un s'est servi avant toi. Par exemple, ce sale type.

— Dans ce cas, pourquoi m'emmerder et me menacer ?

Werfel s'assombrit. Son esprit agençait différents éléments qui, jusqu'à présent, lui paraissaient incohérents. Une main sur la bouche, elle réprima un cri, ferma les yeux et soupira longuement en répétant plusieurs fois "Nom de Dieu !".

— Tu m'expliques, Lou ? Avant que je ne devienne complètement fou.

— Viens, j'ai un truc à te montrer.

Elle se dirigea vers un tunnel, et Enzo la tira en arrière.

— Mais enfin, Lou, as-tu seulement idée d'où ça mène ?

Elle hocha la tête, lui sourit et glissa son bras sous le sien. Partagé entre la peur et la curiosité, Enzo céda et la suivit.

— A mon avis, là, on tourne en rond, s'impatienta-t-il.

Lou n'en revenait pas. Elle s'était à nouveau égarée dans ces galeries qu'elle croyait si bien connaître.

— Merde, Enzo, tu as raison, je me suis paumée.

— Génial ! Et en plus, si dehors on crame, ici, on se les gèle grave.

— Arrête de râler, s'il te plaît, j'ai simplement dû manquer un embranchement. Viens, remontons, on finira bien par ressortir quelque part.

— Ben voyons.

— Allez, homme de peu de foi, en route.

Marquèz avait mal partout. Il s'en voulait d'être là, au lieu de s'occuper des analyses toxicologiques d'Emmi Boher, du dossier 242 et de l'exhumation des corps. Il éternua, jura, songea à Boher avec le sentiment diffus et désagréable de l'avoir abandonnée. De répéter l'histoire, comme avec son père.

— Tu es sûre de toi, Lou ?

— Non. Mais on finira par trouver. Il suffit de rester calme, et de me laisser me repérer. On parle trop et…

— C'est de ma faute, aussi !

— Ne sois pas parano, Enzo Marquèz. On parle, c'est tout. D'habitude, je viens seule et je suis plus attentive.

— Mais depuis quand viens-tu ici ?

Werfel aurait bien aimé pouvoir se concentrer, mais elle comprenait que l'inquiétude le poussait à parler. A faire du bruit pour pallier silence et angoisse. Lou lui raconta comment elle en était venue à explorer les souterrains. Et ce qu'elle y avait découvert. Enzo crut rêver, délirer, puis rêver encore.

30

Franck déambulait toujours à travers les enfilades de tunnels, où certaines peintures semblaient plus anciennes que d'autres. Plus abîmées.

Guidé par ce bourdonnement qui s'amplifiait ou diminuait jusqu'à disparaître, Albertini s'aperçut qu'il passait et repassait devant les mêmes motifs. Au bout d'un moment, il eut l'impression de mieux cerner la configuration des lieux, construits, se dit-il, à la manière d'une ville américaine. Par blocs. Avec des embranchements, de larges carrefours et des avenues qui filaient et se recoupaient entre elles.

Le risque était de tourner en rond, comme autour d'un pâté d'immeubles, sans pouvoir évaluer les distances réelles. D'où sa décision de suivre les murmures qui lui parvenaient. Plus il avançait, et plus Franck était persuadé qu'il s'agissait d'une voix. D'un chuchotement proche de la prière.

Albertini progressait prudemment, évitait de mettre les pieds dans une flaque trop profonde ou de marcher sur un rat. Tendait l'oreille, inquiet de se savoir seul et désarmé dans cet endroit lugubre. Son cerveau émettait quantité d'hypothèses, les unes plus inquiétantes que les autres. Mais aucune ne l'avait préparé à un tel spectacle lorsqu'il déboucha d'un boyau.

Assis sur une caisse en bois, un homme d'un certain âge, si Franck pouvait se fier à la lumière des bougies, tenait un livre entre ses mains. Au-dessus de lui, à quatre ou cinq mètres de hauteur, le plafond d'une voûte humide avait été peint. L'eau et la pourriture avaient détérioré les scènes, mais Albertini reconnut la patte de l'artiste anonyme qui avait investi les galeries.

Le plus silencieusement possible, il s'approcha. Se cala dans un renfoncement.

Un conte, se dit Franck, il est en train de lire un conte.

D'une voix grave, l'homme racontait une histoire d'enfants perdus en forêt. Il s'arrêtait souvent pour expliquer ce qu'était une rivière, un arbre ou un oiseau. Hypnotisante, sa voix emplissait l'espace, roulait sur les murs, s'engouffrait dans le puits où elle se répercutait. Médusé, Franck plissa les yeux et se mit à examiner le groupe dont l'attention était tendue vers l'homme. Concentrée sur l'histoire, l'étrange assemblée ne remarqua pas Albertini.

Pour s'approcher, Franck longea le mur et se coula dans un autre recoin. S'arrêta. Cligna des yeux, stupéfait. Ceux qui écoutaient le récit du conteur ressemblaient aux personnages peints sur les parois des tunnels. Albertini crut souffrir d'une hallucination, et se frotta les yeux. Venait-il réellement d'apercevoir la femme au cou de girafe ?

Des monstres, se dit Franck, la gorge sèche. Cet homme lit un conte à des monstres !

Branko referma son livre et se leva lentement. Se massa les reins, et, boitant légèrement, il se dirigea vers un puits. Soudain, *La Traviata* résonna haut et fort entre les murs humides. A deux doigts d'éclater de rire, Franck releva la tête, ajusta son regard et aperçut une plaque de fonte encastrée dans un trottoir.

Sans doute qu'au-dessus, se dit-il, des passants s'arrêtent et cherchent d'où provient la musique.

Laquelle s'éteignit presque aussitôt. Branko se tourna alors vers le groupe qui gémissait, comme effrayé.

— Voilà, voilà, c'est tout, pas d'panique, allez, on reste calmes, c'est fini.

Eberlué, Franck décida de se montrer lorsqu'un grognement retentit. Suivi d'un silence irréel puis de cris stridents. Huit têtes se tournèrent vers Albertini. Des figures d'épouvante qui geignaient et ouvraient de grandes bouches noires, en levant des membres amputés et bosselés. Des ombres vêtues de haillons, pieds nus, imberbes ou étonnamment velues, aux mains difformes qui se terminaient sur de longs ongles. Des monstres dont les yeux pétrifièrent Albertini. Des éclats de charbon, pareils à des abîmes irradiés. Entourés d'un jaune laiteux, presque lumineux. Soudain, dans un mouvement mal coordonné, le groupe disparut. Albertini vit une masse, sorte de harpie informe dotée d'une multitude de bras et de jambes, s'enfuir et s'évanouir dans l'obscurité d'un tunnel.

— Espèce d'idiot, s'écria l'homme. Merde, vous leur avez fichu une trouille bleue !

— Désolé, répliqua Franck.

— Désolé ? Vous charriez ou quoi ? Ça va leur demander un paquet de jours pour s'en remettre.

— Qui... mais qui sont-ils ?

Branko haussa les épaules, ramassa un énorme *ghetto-blaster*, identique à ceux qu'utilisaient les jeunes pour faire cracher les décibels.

— De pauvres bougres, répondit enfin Branko, essoufflé de porter son engin.

Franck tendit le bras pour l'aider.

— Oh va, vous bilez pas. J'dois bien encore pouvoir trimballer ça quelques minutes par jour.

Il s'éloigna du puits, s'enfonça dans le noir et revint se planter devant Albertini. Encore sous le choc de la scène.

— Vous... mais... qui sont ces... ces créatures ? insista-t-il.

Branko eut l'air momentanément perdu. Son regard fouilla les lieux, avant de revenir se planter dans celui de Franck.

— J'sais pas bien vous dire. Un jour que ma jambe me fichait la paix, j'ai exploré les tunnels... c'est moi qu'ai installé l'électricité, j'en avais marre de me paumer et... Bref, j'étais perdu, quand je suis tombé sur elles.

Puis Branko raconta sa surprise, et la peur qu'elles avaient eue.

— Oh, pas une petite peur, non, non, un truc... Vache de Dieu ! Comment vous dire ça ? Plutôt une terreur d'enfant égaré dans le noir, et qui pige que ses parents se font la malle. Qui s'retrouve seul, comme un chien abandonné, voyez ?

Branko expliqua par le menu comment il était revenu pour les amadouer. Jour après jour, pendant des semaines.

— Les apprivoiser, dit-il, comme avec les animaux. Je saurais pas vous dire d'où elles viennent, ces pauvres créatures... Elles étaient là, et moi aussi...

— Mais, s'exclama Franck, abasourdi, comment font-elles pour survivre ?

— Ben, elles se nourrissent de peu. Des rats, le plus souvent. Enfin, ça, c'était avant que j'leur tombe dessus. Maintenant, je leur fais la tambouille... Je leur ai aussi appris à faire du feu, pour les fois où j'suis pas là. La panique ce jour-là, tiens ! Bon, et d'ailleurs vous fichez quoi ici ?

— Et vous ? rétorqua Franck.

Qui hésitait à sourire.

— Ben, j'suis chez moi. Faut bien que je vive quelque part, non ?

Il tendit une main crasseuse, et se présenta.

— Branko.

— Franck.

— Ça vous dit pas, Franck, de boire un coup ? C'est mieux pour causer, non ? Et puis lire des histoires, moi, ça m'assèche le gosier. Allez, suivez-moi...

— Branko... je... merde, c'est pas normal de vivre sous terre !

L'ancien carreleur ralentit, tourna la tête et le dévisagea longuement.

— Vous avez raison, mais vous savez quoi ? Ce qui n'est pas normal, c'est de ne plus avoir le droit de vivre comme les autres.

— Mais ces... ces gens, où sont-ils partis ?

Franck offrit une cigarette à Branko, en alluma une, sans cesser de se dire qu'il était anormal de se considérer comme chez soi dans un lieu pareil. Inconcevable aussi d'imaginer que des humains à tête de monstres cavalaient dans ces galeries souterraines, la peur au ventre. Pour trouver un endroit encore plus profondément enfoui, et s'y planquer.

Albertini inspira profondément, et lui expliqua ce qu'il faisait là.

— Ah ouais, le petit jeune qui travaille avec le docteur Boher. Gentil garçon. Il n'aime pas venir ici, enfin, à la remise. Il doit chercher des vieilleries. Mais là vous êtes pas au bon endroit, c'est carrément à l'opposé, de l'autre côté...

— Vous connaissez Anne Boher ?

— C'tte question ! Elle est toujours aux petits soins pour moi, une brave femme. Même si y en a qui sont pas de mon avis, et qui se croient tout permis. Bon, on se le boit, ce coup ? conclut Branko en se déplaçant.

Anormal, surréaliste, mais intrigant, admit Franck qui le suivit.

— Regardez-moi ça ! maugréa Branko.

Il tendait sa main atrophiée vers la paroi.

— La vache, encore un dessin bouffé par la flotte !

Branko tourna à gauche, signala à Albertini qu'ils marchaient sous le quartier de la Petite France, d'où le taux d'humidité.

— A cause du canal et de l'écluse, ajouta-t-il. Bon, on y est. C'est frais, mais c'est le meilleur endroit que j'ai trouvé. Et puis voyez là-bas ?

De plus en plus déconcerté, Franck pénétra dans ce qui se rapprochait d'une chambre. Immense et encombrée d'un bazar innommable, où il aperçut un autre puits. Moins important en taille que le précédent. Franck inspecta l'endroit, son cerveau brassant quantité de questions.

— Personne ne vient jamais ici ? fit-il.

— Plus maintenant. C'est pour ça que je m'suis installé là. J'peux entrer et sortir par le puits. Enfin, pas tous les jours, à cause de ma jambe, ben ouais, l'échelle, ça devient dur. Remarquez, c'est pas trop les entrées qui manquent.

— Depuis combien de temps vivez-vous ici ?

— Depuis que j'ai perdu ma main, mon boulot, ma famille, mon appart… ma vie, quoi. Des années ça doit faire maintenant, j'sais plus bien. Parfois, quand il fait beau, je dors à la belle… Mais, s'il fait trop chaud, alors ces voleuses de mouches deviennent agressives, et ça, ça…

Il eut l'air à nouveau perdu. Quelque part en un lieu où les mouches jouaient un rôle important qui échappait à Franck. Hébété, Branko passa plusieurs minutes à scruter l'endroit. Puis, les yeux plissés, il lui demanda sèchement ce qu'il fichait là. Etonné, Albertini lui répondit, et Branko redevint l'homme qu'il avait rencontré.

— Faudra que j'vous fasse un plan, pour repartir, sinon vous allez errer pendant des jours.

— C'est si vaste ? voulut savoir Albertini, qui choisit de s'asseoir sur une chaise déglinguée.

— Ah ça, vous pouvez le dire ! J'aurais pas cru au début, mais à force d'me perdre, j'ai fini par comprendre que ça allait loin, jusqu'à la frontière. Des kilomètres de galeries, ça, je l'ai pas ménagée, ma foutue jambe ! On peut longer le Rhin, y a même un passage, un vieux tunnel qui permet de rejoindre Kehl. Bon, moi, j'aime pas trop y aller… ça doit être quand ils ont construit la station d'épuration, du côté de l'étang de Blauelsand, ou pendant la guerre… enfin, j'sais pas trop. Tenez, je vais vous dessiner ça, pendant qu'on boit un coup.

Sous le regard intéressé de Franck Albertini qui, soudain, établissait des liens entre ce que Bellanger, Marquèz et Corbier lui avaient raconté à propos d'Anne Boher.

31

De stupéfaction puis de rage, Vincent faillit envoyer le cendrier en cristal à la tête de l'homme.

— Tu as fait quoi ? rugit-il.

— J'ai mis une raclée à ce morveux.

— Ecoute-moi bien, on ne t'a pas engagé pour foutre le bordel, mais pour arranger les choses !

Il se tourna vers Horn qui se sentait comme un gamin pris en faute.

— Et alors, on fait quoi ? gueula-t-il à l'intention de ce dernier. Tu me peux le dire, Jérôme ?

Au comble de la colère, Vincent se laissa choir dans un épais fauteuil en cuir, dont il tapota furieusement l'accoudoir.

— Pourquoi suis-je entouré d'abrutis !

— Ecoute, Vincent, Yan a eu le bon réflexe. Marquèz aurait fini par s'aventurer plus loin que les archives, et…

— Mais maintenant, Jérôme, maintenant que ce con lui a cassé la gueule, ça nous fait un problème supplémentaire à gérer. Tu parles d'une efficacité !

Vincent l'aurait volontiers étranglé, si son arthrite ne l'en avait pas empêché.

Une fois de plus, le poids des années pesa lourdement. Il songea à son merveilleux projet qui risquait de capoter, et regretta son illustre compagnon de route, Hans Fragger. Un scientifique surdoué qu'il avait accueilli chez lui dans les années cinquante. Affamé, perdu et mort de trouille de se faire choper par la Stasi.

Ensemble, ils avaient longuement parlé de leurs recherches, et de la condition humaine inexorablement vouée à la destruction. Des nombreuses pertes de talents dans des domaines scientifiques qui ne demandaient pourtant qu'à s'épanouir. Ensemble, ils avaient fait, refait et défait mille fois le monde. Ce monde qui fumait encore des dernières exactions guerrières de l'Europe. Le vieux continent se délitait, mais avait peut-être encore une chance de devenir meilleur.

Vincent Simonov soupira, et alluma un cigare.

Ses papiers étaient falsifiés, mais lui savait bien qu'il comptait quatre-vingt-six printemps et, précisément en cet instant, il n'en doutait pas. Malgré les nombreuses injections pour conserver sa forme intellectuelle et physique, en ce jeudi de juillet, Simonov se sentait harassé. Vieux de deux cents ans.

Il eut une pensée pour son ancien compagnon qui avait, au propre comme au figuré, donné sa vie à la science. Une piqûre fatale. Un mauvais dosage que Simonov était parvenu à corriger quelques jours plus tard. Vincent frémit au souvenir de la peur ressentie en s'enfonçant l'aiguille dans une veine. En attente de voir comment le produit réagirait.

Hans lui manquait, comme jamais.

A eux deux, ils avaient fait progresser la recherche scientifique, celle que les comités d'éthique rétrogrades freinaient depuis des décennies, plus vite et mieux que personne. A eux deux toujours, ils avaient prouvé que le clonage n'était pas un rêve inaccessible, et que les possibilités offertes étaient beaucoup plus vastes et fascinantes que le peu dévoilé à l'opinion publique. A eux deux, enfin, ils avaient démontré que l'on pouvait traverser le temps, et accéder à une forme d'immortalité.

Mais, plus sûrement, ils avaient établi que l'on pouvait vivre sans maladie, sans tumeur. Sans aucune défaillance du corps ou de l'esprit. Enfin, *presque* établi. Son enthousiasme chuta brutalement. Il manquait une étape. Une ridicule petite étape et, en l'absence de Hans, il échouait invariablement.

Simonov regarda Horn, et en eut soudain assez de lutter contre le monde, et contre lui-même. Continuer le combat sans Fragger avait sans doute été sa plus grande erreur. Surtout lorsqu'il avait décidé de tester son produit sur

Emmi Boher, par l'entremise de Michèle Langet qui ignorait ce qu'elle injectait à sa patiente. La convaincre de l'aider, sans rien en dire à Anne Boher, avait été un jeu d'enfant, moyennant finance.

Pourtant, c'était sans doute cette expérience qui allait lui coûter le plus cher. Malgré les risques encourus, Simonov n'avait pu résister à tester Emmi Boher. En cas de réussite sur une maladie orpheline, qui aurait osé contester le bienfait de ses recherches ?

Arrogance de vieillard, admit-il cyniquement.

Il planta son regard dans celui de Horn. Autre erreur. Confier à Jérôme Horn un pan de ses recherches, et lui laisser entrevoir qu'il pourrait en retirer renom et fortune. Le domaine de la greffe était en pleine révolution et Horn avait saisi sa chance. Mais Anne Boher avait raison, il était plus ambitieux que compétent. Et beaucoup trop vaniteux. Stupidement vaniteux.

Connard ! se dit-il, en tournant la tête vers l'homme que Horn avait embauché pour nettoyer les sous-sols. Triple connard ! jura-t-il à mi-voix.

— T'as dit quoi, là, le vieux ? menaça Yan.

— J'ai dit que vous n'étiez qu'une bande de connards ! siffla Simonov.

Horn prit peur. Non pas de la colère de Vincent, mais de la tension sur le visage de Yan, dont les yeux fixaient le bureau. Jérôme fit un pas de côté et sentit sa bouche s'assécher. Déglutit lentement. L'arme que Simonov tenait dans sa main était celle qui avait tué Emmi Boher.

— Vincent, dit-il d'une voix curieusement aiguë. S'il te plaît, ne fais pas ça.

— Jérôme, tu vas dire à ce sinistre con de disparaître. De quitter la région, le pays, le continent.

Yan, qui tenait à sa peau, recula de lui-même vers la porte.

— Mais avant, ajouta Vincent, les mâchoires tendues par la colère, ce crétin va nous raconter ce qu'il a fichu en bas.

En bas, se dit Horn, en réprimant un tremblement. Il détestait ce que Simonov faisait *en bas*. Quand Vincent lui avait proposé de participer à ses recherches, Jérôme y avait vu une occasion en or de s'imposer dans le domaine de la chirurgie et de la transplantation d'organes. Non pas de creuser son trou, mais de briller. De compter parmi les étoiles d'une profession qui mettait la barre de plus en plus haut.

Dans l'euphorie du début, il avait fermé les yeux sur les manipulations génétiques, et s'était même enthousiasmé pour la cause que défendait Vincent. Jusqu'au jour où Simonov lui avait demandé de l'accompagner dans les souterrains. Jérôme avait cru que son cœur ne tiendrait pas. Les monstres l'avaient rendu malade pendant plusieurs jours. Chaque fois qu'il y pensait, il éprouvait une répulsion qui lui flanquait la nausée. En bas vivaient des monstres. Et Branko, un pauvre type que Simonov protégeait de Waltter. Horn esquissa un sourire qui mourut à l'instant où Yan reprit la parole.

— Tu veux savoir quoi ? fit Yan, les yeux toujours rivés à l'arme.

— As-tu correctement nettoyé toutes les pièces, et le passage souterrain qui va à Kehl ? Peux-tu m'assurer qu'il n'y a plus aucune trace ?

Yan haussa les épaules. Et jura.

— Je fais sans doute une connerie en te laissant filer, mais te tuer ici demanderait trop d'effort pour effacer les taches de sang. Dégage !

Puis Vincent songea qu'il ne pouvait pas laisser s'enfuir Yan.

— Une minute, se reprit-il. Jérôme, tu l'as payé ?

— Euh, oui… bien sûr.

— Intégralement ?

— Non, intervint Yan. On avait parlé d'un supplément. Pour vous débarrasser de Brémer, j'ai dû rincer plusieurs types.

Encore un raté, se dit Vincent.

Il lui jeta un regard lourd de dédain et de dégoût. Mais bien pire fut celui que Simonov posa sur Horn. Il revint vers Yan.

— Tu n'as pas touché à mes créatures ? Ni à Branko ? s'enquit-il d'une voix vibrante de colère.

— Vous êtes malade ou quoi !

— Tu mérites une balle entre les yeux, lui rétorqua Simonov, haineux. Mais je n'ai pas besoin que ton frère ou ton cousin débarque un jour en réclamant réparation. Car c'est bien ainsi que l'on procède chez vous, n'est-ce pas ?

Il y avait tant de mépris dans ce "chez vous" que Yan faillit se jeter sur lui. Mais le canon de l'arme brillait toujours dans le soleil qui filtrait à travers les stores. Il se contenta d'un signe de tête.

— Jérôme t'apportera ce qu'on te doit, ce soir, à l'endroit habituel. Allez, débarrasse-moi le plancher, j'ai assez vu ta sale gueule.

Horn n'en revenait pas de voir Simonov dans cet état, et de l'entendre aligner les insultes les unes à la suite des autres. Est-ce que le vieux était en train de devenir cinglé ? sénile ? dangereux ? Non, ça, il l'avait toujours été.

— Bon, et maintenant ? s'enquit Jérôme.

En se sentant pris dans une souricière.

— On croise les doigts pour que Marquèz ne la ramène pas.

— M'étonnerait.

— Tu vas te rendre au sous-sol, vérifier que tout est nickel. Si tel est le cas, alors on laisse Enzo Marquèz raconter sa petite histoire. On en déduira quoi ? Pas grand-chose à mon avis, au pire qu'il est perturbé par l'arrestation de sa patronne.

Songeur, Vincent se revit en train de pointer l'arme en direction d'Emmi Boher. Il était certain qu'elle avait compris le rôle des injections qui ralentissaient la dégradation de son organisme. Puis le danger que courait sa fille qui n'avait cessé d'exiger des bilans de santé. La haine d'Emmi Boher avait transpercé Vincent Simonov. Il l'avait assassinée sans fléchir, convaincu de n'avoir plus que ce choix pour éloigner définitivement Anne Boher. L'intimider, au point de la rendre folle d'inquiétude, était une idée de Horn, qu'il avait cautionnée. Là aussi, la légiste avait résisté, et Vincent avait dû se résoudre à utiliser des moyens plus dissuasifs.

Simonov soupira de regret.

Emmi Boher avait été un merveilleux cobaye. Si sa fille n'avait pas été aussi obstinée, il aurait poursuivi ses tests, et peut-être sauvé la vieille Boher. Chaque fois que sa fille ordonnait un bilan complet, sur le qui-vive, Vincent devait intervenir et modifier les résultats des analyses. Sans éveiller son attention, ni celle du labo. Malgré tous ses efforts, Boher avait des doutes, chaque jour plus solides. Sans l'arrivée de la canicule, le manque de moyens et d'effectifs à la morgue, et cette vague de suicides, la légiste aurait sans doute réagi plus vite. Car, depuis l'affaire du fou de Blauelsand, Anne cherchait à percer le mystère de cette étrange et parfaite ressemblance entre les deux victimes, révélée par l'autopsie. Dès qu'il avait appris qu'elle fouillait dans ses vieux dossiers, Anne avait définitivement signé son arrêt de mort. Vincent perdait un bon élément. Il avait le sang d'Emmi Boher sur les mains, il avait rendu folle sa fille et organisé sa chute, mais aucune révolution scientifique ne s'accomplissait sans perte.

S'aidant des accoudoirs, Simonov se leva.

— J'ai appris par Tardieu que la reconstitution du meurtre d'Emmi Boher avait déjà eu lieu. Tardieu aurait préféré attendre la nuit – ce goût de l'exactitude ! Mais bon, l'état d'Anne Boher ne le permettait pas et, si j'en crois tout ce qu'on m'a dit, on ne risque plus rien de ce côté.

— Tu en es bien certain ?

— Elle vient d'être hospitalisée, dans un état grave. De ton côté, tout est cadré ?

Horn déglutit, et s'aperçut qu'il avait la gorge nouée. L'estomac aussi. N'avait-il rien omis ?

L'armurier avait incriminé Boher. Jérôme ne comprenait toujours pas pourquoi Robert Ménesse n'avait pas indiqué Sophie Mangin. Envisageait-il de la faire chanter ? Ça lui paraissait incongru, Mangin n'avait pas un rond. Quelque chose lui échappait, et ça le rendait malade d'angoisse. Quelque chose avait foiré dans son admirable plan, mais la question cruciale était : fallait-il ou non en parler à Simonov ?

Horn jugea qu'il valait mieux s'abstenir.

Mangin était facile à contrôler et, au pire, il pourrait toujours charger Yan de s'en débarrasser. En douce. En se passant de l'accord de Vincent. Jérôme regardait l'arme que tenait Simonov, la sueur lui coulant dans le dos et sur le front. Il tenta de maîtriser le tremblement de ses mains, et les enfouit dans ses poches.

— Je peux te poser une question ?

Vincent Simonov le transperça d'un regard où dardait une colère noire.

— Cette arme que tu… C'est toi, n'est-ce pas, qui as tué Emmi Boher ?

— Tu croyais vraiment pouvoir me cacher tes petites combines avec l'armurier et cette loque de Mangin ? Tu aurais dû penser que Langet m'est dévouée, et que je finirais par tout apprendre.

Jérôme n'aimait pas le ton de voix de son interlocuteur. La peur lui assécha la bouche. Il repensa à la manière dont il avait organisé la descente aux enfers d'Anne Boher, en partie grâce à elle. Un après-midi, sans doute morte d'épuisement à la suite d'une série de gardes, Anne s'était endormie en salle de repos. Agitée, elle parlait à voix haute. Une aubaine, ce rêve où Boher assassinait sa mère, de toute façon condamnée, avait alors songé Jérôme. Il rageait de s'être fait balancer par Langet, mais n'y pouvait plus rien.

Horn trépignait, mal à l'aise. Simonov cultivait l'art du silence, et bien d'autres encore plus dangereux. Jérôme l'observa, puis le trouva subitement vieux et usé. Pas au point de l'avoir empêché de tuer Emmi Boher, se disait-il.

Pensif, Vincent retournait ses regards à son acolyte.

Pendant combien de temps encore pourrait-il maintenir la pression sur Horn ? Le temps d'aller au bout de ses recherches ?

Il le faut, aboya-t-il intérieurement. Il le faut !

Grâce à Emmi Boher, il touchait au but. Le retentissement potentiel effacerait d'un trait l'affaire Boher, et redorerait le blason du centre hospitalier. Horn se gargariserait alors d'un succès largement usurpé, mais Simonov s'en fichait. L'important était d'achever ce qui avait été entrepris. De créer cette maudite protéine qu'il avait en vain cherchée avec Hans Fragger.

— Et les monstres, on en fait quoi ?

La gifle que lui asséna Simonov l'envoya bouler droit dans le mur.

— Ne les appelle jamais comme ça ! Tu m'entends, Jérôme ? Plus jamais, je leur dois tout ! Et toi aussi, espèce de crétin. Sans eux, on serait encore en train de gesticuler dans le noir. Dégage !

Enragé, Vincent Simonov retourna s'asseoir à son bureau.

Puis la fatigue lui tomba dessus. Mentalement, il se dirigea vers les souterrains qui couraient sous l'hôpital, par-delà la frontière. Songeur, il se demanda comment les individus que Horn appelait des monstres allaient s'en sortir lorsqu'il serait mort.

Non, Horn, pas des monstres, des survivants, sans qui nous ne serions pas qui nous sommes ! rugit-il, en sentant qu'il était temps de s'injecter quelques millilitres de drogue.

Il n'arrivait pas à en vouloir à Hans d'avoir utilisé ces pauvres créatures, comme il les appelait depuis des décennies, pour mener à bien leurs expériences. Après tout, la première fois qu'ils étaient descendus dans les sous-sols, ils étaient tombés par hasard sur elles.

Les rumeurs ont toujours une origine, se dit-il, et celle qui agitait l'hôpital se fondait sur des expériences médicales réalisées au cours de la dernière guerre sur des enfants malformés.

Bon Dieu, ce que Hans pouvait lui manquer !

Ce génie, se dit Vincent Simonov, qui les a clonés et reproduits tant et tant de fois. Mais pas seulement.

Fragger avait aussi entrepris d'autres expériences. Face à ces créatures, Simonov et Hans s'étaient sentis investis d'une extraordinaire mission. Doués d'un fort instinct de survie et d'une grande faculté d'adaptation à leur milieu, ces êtres avaient vécu à l'état de bêtes sauvages. Leur seule constitution physiologique relevait du défi pour les scientifiques.

A quoi tient le progrès ? se dit Simonov.

Au temps, et à la chance parfois. Deux ingrédients qui leur avaient fait défaut, et retardé l'homologation de leur découverte. Le produit de synthèse que Vincent s'injectait dans ses veines usées et noueuses n'obtiendrait l'agrément d'aucune commission. Il avait pourtant cherché, fait et refait mille fois le mélange, en modifiant chaque fois les dosages, mais n'était parvenu qu'à un résultat partiellement satisfaisant. Les conséquences sur l'organisme étaient encore imprévisibles, et généraient des effets secondaires inacceptables en vue d'une commercialisation.

Et voilà comment l'on passe à côté d'une révolution, se dit-il amer, en rabattant sa manche de chemise.

Puis il songea à Anne Boher. Douée et consciencieuse, peu ambitieuse, mais tenace à en être bornée. Anne Boher qui, après les conclusions de l'enquête sur le fou de Blauelsand, n'avait pas renoncé à vouloir comprendre d'où provenaient les victimes retrouvées dans le Rhin. Il avait échappé de peu à une catastrophe quand elle avait demandé un test ADN. Fort heureusement, il avait pu subtiliser les prélèvements, et trafiquer les résultats.

Mauvaise idée, finalement, Hans, se dit-il. Mauvaise idée, ces clonages répétés à partir des malformées.

Une fois, Hans s'était passé de sa collaboration et, surtout, de son accord. Fragger avait fait sortir des souterrains douze de leurs créatures. Pour les observer dans un autre milieu, et déterminer si la lumière naturelle, par exemple, modifierait leur biologie. Simonov était resté longtemps dans l'ignorance.

Avant de découvrir que Hans était descendu encore plus loin sous terre, en emmenant un groupe témoin de femelles. Là, il avait investi les lieux et procédé à de nombreuses manipulations génétiques. Pour Fragger, ce n'étaient que des animaux de laboratoire. Mais bien pire encore avait été de confier la garde de douze cobayes au fou de Blauelsand. Comme on confie un troupeau à un berger assoiffé de sang.

Toujours ce besoin de repousser les frontières du réel ! Ah, Hans ! Si tu m'en avais parlé, je t'en aurais empêché, et rien de tout cela ne serait arrivé. Tu serais sans doute encore en vie.

Durant l'heure qui suivit, comme l'on prie un dieu invisible, omnipotent et omniscient, Simonov conversa mentalement avec feu Hans Fragger. Qu'il aspirait à retrouver.

Mais, avant ça, il allait devoir se charger personnellement de régler son compte à ce connard de Yan.

*

Pressée de rentrer à Strasbourg, Laure roulait beaucoup trop vite. Folle de rage, et consciente que sa colère n'était qu'un dérivatif destiné à évacuer la frustration. Et cette peur qui la laminait.

Sa visite à l'UMD de Sarreguemines avait été un fiasco. Laure enrageait de n'avoir pu rencontrer le fou de Blauelsand. Mort dans des conditions qui réclamaient une enquête, et en emportant avec lui la clé d'un mystère qui avait coûté santé et liberté à Anne Boher. Le directeur lui avait promis de lui faire parvenir les résultats de l'autopsie, mais Laure s'en fichait. Elle était arrivée trop tard. Une demi-heure trop tard.

Laure avait la conviction de s'être fait couper l'herbe sous le pied, et d'être en partie responsable de la mort du fou. Ne l'avait-elle pas condamné en parlant avec Jérôme Horn ?

Tout en conduisant, elle téléphona à Corbier.

— Non, Alex, je n'ai pas pu le… Pardon ? Parce qu'il est mort… Quoi ? Le réseau passe mal, Alex…

— Je disais : Anne est toujours en soins intensifs et… Vous m'entendez ?

Laure ralentit et se gara sur le bas-côté. Sortit de voiture et trouva un endroit où le réseau fonctionnait mieux.

— Que disent les médecins ? s'enquit-elle.

— Rien d'encourageant.

Laure serra les dents.

— Et Mangin, la deuxième arme, le dossier 242 ? Vous en êtes où, Corbier ?

— On progresse, lentement, je dois avouer…

— Vous avez des nouvelles d'Enzo et de la demande d'exhumation ?

— Non.

— Merde, Alex, où sont passés Marquèz et Albertini ?

— Aucune idée. Dites-moi, Bellanger, à propos de l'exhumation, vous croyez vraiment que c'est lié ?

Laure soupira, bruyamment, et Alex s'en voulut d'avoir posé la question.

— Corbier, reprit Bellanger, si Anne a insisté, c'est qu'elle avait une excellente raison de le faire.

— A moins qu'elle n'ait perdu les pédales… Désolé, je sais que vous avez raison, Bellanger, mais l'état d'Anne ne plaide pas en sa faveur.

— Sa mort plaiderait-elle mieux ?

Laure raccrocha, en se reprochant de maltraiter ainsi Alex Corbier. Puis elle tenta à nouveau de joindre Franck et Enzo. En vain.

Le pied sur l'accélérateur, Bellanger se fit flasher, mais n'y attacha aucune importance. Un sentiment d'urgence la tenaillait et la poussait à revenir à Strasbourg le plus rapidement possible.

32

Corbier avait besoin de souffler.

De faire le point. Aussi explosa-t-il quand on lui annonça qu'un meurtre avait eu lieu du côté du barrage Vauban. Il se traîna lourdement jusqu'à un agent et lui demanda de le conduire, puis de vérifier que les techniciens étaient bien en route.

Sur place, en examinant le cadavre de Vincent Simonov, Corbier prit la décision de ne pas attendre qu'on le foute à la porte. Il démissionnerait dès le lendemain. Dans le coma, Anne Boher était hospitalisée. Marquèz était porté disparu, du moins ne donnait-il plus signe de vie depuis des heures. Albertini s'était volatilisé et Bellanger paraissait encore plus en rogne que la veille. Et, maintenant, il contemplait la dépouille de Vincent Simonov, abattu froidement. Une déconfiture, voilà à quoi ressemblait ce qui serait sans doute sa dernière enquête.

Il allait lever le pied, se mettre en arrêt longue maladie, et reconsidérer chaque élément de sa vie. Quoiqu'il en aurait vite fait le tour, se disait-il, puisqu'il ne désirait plus rien. Juste qu'on lui fiche la paix. Pour les mille prochaines années. En attendant de pouvoir explorer jusqu'à la lie le puits noir qu'était son existence, il allait devoir s'occuper de Simonov. Tué d'une balle entre les deux yeux. Une exécution. Alex examina les lieux d'un regard, puis se baissa, palpa les poches de Simonov. Se crispa. Enfila des gants et se saisit de l'arme qui avait tué Emmi Boher.

— Merde ! Qui nous a prévenus ? fit Corbier à l'intention d'un agent.

En glissant l'arme dans une pochette plastique.

Il se releva, et aperçut Mathieu Forest accompagné d'une femme, d'une gamine, rectifia-t-il mentalement.

— Qu'est-ce qu'il fiche ici, celui-là ? s'énerva-t-il. Ohé, Forest, vous n'avez rien à faire ici.

— J'exerce mon métier, Corbier, uniquement…

— Fous-moi ce con dehors, ordonna-t-il au même agent.

Qui s'exécuta sans se soucier des droits et des prérogatives de la presse.

— Hé, attendez une minute ! gueula Alex.

Agacé, Mathieu Forest s'arrêta et le laissa venir jusqu'à lui.

— Faudrait savoir, Corbier. Je me tire ou je reste ?

— Comment avez-vous su ?

Forest haussa les épaules.

— Depuis quand la presse donne-t-elle ses sources ? Vous rêvez ou quoi ?

Alex se retint de lui coller son poing dans la figure.

— Ne jouez pas au con. Ce ne serait pas la première fois que vous balanceriez votre contact. Non, attendez ! Vous savez quoi, Forest, vous n'avez pas la moindre idée de l'enfer que je suis capable de déclencher dans votre petite vie de merde. Vos sources, habituellement, je m'en tape, mais là…

— Parce qu'une des grosses huiles de la ville vient de se faire descendre ? le coupa crânement Forest.

— C'est une bonne raison. J'en connais une autre… Vous vous souvenez de Laure Bellanger… Une femme surprenante, non ?

Corbier s'interrompit, uniquement pour le plaisir de regarder le journaliste blêmir.

— Vous savez quoi, Forest ? J'ai jamais pu vous blairer, conclut Alex, en souriant.

Mathieu l'attrapa par le bras, et le força à s'écarter de sa jeune assistante.

— Pas la peine de faire le mariolle. Je vous jure que si j'avais cette salope de Bellanger en face…

— Allez donc directement au but, on gagnera du temps.

— Jérôme Horn. Il n'a pas dit son nom, mais j'ai reconnu sa voix. Je suis certain que c'était lui.

— Et pourquoi Horn vous a-t-il appelé, curieux, non ?

— Entre nous, Corbier, il a les jetons. Je le crois trop lâche pour tuer, mais il est peut-être impliqué, allez savoir…

— Vous êtes vraiment une merde, Forest. Mais bon, passons. Vous seriez partant pour une confrontation ?

— Déconnez pas, Corbier, vous voulez ma mort ou quoi ?!

Alex se retint de passer sa mauvaise humeur sur cet imbécile de journaliste.

— Vous vous souvenez des paroles de Horn ? demanda-t-il, soudain épuisé.

Par la vie, la sienne, et celle des autres.

En journaliste doté d'une bonne mémoire, Forest recracha sa brève conversation avec Horn.

— C'est tout ? fit Corbier.

— C'est suffisant. J'ai rappliqué immédiatement, mais vous étiez déjà sur place. Dommage pour moi, ça m'aurait fait un joli scoop. La mort d'un patriarche de la médecine : Vincent Simonov, abattu comme un voyou, cracha-t-il avant de ricaner.

Corbier se retint une seconde fois de lui flanquer une baffe. Au lieu de quoi il fit signe à un agent de s'approcher.

— Il vous appelle souvent, Horn, on dirait ?

Mathieu Forest le regarda, se souvenant de son dîner avec Bellanger et du chantage auquel elle s'était livrée. Son estomac remonta brutalement vers la gorge.

— La salope ! éructa-t-il.

— Tu me l'embarques, fit Corbier au jeune flic qui n'en revenait pas.

— Pour quel motif ?

— Complicité de meurtre.

L'assistante de Mathieu Forest en lâcha son cellulaire qui se fracassa sur le sol.

Finalement, se dit Alex en retournant sur la scène de crime, Bellanger sait vraiment y faire.

Le légiste qui remplaçait Boher et Marquèz s'approcha.

— Alors ? s'enquit Alex. Ça donne quoi ?

— Décédé sur le coup. *A priori* une exécution qui remonte à au moins cinq heures. Tu peux manipuler le corps, j'ai fini les premières constatations.

— Et l'autre, là-bas ?

Corbier indiquait un homme massif qui, tournant autour de sa voiture, se désespérait à grand renfort de gesticulation et de bavardage.

— Du Tex Avery, répondit le légiste. Il a eu envie de pisser, a fait son créneau, a senti qu'il butait sur quelque chose, est descendu, s'est pris les pieds dans ceux de Simonov, est remonté dans sa voiture, a roulé une fois encore sur le corps, sous le coup de la panique, puis nous a téléphoné. Un gag, sans lequel on n'aurait peut-être pas découvert Simonov de sitôt.

Il avait débité son laïus d'une voix monocorde, tandis que Corbier regardait Forest assis à l'arrière d'un véhicule banalisé.

— Je lui casserais bien la gueule, à ce sale fouineur !

— Laisse tomber, Alex, il n'en vaut pas la peine.

— Je sais, mais ça me défoulerait.

Corbier lui tapa amicalement dans le dos et s'approcha de Vincent Simonov. Le front troué, et le corps broyé par les roues d'une voiture.

*

Quand Branko eut fini son schéma et éclusé une bouteille de vin, Franck était bouche bée devant l'étendue du réseau qui, partant des sous-sols de l'hôpital, s'étoilait en une multitude de ramifications. Sa première impression, celle d'une ville souterraine bâtie à l'instar des villes américaines, se révélait assez juste, mais bien en deçà de la réalité quant aux dimensions du réseau.

— Bon, maintenant, regarde un peu où qu'on est, fit Branko.

Il entoura une zone d'un rond rouge.

— Ton Marquèz, lui, il ne va jamais ailleurs que là.

Branko entoura en vert la zone où Enzo avait accès aux archives. Puis il prit un crayon noir et tira une flèche.

— Tu vois un peu comment tu t'es paumé, non ?

Albertini hocha la tête.

— Et, si je veux aller retrouver Marquèz, faut que je reparte en arrière, ou je peux passer par là ?

— Non, non, non, Franck, t'as rien compris ou quoi ? A partir d'ici, ça tourne toujours vers la droite. Même si tu prends sur ta gauche, à un moment ou un autre, ça tourne à droite. C'est tout de même pas compliqué !

Franck ne le contredit pas, mais n'en pensa pas moins.

— Bon, tu sais quoi, je vais t'accompagner un bout, et aller récupérer mes petites cocottes. Elles doivent trembler de peur… Tiens, par là, fit-il en lui montrant un autre tronçon souterrain sur le schéma. C'est là que je les ai trouvées la première fois. Bon Dieu, dans quel état, t'imagines même pas !

— Mais, Branko, qui sont-elles ? redemanda Albertini, soudain mal à l'aise.

Le vieux carreleur se leva et lui expliqua qu'il n'en savait vraiment rien. Dans un effort qui lui brisa le dos, il se pencha sur son plan, et indiqua une autre zone à Franck.

— Tu vois, là, j'y vais jamais.

— Pourquoi ?

— Peux pas te dire, un truc qui me colle mal au bide. Un truc que je sens pas. Les filles, ça, ça va, mais les bruits qu'on entend par là, ça… je… c'est pas pour moi, Franck. C'est l'enfer, ou je ne m'y connais pas.

En silence, la gorge nouée, Albertini suivit Branko qui claudiquait devant lui. Le boyau à cet endroit était plus resserré que les autres, mais l'homme s'y faufilait avec aisance.

— Hé, fit Albertini, pourquoi tu m'as dit tout à l'heure qu'il y avait des gens qui n'aimaient pas Anne Boher ?

— Ah ça, tu peux me croire, répondit Branko sans se retourner.

Sans ralentir.

— Mais pourquoi ? insista Franck.

— Parce qu'elle est… comment dit-on ? Perspicace. Et qu'elle a du nez, et du cœur, ça, tu peux me croire. Sans elle, je n'aurais jamais tenu le coup. Elle m'a soigné et donné de l'argent, et aussi tiré des griffes des flics. Et pas qu'une fois, attention, hein ? Mais des dizaines. Comment tu crois que j'ai pu m'installer aussi bien ? Et tirer l'électricité ? Et trouver la radio pour les petites cocottes ? Bon, la musique, c'est moins facile pour elles que les histoires ou la peinture. Je sais pas, on dirait que ça leur fait mal, tu vois, mal dedans… bref, j'y vais mollo, quelques minutes par jour, pas plus. C'est le docteur Boher qui m'a donné la cassette…

Elles ? Franck retint son souffle en réalisant enfin que le groupe était exclusivement constitué…

— Que des femmes ? lâcha-t-il, soufflé.

— Ben ouais, me demande pas pourquoi, j'en sais rien. Que des filles. Pas bien belles, mais bon, des filles.

Albertini eut un haut-le-cœur.

— Hé, t'es pas en train de me dire que tu...

Branko s'arrêta net et se retourna, furibard.

— Oh, tu me prends pour qui ? J'ai jamais abusé d'elles, jamais ! Je sais bien ce que je vaux, Franck, pas grand-chose, mais j'ai mon honneur, vache de merde !

Albertini fut pris d'un fou rire qui résonna loin dans les galeries, et terrorisa Lou et Enzo qui tournaient toujours en rond.

— Tu sens pas une odeur ? fit Branko, en reniflant l'air.

Franck l'imita. Dans un premier temps, il ne perçut rien. Dans un deuxième, l'angoisse le tétanisa.

— Bon Dieu de merde ! lâcha Branko en accélérant. Les filles ont mis le feu ! Magne-toi, Franck !

Albertini dut se faire violence pour suivre Branko, à cause de sa peur panique du feu qui tenait de la phobie paralysante. Son cerveau se mit immédiatement en mode de survie, et chercha les meilleures solutions pour sortir de ce trou à rats. D'un geste brusque, il attrapa Branko au niveau de l'épaule.

— Ecoute, le feu, ici, c'est une... c'est pas gérable, Branko, alors on file, et vite !

— Tu vas pas laisser les filles ? Pas toi !

Putain, ça recommence, se dit Albertini. Ça recommence !

Il avait l'esprit envahi par les flammes qui brûlaient les arbres d'une colline du Pays basque. Là où Debords avait couru à perdre haleine pour sauver ses lieutenants.

Sans lui laisser le temps de répondre, Branko reprit sa route, bien décidé à évacuer ses filles avant que le feu ne les consume. Car son odorat ne le trompait pas. Le feu avait pris dans la zone que Branko appelait la niche, là où il avait découvert ses filles la première fois. L'endroit où elles se réfugiaient dès que la peur les saisissait.

— Tu vois, fit-il en tendant sa main sans doigts. De la fumée. Magnons-nous !

Franck sentait son cœur cogner dur. Ses oreilles bourdonnaient, et il devait faire un effort considérable pour mettre un pied devant l'autre, alors qu'il n'avait qu'une envie : fuir. Mais pire que le feu était l'idée d'errer sans fin dans les souterrains, où seul Branko savait se repérer.

— Fais gaffe, sur ta droite, signala ce dernier à Franck qui soufflait comme un phoque, une planque à rats.

Albertini se propulsa et colla Branko, lequel avançait sans se soucier de sa jambe pourtant douloureuse. Il était inquiet pour ses filles. Il savait bien qu'elles n'étaient pas normales, et encore plus laides et mal fichues que lui, mais elles étaient sensibles à ses histoires comme à sa peinture. Et puis, en dehors d'elles, qui lui avait tenu compagnie toutes ces dernières années ?

Albertini les entendit couiner avant même de les apercevoir. Serrées les unes contre les autres, elles s'étaient réfugiées sous un puits. Branko s'approcha, leur parla doucement, en répétant des mots dont le sens échappait à Franck. Qui, lui, se précipita vers le feu. Pour découvrir que les flammes ne constituaient aucun danger, au contraire des peintures et des produits qui, en brûlant, dégageaient une importante fumée toxique.

Une main sur le nez, bouche fermée, il s'approcha du groupe que formaient Branko et ses filles, et se décomposa en découvrant l'état abominable dans lequel étaient ces...

Monstres.

Non, non. Pas des monstres, mais les filles de Branko, rectifia-t-il.

Albertini eut à nouveau l'impression d'être confronté à un être hybride, composé de plusieurs têtes, bras et jambes. Des sœurs siamoises. Puis il réalisa qu'une hanche était pourvue d'un pied, qu'un buste velu était, lui, dépourvu d'un bras, mais qu'à la place, une main était greffée à l'épaule. Franck perdit le compte des bosses et autres malformations, des oreilles hypertrophiées ou des mentons en galoche, fasciné qu'il était par leurs yeux. Par la densité qu'il y lisait. Si elles avaient des visages qui évoquaient ceux des débiles profonds, elles n'en avaient pas le regard vide ou absent. Il semblait même à Franck que ces yeux, à la couleur incertaine, recelaient une vie d'une tension et d'une profondeur qui le touchaient. L'émerveillaient.

— Leurs yeux..., fit-il.

— Sont aveugles, répondit Branko, qui les caressait pour les calmer.

— Aveugles ? répéta Franck, en s'arrachant avec difficulté à l'attraction qu'exerçaient sur lui les créatures. Branko, faut se tirer d'ici ou on finira étouffés.

En douceur, Branko persuada ses filles de le suivre, et s'engouffra dans un autre bras du réseau souterrain. Vers la droite.

Vers Enzo Marquèz et Lou Werfel qui commençaient à désespérer.

Enzo marchait de plus en plus lentement, accusait le contrecoup de sa bagarre. Il dut faire une pause plus longue que la précédente. Le temps filait, ce dont Lou avait une conscience aiguë. Elle sentait le froid et l'inquiétude prendre de plus en plus de place dans son mental.

Silencieux, Franck fermait l'étrange parade de monstres, incapable de prononcer un mot. Qu'avaient donc subi ces femmes, sans âge, sans rien de véritablement humain, si ce n'était leur appartenance au monde ? Et qui les avait abandonnées ici ? Il pensa à Victor l'enfant sauvage, mais doutait qu'un groupe ait pu rester sous terre durant des années, sans que personne s'en aperçoive.

T'es con, se dit-il, il existe quantité d'histoires de parents torturant et séquestrant pendant des années leur môme, et personne n'a jamais rien vu ou entendu ! Alors sous terre…

Les filles de Branko ne se tournaient jamais vers lui, et suivaient leur "père" avec une foi absolue.

Combien d'années de patience et de tendresse a-t-il fallu, se demanda Albertini, pour leur donner confiance ?

Il percevait leur peur, physique. Animale.

— Hé, Franck ! gueula Branko.

Son cri figea le groupe, et Albertini percuta la dernière qui se tourna vers lui, toutes griffes dehors.

— Tout doux, Nini, tout doux, ma jolie ! C'est un ami. Un ami, répéta-t-il plusieurs fois.

De véritables couteaux à un centimètre de ses yeux, Franck régulait sa respiration, évitait de bouger. De battre d'un cil.

— Allez, les filles, poussez-vous, allez, faut que je lui parle. Allez.

Sans crier, Branko affermissait sa voix et ses filles s'écartèrent.

— Bon, là, j'vais avoir besoin de ton aide, peux pas leur demander à elles, sont trop… enfin, elles ont pas le bon corps pour ça. Ma jambe, Franck, là, j'en peux plus. Faut que tu me soutiennes, sinon on y arrivera jamais.

Albertini se contenta d'approuver d'un léger mouvement de tête, sans lâcher des yeux les filles de Branko. Avec précaution, il l'aida à prendre appui, et le tracta. L'homme ne pesait pas lourd. Sans doute même moins que son manteau en laine.

— Dis-moi, fit Albertini, en chuchotant, tu les emmènes avec nous mais, si j'ai bien compris, elles ne sont jamais sorties d'ici ?

— Tu sais quoi, Franck, là, tu me scies ! Pour une fois que j'ai l'occasion de leur faire quitter leur trou… J'aurais dû y penser avant, le coup du feu, après ça, elles ne voudront plus retourner à la niche. Mais bon, j'suis vieux, Franck, et ma cervelle, elle ne fonctionne plus toujours très bien.

— Non, Branko, ce que je voulais te dire, c'est qu'il faut les préparer à aller dehors.

— Là, t'as pas tort, mais on va manquer de temps. Cette fumée va les tuer si on tarde trop. Je t'ai dit qu'elles étaient sensibles, à cause de leur corps.

Lorsque Lou les aperçut, sa première réaction fut de crier de joie. Sa deuxième fut d'ouvrir la bouche de stupeur. Une fois à sa hauteur, elle reconnut Albertini, et lui indiqua Enzo d'un doigt, les larmes aux yeux. Marquèz était vautré à ses pieds, épuisé.

— Il est… il est vraiment crevé et je n'arrive plus à le porter. Et…

Immédiatement, Franck s'occupa d'Enzo. Lou le regarda le balancer sur son épaule. En échange, Albertini lui demanda de soutenir Branko, et le groupe repartit, yeux et gorges irrités par les émanations.

Au bout de quelques minutes, sans se tourner, Franck ne put s'empêcher de poser la question.

— Comment se fait-il… qu'elles n'aient pas eu peur de toi, Lou ?

— Je suis déjà venue ici, plusieurs fois. Je leur ai parlé, souvent. Je m'occupe d'elles, depuis quelques jours… elles… elles sont incroyables.

Au souvenir de ces moments magiques où elle avait posé ses mains sur leurs corps, abîmés, douloureux et si sensibles, et de cette étonnante douceur qui se dégageait des filles de Branko, Lou sentit son cœur se dilater.

— J'ai vu ce que tu faisais avec mes petites cocottes, fit Branko. C'est bien… c'est même drôlement bien. Ça leur fait… bah, j'crois que ça les rend heureuses.

— Vous saviez que j'étais là ?

— Ben ouais, comment quelqu'un pourrait venir ici sans que je sois au courant ?!

Lou sentit le fou rire monter.

— C'est pourquoi je me demande bien comment t'as réussi à perdre ta route. Vache de merde ! Trouvez pas qu'il fait soif, vous… Ah, ça y est, on y est presque, tu prends à droite, Franck, et puis tout droit. Surtout pas à gauche, sinon on repart en sens inverse.

Lou comprit alors que c'était précisément ce qu'elle avait fait.

— Branko, avant qu'on sorte, fit Albertini en ralentissant. J'ai une question. Si tu savais que Lou venait ici, et Enzo, alors tu saurais me dire qui d'autre se balade dans les souterrains.

Branko s'arrêta, souffla, et dut calmer ses filles qui trépignaient derrière lui.

— Ben ouais, y a des types qui vont et viennent. Le vieux Simonov, mais lui ça doit faire des lustres qu'il descend ici, et deux autres, plus jeunes… et un avec une sale gueule de petite frappe.

— Tu les connais ?

— Ben, j'peux pas dire ça, mais un jour… attends voir…

— Il ne faut pas rester ici, fit Lou, les yeux rougis et la gorge irritée. Les filles n'aiment pas l'odeur… et elles toussent beaucoup trop.

Albertini et Branko se tournèrent vers les créatures qui dansaient sur leurs pieds, en se serrant les unes contre les autres, têtes cachées et basses.

— Ouais, fit Branko, elle a raison, faut s'bouger.

Ils repartirent aussi vite qu'ils le purent. Dans un souffle rauque, le vieux carreleur lâcha à l'intention de Franck deux prénoms. Jérôme et Yan.

*

— Foutez-moi le camp ! hurla Waltter à un des manifestants.

— Hors de question, répliqua l'interne. On a reconduit la grève, et vous ne pouvez pas nous empêcher de manifester.

— Je vais vous dire un truc, moi, ici, c'est…

Dominique Waltter saisit l'homme par le bras et le traîna sur l'allée de gravier. L'interne se débattit, fut rapidement rejoint par d'autres manifestants qui s'en mêlèrent, et n'hésitèrent pas à en venir aux mains pour libérer leur confrère.

— Bon, puisque c'est comme ça, gueula Waltter, moi, j'appelle les flics.

— Monsieur Waltter…, intervint alors une urgentiste. Hé, merde, c'est quoi ça ?

Du doigt, elle pointait quelque chose du côté sud du parking.

Dominique Waltter pivota lourdement sur ses talons, en s'épongeant le front, et resta bouche bée. Ce qu'il apercevait ressemblait à la tête de Branko, juste au ras du sol. Puis, lentement, Branko émergea de la terre. Crasseux sous les rayons du soleil et, comme à son habitude, trop chaudement vêtu.

— Bordel de merde ! s'écria Waltter.

Derrière Branko s'extirpèrent du souterrain Lou et Marquèz, puis, une à une, plaintives et poussant des cris de bêtes apeurées, les filles de Branko. Terrorisées, elles protégeaient leurs yeux de la luminosité et se serraient derrière lui, à l'étouffer. Franck Albertini fut le dernier à sortir du puits.

Un silence irréel planait sur la pelouse, troué par intermittence par les sirènes des ambulanciers et des pompiers qui se garaient devant l'entrée des urgences.

Lentement, médecins et patients sortirent des bâtiments. Tous s'approchaient du groupe que formaient Branko et ses filles, tandis que Lou confiait Marquèz à un urgentiste. Deux infirmiers se précipitèrent pour leur venir en aide. Les yeux braqués en direction des filles de Branko.

Une fois remis de son effarement, comprenant enfin par où Branko passait pour rejoindre le parking extérieur, Waltter jura et se rua vers lui.

— Je vais faire murer cette… ce…, tenta-t-il de dire.

Franck lui ordonna de la boucler et de téléphoner à Corbier. Lou de son côté s'organisait pour obtenir une équipe de médecins et des brancardiers. Waltter n'arrivait pas à s'arracher du cortège composé par les créatures qui se massaient autour de Branko. Son visage reflétait l'horreur, la répulsion, mais aussi la fascination.

Les créatures poussaient de petits cris perçants, et se protégeaient toujours les yeux. Franck eut l'impression qu'elles tentaient de se fondre dans la vieille carcasse de Branko. Lou leur parlait pour les apaiser, approchait et reculait ses mains. Recommençait, jusqu'à ce que l'une d'entre elles accepte le contact. Petit à petit, les filles de Branko cessèrent de s'agiter et de gémir.

Les pompiers descendirent à leur tour sous terre, s'occupèrent des émanations toxiques, puis décidèrent d'investir les lieux. Ce qu'ils découvrirent les laissa sans voix. Corbier fut à son tour sollicité et envoya son équipe rejoindre les soldats du feu.

Lorsque Waltter revint, Franck le tint à bonne distance de Branko et des survivantes. Alluma son portable, et s'entretint longuement avec Bellanger.

Après quoi, épuisé, il s'allongea de tout son long sur l'herbe tiède. Les yeux vers le ciel qui rougissait. Derrière lui, entouré de ses disgracieuses, Branko racontait l'histoire d'un homme qui s'était perdu dans les bois, au fin fond d'un pays sans nom et sans avenir. Tandis que les patients valides et le personnel de l'hôpital se regroupaient autour de lui. Silencieusement. Envoûtés et effrayés.

33

Dans les jours qui suivirent la découverte des souterrains et des créatures de Branko, la grève du personnel hospitalier fut reconduite et se durcit. La température descendit brutalement à 18 degrés, et d'aucuns eurent froid, au point de s'en plaindre ou de s'enrhumer. *La Traviata* n'enchantait plus personne, et certains le regrettèrent, surtout les joueurs qui avaient parié gros.

Place Kléber, deux citoyens volontaires se firent gravement tabasser, ce qui n'émut personne, à l'exception d'Ingrid Hensberger. Mathieu Forest, Sophie Mangin et l'infirmière Langet furent inculpés dans l'affaire Boher, ainsi que l'armurier Robert Ménesse qui s'était parjuré. Jérôme Horn avait été mis en garde à vue, puis relâché au bout de quelques heures. Le témoignage de Branko manquait de clarté, et Horn faisait encore partie des notables de la ville.

Les créatures et l'intervention souterraine des pompiers occupèrent la une des journaux durant des jours. Des recherches plus poussées et des excavations avaient conduit à la découverte de nombreux ossements.

Alex Corbier était en arrêt maladie pour dépression et végétait chez lui, tandis qu'Enzo Marquèz dépensait sans compter temps et énergie pour désengorger la morgue. Outre les décès liés à la canicule, chaque squelette trouvé par les pompiers le ramenait à l'enquête du fou de Blauelsand. Les os avaient des particularités troublantes. Dérangeantes. Des similarités que la nature n'aurait jamais créées, si l'homme ne s'en était mêlé. Une équipe de légistes vint prêter main-forte à Marquèz, tant la tâche s'avérait gigantesque. Sans que personne puisse préciser le nombre de cadavres qu'il allait falloir reconstituer. Un comité d'éthique supervisait le travail, et discourait sur les recherches de Simonov et de Hans Fragger.

Tout cela échappa à Anne Boher qui, dans le coma, était atteinte d'une tumeur irréversible au cerveau. Laure Bellanger avait fait un rapide saut au Pays basque, avant de revenir pour veiller son amie. A qui, encouragée en cela par une infirmière, elle n'avait rien caché des conclusions de son enquête.

Anne flottait, avec la sensation de se transformer en papillon, mais Laure l'ignorait. Ne voyait qu'un corps meurtri, qui s'amincissait de jour en jour. Un corps qui parlait des souffrances endurées durant des mois. La tumeur pouvait expliquer le blépharospasme, mais Laure se demandait dans quelle mesure il n'était pas un symptôme de l'état psychique d'Anne Boher. Symbole d'une impossibilité à voir. A regarder sa mère dépérir, sans se résoudre à l'euthanasier. La question resterait irrésolue.

Anne Boher avait été également touchée au cerveau, et la tumeur avait sans doute considérablement modifié sa manière d'être et de penser. Enfin, Anne avait eu une main endommagée par un acte de malveillance, et avait vécu la peur au ventre durant des semaines. En silence, recluse dans une solitude que Boher ne devait qu'à elle-même.

Rien, songea Laure, rien ni personne n'aurait pu la retenir plus longtemps dans le monde des vivants.

Franck était sur les traces de Jérôme Horn et d'un autre homme dont il ne savait rien, si ce n'était qu'il se prénommait Yan.

Albertini était arrivé à la même conclusion que Forest : Horn était beaucoup trop lâche pour avoir abattu Vincent Simonov. Seul un professionnel pouvait avoir agi ainsi. Il suffisait donc de trouver Horn pour mettre la main sur l'autre. Et pour débusquer le chirurgien, qui se planquait depuis la mort de Simonov, il allait faire parler Sophie Mangin. Laquelle était dans l'obligation de demeurer à Strasbourg pour les suites de l'enquête, et pour un procès qui s'annonçait long et retentissant. Si Robert Ménesse avait été écroué, Mangin bénéficiait d'une mise en liberté sous surveillance. La complicité de meurtre n'avait pas encore été retenue contre elle.

Du moins pour l'instant, se dit Franck, car pour lui Sophie Mangin avait bel et bien participé à une entreprise criminelle. Mais là n'était pas son problème, que la justice fasse son sale boulot et finisse par trancher dans un sens ou un autre, cela ne le regardait plus.

Lorsqu'il pensait à ces femmes qui avaient vécu sous terre, la rage le submergeait. Des femmes-monstres, peut-être, mais des femmes bouleversantes d'humanité, et qui n'avaient aucune chance de pouvoir vivre dans le monde moderne. A moins d'être enfermées et cachées à la vue de tous. Et puis qui aurait le courage de les considérer comme des êtres humains à part entière ? A part Lou Werfel et Branko.

Une fois encore, Albertini avait mesuré la force d'action de Laure Bellanger. Elle aussi était bouleversée, au point d'avoir longuement réfléchi à la possibilité d'héberger les filles de Branko dans sa fondation. Elle avait finalement renoncé, sa structure n'était pas adaptée à une telle situation. Avec l'aide de Lou, Bellanger avait néanmoins trouvé l'endroit idéal.

Franck eut un sourire, bref et dur.

Lou lui avait avoué comment, sous le coup d'une impulsion irrépressible, elle ne pouvait s'empêcher de suivre les gens. Un simple jeu. C'était grâce à ce vice, ainsi qu'elle le disait, que Werfel avait découvert les filles de Branko. Et toute sa vie en avait été transformée. La dernière fois qu'il lui avait parlé, Werfel lui avait confié se percevoir en femme-île qui accueillerait sur ses rivages ces pauvres créatures. Pour les choyer. Quand il l'avait entendue, Branko était tombé à terre, en sanglotant.

Rien que d'y penser, Albertini se sentait des envies de meurtre envers ceux qui, de près ou de loin, avaient participé à ces actes barbares.

Franck se retint de cracher. De rage et de dégoût. Il n'aimait pas le milieu médical ou scientifique. Du moins celui qui oubliait de considérer le facteur humain, au nom d'un progrès qu'il jugeait parfois plus que douteux. Dans les papiers et les archives personnelles de Simonov, les autorités avaient découvert quantité de notes sur le clonage. Ainsi qu'un produit qui aurait fait pâlir d'envie les laboratoires vendeurs d'éternelle jeunesse en tube.

Mais qui voudrait vivre mille ans, s'interrogea Franck, quand il est déjà épuisé à cinquante ou soixante ans ? Qui voudrait traverser les siècles où l'humanité travaille sans relâche à sa propre destruction ? Quand bien même une partie tenterait, elle, de faire pencher la balance de l'autre côté. Qui ?

Certainement pas Franck Albertini.

Derrière sa fureur et sa volonté de retrouver Horn et son acolyte, Franck sentait que quelque chose de plus doux, de troublant aussi, prenait place. Les filles de Branko lui avaient rappelé ces enfants qu'il voyait en songe. Avait-il rêvé d'elles, avant de les rencontrer ? Il ne voyait là pourtant aucune prémonition, mais aurait bien été incapable d'expliquer un tel phénomène. Quand il aurait terminé sa partie de chasse, il en parlerait peut-être avec Bellanger.

Sophie Mangin sortait de chez elle au moment où Albertini arrivait. Un peu brusquement, Franck l'obligea à remonter les escaliers menant à son studio. Là, il constata qu'elle était décidée à se tirer. Malgré l'interdiction de la justice.

— En pleine enquête, mauvaise idée, Mangin. Très mauvaise idée, ça, de boucler ses valises.

Assommée, et manifestement au bord de la panique, Sophie se laissa tomber sur une chaise. Chercha un mensonge, n'en trouva pas et alluma une cigarette. D'une main tremblante.

— Vous me voulez quoi ?

— Savoir où Horn se planque.

— Qu'est-ce que j'en sais, moi ? Ce sale con…

— Mangin, c'est le moment de faire travailler sa matière grise. Je suis certain que vous l'avez, lui aussi, pisté plus d'une fois. Où va-t-il quand il n'est ni à l'hôpital ni dans son duplex du centre-ville ?

Sophie haussa les épaules.

— Ça me rapporte quoi, si je le balance ?

— Je n'ai rien à marchander. Et encore moins de patience.

Mangin eut pourtant envie de résister. De l'envoyer bouler, sans lui donner ce qu'il voulait, mais elle n'aimait pas ce qu'elle lisait dans les iris marron. Et encore moins la colère qui émanait du corps de Franck Albertini.

Elle frémit. De peur, puis de frustration et de dépit. Si elle devait aller croupir en taule, autant que ce salaud de Horn y soit aussi. Alors, Sophie Mangin raconta ce qu'elle savait. Il la quitta, téléphone à l'oreille, pour confier la suite des événements à l'équipe d'Alex Corbier.

Dehors, Franck jeta son portable dans une poubelle, fila en direction de la gare, décidé à prendre un train. N'importe lequel, pourvu qu'il l'éloigne de cette ville, de la puanteur de certains humains. Et de Laure Bellanger.

*

Il faisait 16 degrés le jour où l'on enterra Anne Boher.

Dans l'allée du cimetière, face au caveau familial des Boher, beaucoup de gens étaient venus par curiosité ou compassion. Laure fixait la tombe qui avait reçu le cercueil d'Anne, et autour de laquelle se regroupaient amis, collègues et anciens patients. Non loin de Laure, lunetté de noir, Alex Corbier avait le visage bouffi. A ses côtés, Enzo Marquèz n'arrivait pas à cacher son chagrin. Branko et Lou pleuraient à chaudes larmes.

— Laure, chuchota Enzo, Franck, il est passé où ?

— Si je le savais… Pourquoi ?

— Rien… enfin, c'est grâce à lui aussi que tout ça… s'il n'était pas descendu me rejoindre, merde… ça me ferait mal qu'il s'en aille sans dire au revoir.

— M'étonnerait…

En réalité, Laure ne savait comment interpréter l'absence de Franck.

— T'as vu la tête d'Alex ? Il est complètement…

— Dépressif, Enzo. Ça s'appelle une dépression, sévère à mon avis. Il est suivi ?

— Aucune idée… Putain, ça n'en finit pas.

Le discours du prêtre clouait tout le monde sur les graviers de l'allée. Laure trépignait, elle qui n'avait guère le goût des enterrements, et encore moins celui de la nostalgie ou du remords. Corbier s'approcha.

— Vous rentrez chez vous ? s'enquit-il.

— Bien entendu, Alex.

— Ah… je me disais que vous attendriez peut-être le procès…

— Je pourrai toujours revenir.

— Vous croyez qu'Anne… enfin, je veux dire, qu'elle aurait pu être sauvée ?

Le prêtre scandait des paroles qui se voulaient réconfortantes pour les proches. Qui n'étaient que des paraboles impossibles à concilier avec le quotidien des gens, et encore moins celui d'un Corbier. Une fois la foule dispersée, il ne resta qu'Enzo et Laure.

Corbier était parti avant la fin du discours, d'un mouvement brusque, comme s'il n'en pouvait soudain plus d'être là. Les yeux rougis, Marquèz était en colère. Les mâchoires serrées et les mains enfoncées au fond des poches de son pantalon, un reste d'hématome sous l'œil droit et la lèvre fendue, il fixait durement la tombe d'Anne Boher.

— On va boire un verre ? proposa Laure.

Persuadée qu'Enzo se torturait, et se reprochait de n'avoir rien vu venir ni rien compris à l'état d'Anne Boher.

— Bonne idée. Tu crois que je peux déjà me soûler ? répondit-il.

En lui prenant le bras.

Laure eut une ombre de sourire, et se dirigea vers la première terrasse.

— Tu sais, fit-elle, tu n'aurais rien pu faire.

— Peut-être, mais ça me plombe le moral de savoir qu'Anne était malade à ce point… Sans la canicule, elle aurait pris le temps de faire ses analyses pour les yeux, et peut-être… Enfin, merde, c'est à croire…

— Quoi ?

Il retira ses lunettes noires, souffla sur une mèche de cheveux et soupira.

— Tu vas penser que j'exagère, mais je me demande dans quelle mesure Anne n'est pas tombée gravement malade à cause de sa mère. Pour ne pas lui survivre. Dingue, non ?

— Bien vu, Enzo Marquèz. Tu n'aurais pas dû lâcher tes études de psy.

Les yeux étrangement bleus d'Enzo pétillèrent.

— T'es sérieuse ? fit-il. Je me disais que je me faisais tout un cinéma dans ma tête… pour ne pas voir la réalité, la maladie qui détruit tout.

— C'est pour ça que tu as choisi de devenir légiste ? Parce qu'une fois les patients morts, c'est moins dur ?

— Tu aurais dû faire des études de psy, Laure, répliqua-t-il.

Avant d'éclater de rire.

— Regarde un peu dans quel état je suis, constata-t-il. Je me marre de mes propres conneries ! Plus sérieusement, pour répondre à ta question, je suis légiste parce que je ne supporte pas d'entendre les patients gémir de douleur. C'est un truc qui me rend cinglé. Je me demande comment tu fais avec les tiens…

— Je morfle. Quand ça devient trop difficile, je vais prendre l'air.

Il vida son verre de rosé et se resservit.

— C'est génial ce que tu as fait pour Lou et Branko, vraiment génial. Non, c'est grand ! Je crois qu'elle a enfin trouvé… comment dire ?

— L'endroit idéal pour exprimer ses talents.

— C'est ça. Tu vois, Lou, depuis que je la connais, elle a toujours eu dans les yeux une tristesse, bon sang, un truc à te tordre le cœur. Mais je ne l'ai jamais entendue se plaindre. Je ne sais même pas comment elle supportait ces cons qui la regardaient de travers !

Ils se turent un instant, puis Enzo fit signe au serveur et commanda un deuxième pichet de rosé.

— Je n'avais encore jamais entendu parler de cet endroit où Lou va travailler… merde, elle va me manquer ! Elles vont toutes me manquer, toi aussi…

— Déjà ivre, Enzo ?

— Pas encore, j'en suis à la phase d'échauffement, répliqua-t-il en se resservant à boire. Au fait, c'est qui ce John Bost ? Un saint ?

— Ça existe ? Bost était un protestant de la fin du XIXe siècle, décidé à venir en aide aux plus marginaux, aux polyhandicapés physiques et mentaux. Alors ces créatures… le mot ne te choque pas ?

— Non, comment les appeler autrement ? Mais ils ont quoi dans la tronche, les hommes, pour commettre de telles horreurs ? Merde, Laure, des scientifiques ! Des chercheurs !

— Parfois la pire espèce de *serial killers* à avoir pignon sur rue. Tout le contraire du pasteur Bost qui lui, en pleine Dordogne, a construit un centre pour y développer un programme social et thérapeutique afin d'y accueillir les *freaks*. Des individus qui fascinaient dans les foires, mais qui étaient rejetés et exclus de la société. Prodigieux pour l'époque.

— Lou va y faire des merveilles.

— Je n'en doute pas. Et ces créatures, torturées, manipulées, charcutées, aveugles d'avoir toujours vécu sous terre, ces femmes sans nom vont y finir leur vie dignement. La fondation Bost a développé un programme de tératologie.

— Tu veux que je te dise ? A un moment, j'ai bien été tenté par l'étude scientifique des malformations congénitales. Tu connais la définition de "monstre" ?

— Vas-y.

— Ça vient du latin... *prodige ayant une valeur de présage*. Lou adorerait ça, tiens !

Enzo trinqua à la mémoire de John Bost. Puis à celle de Lou, d'Anne, et les larmes lui montèrent enfin aux yeux.

Marquèz vida le pichet, alluma une cigarette et osa enfin lui demander ce qui l'obsédait depuis l'hospitalisation d'Anne Boher.

— Anne, elle était folle, alors ?

Bellanger secoua doucement la tête.

La folie, tout le monde avait ce mot à la bouche dès lors que les mots des uns ou les gestes des autres n'entraient plus dans la norme.

— Ces derniers temps, Anne était sans doute sous l'emprise d'une biologie très défectueuse... et de ses émotions. Elle allait se retrouver la dernière survivante d'une famille, et c'était insupportable. Insurmontable.

Enzo siffla le serveur qui arriva en grommelant. Recommanda à boire, ajouta une quiche, des frites et de la salade.

— Tu veux quelque chose ?

— Pareil, répondit-elle.

— Cool, j'avais grave peur d'avoir l'air d'un goinfre, mais je meurs de faim. Dis, tu crois vraiment qu'Anne, comment dire ? Enfin les perruques, les lettres, l'acide...

— L'acide, les filatures, les poupées, c'est signé Mangin et Horn. L'assassinat d'Emmi Boher revient à Simonov.

— L'autopsie a confirmé l'existence d'une protéine inconnue, instable dans l'organisme de Simonov, mais pas dans celui d'Emmi Boher. Grâce aux notes de ce salaud, j'ai pu faire le lien.

— Il n'aurait jamais dû prendre la mère d'Anne comme cobaye. Michèle Langet n'a sans doute pas encore tout dit, même si je doute qu'elle en sache réellement beaucoup plus.

— Encore une belle ordure, tiens ! Tu crois que Simonov a tué Emmi pour faire peser les soupçons sur Anne ?

— Peut-être… ou pour éviter qu'Anne ne finisse par comprendre l'état de sa mère. Ce qu'on ne saura jamais. Comme on ne saura jamais comment aurait évolué cette protéine dans l'organisme d'Emmi Boher, alors qu'elle souffrait d'une maladie neurodégénérative.

— Hé, t'avoueras que c'est quand même de grands malades mentaux !

— J'avoue. En revanche, pour les lettres… Corbier t'a dit qu'on a trouvé des enveloppes et du papier identiques dans son bureau, chez elle…

— Laure, ça m'a tué quand il m'a raconté ça ! Mais elle agissait… inconsciemment, alors ?

— Tu sais, l'inconscient, c'est une convention.

— Comme Dieu ? fit Enzo en souriant.

Elle lui rendit son sourire. Cet homme lui plaisait, moins que Franck, mais assez pour qu'elle ait envie de le séduire.

— Possible, Enzo, qu'Anne ait "perdu la tête", car la tumeur devait appuyer par moments sur un tas de connexions neuronales, va savoir…

— D'où ses migraines à répétition… Putain, et moi j'ai rien vu, Laure, rien !

Bellanger alluma une cigarette, lui prit la main.

— Ne te laisse pas dévorer par la culpabilité. Tu n'y pouvais rien.

— Je sais, mais j'aurais dû comprendre en lisant ses lettres. J'aurais pu me douter qu'elle parlait d'elle, de nous, non ?

— Pour cela il aurait fallu que tu sois dans sa tête. Sans doute qu'une partie de sa personnalité éprouvait le besoin de mettre en scène les tensions auxquelles elle était soumise. Beaucoup de culpabilité dans cette histoire, et beaucoup trop de solitude aussi. Elle a sombré dans une sorte de délire, et tu n'y étais associé que parce qu'elle t'estimait énormément.

Enzo planta son regard bleu dans celui de Laure.

— Autrement dit, lâcha-t-il d'une voix blanchie par l'émotion, elle ne pouvait pas supporter d'être la dernière vivante de sa famille. C'est ça qui l'a tuée, plus que le reste.

— C'est en tout cas ce que je pense.

— Au fait, il est passé où, ton chasseur ?

Laure faillit soupirer. Albertini ne répondait plus au téléphone depuis plusieurs jours. Elle en avait déduit qu'il était reparti sur les routes. A la recherche de Jeanne Debords.

Enzo se mit à la fixer, puis sourit.

— Il est plutôt beau mec, ton chasseur, fit-il, la gorge serrée par l'émotion.

— Plutôt. Je compte sur toi pour venir à la fondation avant la fin du millénaire. Faudra bien que tu sortes un peu de la morgue.

— On croirait entendre Lou… Promis, Laure, et merci. Pour tout.

*

En sortant de l'aéroport de Biarritz, ce ne fut pas son collègue de la fondation que Laure trouva au volant de sa voiture.

— On y va, Votre Altesse, lâcha Franck, en tenant la portière ouverte.

Bellanger se glissa côté passager. Emue. Se cala contre le dossier. Perplexe. Puis elle alluma la radio.

— On a plusieurs choses en suspens, toi et moi, lâcha Franck.

Bellanger perçut immédiatement qu'il avait changé.

— Voilà comment je vois ça, je profite de ton hospitalité et toi, Laure, toi, tu réponds enfin à mes questions.

Bellanger lâcha un soupir. Elle s'était plantée, Franck n'avait pas changé. Debords allait-elle donc toujours, d'une manière ou d'une autre, faire partie de sa vie ?

Elle lui coula un regard, et réfléchit rapidement.

— Crois-tu sincèrement que Jeanne tienne à ce que tu la retrouves ? fit-elle, d'une voix très douce.

De ce ton qu'il n'aimait pas.

— Tu te souviens de mon rêve ? éluda-t-il.

— Impossible à oublier…
— Je t'ai dit que les enfants étaient déformés et… merde, Laure, c'est dingue ! Mais… comment ?
— Je crois que notre notion de ce qu'est ou devrait être un rêve est, en définitive, très restreinte. Dis-moi, pourquoi il serait impossible que tu aies rêvé de ces femmes ?
— Mais, bon sang, Laure, je ne les connaissais pas !
— Et pourquoi devrait-on uniquement rêver de ce que l'on connaît ?
— Tu es sérieuse ?
— Tu n'imagines même pas à quel point.
— C'est un rêve prémonitoire, alors ?
— Non. C'est… autre chose. Franck, nous sommes plus de six milliards d'individus à émettre une énergie psychique, sous forme de pensées ou de rêves, et ce, vingt-quatre heures sur vingt-quatre, mais nous imaginons que la distance, non, nous croyons fermement que la distance est un facteur de non-transmission de cette masse d'informations. Ce dont je ne suis vraiment pas certaine.
— C'est là-dessus que portent tes recherches ?
— En partie. Et, pour ta gouverne, sache que j'ai plusieurs patients qui, depuis des mois, rêvent de *freaks*. Intrigant, non ?
— Tu déconnes…
— Tu sais bien que non. J'avoue que ça paraît vertigineux, et ça l'est.
Bellanger reconnut la chanson de Sinatra qui passait à la radio, se tut et se mit à chanter à voix basse : *What are you doing for the rest of your life ?*
— Pardon ?
— Rien.
Ils approchaient de la fondation. La température extérieure était agréable, les gens flânaient dans les rues ou leur jardin, le ciel était bleu sans être agressif. Laure avait hâte de reprendre ses recherches et d'y associer les éléments liés à l'affaire Boher.
— Au fait, Laure, tu n'aurais pas besoin d'un garde du corps ?
— Pardon ?
— Avec tous ces fous qui vivent sous ton toit…
Il ne la regarda pas, mais la sentit sourire.

Une fois de plus, Franck Albertini faisait un choix dont il n'était pas certain d'assumer les conséquences. Il aurait pu prendre n'importe quel autre train, mais il était revenu au Pays basque. A la fondation. Malgré lui, aimanté. Incapable de résister. L'histoire de sa vie.

OUVRAGE RÉALISÉ
PAR L'ATELIER GRAPHIQUE ACTES SUD
ACHEVÉ D'IMPRIMER
SUR ROTO-PAGE
EN MARS 2010
PAR L'IMPRIMERIE FLOCH
A MAYENNE
POUR LE COMPTE DES ÉDITIONS
ACTES SUD
LE MÉJAN
PLACE NINA-BERBEROVA
13200 ARLES

DÉPÔT LÉGAL
1re ÉDITION : FÉVRIER 2010
N° impr. : 76092

(Imprimé en France)